U0902501

戴可可　(1982−)，女，湖南浏阳人，文学博士，讲师，硕士生导师。现任教于中南林业科技大学外国语学院，研究方向为俄罗斯文学、欧洲文学与翻译。主持湖南省哲学社会科学课题一项，已出版文学译著《战争与和平》（合译）、《地下宝藏》（独译），另有学术译著《英国知识分子思想史》待出版。

本书受到湖南省哲学社会科学规划办与上海外语教育出版社外语科研联合项目“宏伟的现实主义——论阿·托尔斯泰的生存智慧与创作美学”（项目编号11WLH55）资助。

宏伟的现实主义

阿·托尔斯泰的生存智慧与创作美学

戴可可◎著

人民日报学术文库

人民日报出版社

图书在版编目（CIP）数据

宏伟的现实主义：阿·托尔斯泰的生存智慧与创作美学／戴可可著.—北京：人民日报出版社，2016.11
ISBN 978－7－5115－4077－5

Ⅰ.①宏… Ⅱ.①戴… Ⅲ.①托尔斯泰，A.N.（1883－1945）—小说研究 Ⅳ.①I512.074

中国版本图书馆CIP数据核字（2016）第175344号

书　　名：宏伟的现实主义：阿·托尔斯泰的生存智慧与创作美学
著　　者：戴可可

出 版 人：董　伟
责任编辑：宋　娜
封面设计：中联学林

出版发行：人民日报出版社
社　　址：北京金台西路2号
邮政编码：100733
发行热线：（010）65369527　65369846　65369509　65369510
邮购热线：（010）65369530　65363527
编辑热线：（010）65369521
网　　址：www.peopledailypress.com
经　　销：新华书店
印　　刷：北京欣睿虹彩印刷有限公司

开　　本：710mm×1000mm　1/16
字　　数：253千字
印　　张：15.5
印　　次：2016年11月第1版　　2016年11月第1次印刷

书　　号：ISBN 978－7－5115－4077－5
定　　价：68.00元

目　录
CONTENTS

绪　论

1923年8月1日，一位已过不惑之年的先生在一艘远洋客轮的甲板上扶栏而立，涅瓦河温柔的波涛拍打着轮船，也拍打着游子的心。被自己抛弃的祖国失而复得，异国飘零的岁月恍如昨日，如今，真真切切踏上苏联的土地，对面就是彼得堡！历史的磨盘滚动碾压，生命的长河呼啸奔腾，只有置身其中的个体的人心有戚戚。一个伯爵，一个沙俄时代就已知名的作家，一个从象征派诱惑中走来的文学青年，一个去国逃亡的侨民知识分子，在他回来的这一刻，内心升腾起的无限歉疚、惭愧和激动的情绪与涅瓦河汩汩的波涛声相互交融，强烈呼唤着一个新的身份归属——"苏联作家！"涅瓦河上的这位游子就是阿列克谢·尼古拉耶维奇·托尔斯泰（Алексей Николаевич Толстой，1883—1945），俄罗斯文学史上的第三个托尔斯泰①。他的生活和创作因为两次旅行，两次意义非凡的旅行被划分为截然不同的三个时期。一次是四年前红军攻占敖德萨前夕，他登上开往法国的轮船"高加索号"开始逃亡生涯，一次是现在，他彻底与白俄侨民圈决裂，回归亲爱的苏联祖国，而他的生活和创作也因此有了沙俄、侨居、苏联三个时期！

对于每一个个体的人来说，这样的三个时期必然充满了艰辛和苦难；对于作家阿·托尔斯泰而言，被动逃离与主动回归都是他自己的选择，只有像俄罗斯谚语说的那样，"在清水里泡三次，在血水里浴三次，在碱水里煮三次"，一个人才会纯净得不能再纯净，才会有刻骨铭心的体验来奉献真正独一无二撼人心魄的作

① 前面两个托尔斯泰分别是阿列克谢·康斯坦丁诺维奇·托尔斯泰（1817—1875）和列夫·尼古拉耶维奇·托尔斯泰（1828—1910）。

品;对于20世纪的俄罗斯来说,这是整整一代精英知识分子命定的劫数,高尔基、茨维塔耶娃、米尔斯基等,都曾逃离过又回归,却有着完全不同的人生际遇。而那些十月革命前后集体逃亡的知名作家,在灾难性失落和再生性解脱中实现了奇迹性超越,创造出蔚为壮观的侨民文学,与传统的苏联文学共同构筑了20世纪俄罗斯文学的景观。文学史,特别是苏联解体之后的文学史,给予俄罗斯侨民作家足够的肯定和关注,对阿·托尔斯泰这样逃离过又回归还著作、荣誉等身的作家却要么忽略,要么颇有微词。

此时在涅瓦河上凝神思索的阿·托尔斯泰,他的内心满满的都是回国的兴奋,是对以往遥不可及现在却近在咫尺的祖国深深的歉疚和思念,是一触即发不可遏制的爱和激情。他也许来不及深思熟虑,如何跟过去的一切彻底诀别,如何扎根脚下的这片土地,如何获得苏联国家和人民的认可。他更无从具体地预料,自己的这趟旅行会给他今后的人生带来多么深刻的影响,同时代的侨民文学圈和苏联文学界,以及后世的文学史家会怎样评价他今天的决定。他无从估计在苏联时代似乎可期又充满未知的命运,也无法确认自己身后的文名。

他是侨民文学圈中的白乌鸦,他何尝不是苏联文学界的白乌鸦?如果说那封著名的致恰伊科夫斯基的公开信和这趟旅行开始了他作为一位苏联作家的起点,那么,这之前的岁月,他的出身,他的伯爵烙印,他的象征派晚礼服,他的流亡经历,显然不能随着眼前这条涅瓦河轻易地流逝。对于自己肉体生命的诞生,他没有太多的感觉,一个成熟的婴儿从母亲的腹中来到人世间,仅此而已。而对于自己作为一个苏联作家的诞生,他必须主动参与其中,他完全扮作一个母亲的角色,为腹中的胎儿提供滋养,经历焦虑、挣扎和阵痛,还要精心呵护,方使之落地和成长。

一切从头开始,往事历历在目。在侨居岁月中,他写下著名的《尼基塔的童年》,这部自传体中篇小说融进了阿·托尔斯泰对故国家园无限的柔情与眷恋。四十年前,他在萨马拉省尼古拉耶夫斯克市的一个小贵族家里诞生,母亲亚历山德拉·列昂季耶夫娜·托斯塔娅(1854—1906)无法忍受丈夫的不学无术和粗暴性情,怀着未出世的他毅然投奔情人阿列克谢·阿波隆诺维奇·鲍斯特洛姆(1852—1921)。这就是阿·托尔斯泰的养父,一个有着民主倾向的小地主。母亲这一决定为阿·托尔斯泰少年时代旷日持久的家族归属官司①埋下伏笔,他的伯爵身份和此后的人生从此出现了某种命定的交集。

未来的作家在索斯诺夫卡田庄度过了发育完善的童年,那里有七月的闪电、屋顶的冬雪、哗哗的春水、归巢的鸟儿、熟透了的苹果香和黄昏的篝火等一起构筑的自然,有羊倌米什卡、老工人纳扎尔、木匠、厨娘、农民等热心编织的游戏和故事,更有涅克拉索夫、列夫·托尔斯泰、屠格涅夫等古典作家的作品伴随父母的夜读声叩击着阿·托尔斯泰的心灵。

1891 年,阿·托尔斯泰进入萨拉托夫私立小学学习;1897 年,进入塞兹兰实科中学读书,之后转入萨马拉实科中学,参加了业余戏剧小组,并与未来的妻子尤丽娅·瓦西里耶夫娜·罗冉斯卡娅认识,短篇小说《米什卡》和自传体中篇小说《生活》正是这个时候创作的。

1901 年,阿·托尔斯泰获得了承认他归属于托尔斯泰家族的官方证明,还通过了彼得堡工学院机械系的入学考试。1902 年,与尤丽娅·瓦西里耶夫娜·罗冉斯卡娅结婚。1904—1905 年间,相继在叶拉布加郊区苏金斯基玻璃厂、波罗的海战舰铸造厂、乌拉尔涅维扬斯克钢铁厂等地实习,并在漫游乌拉尔期间沿叶兰契克湖附近勘察金矿。11 月,由于彼得堡的学校被当局关闭,阿·托尔斯泰偕妻子前往喀山。当整个国家处处感到"巨大风暴来临"②的时候,他通过写诗对革命事件做出回应,其中一些发表在喀山报刊《伏尔加小报》上(《远方》、《梦》、《新年》),后来作家认为这些关于革命的诗歌是没有艺术价值的试验,因此从未将其

---

① 1883 年 1 月,阿·托尔斯泰在萨马拉养父家中诞生,接受洗礼时出生证上注明其生父是托尔斯泰伯爵;1883 年 9 月,萨马拉法院解除了阿·托尔斯泰父母的婚姻;1896 年 3 月,母亲向萨马拉议会提交将儿子归属萨马拉贵族家谱申请,遭到拒绝;1897 年 1 月再次提交呈文,议会再次否决,且伯爵拒绝承认儿子;1900 年伯爵去世,阿·托尔斯泰母子参加了葬礼;1901 年,未来作家获得了他属于托尔斯泰家族的官方证明。阿·托尔斯泰在未出世时母亲离家出走以及之后生父拒绝承认,应该说基本失去了贵族身份,又因为母亲多方努力,在生父去世后被家族重新接纳,并享受贵族头衔带来的经济社会利益,也一度使这位拥有伯爵身份的青年作家在上流社会声名鹊起。伯爵身份于是伴随了作家的一生,既有利于成就他最初的文名,又是他侨居回归后洗刷不掉的烙印,这只在沙俄时代出生、侨居经历中颠簸、回归苏联后显得不伦不类的白乌鸦,在经过一番苦难的心路历程后终于与社会主义现实主义文学大潮基本融合,人们对他的称呼加上带有政治隐喻的"红色",是为"红色伯爵"。

② В. И. Ленин,《 Полное Собрание Сочинений В. И. Ленина 》, М.: Издательство политической литературы,1967,т31,с10.

收入自己的作品集。

1906年，阿·托尔斯泰与自由主义知识分子、远房亲戚康斯坦丁·彼得罗维奇·冯—弗里特结识，由此接近象征主义，他许多充满颓废情调的诗歌在《阿波罗》、《天平》、《野蔷薇》等象征主义的刊物上发表。1907年4月，阿·托尔斯泰第一本著作《抒情诗》出版，这本具有学徒模仿性质的诗集写满了对彼岸世界的迷恋，宣扬诗歌的最高使命在于联结现实与彼岸两个世界，人们的注意力应该由日常的地面范围转向隐含的神秘领域。可是迷恋过后，作家在象征主义美学领域的漂泊中"只找到了海市蜃楼的幻景。"①

尽管这样，象征派诗歌《抒情诗》的出现本身就是一个象征，阿·托尔斯泰从此以一个诗人身份登上文坛。俄罗斯少了一个工程师，却多了一位艺术家。如果以此为起点，以那部举世瞩目的未完成之作《彼得大帝》为终点，就会发现在他62岁的生命中，文学创作持续了38年，以诗歌始，以小说终；他的艺术创作因为两次意义非凡的旅行被划分为三个阶段：沙俄时期（1899—1918），以伏尔加河左岸系列中短篇小说、《地下宝藏》、《跛老爷》为代表；侨居时期（1918—1923），以柏林版《两姐妹》、自传体中篇小说《尼基塔的童年》和科幻体小说《阿爱里塔》为范例；苏联时期（1923—1945），主要作品有《加林工程师的双曲线体》、《苦难的历程》、《彼得大帝》、《乌金》等。

这是一个怎样的作家？生前的种种也许莫衷一是，死后却留下了十卷本的文学遗产。诗歌、戏剧、童话、特写、政论，更有言说不尽的长篇小说，而长篇小说正是阿·托尔斯泰对20世纪俄罗斯文学最主要的贡献。伯爵的身份烙印、象征派的文学出身、侨民的政治标记，前半生的这些人生历练似乎成了他通往苏联文学康庄大道上的绊脚石，哪一桩都"不合时宜"，他却摆脱了所有不利因素，成功转型为苏联社会称道的"红色伯爵"。而他最优秀的作品，如作家所愿，不仅在十月革命十周年的时候被人们阅读，再过五十年，再过百年，还译成许多语言被全世界的人们阅读。

套用俄国著名思想家陀思妥耶夫斯基的民族观，真正伟大的作家永远不屑于在文学史上扮演一个次要角色，甚至也不屑于扮演头等角色，而一定要扮演独一

---

① А. Н. Толстой，《Полное Собрание Сочиненийв пятнадцати томах》，М.：Гослитиздат，1949，т. 13，с. 323.

无二的角色。阿·托尔斯泰在他生活和创作最艰难的转型中的确实现了独一无二的自我定位，他的《苦难的历程》堪称自己和整整一代知识分子的心路历程，他的《彼得大帝》气势磅礴地复活了彼得时代，他奠定自己在文学史上的位置恰恰归功于生命的最后二十年，归功于这两部独一无二的史诗型长篇小说。

这样的成功转型，其中的辛酸苦难，其中的挣扎彷徨，其中的隐忍决绝，其中的落寞坚守，惟阿·托尔斯泰自知。他与苏联祖国，与社会主义现实主义文学的融合不可能一蹴而就，但他真心热爱这个国家，热爱这个国家的人民，他创作出了彪炳史册的作品，他无愧于苏联作家的称号。百年之后的读者，从涅瓦河上这位归来游子纷扰的思绪中预见了他今后的人生，从他回归苏联后的生活和创作中窥探到他隐藏的秘密。他身处"宏伟的时代"，尽管因为各种原因没有大力宣传自己的文学纲领，尽管他的文学纲领很快被隐没甚至遗忘，但"宏伟的现实主义"①，作家最重要的生存智慧与最核心的创作美学，像一根红线，贯穿了他苏联时期的全部生活和创作，像一把钥匙，开启今天阿·托尔斯泰及其作品的研究之门。本书的主旨，就是带着这样的领悟，跟随读者一起造访这位伟大的苏联作家和他的艺术世界。

第一节 选题研究史综述

在造访阿·托尔斯泰及其艺术世界之前，首先得作一个了解：过去的一百年里作家的故乡俄罗斯对他如何评价？中国的学者又有怎样的发现和研究？接下来将着重理清这些问题。

一、国外研究现状

国外的阿·托尔斯泰研究以俄罗斯为主，大致可以分为 1950 年代之前、苏联解体之前、苏联解体之后三个时期。

---

① 阿·托尔斯泰 1924 年在《文学的任务——文学札记》（Задачи литературы——литературные заметки）中首次提出"宏伟的现实主义"（монументальный реализм）理论，提出如何解决宏伟与时代、唯美、典型、传统之间的关系问题。

(一)1950年代之前(1907—1949)

从1907年《抒情诗》开始,阿·托尔斯泰以象征派诗人身份步入文坛,之后却转向现实主义,陆续推出了《伏尔加河左岸》、《怪人》①、《跛老爷》这样的作品。从诗人到小说家的这一转型为阿·托尔斯泰开启了日后成为史诗型小说巨匠的可能。但当时的一些评论家对阿·托尔斯泰早期现实主义精神的作品进行严厉批评,利沃夫—罗加切夫斯基认为艺术家在《两种生活》中没有对现实作广泛而鲜明的描绘,却在那里一千零一次地写那些怪事。

高尔基是俄国文学界最早关注阿·托尔斯泰早期现实主义作品并做出正面评价的作家,他独具慧眼,敏锐发现了阿·托尔斯泰的文学才华。早在1910年11月7日给作家柯秋宾斯基的信中就指出了阿·托尔斯泰作品的生活真实性,并预言他会成为"第一流的大作家"②。在同年11月给波伦亚学校学员的信中高尔基说道:"……一位新的托尔斯泰,也就是作家阿列克谢,他无疑是一位卓越的、一位很有才华的作家,一位能用残酷的真实去描写现代贵族阶级心理颓废和经济崩溃的作家——认识俄国文学界中这个新生的力量,对你们会是愉快和有益的"。③尽管这个时候的托尔斯泰只是出版了《伏尔加河左岸》这样的短篇小说集,还没有拿出真正意义上的鸿篇巨制,但这些富于预见性的评价在《怪人》和《跛老爷》出版后就立刻证实了。

布尔什维克党的《真理报》早在1914年11月26日发表了《现实主义的复活》,对阿·托尔斯泰的创作做出了应有的评价,文章指出当时俄罗斯文学中现实主义的复兴。"在我国的文学艺术中","现在可以看到倾向于现实主义的某些迹象,描写'粗野生活'的作家比不久前的几年大为增加。高尔基、阿·托尔斯泰、蒲宁、什梅廖夫、苏尔古乔夫以及其他作家,在自己的作品中描绘的已不再是'遥远的童话的世界',不再是神秘的'塔希提人',而是原汁原味、触目惊心的俄国日常生活。"④这种评价肯定了阿·托尔斯泰作为现实主义艺术家的才能和地位。K. 楚科夫斯基把阿·托尔斯泰与陀思妥耶夫斯基的作品进行比较,认为《跛老

① 该小说先后使用了《两种生活》、《地下宝藏》、《怪人》三个标题,实为同一部作品。

② А. М. Горький,《Собрание сочинений в тринадцати томах》, М.: Гослитиздат, 1955, т. 29, с. 138.

③ Там же, С. 142.

④ Сборник《Дооктябрьская Правда об искусстве и литературе》, М.: ГИХЛ, 1937, с. 15, Статья за подписью М. Калинина (псеид. К. С. Еремеева).

爷》是"改头换面的《恶魔》"①。《跛老爷》确实有残酷天才陀思妥耶夫斯基的那种神秘气息,但他与主人公破除了神秘的明晰生活哲学相比已经退居其次了。

富尔曼诺夫对阿·托尔斯泰的早期贵族庄园小说作出了这样的评价:"就写作风格而论,他是我国古典作家的继承者……托尔斯泰的命运与果戈理有相似之处。他生来的使命就是揭露自己周围的人们……他不是贵族阶级的歌颂者,而是诵经士,为此他受到贵族的仇视。"②

十月革命后,阿·托尔斯泰开始了四年多的侨民生活,期间写下了著名的《两姐妹》并在柏林出版。高尔基在1923年致罗尼盖尔的信中阐述:"《苦难的历程》特别引人注意,细致精微地描述了俄罗斯姑娘在爱情来临时候的心理,战争前夜和战争之中的俄罗斯知识分子构成其背景,具有有趣的性格和场景"。③ 借科幻题材表达对现实苏维埃革命看法的《阿爱里塔》、《加林工程师的双曲线体》和惊险小说《亡命者》似乎没有得到评论界太多关注,向十月革命十周年献礼的《一九一八年》几经周折终于发表,获得了广泛的好评。《新世界》主编斯克伏尔卓夫—斯捷潘诺夫读过《苦难的历程》第二部原稿后致信作家:"如果在后面您没有降低已经达到的水平的话,那么,它就一定会成为人们瞩目的一九二七年艺术文学的中心了。而且又正好同十周年碰到一起!在字里行间处处都可窥见您那精湛的技巧"。④ 费定细心地发现了《苦难的历程》的特色,他在1943年3月27日的《文学与艺术》杂志上撰文指出,"历史进入这部长篇小说《两姐妹》的时候,它的脚步声刚开始十分微弱,然后是逐渐清晰可辨、坚定有力,最后变成压倒一切的了"⑤。到创作长篇小说《一九一八年》的时候,三部曲的作者"已经把所有的门窗打开,让历史的风暴冲了进来,于是革命的风暴在书中激动不安地咆哮,主人公那渺小的毫无指望的命运就像一颗微小的沙粒在这风暴中旋转"。⑥ 费定还注意到了阿·托尔斯泰的创作发展与俄罗斯古典文学的继承关系,他准确而形象地指出:"在俄罗斯文学苏联时期最先进的作家中托尔斯泰具有最鲜明的个性和最耀眼的才华。

---

① К. И. Чуковский,《Алексей Толстой (Портреты современных Писателей)》, Современные русские, 1924, №1. С. 258.

② 克列斯廷斯基:《阿·托尔斯泰》,周忠和译,郑州:黄河文艺出版社,1986年版,第127页。

③ А. М. Горький,《Письмо к К. Ронигеру》, 1923, Архив А. М. Горького. ИМЛИ.

④ 阿·托尔斯泰:《论文学》,程代熙译,北京:人民文学出版社,1980年版,第196页。

⑤ К. А. Федин,《Собрание сочинений》, М. :1954, т. 6, с. 516.

⑥ Там же, с. 279 – 280.

他绝不在任何方面重复任何人，同时又与我们19世纪的遗产有着精细而明显的联系。他从过去牵来一根金线，以自己温柔的细丝引向屠格涅夫、阿克萨科夫、莱蒙托夫、普希金”。①

20年代侨居英国的米尔斯基在他最著名的《俄国文学史》中则有意贬损作家。他认为，“阿·托尔斯泰最突出的个性特征，即巨大的自然天赋和完全缺乏头脑这两者的奇特组合。当他心甘情愿地服从其天生的创造力，他便是一位独一无二的迷人作家；而他一旦试图表达思想，则会成为一条可怜虫。”②在米尔斯基看来，阿·托尔斯泰“具有令人羡慕的叙事手法，却无构建故事之能力……他的长处是神奇的活力，直截了当的叙事和能使人物栩栩如生的高超天赋……他仅善于塑造傻瓜、怪人和白痴，他笔下的人物无一例外带有愚蠢的印记……这一特征似乎为作者所具有，而非其人物。”③尽管米尔斯基近乎人身攻击的个性化评价有失公允，他还是肯定了作家的早期小说，作家侨居时期《尼基塔的童年》因其天真的活力与纯洁的明朗在最伟大的俄文图书中应该占据一席，描写火星的作品《阿爱丽塔》含有最杰出的人物速写，即红军战士古谢夫以及他对火星和火星人公事公办毫不诧异的态度。米尔斯基写作此书时是1925年，面向英美学界，他对阿·托尔斯泰发出的公开信以及回归苏联的选择充满敌意，对其作品也不乏故意贬损的成分，他也无法完整地评价阿·托尔斯泰及其作品。米尔斯基本人1932年在高尔基的帮助下回归苏联，一度被称为“红色公爵”，1937年失去庇护人高尔基后旋即因间谍罪被捕，两年后死于远东地区的集中营，这中间的曲折远非文学层面可以说清。

阿·托尔斯泰30年代最重要也最有成就的小说就是《彼得大帝》。第一部问世后，高尔基就认为这部作品列入俄罗斯优秀历史小说中是当之无愧的：“……不知不觉，在我国创作出了一部真正的、具有高度艺术性的历史长篇小说”。④ 1933年恰逢阿·托尔斯泰五十寿辰，高尔基从意大利写来贺信，也提到这本书：“……您知道，我非常喜爱和钦佩您那了不起的天才，过人的令人艳羡的天才。是的，我

① 《Литературная газета》，3 марта 1945 г.

② 米尔斯基：《俄罗斯文学史》（下卷），刘文飞译，北京：人民出版社，2012年版，第300页。

③ 同上，第301页。

④ А. М. Горький，《Собрание сочинений в тринадцати томах》，М.：Гослитиздат，1956，т. 30，с. 279－280.

正是这样来领会您的天才的，它迸出灿烂的火花，它蕴含辛辣的讽刺，不过我觉得这种品质还是次要的，而首先，您的天才简直是了不起的，真正俄罗斯式的……《彼得大帝》是俄国文学中第一部真正的历史小说，这部书将长期地流传下去。”①

什克洛夫斯基读了《彼得大帝》第三部已经发表的前五章②后给作家写了一封信，给予了热情的赞扬，并表达一个愿望：“我曾思索过，优雅会不会挤掉政治，纳塔利娅会不会遮住彼得？……桑卡成了那个时代的维涅拉③，成了神话。”他还对彼得的经历提出意见，“倘若您能把彼得塑造成这么一个可以摸得着的而且具有这么一种自由精神的、完全摆脱了他的肖像的样子，那您将会成为我国巍峨的文学领域里的佼佼者。”④

罗曼·罗兰高度评价了《彼得大帝》结构的宏伟和塑造人物的艺术。他给托尔斯泰写信说：“我读过之后，确切些说是再次重读（因为我妻子已经给我读过一部分的俄文本）这部卷帙浩繁的史诗以后，感到它是那样的宏伟，那样的葱茏繁茂，又是那样的错综复杂，宛如钻进了道路纵横交错的森林，你往深处走去，那里有泥沼，有浓荫，还点缀着从树叶隙缝里透进的一束束阳光，仿佛觉得您的史诗是充满着令人惊奇的生活的巨幅画卷。我对您那雄浑的笔力和无限丰富的创作活动表示无比的钦佩，这些品质在您的作品中表现得又是那样的简单质朴，在知识分子当中，这却是罕见的禀赋。在您那严格而又真实的艺术中，最使我惊讶的是，您能把您的人物摆在他们所处的环境里来塑造。于是您的人物成了他们不能须臾离开的，不断给他们提供营养的空气、土壤和阳光的不可分割的组成部分。而且您妙笔一点，就描绘出了周围人们的微妙差别。”⑤

即使对阿·托尔斯泰颇有看法的西方著名评论家马克·斯洛宁也认为《彼得大帝》是“以可靠历史资料为基础的不朽著作，具有古老雕刻品的那种精致和轮廓鲜明。作者通过使用17世纪的少量习语和某些引自古代文献而巧妙插进作品中的语录，以及再现了绝迹了的风尚来体现那个遥远时代的气氛”，他认为“这部作品绝不是一部编年史”，因为“它手法新颖，人物丰富多彩，对话富于戏剧性，叙述

① Там же, с. 279－280.

② 《新世界》，1944年第3、6－7、8－9期。

③ 意为“春之神”。

④ 什克洛夫斯基1944年10月20日给托尔斯泰的信的原件保存在托尔斯塔娅处，引自《阿·托尔斯泰论文学》中克列斯廷斯基的注释，第443页。

⑤ 克列斯廷斯基：《阿·托尔斯泰》，周忠和译，郑州：黄河文艺出版社，1986年版，306页。

紧凑,情节转换迅速”。他的结论是,阿·托尔斯泰这部作品,“闪耀着善于描写的辉煌才能,每个具体细节十分清晰无遗,整整一世纪的画面绚丽多彩,使得人们可以毫不犹豫地把《彼得大帝》列为二十世纪俄国文学最优秀的历史作品”。

1945年2月24日,苏共中央和苏联政府沉痛宣告阿·托尔斯泰不幸逝世的消息,在讣告中称他为杰出的俄罗斯作家、天才的语言艺术家和热情的爱国者。他的去世是苏联文学界继高尔基之后遭受的最重大的损失,绥拉菲莫维奇、别德内依、肖洛霍夫、费定、阿赫玛托娃、别尔戈丽茨等苏联作家均著文表示怀念①。“俄罗斯人民,俄罗斯——这就是托尔斯泰的主题。他作品的多姿多彩和对广袤生活的感受所蕴含的俄罗斯性格之谜——引起这位爱国作家苦苦的思索。”②绥拉菲莫维奇这样评论。肖洛霍夫给予了热情赞扬:“阿列克谢·托尔斯泰是这样的一位作家,他具有博大的俄罗斯精神和多方面罕见的才华。他以自己持久的、紧张的、不知疲倦的劳动和对语言的高度严格赢得千百万读者的喜爱。他是伟大的,他建立了不朽的功勋。”③欧美文学界很多著名人士也纷纷打电报或发表文章悼念这位具有世界影响的文学巨匠。美国作家德莱塞宣称阿·托尔斯泰“完全配得上他的伟大先辈的姓氏④”,丹麦作家马丁·尼德森尼克瑟赞扬“他是一个生机

---

① 此后一周的苏联报刊发表了大量纪念性的文章,主要有别德内依的《重大的损失》,载《真理报》1945年2月24日;肖洛霍夫的《雄伟的艺术家》,载《真理报》1945年2月25日;吉洪诺夫的《伟大的人民作家》,载《真理报》1945年2月25日;包戈廷的《艺术家的天赋》,载《消息报》1945年2月25日;雷利斯基的《他永远和我们在一起》,载《消息报》1945年2月25日;加姆萨胡尔季娅的《世世代代活在我们心中》,载《消息报》1945年2月25日;托夫列尼奥夫的《俄罗斯天才》,载《消息报》1945年2月25日;巴甫连柯的《雄伟的艺术家》,载《红星报》1945年2月25日;列别捷夫—库马奇的《纪念阿·托尔斯泰》,载《红星报》1945年2月25日;谢普欣娜—库珀尔尼克的《俄罗斯人,俄罗斯作家》,载《莫斯科布尔什维克》1945年2月25日;特列涅夫的《活的源泉》,载《共青团真理报》1945年2月26日;伊格纳季耶夫的《人民的忠实儿子》,载《真理报》1945年2月26日;绥拉菲莫维奇的《人民的作家》,载《共青团真理报》1945年2月27日;卡西里的《昂首阔步》,载《教师报》1945年2月28日;罗马绍夫的《文学的语言》,载《苏维埃艺术》1945年3月2日;阿赫玛托娃和别尔戈丽茨的《纪念阿·托尔斯泰》,载《星》1945年3月3日;科拉斯的《出色的人》,载《文学报》1945年3月3日;费定的《他将活着》,载《文学报》1945年3月3日;伊萨柯夫斯基的《祖国的忠实儿子》,载《文学报》1945年3月3日;米哈尔科夫的《目光敏锐的艺术家》,载《文学报》1945年3月3日;希什科夫的《阿·托尔斯泰》,载《十月》1945年第3期,等等。

② А. Н. Толстой,《О литературе и искусстве》,М. :Сов. писатель,1984. С. 7.

③ Там же,С. 7.

④ 指列夫·托尔斯泰。

勃勃的人，一位深深扎根于生活的作家"，乔治·威尔斯代表英国作家表示沉痛哀悼，把他的逝世看成是世界文学的一大损失。①

侨民作家蒲宁1949年在他的回忆录中写了"第三个托尔斯泰"，即阿·托尔斯泰伯爵，回忆了与他最初的相识、侨居时期的交往以及最后一次会面，对其极尽挖苦讽刺。蒲宁对在巴黎侨民杂志上发表的《两姐妹》无疑是赞赏的，但他认为作者后来利用了《苦难的历程》，小说中所有白军的主人公对自己原有的感受和行为完全失望，居然都成了酷爱红军的人；《阿爱里塔》是整个幻想的胡说八道的东西；关于巴黎的"资本主义鲨鱼"的《乌金》完全是毁谤性的，等等。蒲宁一直认为作家的观点不能是政治活动家的观点，应该有另一种尺度，他却又根据严格的政治标准来衡量作家，尽管如此，他还是承认了阿·托尔斯泰"整个地具有极大艺术天赋的罕见的才华……他掌握了丰富的俄罗斯语言；像很少有的人那样，他懂得并感受到俄罗斯的一切……"②纳博科夫在自传中回忆了1916年自己父亲与阿·托尔斯泰的交往，盛赞他的诗歌才华。③

极为难得的是，阿·托尔斯泰及其作品比较完整地进入了1940年代的文学史，季莫菲耶夫在其1947年主编的《苏联现代文学史》中作了专章论述。编者认为正是依靠《伏尔加河左岸》和其他在题材上和形象上大都近似的作品，如《怪人》、《跛老爷》等，阿·托尔斯泰首先作为一个批判的现实主义传统的代表进入文学界，他的代表作《苦难的历程》囊括了内战的最重要的事变，广泛而完满地阐扬了意识上的探索、错误以及这些错误被真实而诚实地想服务祖国的人所克服，是苏维埃文学最伟大的著作之一。作者还论述了《彼得大帝》的选题原因、彼得和其他主要人物的形象、小说语言、创作特征等问题。这本文学史著作对阿·托尔斯泰及其作品的评价基本上是成立的，但认为他"首先是作为一个批判的现实主义传统的代表进入文学界"未免失之偏颇，似乎为了维护阿·托尔斯泰正统苏联作

---

① 克列斯廷斯基：《阿·托尔斯泰》，周忠和译，郑州：黄河文艺出版社，1986年版，第443页。

② 蒲宁：《蒲宁回忆录》，李辉凡译，北京：东方出版社，2002年版，第166页，原文收录于蒲宁回忆录《该死的日子》，莫斯科苏联作家出版社，1990年版。

③ 纳博科夫：《说吧，记忆》，陈东飙译，长春：时代文艺出版社，1998年版，246页。纳博科夫回忆了1916年2月俄国出版界的五个卓越代表应邀访问英国，在路上自己的父亲与科内·库科夫斯基要求以Afrika为韵脚作诗的情况，诗人兼小说家阿·尼·托尔斯泰尽管晕了船，还是写出了极其迷人的诗句：Vizhu paĺmu i kafrika，Eto – Afrika（意为：我看见一棵棕榈树和一个小黑人，那就是非洲）。

家的形象而有意忽略他早期与象征主义的渊源。

从作家踏进文坛到逝世前后同时代人的评价构成了阿·托尔斯泰研究的第一个阶段。高尔基最早发现了阿·托尔斯泰作为现实主义艺术家的文学才华,欣赏《两姐妹》中爱情心理描写的技巧和宏大叙事的背景铺陈,指出《彼得大帝》高度的艺术性及其对于俄罗斯历史小说的贡献;费定发现了《苦难的历程》的艺术特色,并关注阿·托尔斯泰的创作发展与俄罗斯古典文学的继承关系;什克洛夫斯基、罗曼·罗兰等重视作品结构和塑造人物的技巧;马克·斯洛宁关注《彼得大帝》的语言风格、创作手法和体裁特征;季莫菲耶夫主编的文学史对作家两部代表性长篇的论述等等。这些都从不同角度涉及了阿·托尔斯泰长篇小说艺术问题,构成了第一阶段的主要成果,无疑具有开拓性的意义,但由于和作家作品处于同一时代,就呈现出近距离的、印象式的、从单篇开始的研究特点。作家逝世标志着第一阶段的基本结束,也预示着有一定距离感的、深入的、整体的新的研究阶段的开始。

(二)苏联解体之前(1950—1991)

第一阶段的研究者多为由作家圈内的朋友兼任,他们读了作品后发表一些感想或评论,构成了第一阶段的主要研究成果。第二阶段是阿·托尔斯泰研究的黄金期,一个重要的表现就是大量的专门研究者涌现,并且每一个十年均有大批成果问世,20世纪80年代纪念作家百年诞辰达到研究最高潮。

阿·托尔斯泰及其作品在苏联时代长期处于研究者关注的焦点,传记类的著作大量涌现,如阿基莫夫的《阿列克谢·尼古拉耶维奇·托尔斯泰》(1954)、以及克列斯廷斯基1960年、纳捷耶夫1974年、佩捷林1978年的同名传记,这些传记不同程度上涉及了作家长篇小说的艺术问题。研究类的专著有:谢尔宾纳的副博士学位论文《阿·托尔斯泰的创作道路》(1954)、阿尔巴托娃的《阿列克谢·托尔斯泰——历史长篇小说大师》(1958)、波里亚克的《阿列克谢·托尔斯泰——散文艺术家》(1964)、巴兰诺娃的《革命与艺术家的命运》(1967),斯坦尼斯拉沃夫娜的《阿列克谢·托尔斯泰与格鲁吉亚文学文化界》(1978)等。

为纪念作家百年诞辰,苏联官方举办了多种形式的纪念活动,阿·托尔斯泰研究在80年代达到了顶峰。如古连科夫的《没有俄罗斯不能活:阿·托尔斯泰通往革命的道路》(1981)、维亚切斯拉夫的《阿列克谢·托尔斯泰的一生》(1982)、波洛维科夫的《阿列克谢·托尔斯泰:生平和创作》(1984)、米哈伊洛夫娜的《阿列克谢·尼古拉耶维奇·托尔斯泰》(1989)等,这些都循着传统的传记类著作的形式关注作家,也涉及了一些艺术层面的东西。阿·托尔斯泰作品的研究呈现出多元的视角,有从作家整体创作着眼的,如彼得罗维奇的《寻找和谐:阿·托尔斯泰的艺术发展》(1981)、瓦西里耶维奇的《阿列克谢·托尔斯泰的创作》(1982)、佩捷林的《艺术家的命运:阿·托尔斯泰的生活、个性和创作》(1982)、鲍里索维奇的《阿列克谢·托尔斯泰的道路:创作纪实》(1982)、米哈依诺夫的《神奇的艺术力量》(1984)、格里戈利耶维奇的《耀眼的天才》(1986)、克留科娃的《阿·托尔斯泰与俄罗斯文学:文学进程中的独创性》(1990)、楚科夫斯基的《现实主义者与浪漫主义者》(1990);有关注单部作品的,如伊里奇的《阿·托尔斯泰〈苦难的历程〉三部曲》(1984)、符拉迪斯拉夫的《寻找英雄:阿·托尔斯泰〈苦难的历程〉三部曲》的人物形象和性格》(1989);有关注作家与革命关系的,如伊里奇的《革命与艺术家的命运:阿·托尔斯泰和他的现实主义道路》(1983);有转入纯小说艺术研究领域的,如格里戈丽耶夫娜《阿·托尔斯泰小说的诗学:叙事语言的构造方法》(1983),等等。值得注意的还有高尔基世界文学研究所编写的《阿·托尔斯泰:资料和研究》①(1985),这部献给作家百年诞辰的集体著作收录了作家文学生涯的新资料,继续苏联托尔斯泰研究工作的同时,对他的艺术和美学遗产作出了新的解读。其中有关作家长篇小说艺术研究最重要的篇目有:芬克的《阿·托尔

① 第一部分主要篇目如下:谢尔宾纳的《阿·托尔斯泰和现代性》、沃罗比耶娃的《阿·托尔斯泰艺术思维的历史主义(倾向)》、芬克的《阿·托尔斯泰的叙事遗产》、哈伊洛夫的《阿·托尔斯泰美学认识中"读者—作家—批评家"的问题》、斯莫拉的《阿·托尔斯泰的抒情诗》、巴兰诺夫的《阿·托尔斯泰的艺术探索和20年代的苏联文学》、叶莉扎韦京娜的《阿·托尔斯泰创作中的俄罗斯描写童年的自传体中篇传统》、克留科娃的《米·高尔基和阿·托尔斯泰:对历史创作的态度》、科夫斯基的《阿·托尔斯泰艺术探索的现实性》。第二部分主要篇目如下:库瓦诺娃的《阿·托尔斯泰和伊·阿·蒲宁:写给蒲宁的政论信》、斯莫拉的《阿·托尔斯泰和亚·勃洛克:对文学史的态度》、哈伊洛夫的《阿·托尔斯泰和瓦·布留索夫:对文学史的态度》、哈伊洛夫的《阿·托尔斯泰的政论文〈论沃洛申〉》、科瓦连柯的《阿·托尔斯泰论谢·叶赛宁》、玛努伊洛夫的《阿·托尔斯泰在普希金协会:来自回忆录》、克留科娃的阿·托尔斯泰——苏联科学院院士》、格里高丽娃的《来自阿·托尔斯泰与玛尔京·安德尔森·涅克斯和约甘涅斯·罗伯特·别赫尔的通信》、库瓦诺娃的《阿·托尔斯泰和罗兰:对历史的态度》、乌尔诺夫的《文学对话中的阿·托尔斯泰(〈金钥匙〉的命运)》。第三部分披露了阿·托尔斯泰的创作遗产中的一些新资料,如作家1911—1936年的日记、战争年代里的札记、给克兰琪耶夫斯卡娅—托尔斯塔娅的信(1914—1940)、与楚科夫斯基的通信(1903—1943)等,克留科娃写了一篇关于这批新资料的论文,题为《阿·托尔斯泰的日记和书信:它们在创作过程中的作用》。

斯泰的叙事遗产》、巴兰诺夫的《阿·托尔斯泰的艺术探索和20世纪20年代的苏联文学》。这些著作和论文展开了作家长篇小说精彩纷呈的艺术世界，是阿·托尔斯泰长篇小说艺术研究的一次井喷。

在高尔基世界文学研究所编纂的《苏联俄罗斯文学史》(1960)中，谢尔宾纳全面评价了作家一生的创作，文章首先指出阿·托尔斯泰的创作发展是俄罗斯古典文学与苏联文学继承关系的生动体现，并对他各个时期的长篇小说艺术提出了独到的见解。他的早期散文和戏剧都以家庭回忆和个人观察为基础，这一时期的作品就像一条统一的叙事链，作家自己也将这些年的创作评述为"回忆时期"，叙事艺术发展的这一时期以长篇小说《怪人》和《跛老爷》为终结。作者认为，史诗般完整地广阔地艺术再现充满复杂阶级斗争和社会、思想和心理冲突的历史时期，并以天才的力量广阔充分地描绘史诗画面和细致精微地复活内心情感，是阿·托尔斯泰精湛艺术的主要特征。谢尔宾纳写道："捷列金和达莎的爱情故事浸染了原汁原味的诗情画意，作家细腻地传达出人类最珍贵的情感的复杂，就表现主人公精神生活的深度而言，阿·托尔斯泰的三部曲处于苏联文学中最优秀的作品之列"。① 《彼得大帝》表现出了苏联历史小说最优秀的特征："完美的艺术形式、精微的心理刻画与对历史时代的广泛描绘有机结合；时代大事件的史诗性叙述与人物生活丰富的个性展示融为一体"。② 谢尔宾纳的论文不仅关注长篇小说的艺术构思、叙述形式和塑造人物等具体的艺术技巧，更从宏观上把握作家的艺术禀赋，并确立了他的两部代表性长篇小说在苏联小说艺术史上的地位。

科瓦列夫主编的《苏联文学史》专章论述了阿·托尔斯泰，主要探讨他的长篇小说。他的早期作品描写了20世纪初俄国贵族和知识分子的生活，其中代表作《怪人》和《跛老爷》可以感受到俄国批判现实主义的传统。这些作品的突出特点是：语言生动活泼、丰富多彩，对日常生活的描写色调明快，善于像果戈理那样准确地表现人物性格与周围环境的协调一致及其相互制约，细腻的心理描写中偶尔混着辛辣的讽刺，以及表面上很不鲜明却又带着水彩画般色调的自然景物描写。该章简单评价了1920年代的两部小说，指出《阿爱里塔》中平民出身的人物第一次成了作家创作中最高人道主义思想的体现者，《加林工程师的双曲线体》和系列

① В. Р. Щербина,《История русской советской литературы(II),1929—1941г》,ИМЛИ. М.: Академии наук СССР,1960,с. 124.

② Там же,С. 138.

作品越来越鲜明地表现了革命胜利后那几年的生活图景,深刻揭示了现代人的内心世界。经过复杂的思想和艺术探索,阿·托尔斯泰的创作在苏联文学中第一次极其广阔地开拓了民族历史的视野,从历史远景的角度描写了十月革命这一题材。革命的长篇史诗《苦难的历程》,无论是就作品中所包含的重大历史事件的广度和对现代人进行的心理描写的深度而言,还是就故事情节的引人入胜、脍炙人口和富有诗意而言,20世纪只有寥寥几部作品可以与之媲美。该章还从作家创作中的彼得大帝题材、小说提出的问题范围与小说结构、彼得大帝及其战友形象诸方面论述了《彼得大帝》,并指出它的历史叙事小说的特征:作家在这部小说中首次把两种描写过去时代的艺术手法有机结合起来,一种是描写时代的表面色彩、风俗人情和见诸文献记载的特征,一种是对历史人物的心理活动进行深刻剖析,对人物内心世界进行现实主义的刻画,与此同时,充分重视历史小说的风格和语言。

叶尔绍夫的《苏联文学史》专章论述了阿·托尔斯泰,首先就指出阿·托尔斯泰作为苏联文学长篇史诗小说的和杰出历史剧的作者,与最伟大的民族史诗《战争与和平》的作者,与著名的历史剧三部曲《伊凡雷帝之死》、《沙皇鲍里斯》的作者,虽然不是直系意义上的亲属,却有着文学上毫无疑义的血缘关系。他的早期小说《怪人》、《跛老爷》继承了俄罗斯文学中一贯的贵族主题,以巨大的讽刺力量揭示了地方贵族的生活和地主阶级的衰败。经过多年紧张的创作活动,作家形成了自己的风格:情节性强,善于运用从民间口语中吸收来的丰富多彩和极有表现力的语言,善于对主人公的行为、举动、以及作者本人称之为的"讲话所具有的手势力量"独具一格的处理方法来分析其内心世界的高超艺术。关于遥远的未来——星际飞行时代的科幻小说《阿爱里塔》、《加林工程师的双曲线体》与社会心理史诗《苦难的历程》和20世纪20年代其他一些不同题材与体裁的作品天衣无缝地构成了他的创作整体,这些作品都以绘画般的色彩和雕刻般的章法再现了物质的结构、日常生活的新鲜感和复杂性,以罕见的造型手段生动塑造了人物的性格。作者认为,《彼得大帝》是历史叙事史诗,本质上倾向于亨·显克维奇①著名的三部曲所特有的自由和详尽的叙事形式。

---

① 亨·显克维奇(1846—1916),波兰作家,著有三部曲《火与剑》、《洪流》、《伏沃迪约夫斯基先生》,反映了17世纪波兰人民反抗外来侵略的历史。

总的来看,这一时期涌现了一批专门从事研究阿·托尔斯泰及其作品的学者,克列斯廷斯基、佩捷林、谢尔宾纳、波里亚克、芬克、巴兰诺夫、米哈伊洛夫娜、格里戈丽耶夫娜、伊里奇等共同推动了阿·托尔斯泰研究的繁荣,20 世纪 80 年代达到了顶峰,在单部作品的人物塑造、结构安排、语言修辞及其在小说体裁上的价值,作家作品在与俄罗斯古典文学、当代苏联文学的关系等课题上都有了比较深入的研究成果。但这一时期仍非常重视一贯的思想挖掘,小说艺术研究处于从属地位,有关作家长篇小说艺术的系统研究还有待展开。

(三)苏联解体之后(1991 年至今)

列夫·托尔斯泰在《安娜·卡列尼娜》中借一个人物之口说出:“现在在我们这里,一切都翻了一个身,一切都刚刚开始安排”。这里指的是 19 世纪 60 年代的俄国社会,这句话来概括苏联解体后的俄罗斯文学再恰当不过了。旧的已经中断,新的还未开始,如何评价包括阿·托尔斯泰及其作品在内的苏联文学,文坛诸派各执一词,主张俄国走西方政治发展道路的作家(号称“自由派”或“民主派”)与坚持俄罗斯民族传统的作家(自称“爱国派”或“传统派”)分庭抗礼。自由派彻底否定苏联文学,认为这是为“极权主义”效劳的文学,主张摒弃“红色经典”,以“回归文学”(或称“侨民文学”)为中心重构 20 世纪俄罗斯文学史,作为社会主义现实主义文学最重要的代表之一——阿·托尔斯泰及其作品也遭受了被放逐和抛弃的命运。针对一味贬低苏联文学的言论和行为,著名作家、俄罗斯联邦作协主席邦达列夫指出:“我们为苏联文学的成就而自豪,在苏联文学这整整一个历史阶段,产生了高尔基、阿·托尔斯泰、肖洛霍夫、列昂诺夫等许许多多文学天才。”①

政治风云的突变、经济形势的逆转,对文学和文学研究不可避免地带来了影响,这一时期的阿·托尔斯泰研究在艰难中前行。苏联文学史中必然大书特书的阿·托尔斯泰到阿格洛索夫主编的《20 世纪的俄罗斯文学》(1998)中毕竟还有半张席位,该书编者尽可能地兼顾传统苏联文学、地下文学与侨民文学各家份额。佩捷林怀着对作家无限的尊敬和爱戴再次推出了《红色伯爵阿列克谢·托尔斯泰的一生》(2001),除作者的话、序言、尾声外包括七章,分别是:伏尔加河畔、彼得堡的冬天、在战火的洗礼中、重新得到的祖国、彼得大帝、随风而动的生活、愤怒的俄

① 黎皓智:《20 世纪俄罗斯文学思潮》,北京:北京大学出版社,2006,第 406 页。

罗斯。瓦尔拉莫夫则持完全相反的态度出版了《阿列克谢·托尔斯泰》(2006),除了提供了一些有价值的资料,在这部颇有蒲宁文风的传记中几乎看不到对作家及其作品的任何赞扬。

凯尔德士在他的《现实主义与"新现实主义"》中论述了1910年代到来前后俄国的"新现实主义",指出青年阿·托尔斯泰正是通过写以日常生活为题材的作品一举成名,并走上新现实主义的道路。这些作品主要描写俄罗斯贵族的堕落、衰败和绝望,贯穿了爱和苦难的主题,其中包括两部长篇小说《两种生活》(后改为《怪人》)和《跛老爷》。文章认为托尔斯泰1910年代作品中素有的对奇人怪事的描写完全体现了作者的创作意图,即表现陈腐落后的污秽,他笔下的各种各样的怪人和大大小小的怪事构成了一个艺术手法相似的荒诞系列,并且这种荒诞的风格很大程度上源自果戈理传统的影响。但他的作品既不同于当时的"神秘主义"小说,又难以划归到传统现实主义名下,而是青睐于"现实生活中的形象",显示出正在形成中的"新现实主义"风格。

雷诺娃2005年博士论文题为《阿列克谢·托尔斯泰小说美学:历史艺术形象的回顾和展望》。第一章论长篇小说《彼得大帝》中历史主义的艺术特点;第二章论《苦难的历程》三部曲中的主导世界观;结语强调"爱国主义"、"统治地位"、"民族统一意识"等对于20世纪文学史艺术体系类型研究的现实意义。此外,她还有系列论文如《主导美学:阿列克谢·托尔斯泰在未来世界》(2001)、《阿列克谢·托尔斯泰与鲍里斯·皮里尼亚克:面对主导意识问题》(2001)、《现实主题创新:〈苦难的历程〉三部曲中主人公的爱情命运——作为创造生活的构思》(2002)、《阿列克谢·托尔斯泰的历史主义与彼得大帝题材》(2004)、《作为〈苦难的历程〉三部曲中知识分子自我认同精神基础的新国家主义》(2006)、《阿·托尔斯泰对彼得时代美学观的演变》(2006)等。

王冬梅2005年博士论文题为《阿·托尔斯泰的女主人公:形象的类型与性格的演变》。第一章论爱情圈中的女性(1908—1912年作品),分两小节:"屠格涅夫家的姑娘"作为作家审美理想的化身;两种女性类型(具体的和观念的)。第二章论时代的灾难与女性的命运(1913—1922年作品),从三方面展开:道德选择问题;战争和革命考验中女性性格的嬗变;阿爱里塔——爱情和牺牲的典范。第三章论新时代女性形象的形成:思想纲要与"积极生活",由两小节构成:作为革命改造结局的女性气质的损失(《怪人》);《苦难的历程》——女性个性改造的隐喻。

这一时期值得注意的专著和博士论文还有：戈鲁勃科夫的《和谐的模式：阿·托尔斯泰小说的喜剧化》(1993)、伊万诺夫的《俄罗斯作家的神话主义创作(米·高尔基，阿·托尔斯泰)》(1997)、格里戈利的《爱的定义：阿·托尔斯泰伯爵小说情节的虚构》(2004)、加德日耶夫娜的《政论文的隐喻：以阿·托尔斯泰的创作为例》(2004)，费多罗娃的《阿·托尔斯泰早期小说对俄罗斯形象的人物拓扑》(2005)、托尔斯塔娅的《焦油抑或蜂蜜：1917—1923 年代里不知名的阿·托尔斯泰》(2006)等。

此外，莫斯科科学出版社再次推出了一套《阿·托尔斯泰：最新资料和研究》(1995、2002①)，与 1985 年克留科娃主编的《阿·托尔斯泰：资料和研究》遥相呼应，是研究界尤其值得关注的资料汇编，包括一系列关于作家创作的论文和材料，如作家的创作方法和艺术风格、理想创作的演变、对现当代创作的影响、不同时期文学活动事实等。

综上所述，可以得出几点认识：国外的阿·托尔斯泰研究以俄罗斯为主，大致可以分为 1950 年代之前、苏联解体之前、苏联解体之后三个时期；阿·托尔斯泰研究是苏联时代文学研究的一门显学，长篇小说又处于阿·托尔斯泰研究的中心，前面两个阶段得益于国家层面的推动，作家不同时期不同体裁的长篇小说都进入了研究者的视野，但偏重于思想挖掘，小说艺术研究处于从属地位，有关作家

① 这套丛书由两册构成，均获得“俄罗斯人文科学基金”(РГНФ)支持。第一册 1995 年由莫斯科遗产出版社出版，笔者多方搜索没有找到此书。2000 年 4 月 26－27 日，高尔基世界文学研究所、国家文学博物馆、阿·托尔斯泰故居纪念馆在莫斯科组织召开了题为“早期阿·托尔斯泰与他的文学圈”的学术研讨会，会议成果于 2002 年结集出版，即丛书的第二册。该册主要内容如下：一，研究类：沃罗比耶娃的《早期托尔斯泰：叙事的来源》、沃隆措娃的《作为 A. H. 托尔斯泰早期作品来源的屠格涅夫家族史》、格里汉诺娃的《阿·托尔斯泰 1910 年代艺术探索语境下的人物演变》(短篇小说《哥萨克什拖斯》)、车尔尼舍娃的《阿·托尔斯泰早期创作中的神秘主义倾向》、拉多姆斯卡娅的《阿·托尔斯泰 1910 年代创作中的人物探索》(文本批评层面)、尼古拉耶夫的《阿·托尔斯泰惊险小说的艺术特色》、斯科别列夫的《文学传统语境下的两部滑稽喜剧》(阿·托尔斯泰的《青年作家》与萨多夫斯基的《贴身侍女》)、戈鲁勃科夫的《阿·托尔斯泰与扎米亚金：创作呼应的时机》、萨玛捷洛娃的《阿·托尔斯泰童话〈巴什基尔人〉的历史—民间来源》、斯特列科娃的《阿·托尔斯泰、托尔斯塔娅、鲍斯特洛姆家庭通信中的命名艺术》；二，资料类：阿·托尔斯泰的《七月十四日：诙谐小说》、《叶戈尔·阿博佐夫：未完成长篇小说的构思》、《我的自传》(1916)，奥勃良斯卡娅的《康达乌罗娃传记的材料：草稿〈回忆片段〉》、扎勃罗夫斯卡娅的《巴黎有利于他的艺术》等。

长篇小说艺术的系统研究还有待展开;第三阶段在小说艺术层面上作了进一步的探索,涉及艺术风格、美学观念、人物形象塑造、戏剧模式、神话特征、情节虚构等问题,尽管研究成果的数量和质量不及苏联时代,但在苏联解体的大背景下能集结比较成规模的团队并产生比较丰硕的成果,难能可贵;高尔基、费定、克列斯廷斯基、谢尔宾纳、雷诺娃、费多罗娃等人的成果分别代表了三个阶段的研究水平,阿·托尔斯泰研究并没有因为苏联国家的解体而中断和结束,经过一段时间的阵痛和反思后,反而有希望获得正常的健康的发展。

二、中国的译介和研究

在20世纪中俄文学关系史上,阿·托尔斯泰显然是一位重要的无法绕开的作家。二三十年代的进步文艺工作者把翻译苏联文学作品看作是对敌斗争的一种重要形式,阿·托尔斯泰的代表作《苦难的历程》和一系列革命题材的作品亦是极大地鼓舞了在黑暗中摸索的中国知识分子和人民。这里尤其要提的是,作家本人还专门给《保卫察里津》的中译本译者曹靖华先生写信,信中说:"要是我的劳动,能够对伟大的中国人民在争取崭新的、自由的幸福生活的斗争中有所帮助,即使是最微小的,我也将感到莫大的快慰和兴奋。"①这表明阿·托尔斯泰与中国文学界有过直接的联系,表明他对中国作家和中国人民怀有真挚的友情。他逝世后,郭沫若从重庆发出吊唁信,表达中国作家的悲痛,称托尔斯泰是"全世界最卓越、最有声望的作家之一",这位反法西斯战士作家的逝世是"全人类的损失"②。考察我国的阿·托尔斯泰译介和研究,不难发现,他一度是在我国最受尊崇的苏联作家之一,他和他的作品在中国的命运,亦成为苏联文学投射到中国的一个缩影,自有文学内部规律潜在的掌控,似乎又与社会和政治的需要密切关联。这么一位真实地"来过"中国的红色伯爵是不应该被遗忘的。

中国的阿·托尔斯泰译介和研究大致可以分为三个时期:新中国成立之前、新中国成立之后苏联解体之前、苏联解体之后。

(一)新中国成立之前(1920年代末—1949)

早在"五四"时期,瞿秋白在研究中国刚刚出现的俄罗斯文学热时就指出"俄

① 《译文》,人民文学出版社,1957年第11、12期,第302页。

② 郭沫若:《郭沫若文集》,北京:人民文学出版社,1961年版,第13卷,第219页。

国布尔什维克党的赤色革命在政治上、经济上、社会上产生出极大的变动，掀天动地，使全世界的思想都受他的影响。大家要追溯他的原因，考察他的文化，所以不知不觉全世界的视线都集中于俄国，都集于俄国的文学；而在中国这样黑暗悲惨的社会里，人都想在生活的现状里开辟一条新的道路，听着俄国旧社会崩裂的声音，真是空谷足音，不由得不动心。因此大家都要来讨论研究俄国，于是俄国文学就成了中国文学家的目标……俄国的国情，很有与中国相似的地方。"①要创造新文学，就应当介绍俄国文学，这正是"五四"前后和20年代俄国文学大举进入中国的背景，另外大革命的失败和左翼文化运动的发展，客观上为阿·托尔斯泰及其作品进入中国提供了最佳的历史契机。

这个时候中国的俄国文学译介和研究刚处于拓荒时期。中国文坛对俄国文学日趋重视，首先要译介的是以三巨头为代表"执欧洲之牛耳"的19世纪文学和拥护十月革命与劳工政权的革命文学，似乎无暇顾及当时不太出名的阿·托尔斯泰。郑振铎的《俄国文学史略》②和蒋光慈、瞿秋白的《俄罗斯文学》③，当时这两部中国学者撰写的最重要的俄国文学史著作均未收入或介绍阿·托尔斯泰的作品，前者曾在《小说月报》连载，主要介绍19世纪及更早时期的俄国文学，其中《劳农俄国的新作家》对20世纪的高尔基、马雅科夫斯基等作了论述；后者的上卷为《十月革命与俄罗斯文学》，关注勃洛克、别德内依、爱伦堡、谢拉皮翁兄弟等作家和诗人。这两部文学史撰写于20世纪20年代初，尽管阿·托尔斯泰在革命前就已成名，但远没有日后那么辉煌的文学声誉，而且他1919年4月开始流亡，1923年8月才回到苏维埃俄罗斯，或许他当时还并不为中国学者所知。兼有伯爵出身和流亡经历的他即使进入了中国学者的视野，也会最终被排除在外。因此，阿·托尔斯泰研究在当时中国的缺席实在是情理之中的事了。

20世纪20年代末，阿·托尔斯泰作为"红色伯爵"，已经创作出了向十月革命十周年献礼的《一九一八年》，我国不少出版社当时正好推出"新俄文学"作品专集，其中就有他的《蔚蓝的城》、《苦难的历程》和《彼得大帝》，这批原始译著笔者尚未找到。20世纪30年代的主要译著有：巴金译的《丹东之死》(1930)、楼适

① 瞿秋白：《俄罗斯名家短篇小说集》序，载《瞿秋白文集》第2卷，北京：人民文学出版社，1954年版，第543—544页。

② 商务印书馆1924版。

③ 创造社出版部1927版。

夷译的《但顿之死》(1933)、许涤非1933年将日本俄国文学研究专家升曙梦所著的《俄国现代思潮及文学》译成中文,其中有关章节对阿·托尔斯泰早期创作作了颇有深度的评述。他的作品究竟最早是何人何时传入我国,笔者不敢妄加定论,就以上掌握的资料看,应该在20世纪20年代末30年代初就已经介绍进来了。

20世纪40年代的主要译著有:蒋学模译的《粮食》(1941)、楼适夷译的《彼得一世》(1941)、曹靖华译的《保卫察里津》(1945)、林陵译的《伊凡·苏达廖夫的故事》(1946)年、水夫译的《苏联文学之路》(1946)、曹靖华译的文艺理论《致青年作家及其他》(1946),其中收录了阿·托尔斯泰1938年12月在青年作家大会上的讲话,白寒译的《卫国战争——短篇小说选》(1948),其中收录了阿·托尔斯泰的几个短篇,朱雯译的《苦难的历程》之《往十字架之路——姐妹俩》、《往十字架之路——一九一八年》(1949)。

曹靖华这一时期翻译、撰写了一批有价值的文章,包括《致青年作家及其他》在内,还有《我的创作经验》(阿·托尔斯泰著)、《阿·托尔斯泰的〈保卫察里津〉》(埃利·列格斯坦著)、《〈保卫察里津〉初版译者序》、《〈保卫察里津〉新版后记》、《阿·托尔斯泰三部曲前记》、《十月革命给了我一切》(阿·托尔斯泰著)、《我的道路》(阿·托尔斯泰著)、《无言的悲怆——悼念苏联作家阿·托尔斯泰》等,均被收入《曹靖华译著文集(第十卷)》,1992年北京大学出版社出版。

综观这一时期的译介,可以得出以下几点认识:(1)阿·托尔斯泰作品应该是在呼唤俄国革命文学的20世纪20年代末30年代初传入我国;(2)阿·托尔斯泰译介在20世纪40年代形成了一个小高潮,所选译的作品数量和质量均优于30年代,包括当时最为我国需要的革命题材作品,也包括最能代表他艺术成就的史诗型长篇小说,还有他文学创作方面的理论性文章;(3)巴金、楼适夷、曹靖华、水夫、朱雯等当时最优秀的一批作家、翻译家为阿·托尔斯泰作品传入我国做出了开拓性的贡献,但这一时期主要处于译介阶段,一般只在前言后记中有零星的评论,研究性的成果尚不多见。

(二)从新中国成立到苏联解体(1949—1991)

历史进入20世纪下半叶,中国的俄苏文学事业揭开了新的一页,特别是新中国成立后的头十年,俄苏文学的翻译获得各方面的鼓励和支持。此外,出于对政治理想的追求和新生活的向往,文学界以极大的热情全面介绍俄苏文学。这一时期的阿·托尔斯泰研究得益于良好的政策环境,在继承30、40年代成果的基础上迎来了第一个高潮期。

20 世纪 50 年代是阿·托尔斯泰译介的第一个高潮,主要译著有:俞荻、叶菡译的《面包》(1949)、曹靖华译的《保卫察里津》(1950)、朱光辉译的《粮食》(1951)、瞿耀珍译的《保卫察里津》(1956),费明君译的《大独裁者》(原名《加林工程师的双曲线体》1951),郑伯华译的《苦难的历程两姊妹》(1950)、朱雯译的《苦难的历程》(1952),易金译的《金钥匙》(1950),韦丛芜译的《里吉达的童年》(1950),金人译《奇怪的故事》(1950);朱雯译的《妄自尊大的人》(1950),适夷译的《恶魔的诱惑》(1950);焦菊隐译的《阿·托尔斯泰小说选集(第一二册)》(1951),刘涟漪译的《梭鱼的命令》(1951),屠文译的《彼得一世》(1953)、邵祖丞译的《彼得一世》(1955),任溶溶译的《俄罗斯民间故事》(与库兹涅佐夫合著,1952),杨苡译的《俄罗斯性格》(1953),中国青年出版社推出的《苏联作家谈创作问题》(与高尔基等合著,1956),刘德中译的《阿爱里塔》(1957);还有两部传记译著,江树峰译的《阿·托尔斯泰》(阿基莫夫著,1957),金坚译的《阿·托尔斯泰》(谢尔宾纳著,1961)等。

这一时期阿·托尔斯泰作品被大量改编成电影在我国上演,如《彼得大帝》、《苦难的历程》、《伊凡雷帝》、《保卫察里津》,这就大大加速了阿·托尔斯泰作品在我国的传播和影响。在作家诞辰七十周年之际,1 月 10 日《光明日报》发表了我国著名导演、翻译家焦菊隐写的《向阿·托尔斯泰学习》,文章赞扬了阿·托尔斯泰具有敏锐的眼光和精确的听觉,是一位卓越的作家,号召学习他热爱祖国和人民的精神,他一生的文艺活动正给我国文艺作家指出一条不断地改造思想感情的道路。8 月 6 日《人民日报》刊登了戏剧评论家马少波的文章《正确地反映历史真实的榜样》,认为影片《彼得大帝》发育了历史优秀传统,鼓舞了爱国精神,科学地处理了历史题材,在创作方法、导演方法和演员的表演艺术方面,均提供了成功的典范。1956 年《文艺报》发表署名文章《阿·托尔斯泰的创作发展说明了什么》,文章认为社会主义新生活、苏联共产党的领导、辩证唯物主义理论给了阿·托尔斯泰新的艺术生命。他一生的创作发展过程,是由一个旧现实主义作家走向社会主义现实主义顶峰作家在思想上、艺术上的成长过程。

很显然,这一时期的译介是在 20 世纪 20、30 年代基础上在适应我国对社会主义新文艺的强烈需求的形势下发展起来的,阿·托尔斯泰最主要的小说已介绍过来,《粮食》、《苦难的历程》、《彼得一世》均有了一书多译的现象,引进了卫国战争时期小说和童话故事。有关阿·托尔斯泰的传记生平的中译本已经出现,尽管非常单薄,却是当时不可多得的研究资料。这一时期标志性的译介成果是朱雯译的三部曲,译者在英译本、法译本和俄文原著对照的基础上校正、重译了多次,是一部相当优秀的译著。此外,《彼得大帝》、《苦难的历程》等改编的电影和相关影评,极大地加速了阿·托尔斯泰及其作品在我国的传播和影响。

"60－70 年代,中苏政治关系全面冷却,1964 年后,所有俄苏文学作品均从中国一切公开出版物中消失"。① 阿·托尔斯泰研究也被迫中断。直到 70 年代末,大环境的复苏加上作家的百年诞辰带动了这一阶段阿·托尔斯泰研究的第二次繁荣。

20 世纪 80 年代是阿·托尔斯泰译介的第二个高潮,主要译著有:朱雯译的《苦难的历程》三部曲(1979 年再版),徐式赞译的《尼基塔的童年》(1979),程代熙译的《论文学》(1980),金译的《金钥匙》(1980),贝珊译的《跛老爷》(1981),曹靖华译的《保卫察里津》(1981),王忠亮、王育伦译的《大独裁者》(1982),朱雯译的《彼得大帝》(1985),李邦媛、姜明河译的《流亡者》(1985),李忠清译的《亡命者》(1985),贝珊译的《美妇人》(1986)。

这一时期的重要成果表现在涌现了一批有价值的著译和论文。周忠和翻译了尤·克列廷斯基的《阿·托尔斯泰》(1986),这是国内迄今最翔实的一部作家传记;岚沁编译了《一个伯爵的历程——阿·托尔斯泰的生平和创作》(1987),收集了比较丰富的俄文文献资料;陆人豪撰写的《阿·托尔斯泰的生平和创作》(1987),则是我国学者第一部有关阿·托尔斯泰的研究性专著。

朱雯在翻译阿·托尔斯泰作品的同时推出了专题论文《阿·托尔斯泰的〈苦难的历程〉》(1979)介绍了三部曲的内容、主题,点评了四位主人公的苦难经历,指出作者思想和创作上的成长与作品的关系。之后又陆续发表了《阿·托尔斯泰和他的〈彼得大帝〉》(1986)和《第一部真正的历史小说——读阿·托尔斯泰和他的〈彼得大帝〉》(1986),前者简单交代了作家的生平,通过对他早期创作的梳理指出走向彼得大帝题材的原因,论述了作家是如何看待彼得和彼得的时代以及在作品中的具体体现;后者全面评介了小说的主要内容,谈到了作家对历史小说创作的看法以及实践经验,并介绍了作家语言的语言艺术理论和技巧,文章最后肯

① 陈建华主编:《中俄文学研究史论》第 1 卷,重庆:重庆出版社,2007 年版,第 100 页。

定了小说巨大的历史认知价值和艺术贡献。值得注意的论文还有王兆年的《论〈苦难的历程〉》(1983)、钟乐、安宁的《苏联第一代知识分子的革命嬗变——读阿·托尔斯泰的〈苦难的历程〉》(1986)。

社科院外文所苏联文学研究室编的《苏联文学史论文集》(1982)收录了李邦媛的论文《阿·托尔斯泰的早期创作探索》,该文关注作家从象征主义走向现实主义的复杂历程,论述了作家塑造典型人物的艺术发现。同类文章还有陆人豪的《从象征主义到现实主义——试论阿·托尔斯泰的早期创作》(1983)。陈淑贤的《浅谈阿·托尔斯泰的早期小说创作》(1984)指出《屠列涅沃一周》、《米舒卡·纳雷莫夫》、《怪人》、《跛老爷》构成了作家小说创作的第一阶段,该文不仅对这一阶段的地主贵族形象进行了归类,还对作家的肖像描写和心理描写技巧予以了关注,文章最后阐述了阿·托尔斯泰早期贵族小说创作的意义和价值。

《俄罗斯文艺》1983 年第 3 期上刊出简讯:《苏联各界纪念阿·托尔斯泰诞辰一百周年》,此前后有关的论文还有,连铗的《阿·托尔斯泰和〈俄罗斯性格〉》(1981)、李邦媛的《阿·托尔斯泰生平和创作散论》(1983)、曹世文翻译了科·伊·楚科夫斯基的《俄罗斯性格——回忆阿·托尔斯泰(1983)、杨楠翻译了E. Ю. 利特温的《……我看见了真正的生活……》(1984)、翁义钦和李忠清的同名文章《评阿·托尔斯泰的小说〈蝮蛇〉》(1983、1988)等。

程代熙的《阿·托尔斯泰的创作经验》(1979),较为准确地表达了新时期我国文学界的看法,肯定了他的创作态度,赞扬他是一位勤奋和富于创造性的作家,强调我国文学家应该向他学习。随后,作者又发表了《阿·托尔斯泰谈文学语言》(1980),介绍了作家的语言观。邓蜀平和姜秉新的同名文章《阿·托尔斯泰谈文学创作》(1983)介绍了作家有关文学创作的论述,如长篇小说的结构,塑造人物的技巧,作者与作品、读者的关系等问题。这些论文都不同程度涉及了作家的文艺观和创作经验,具有理论探讨的价值。

20 世纪 80 年代我国学者开始自己编撰俄国文学史,1986 年易漱泉等编的《俄国文学史》主要写从《伊戈尔远征记》到 19 世纪的现实主义文学,没有论及苏联文学。1988 年雷成德在其主编的《苏联文学史》中从阿·托尔斯泰生平、十月革命前的创作、十月革命后的创作、《苦难的历程》四个小节进行论述。他认为三部曲是部多情节线索的作品,结构宏伟,人物众多,条件纷繁,但作家以四个主人公苦难的历程为线索,展开一幅完整的社会画面,而且,随着情节的展开,人民的比重逐渐加大,个人命运的比重不断减少,显示出艺术画面的层次感。此文还对作品的象征手法、心理分析、语言的民间性给予了关注。

总的来说,从新中国成立到苏联解体,这一阶段的代表性成果有:朱雯《苦难的历程》全译本的再版和系列评论;周忠和、岚沁、陆人豪等人编译或撰写的作家传记;李邦媛、陆人豪、陈淑贤等人对作家早期创作的探索;程代熙译的《论文学》和探索作家创作观的系列论文。思想解放运动的开展和作家百年诞辰的契机,朱雯、陆人豪、程代熙等老一辈学者的合力推动,本使我国的阿·托尔斯泰研究呈现了良好的发展势头,但由于苏联的解体,一向被尊崇备至的俄苏文学也随之遭受冷遇,红色经典作家阿·托尔斯泰及其作品自然首当其冲。

(三)苏联解体后(1991 年至今)

"20 世纪 90 年代初期开始的中国市场经济大潮和 1991 年苏联的解体,对历经一个世纪的中俄文学关系产生了巨大影响"。① 中国社会对俄苏文学的热情骤然下降,中国学界研究的热点也发生了变化,转而关注 19 世纪的经典现实主义文学、20 世纪的白银时代、侨民文学、潜流文学,阿·托尔斯泰译介和研究在这十几年中举步维艰。

这一时期主要是作品的再版和重译。漓江出版社 1992 年推出了李鹤龄、刘尚勋等译的《女演员》。人民文学出版社于 1998 年、2006 年再版了朱雯译的《彼得大帝》,1996 年、2006 年、2008 年又再版了朱雯译的《苦难的历程》。三部曲的重译本主要有:王士燮译,人民文学出版社,1997 年版;任子峰等译,中国和平出版社,1999 年版;王成云、杨宝国译,内蒙古人民出版社,2000 年版;徐立贞译,北京燕山出版社,2006 年版。北京文化艺术出版社 2002 年再版了焦菊隐译的《美丽的妇人》。上海少年儿童出版社 2007 年再版了任溶溶译的《金钥匙》。长江文艺出版社 2007 年推出了曾思忆译的《尼基塔的童年》。光明日报出版社 2007 年推出了吴兴勇译的《阿·托尔斯泰童话》。

这一时期的阿·托尔斯泰研究极为萧条。伍振戈的《"彼得坎肩上的污痕"、"活水"及其他——关于唯物史观与文艺创作的再思考》(1991),以《彼得大帝》为例,论述了正确的唯物史观对文艺创作的指导作用。1992 年北京大学出版社出版的《曹靖华译著文集(第十卷)》收入了《致青年作家及其他》的译文及曹靖华为所

① 陈建华主编:《中俄文学研究史论》第 1 卷,重庆:重庆出版社,2007 年版,第 134 页。

译作品撰写的前言、后记，关于苏联文学、苏联作家的评论，以及与苏联作家来往的信件等，这些文章很多涉及了阿·托尔斯泰及其作品，前文已经提到，此处不再赘述。刘鹏的《阿·托尔斯泰创作简论》(1994)简单介绍了作家的创作过程，王维燊的《丹东形象的历史嬗变——从毕希纳、罗兰、阿·托尔斯泰到巴金》(1995)略微提到了作家的《丹东之死》，张文郁的《倔强的性格，美丽的心灵——读阿·托尔斯泰的短篇小说〈俄罗斯性格〉》(2001)，王士燮译的巴乌斯托夫斯基文章《阿·托尔斯泰》(2002)和周国忠的《俄苏文坛上的三个托尔斯泰》(2007)均只是简单介绍了作家作品，这些文章谈不上是真正的作家作品研究。李辉凡译的《蒲宁回忆录》(2002)其中一篇为《第三个托尔斯泰》，表明了侨民作家蒲宁对阿·托尔斯泰不同于苏联主流的一些评价，有一定的参考价值。

这一时期应该注意的是出现了以阿·托尔斯泰及其作品为研究对象的学位论文。2005 年北京师范大学姜丽萍硕士学位论文，《阿·托尔斯泰童话研究——以〈金钥匙〉为个案》，主要从阿·托尔斯泰的童话创作、《金钥匙》的个案分析和《金钥匙》的潜文本涵义三章来展开了研究。论文指出，作家没有拘泥于传统童话的条条框框，在对意大利童话作家科洛迪的《木偶奇遇记》基础上经过独特的艺术处理，进行了独立的“再创造”，奉献给读者的是一个既聪明又愚蠢，既是一个勇敢无畏的英雄，同时又是一个淘气，到处闯祸的小流氓形象。改写后的童话《金钥匙》具有了自己独特的特点，体现出了狂欢文学的众多因素。双声语的运用表达了更深层次的涵义；狂欢化文学的典型特征——成双成对的人物，以及同一情节的两次运用等，更为《金钥匙》增添了亮丽的色彩。作家表达的个人态度融入了个人对社会、对苏联儿童文学的发展的反思，具有深刻的潜文本涵义。这对于传统童话而言是一个巨大的突破，具有重大的意义。姜丽萍的学位论文选择了阿·托尔斯泰童话为研究对象，除了具有儿童文学领域的价值，更大的意义恐怕在于是我国第一篇关于阿·托尔斯泰作品艺术研究的学位论文。此外还有 2010 年上海师范大学戴可可的博士学位论文，以作家的艺术理论和不同时期的七部长篇小说为研究对象，逐步深入小说的艺术问题。该学位论文在我国率先关注并探讨了“宏伟的现实主义”诗学，指出《苦难的历程》作为史诗型家庭小说和《彼得大帝》作为历史全景小说的体裁归属及其在文学史上的地位。

2010 年人民文学出版社推出了俄罗斯文学老一辈学者、北京师范大学苏联文学研究所张佩文教授的新书《最后的贵族：阿·托尔斯泰》，该书是张佩文一生编译工作的重要成果,由正文和三个附录构成。正文共六章,主要介绍了阿·托尔斯泰的生平:童年与少年时代,大学时代与早期创作,第一次世界大战与革命时期,流亡海外,重返祖国及历史与当代主题,社会活动家和平战士与后期创作。附录一位作家自传。附录二为作品选,收录了作家不同时期的短篇小说《阿尔希普》、《米舒卡·纳雷莫夫》、《沟壑》、《戴夹鼻眼镜的人》、《尼基塔的童年》、《俄罗斯性格》等。附录三为作家生平大事年表。该书主要介绍了作家的生平,类似20世纪80年代岚沁、陆人豪的编译成果,但附录中收录不同时期的短篇小说有利于了解作家题材和风格的变化。

我国的阿·托尔斯泰研究是在20世纪中俄文学关系发展的大背景下开始的,起步较晚,三个阶段的分期与俄罗斯基本吻合,即新中国成立之前、苏联解体之前、苏联解体之后三个时期。综观我国学界对阿·托尔斯泰作品80年来的译介和研究,可以得出以下几点认识:一,阿·托尔斯泰作品20世纪20年代末30年代初传入我国,40年代形成了一个小高潮,巴金、楼适夷、曹靖华、水夫、朱雯等当时最优秀的一批作家、翻译家作出了开拓性的贡献。二,阿·托尔斯泰译介和研究在50年代和80年代出现了两个高潮,标志性的成果有朱雯《苦难的历程》全译本和系列评论,周忠和、岚沁、陆人豪等编译或撰写的作家传记,李邦媛、陆人豪、陈淑贤等对作家早期创作的研究。三,从以往三个时期的译介和研究情况看,几乎只有一部我国学者自己撰写的研究性专著,即陆人豪的《阿·托尔斯泰的生平和创作》(1987),两本学位论文,即姜丽萍的《阿·托尔斯泰童话研究——以〈金钥匙〉为个案》和戴可可的《阿·托尔斯泰长篇小说艺术研究》,其余多是见于译本前言后记、单篇论文或文学史章节的介绍和论述,偏重小说思想挖掘,"宏伟的现实主义"作家这一最重要的美学思想完全被忽略,有关作家代表性的长篇小说作品整体深入的艺术研究尤其匮乏;除此之外,俄罗斯国内近20年的研究成果有待译介,作家的文学思想、诗歌、戏剧、儿童文学等领域的创作遗产急需挖掘。四,尽管由于苏联解体和市场经济大潮的冲击,一向被尊崇备至的俄苏文学随之遭受冷遇,90年代以来的阿·托尔斯泰研究极为萧条,但这一时期尚处于未完成状态,影响文学研究的外部因素弱化后仍有望涌现新的有价值的研究成果。

第二节 选题说明

研究《宏伟的现实主义——论阿·尼·托尔斯泰的生存智慧与创作美学》这样一个课题，主要基于以下三点原因：

一是从苏联文学在20世纪俄罗斯文学史上的命运这样一个大环境考虑。阿·托尔斯泰是苏联时期最受欢迎的作家之一，也是苏联文学史上最重要的作家之一。苏联解体后重新评价苏联文学重新撰写20世纪俄罗斯文学史的呼声日趋高涨。阿格诺索夫曾指出，没有白银时代与侨民文学，20世纪的俄罗斯就只剩下半部文学史。但如果摒弃以高尔基、法捷耶夫、阿·托尔斯泰、肖洛霍夫等为代表的苏联作家，20世纪的俄罗斯也只剩下半部文学史。尽管一些有识之士对苏联文学持客观公正的态度，但苏联文学被急于否定、冷落和遗忘却是不争的事实，阿·托尔斯泰在当代很多俄罗斯文学史著作中就是缺席的。主观上的刻意抹去并不能推翻客观上的真实存在，以阿·托尔斯泰及其作品为研究对象，尽可能撇开意识形态的因素，尽可能发掘其中的艺术价值，作一次回归艺术本身的审视和研究，是本选题的意旨所在。

二是缘于阿·托尔斯泰创作成就与国内外阿·托尔斯泰研究成果极不平衡的矛盾。阿·托尔斯泰一生著述颇丰，尤以史诗型巨著《苦难的历程》和历史小说《彼得大帝》享誉于世。从作家开始文学活动的1907年到去世的1945年前后，俄罗斯学术界以对其单部作品的评价居多，研究作品所蕴含的社会思想意义与艺术价值并重。1950年代年到苏联解体，每一个十年都涌现了大量研究成果，阿·托尔斯泰不同时期不同体裁的作品都进入了研究者的视野，尤以1980年代突出，但这一时期仍非常重视一贯的思想挖掘，小说艺术研究处于从属地位，有关作家长篇小说艺术的系统研究还有待展开；文学史有关章节囿于篇幅，主要是简单介绍其生平和创作内容，提及作品的艺术特色亦无法深入。1991年至今，仍然以单部作品研究、单篇论文为主，在艺术层面上作了可贵的探索，但研究成果的数量和质量不及苏联时代。与俄罗斯相比，我国的阿·托尔斯泰研究滞后很多，如前所述，阿·托尔斯泰作品早在20世纪20年代末30年代初传入我国，巴金、楼适夷、曹靖华、水夫、朱雯等当时最优秀的一批作家、翻译家做出了开拓性的贡献；之后的

1950年代和1980年代出现了两个高潮，涌现了一批有价值的成果，可惜的是，综观我国近80年的阿·托尔斯泰研究，几乎只有一部我国学者自己撰写的极为单薄的专著，即陆人豪的《阿·托尔斯泰的生平和创作(1987)，两本学位论文，即姜丽萍的《阿·托尔斯泰童话研究——以〈金钥匙〉为个案》和戴可可的《阿·托尔斯泰长篇小说艺术研究》，其余多是见于译本前言后记、单篇论文或文学史章节的介绍和论述，缺乏对作家代表性的长篇小说作整体的深入的理论探讨和艺术分析。

三是我国阿·托尔斯泰研究学术传承的需要。其一，前辈学者朱雯先生是我国阿·托尔斯泰作品最重要的翻译者和研究者，他在1940年代和1950年代翻译《苦难的历程》和《彼得大帝》①时，参考多个外文译本，多次修改和重译，早就成了译坛佳话，他的这两部译著至今仍然是我国最好的译本。此外先生撰写了一系列研究性论文，这些论文是我国阿·托尔斯泰研究最重要的学术成果。他还计划并与出版社约好翻译《阿·托尔斯泰全集》，撰写《阿·托尔斯泰评传》，但终因他的离去一直搁浅。倘若先生在世，中国的阿·托尔斯泰研究应该不是今天这个样子。笔者选择这一课题，以期纪念先生在此方面的卓越贡献，同时希望沿着先生开拓的路径，推进极为重要、目前却几乎停滞的阿·托尔斯泰研究。其二，本课题是对博士学位论文《阿·托尔斯泰小说艺术研究》的拓展和深化，导师朱宪生教授一贯重视作品的艺术层面，在俄罗斯文学体裁研究方面尤有建树，论文选题正是在导师的指导和帮助下逐渐形成和确立，也有了较好的文本文献基础。阿·托尔斯泰作为苏联三四十年代最有影响的一位作家，作为苏联解体后被迅速遗忘的一

① 朱雯先生(1911—1994)1946年夏天开始翻译《苦难的历程》，1951年初秋完成了全书的初译稿。从1951年初秋到1957年底，先后经过三次修改和重译。最初根据的是1946年纽约出版的埃迪斯·波恩的英译本，后来根据的是1953年莫斯科外国文书籍出版社的艾维和塔季扬娜·李维诺娃的英译本，最后又根据1950年苏联国家文学出版社出版的原文本，并参照1954年年莫斯科外国文书籍出版社出版的埃里斯·奥伦的法译本作了修正。翻译《彼得大帝》，以1959年莫斯科国家文学出版社出版的全集第七卷为基础，同样参考了多个外文译本，如1956年伦敦出版的塔季扬娜·舍普尼娜的英译本、1982年莫斯科出版的阿乐克·米勒的英译本和1950年莫斯科出版的马克西米连·施克的德译本。这部作品1954年开始翻译，1963年译毕交人民文学出版社。没等发排，“文革”爆发，译稿就在那里躺了整整15年。1978年出版社重新考虑出版，先生又主动要求再作一次全面仔细的校改，这一改又花去了5年工夫。先生对作者、作品、读者高度认真负责的态度由此可见一斑。

位作家,他和他的作品跌宕起伏的命运令人唏嘘感叹,个中缘由亦远非文学层面可以说清,这样的情势下,重视他作品本身的艺术价值,发掘他留下的文学遗产,也许反倒能更接近作家及其作品的真实。

本课题的论旨。由于历史和社会诸方面的原因,俄罗斯文学研究界长期在"内容"的领地里遨游,对承载"内容"的形式多有忽略,尽管19世纪末20世纪初的形式主义批评对这一偏颇的局面进行反拨,但之后的俄罗斯批评实践显然又回到了内容层面。这种路径也影响了我国的俄罗斯文学研究。从前面的国内外学术史综述中可以发现,迄今为止,俄罗斯尚无对阿·托尔斯泰长篇小说艺术理论与艺术实践进行总体把握的著作问世,我国以阿·托尔斯泰及其作品为研究对象的专著更是少之又少,专题性的艺术研究几乎一片空白。本课题就是在对国内外已有成果进行爬梳和分析的基础上,试图从最能代表他创作成就的长篇小说中尽可能挖掘作品的艺术价值,开采作家的文学遗产。

本书题为《宏伟的现实主义——论阿·尼·托尔斯泰的生存智慧与创作美学》,由绪论、正文、结语、附录四部分构成。绪论分两个小节:选题研究史综述、选题说明。正文分为三篇。上篇为"阿·托尔斯泰长篇小说创作概观",将他的创作划分为沙俄、侨居、苏联三个时期;中篇从背景、内涵、发展、价值四个方面概述和评价阿·托尔斯泰的长篇小说艺术理论;下篇着重探讨作家的艺术实践,由三章构成。第一章结合俄罗斯文学史上典型的变化和作家的创作实际梳理了七部长篇小说的代表性人物:旧时代贵族、知识分子、优雅女性、革命者、改革家,从而确立了宏伟时代的人物典型;第二章是前面一章的细化和深化,从辨证化的人物形象配置、多角度的人物肖像描写、多层次的人物心理刻画、个性化的人物语言设计论述作家长篇小说中塑造人物的艺术,即如何塑造宏伟时代的典型;第三章在俄罗斯长篇小说体裁的发展流变的基础上考察作家在体裁领域所做的积极探索,指出阿·托尔斯泰的创作发展是俄罗斯古典文学与苏联文学继承关系的生动体现,他最大的贡献在于完美地展现了史诗型家庭小说和历史全景小说的艺术形式。各章均紧密结合作家的艺术理论与艺术实践,结合具体的文本,动态地展示作家长篇小说的艺术魅力。结语简要总结全文,概括了集中体现作家生存智慧与创作美学的"宏伟的现实主义",及其这一理论指导下的艺术实践——以《苦难的历程》和《彼得大帝》为代表的史诗型长篇小说,总结出这些长篇小说的艺术特色:诙谐、宏伟、诗意,并指出阿·托尔斯泰研究的现实性价值、意义及前景。

本课题的研究方法和路径。从文本细读入手,在借鉴国内外学者研究成果的基础上,采取历史批评与美学批评相结合的研究方法,以"宏伟的现实主义"艺术理论为中心,紧扣阿·托尔斯泰长篇小说艺术实践展开论述,关注承载内容的形式,关注作品独特的艺术表现手法,关注一切需要美学效果的因素。

本课题的创新点和学术价值主要表现在:首先,第一次从整体上对阿·托尔斯泰长篇小说的艺术理论与艺术手法进行探讨,从《地下宝藏》到《彼得大帝》,作家长篇小说创作历时30余年,《苦难的历程》和《彼得大帝》的写作本身就跨越了15到20年,这些小说之间差别也很大,梳理出阿·托尔斯泰长篇小说中艺术手法的共同点,或者描述出它们的演变过程,既是难点,也是创新,这样改变了单从意识形态评价小说、从单部小说入手分析小说艺术的研究格局,为国内外的阿·托尔斯泰研究提供了新的思路。其次,有关阿·托尔斯泰创作分期、艺术理论、人物论、体裁论的探讨都具有一定的创新性,特别是有关"宏伟的现实主义"的阐述和庄园小说、史诗型家庭小说、历史全景小说的分析比较独到;重新审视作家的艺术成就,尽量提醒人们,重构文学史首先需要重读文学史,真正有艺术价值的作品是不应该被轻易抛开的。再次,这是我国第一部以阿·托尔斯泰长篇小说艺术理论与艺术实践为研究对象的学术专著,在分析原文本和阅读俄文研究资料时进行了深入的译介工作,为我国今后的阿·托尔斯泰研究打下一个较好的可供借鉴的文本文献基础。

上篇 01

阿·托尔斯泰长篇小说创作概观

研究阿·托尔斯泰的长篇小说艺术,首先有一个基础的工作,就是要对他的整个创作进行必要的梳理。前文已提及,他的生活和创作因为两次意义非凡的旅行被划分为截然不同的三段。一次是1918年红军攻占敖德萨前夕,他登上开往法国的轮船"高加索号"开始逃亡生涯,一次是1923年他与白俄侨民圈彻底决裂,回归亲爱的苏联祖国,作家的生活和创作也因此有了沙俄、侨居、苏联三个时期。

第一章

沙俄时期(1907—1918)

阿·托尔斯泰从小就和文学结下了不解之缘。母亲是位作家,发表过《不安的心》、《穷乡僻壤》、《女友》等小说,离开丈夫后她在鲍斯特洛姆偏僻的田庄过着淡泊的生活,把全部心血用来教育儿子和进行创作。这位聪明而谦逊的夫人甚至说道:“我不认为自己是个作家,但我期望自己微薄的才思在孩子身上发展成优异的才能。”①在母亲的熏陶和指导下,阿·托尔斯泰很早就阅读了安徒生、普希金、涅克拉索夫、列夫·托尔斯泰、雨果等作家的作品,还尝试过写故事,十岁的小托尔斯泰一会儿写出爱不释手的句子,“雪在月光的照射下发出闪闪的白光,跟钻石的光一样”②,一会儿又兴高采烈地宣布自己完成了一首不朽的诗篇,少年时代更是写过不少抒情诗、叙事长诗和小故事,尽管他只当这些是消遣好玩,尽管得不到母亲的赞赏,但正如作家所说,“我还是一而再,再而三地被吸引到那还未形成起来的创作过程里去了。我喜欢练习本、墨水笔、钢笔……”③这些不经意的练笔和母亲书稿引发的家庭讨论无形中丰富了未来作家对文学创作的实际感受。

1898 年的暑假,塞兹兰实验中学一位同学到索斯诺夫卡作客,阿·托尔斯泰在对方的纪念册上题诗——《致阿布拉莫夫》,幽默地描绘了共同度过的夏天,提醒新学年的来临,这是迄今能看到的青年阿·托尔斯泰的处女作。如果说 1898 年他还只是在写点留念题词,1899 年就已经染上写诗瘾,开始严肃认真的文学创作了,诙谐诗《小恶魔》正是一幅描写塞兹兰小市民风俗的讽刺画,还有抒情试笔

---

① В. В. Петелин,《Алексей Толстой》,Москва:Молодая гвардия,1978. с. 33.

② А. Н. Толстой,《О литературе и искусстве》М. :Сов. писатель,1984. с. 258. 中文出处见阿·托尔斯泰:《论文学》,程代熙译,北京:人民文学出版社,1980 年版,第 292 页。

③ 同上,俄文出处见第 259 页,中文出处见第 293 页。

《女神》、《大海》等。托尔斯泰在接下来的学习中不断变换体裁试探自己的笔力，如1900年的独幕滑稽剧《北极旅行》、短篇小说《米什卡》、自传体短篇小说《从另一方飞来的蝴蝶》、自传体中篇小说《生活》等。《米什卡》运用索斯诺夫卡的民间土语和俗语，讲述了阿·托尔斯泰童年时代的的故事；《生活》就更是作家的初恋史，开启了日后一贯的爱情主题，甚至其中的某些情节和往后的作品都遥相呼应，比如小说叙述人与马车夫一道从梅列克斯到布里加基罗夫卡的旅途情景，就叠加在四十五年之后创作的长篇小说《彼得大帝》中，只是人物和地点置换成加夫里拉·布罗夫金与戈利科夫从彼得堡到莫斯科了。这两年的创作实践表明："阿·托尔斯泰有意识地锻炼自己驾驭不同体裁的能力，并且恰恰在散文之中，特别表现了青年作家对现实主义写作风格的想往。"①

1905年革命失败引发的政局动荡和思想混杂、母亲的突然辞世、充满未定之数的个人前途，这些都加剧了未来作家心头的苦闷。基于最务实的考虑，阿·托尔斯泰拿起了书本，希望尽快通过考试和毕业设计以图找一份安身立命的工作，即便如此，复习数学的时候，那些枯燥的数字和符号在他眼前却成了一行行诗，缪斯女神仍在诱惑着他。据楚柯夫斯基回忆，阿·托尔斯泰的书桌上有大约12册黑漆布封面的笔记本，每本两三百页，写满了诗，上面还有标号：一九零一年、一九零二年、一九零三年……这就是说，在1907年《抒情诗》(Лирика)出版以前，托尔斯泰已经坚持了七八年的诗歌创作，简直是一套未印行的"全集"！青年诗人迷恋诗歌之时，正当象征主义风行于世，这个流派给托尔斯泰带来了两种截然不同的影响：一是积极的，青年诗人学会重视锤炼语言和运用技巧，并通过象征派成就了自己最初的诗名；一是消极的，使他一度沉迷在神秘和忧郁之中，找不到创作的出路。阿·托尔斯泰后来多次表示"误入"象征派阵营非常痛心，但这未必是他的肺腑之言，从十月革命后文学界的情形看，象征派的文学出身与苏联作家的身份似乎不太匹配，他不得不摆脱"厚颜无耻的扣得紧紧的黑漆漆的象征派长礼服"②了。

青年作家紧张探索着生活和艺术的基石，他转而研究自己从小喜欢的民间文学，第二本诗集《蓝河之畔》(За синими реками)的主题和形象就主要源自斯拉夫

---

① 克列廷斯基：《阿·托尔斯泰》，周忠和译，郑州：黄河文艺出版社，1986年版，第29页。

② А. Н. Толстой，《О литературе и искусстве》，М.：Сов. писатель，1984. с. 261. 中文出处见阿·托尔斯泰：《论文学》，程代熙译，北京：人民文学出版社，1980年版，第296页。

神话,民间口头诗歌的朴实清新和象征主义的抽象蒙眬奇怪地混在一起。这部诗集博得好评的时候,阿·托尔斯泰却意识到自己的才能也许不在诗歌方面,因为自己"缺乏诗人的气质"①。他在童话集《喜鹊的故事》(Сорочьи сказки)中已经尝试过叙事体文学,决心转入小说创作中来。这两个充满民间文学精神的集子,正是阿·托尔斯泰走向现实主义的开始,尽管这一事实本身当时并未脱离象征派的轨道。

1908年《田野》杂志刊登了故事《古钟楼》(Старая башня),这是阿·托尔斯泰第一部发表了的散文作品。这一年作家到了巴黎,与巴尔蒙特、布留索夫、古米廖夫等象征派人士过从甚密,尤其与沃洛申交好。阿·托尔斯泰聊起自己母系亲族——屠格涅夫家族历史上的奇闻轶事,特别是伏尔加河左岸贵族庄园里亲族的生活,沃洛申立刻就欣喜地意识到,面前的这个小伙"也许是文学界承袭贵族之家古老传统的最后一人"②,勉励他"找到自己的风格,写出整套描绘农村生活的作品。"③应该从象征派神秘的梦幻世界回到现实中来,写自己熟悉的人和事,一个象征派诗人无意中竟指出了通往现实主义的道路。他随即写下《竞赛者》(Соревнователь)、《碧绿日志》(Яшмовая тетрадь)、《阿尔希普》(Архип)等中短篇小说,并视之为自己散文艺术的开端。1910年秋天,"野蔷薇"出版社出版了托尔斯泰的《中短篇小说集》(Повести и рассказы)第一卷,收录了《伏尔加河左岸》(Заволжье)④、《图列涅沃的一周》(Неделя в Туреневе)、《阿格伊·科罗文》(Аггей Коровин)⑤、《两个朋友》(Два друга)、《说媒》(Сватовство)等。这些中短篇小说开创了极具现实主义精神的伏尔加河左岸系列。

回顾1908—1910年的文学探索,阿·托尔斯泰说:

> 我从模仿开始,也就是我摸索到了某种轮廓,某条路径,沿着它把自己送上创作之路。但这条路暂时还不是我的,而是别人的。
>
> 感受、回忆、思想的潮水沿着这条创作之路奔腾,半年过去我突然找到了

---

① А. Н. Толстой,《Полное собрание сочинений в пятнадцати томах》, М.: Гослитиздат, 1949, Там же, т. 13, с. 502.

② 陆人豪:《阿·托尔斯泰的生平和创作》,北京:北京出版社,1987年版,第37页。

③ 同上。

④ 又名《米什卡·纳雷莫夫》(Мишка Налымов)。

⑤ 又名《幻想家》)(Мечтатель)。

> 自己的主题。这就是我的母亲、亲戚讲述的那些关于正在逝去和已经逝去的破落贵族的世界，鲜明的荒谬的怪人的世界。1909—1910 年间，在资本主义来临的背景下，在战争之前，俄国很快将沦为半殖民地国家的时候——不久前的那些东西——也就是那些怪人，那些正在逝去的农奴制时代极好的典型在我面前出现了。这是艺术上的新发现。①

阿·托尔斯泰创作中的现实主义因素逐渐战胜了外来的模仿倾向，对生活真理的追求及其与俄罗斯古典文学传统的联系较象征派文学圈子对他产生了更为强大的影响。至此，他完成了从诗歌到叙事体文学的艰难探索，为长篇小说的出现准备了条件。家庭纪事为他的叙事提供了源源不断的素材，对这位已经积累了丰富的中短篇小说创作经验的青年作家来说，长篇小说已然呼之欲出。

基辅附近的斯克列盖洛甫克是曾外祖父巴戈维特将军的庄园，后来一分为三传给了三位姨母，1910 年春天，当阿·托尔斯泰在第聂伯边流连忘返的时候，母亲和玛丽亚姨母曾讲述的有关巴戈维特将军及其夫人的奇闻轶事让他兴致盎然，产生了最初的创作动因。为了写这部小说，他专程到萨马拉和辛比尔斯克拜访母亲娘家的亲戚，还在舅舅家找到外祖父的一大堆信件和曾外祖父的画像仔细研究，这样，人物轮廓逐渐鲜明，细节也慢慢具体化了。阿·托尔斯泰竭力从中摄取有典型意义的东西，因为小说要表现的不只是复活了的曾外祖，更是精神蜕化的旧时代贵族。这就是第一部长篇小说《怪人》(Чудаки)。

这年夏天阿·托尔斯泰在雷瓦尔别墅区开始提笔，1911 年写完，单个章节见于当年的《言语报》，全文发表在当年《野玫瑰》丛刊第 14、15 期上，最初命名为《两种生活》(Две жизни)，1916 年大幅修改后命名为《地下宝藏》(Земные сокровища)，1923—1924 年再度修改时定名为《怪人》。小说讲的是布拉金将军夫妇的故事，将军生活放荡、挥霍无度，丧妻后迎娶了斯捷潘尼达·伊万诺夫娜。新夫人神经质一般爱着丈夫，嫉妒他和任何人的交往，甚至嫉妒他的亡妻。将军退伍后回到世袭领地，膝下无子，就把长相酷似亡妻的侄女索菲亚接来同住。将军夫人竟认为丈夫这么做是因为思念那睡在坟墓中的女人，嫉妒成性的她就让纨

① А. Н. Толстой,《Собрание сочинений в десяти томах》, М. : Гослитиздат, 1986. т. 10, с. 315. 中文出处见陆人豪:《阿·托尔斯泰的生平和创作》,北京:北京出版社,1987 年版,第 268 页。

绔子弟斯莫列科夫毁掉了索菲亚的幸福。布拉金坐吃山空,却总是怀疑管家欺骗自己,麦收后亲自押着一百多车黑麦去市场,被商人们拼命捉弄,开出的价钱低得叫人难以置信,他恼羞成怒,挥鞭抽打围着看热闹起哄的人群,把麦子全倒进河里。从此,将军精神失常。将军夫人也在从事一桩愚蠢的冒险,听信女修道院院长高价买下一座荒凉的山谷,根据一个叫巴甫琳娜的娘儿们做的梦,夜以继日地挖宝,据说能挖到古代乌克兰统领马赛巴埋下的瑞典国王的王冠,还有数不尽的金银财宝,就日夜做着继承大统光耀门庭的美梦。将军中风死去,将军夫人悲痛欲绝,可她忽然想起丈夫正在另一个世界与前妻欢聚,陷入绝望的嫉妒中,一步步痛苦地离开了这个世界。

小说对将军夫人变态心理和将军中风情节的把握尤其出色,对贵族衰败过程的展示亦合乎情理,实现了作者的创作意图,初步显示了托尔斯泰作为长篇小说艺术家的笔力。

在未发表的1916年自传里,阿·托尔斯泰表示:

"写完这部长篇后,我所积累的回忆题材和家庭纪事题材就逐渐趋于枯竭了。1910年和1911年,我苦苦地折腾,试图捕捉现代生活的精神,但是失败了,于是我重又捡起过去的题材——写长篇《跛老爷》(Хромой барин)。"①《寒热病》(Лихорадка)、《迷雾天》(Туманный день)、《不可靠的步伐》(Неверный шаг)等短篇故事就是"苦苦折腾"的结果,毫无作为、没有充分理由就只身流亡巴黎的戈尔什科夫,没有坚定信念、大考后就疯疯癫癫的大学生,脱离劳动、走遍寺院最后在弃世遁居中寻求真理的农夫,这些就是作家着力表现的主人公,似梦非梦,充满了呓语。托尔斯泰甚至先后出游乌克兰、高加索、巴黎,以期克服创作上的失误,成效却不明显。

青年作家陷入这样的迷误应该有多方面的原因,最重要的也许是他的伯爵身份和与此关联的上流社会文学圈,他没办法理解当时的俄国社会,也没办法拿出新的表现现代生活的作品。他在极度的苦闷中选择了爱情万能的主题,这一点某种程度上契合了高尔基早期创作中的爱情理想:爱情战胜一切,甚至死神。

1911年末,阿·托尔斯泰动笔写《跛老爷》,1912年1月底写完,交由高尔基

① А. Н. Толстой,《Автобиография А. Н. Толстого. 1916》, См. Н. Н. Воробьева,《Новые материали и исследования》, М. :Наука, 2002. с. 195.

领导的莫斯科作家出版社出版。消除痛苦的思想，为伟大感情而献身的精神，构成了长篇小说的基调，小说让身残志残的克拉斯诺波利斯基公爵在痛苦和爱情中获得重生。

克拉斯诺波利斯基公爵青年时代就沉迷酒色，尤其迷恋并不特别漂亮却充满魔力的莫尔德文斯卡娅夫人。这位夫人逢场作戏和他幽会一次后就不加理睬，公爵竟等在贵族俱乐部的更衣室为她穿鞋吻脚，第二天就被人家丈夫揍了一顿。受辱的公爵在莫尔德文斯卡娅的住宅前转来转去，寻思报复，不期被一位过路的军官无意撞了一下，就把满腔的无名怒火朝这位军官发泄，强迫决斗，结果自己废了一条腿。小说开始的时候，跛老爷已经回到自己的庄园，想起彼得堡的生活无法平静，他需要有人填补精神的空虚。他如愿得到了美少女卡佳的心，在纯洁的爱情面前，他坦白了在彼得堡发生的一切，这令卡佳伤心欲绝。告别卡佳后他就躺到“另一处安慰”身边，和一家乡村旅店的女主人萨沙住在一起。萨沙明知自己不过是公爵的消遣品却一片真心相待，在公爵向卡佳求婚的时候企图阻挠，被赶了出去，悲伤无奈之下跳水自杀。目睹了惨剧的卡佳拒绝婚事，后来迫于父亲的压力嫁给了公爵。新婚夫妇赴欧洲旅行，公爵在威尼斯偶然看到莫尔德文斯卡娅夫人的身影，就抛开妻子不顾一切地寻访，最后在彼得堡这位夫人的家中被仆人辱骂。公爵身心极度颓丧，向妻子坦白一切，声明自己配不上她，决定流浪一生。一个来历不明的修道士带着他沿伏尔加河流浪，在这位过来人的帮助下公爵幡然醒悟，带着赎罪的心爬向伏尔科夫庄园，卡佳热泪盈眶，托起公爵的脸温柔地诉说爱情。

写完《跛老爷》后，阿·托尔斯泰力图在《长官》（Начальник）、《新人》、《相逢》等中篇小说描绘出大战前彼得堡的“生活一角”，并不成功，只有等到7年之后才得以在《两姐妹》（Сестры）中广泛而生动地表现大战前首都的风貌。

阿·托尔斯泰接着开始了戏剧创作，最重要的作品有《里雅波洛夫斯基的一天》（День Ряполовского）。1913年9月起，《莫斯科新闻》陆续发表他的中篇小说《寻找古风》①（За стилем），在这部中篇里，阿·托尔斯泰仿照果戈理《死魂灵》的构思，让主人公拉斯乔金为了寻找真正1920年代的古风遍访穷乡僻壤的旧地主家庭。

---

① 后改名为《拉斯乔金奇遇记》（Приключения Растегина）。

萨拉热窝枪杀事件的消息传来时,作家正在科克捷别尔休养,一个月后回到莫斯科,受聘为自由派报纸——《俄罗斯新闻》的战地记者,《两姐妹》中很多场景和细节就来自这期间的所见所闻。也许因为战争的爆发,也许因为对知识分子主人公形象把握的不确定性,阿·托尔斯泰并没有写拟定的续篇《老鼠的忙乱》(Мышиная беготня)。他在1915年初动笔写新的长篇《孤独的上流社会》(Свет уединенный),从序言草稿和已写出的两章看,并无明确的构思。在高加索前线采访途中托尔斯泰考虑了长篇小说的情节,并写信告之妻子克兰琪耶夫斯卡娅。新的写作计划集幻想和惊险于一身,小说主人公不仅幻想发明一种研究人心理的仪器,还要搞一次理由不充分的凶杀。二十多天后作家返回莫斯科,却对自己勾画出的长篇情节发展草图并不满意,于是另起炉灶,抛开所有的虚幻成分,着力描写熟悉的艺术界人士,这就是新的未写完的长篇《叶戈尔·阿博佐夫》(Егор Абазов)①。

1916年2月,阿·托尔斯泰作为俄罗斯作家和记者随团访问英国、法国,实地考察西方战线,3月底返回莫斯科,回国后创作了短篇小说《火星》②、《在七月》(В июле)③,还有剧本《花炮》(Ракета)、《燕子》(Касатка)等,这些都是革命前作家比较重要的作品。值得一提的还有1916年9月完成的短篇《布里兹里太太》(Миссис Бризли),从它的主人公形象可以看到未来的长篇《两姐妹》中蒲拉文姐妹的雏形。

1917年爆发了二月革命,阿·托尔斯泰对此是欢迎的,还参加了筹建莫斯科作家俱乐部的工作,把蒲宁、布留索夫、巴尔蒙特、别雷、沃洛申、霍达谢维奇、布尔加科夫、扎伊采夫等团结在了一起。短篇小说《一个过路人讲的故事》(Рассказ проезжего человека)集中流露了这一时期作家及其周围人们的情绪:“我们是成功还是失败?俄罗斯是生存还是毁灭?知识分子是留有生路还是被处以极刑?”④尽管如此,“我不认为——我们失败了,俄罗斯毁灭了,这里有某种高于我

---

① И. П. Казаковой,《А. Н. Толстой. Егор Абозов. Варианты неоконченного романа》, См. Н. Н. Воробьева,《Толстой А. Н. Новые материали и исследования》М.: Наука, 2002. С. 150 – 191.

② 后改名为《爱》(Любов)。

③ 后改名为《在庄园》(На усадьбе)和《玛莎》(Маша)。

④ А. Н. Толстой《Рассказ проезжего человека》, См. А. Н. Толстой,《Собрание сочинений в десяти томах》, М.: Гослитиздат, 1982. т. 3, с. 7.

所理解的东西。”①为了“某种高于我所理解的东西”，为了弄清现代生活，托尔斯泰开始潜心研究俄国历史，历史随笔《最初的恐怖分子》（Первые террористы）、短篇小说《魔力》（Наваждение）②和《彼得的一天》（День Петра）就是这一努力的成果，他借此接触并掌握了17、18世纪的语言，从中获得了日后著名的“手势”理论的灵感；而且，这批作品勾勒出了彼得时代和改革者彼得的形象草图，为创作长篇小说《彼得大帝》（Петр Первый）做了必要的准备。

后来发生的十月革命不仅使莫斯科作家俱乐部的知识分子彻底分道扬镳，也使阿·托尔斯泰身陷迷茫无所适从。他在十月革命后的历史悲剧《丹东之死》（Смерть Дантона）、短篇小说《善心！》（Милосердия！）等作品中谴责暴力和流血，在当时的托尔斯泰看来，祖国应该像一位优雅的太太，头戴花冠飘然出现，如今新的祖国诞生了，却是伤痕累累、血迹斑斑，这不是他能想象的祖国，这不是他能想象的革命。

1918年9月，阿·托尔斯泰接受莫斯科一家剧院老板的建议出走南方，他本意也许只想躲避饥荒，只想躲到一旁观望时局的变化，可在红军攻占敖德萨的前夕，他登上了开往法国的轮船“高加索号”，这艘20世纪的“挪亚方舟”载着托尔斯泰驶向了生活和创作的侨居时期。

---

① Там же，С. 14.

② 初稿叫《月光》（Лунный свет），后改名为《穿越俄罗斯大地》（Через поле Российское）。

第二章

侨居时期(1918—1923)

十月革命的爆发,在当时的阿·托尔斯泰和一大批知识分子看来,无异于特洛伊的毁灭,“高加索号”载着他们从敖德萨逃离,在博斯普鲁斯海峡换乘“卡尔柯瓦多号”后驶向爱琴海再辗转开往法国,这是“人类从阿提卡橡树丛林通往北方蒙昧地带的一条古航道”①,这是“阿戈尔号”上的勇士们盗取金羊毛的古航道,如今阿·托尔斯泰成了这条古航道上的逃亡者,会有怎样的命运降临?

登上哈尔基岛宣告了海上逃亡第一阶段的结束,他在黑海途中记下的旅行见闻写进了五年后的中篇小说《伊比库斯》(Ибикус)②中,而随后从君士坦丁堡到马赛的航程是第二阶段逃亡生活的开始,“卡尔柯瓦多号”甲板上发生的事件、途经地中海沿岸的感受在八年之后的短篇小说《古航道》(Древний путь)中得到了再现。

1919 年 6 月,阿·托尔斯泰全家来到巴黎,栖身于友人斯基尔蒙特在巴黎与马赛之间的谢佛尔别墅,开始了相对安定却十分困窘的侨居生活。在一大群白俄流亡者中,阿·托尔斯泰算是一位知名的作家,拥有伯爵头衔和一整套知识分子的传统观念,他深感自己是革命的异端,正是这样,当革命风暴猛烈袭来的时候他才会产生本能的恐惧,才会走上逃亡之路,可作为一位真诚的爱国者,一位真诚的作家,他不能不思考俄罗斯国土上所发生的巨大历史事件的前因后果,不得不审视自己的立场态度,当他 7 月中旬动笔写作长篇小说《苦难的历程》(Хождение по мукам)的时候,也就不能不表现这段精神探索,关于这一点阿·托尔斯泰自己

---

① А. Н. Толстой,《Древний путь》, См. А. Н. Толстой,《Собрание сочинений в десяти томах》,М. :Гослитиздат,1983. т. 4. с. 75.

② 后改名为《涅夫佐罗夫奇遇记或伊比库斯》(Похождения Невзорова,или Ибикус)

说过:“创作《两姐妹》是一场斗争……这不是一部历史长篇,这是个人的时代感”①,非历史主义和个人的时代感表现为视革命为一种残酷无情的不可控制的力量。在这样一部关于当代的、自己的和自己一代人的作品中,艺术家觉得,国家生活中主要的东西不可理解又遥不可及,他后来回忆说:

> 我记得1920年,布里塔尼,海边的一个小村庄。
>
> 从遥远的俄罗斯零零星星传来与波兰人英勇作战的消息、彼列科普附近取得辉煌胜利的消息②,我正在写《苦难的历程》第一部,马上就要写完。可随着结尾的临近我逐渐意识到,最主要的,也是当时没有弄懂的是——艺术家的位置不在这里,不在庞大的石头与被均匀的波涛拍岸的汩汩声划破的宁静之间,而在激烈的战斗中,那里,痛苦孕育着一个新的世界。③

小说开篇用速写式的笔法描绘了一战前夕疯狂糜烂的彼得堡,尤其通过对象征派诗人贝索诺夫的刻画呈现了资产阶级知识界的颓废艺术,在这样的生活环境中,小说的三位主人公卡嘉、达莎和捷列金相继出场。卡嘉是彼得堡一位著名律师、自由派知识分子史摩珂甫尼考夫的妻子,达莎一年前从萨马拉到彼得堡学习法律,住在姐姐卡嘉家中。两姐妹都特别崇拜和迷恋颓废派诗人贝索诺夫,姐姐被骗失身远走巴黎,妹妹在疯狂的边缘及时刹车,与波罗的机器厂工程师捷列金相爱。彼得堡怪诞、腐化的生活还在继续,一战爆发了,“旧的生活似乎已经没法忍受,人们都以幸灾乐祸的疯狂来欢迎这一次战争。”④一战、二月革命、十月革命如火如荼,比起历史地具体地描述所发生的事件来,托尔斯泰那时候更感兴趣的是确定知识分子对革命的态度,几位主人公一直沉浸在爱情之中,达莎与捷列金再续前缘,卡嘉在丈夫死后也与白军军官罗欣相爱,他们用对个人幸福、人类情感和关系的毫不动摇来对抗历史的反复无常,爱情就是那个时代给予作家及其主人公生活唯一的坚定的永恒的目的。可是怎样结尾呢?

---

① 《Новый мир》,1943г – №5 – 6. с. 164.

② 指克里米亚北部彼列科普和昌加尔战役的胜利,伏龙芝指挥。

③ А. Н. Толстой,《Комментарии: Сестры》, См. А. Н. Толстой,《Собрание сочинений в десяти томах》,М. :Гослитиздат,1986. т. 6. с. 386.

④ А. Н. Толстой,《Сестры》, См. А. Н. Толстой,《Собрание сочинений в десяти томах》, М. :Гослитиздат,1983. т. 5. с. 126. 中文出处见阿·托尔斯泰:《苦难的历程》第一部《两姐妹》,朱雯译,北京:人民文学出版社,1979年版,第158页。

他苦恼极了。

几经折磨，阿·托尔斯泰终于为《两姐妹》选定了这样的结尾，十月革命前夜的彼得堡街头，罗欣挽着卡嘉在黄昏中散步，他对心爱的人儿说：

>……岁月会消逝，战争会结束，革命风暴也会沉寂，只有一样东西是亘古长存的——那便是你那温顺的、柔和的、亲爱的心……①

在这样的脉脉温情中，一个提着桶贴标语的人"从那撕破的草帽檐底下，一双燃烧着仇恨的眼睛一眨不眨地向他们直瞪着。"②

阿·托尔斯塔雅·克兰琪叶芙斯卡娅在回忆录中写道：

>小说的结尾简短有力。一个提着桶贴标语的人——就这一个形象立刻起到了平衡的作用，周围的一切都找到了自己的位置。这是多么令人惊喜啊！我觉得，托尔斯泰自己现在对这个结尾也满意了。③

作家自己怎么看待这样的结尾？这应该只是个有力的逗号，生活的潮流很快在主人公面前展开了新的道路，俄罗斯国家的前途、历史磨盘下知识分子悬而未决的命运在作品中还亟待展开。阿·托尔斯泰后来回忆：

>《苦难的历程》是我在坎博村写成的，在这里我用了近一个月的时间写长篇小说的最后几章，结尾确实没写好。有一天我确实是把它撕成碎片扔到窗外；至于我没写好结尾，那也是必然的，是艺术家有了深刻感受的缘故，因为那时我已经开始明白，这部长篇小说只是在史诗的一个开端，而史诗只有待将来才能全面展开。这就是结尾败笔的原因所在，而不是因为我没能'登上山顶，通观全局'。④ 当一个艺术家开始了解到，他处在迷雾与黑暗之中，一切都是模糊不清并且只有待将来某个时候才会明白的时候……在这种情况下，他还去登山做什么……这部长篇小说从来没有结束，甚至在最

① А. Н. Толстой,《Сестры》, См. А. Н. Толстой,《Собрание сочинений в десяти томах》, М.：Гослитиздат, 1983. т. 5. с. 280. 中文出处见阿·托尔斯泰：《苦难的历程》第一部《两姐妹》，朱雯译，北京：人民文学出版社，1979 年版，第 358 页。

② 同上。

③ 陆人豪：《阿·托尔斯泰的生平和创作》，北京：北京出版社，1987 年版，第 85 页。

④ 阿·托尔斯泰对蒲宁说过一条规则：一部大的作品快要写完的时候，必须要居高临下地、从头至尾通盘看一看——就像是在高山之巅俯瞰一条从眼下经过的道路一样——这时结尾才会是可靠的，比例才会是匀称的，整部作品才能牢牢站稳脚跟。

后完稿时也没有结束，而且事实上它也不能结束，因为它只是三部曲的第一部。①

1920 年秋，阿·托尔斯泰应邀为一家小刊物写儿童故事，一部以索斯诺夫卡童年回忆为题材的中篇小说诞生了，作家假托儿子的名义，写自己的童年，这就是《尼基塔的童年》（Детство Никиты），在苦闷的侨居生活中回忆故国家园，作家的意识就好像微微打开了一扇通往遥远祖国的窗户，早年那看起来习以为常平淡无奇的一切如今都那样新鲜，那样无可名状的迷人。作为阿·托尔斯泰最优秀的作品之一，它充满了不可抗拒的魅力和真实，充满了对俄罗斯生活如诗一般的描绘，对大自然敏锐的感受，以及俄罗斯语言的美。

1921 年春，阿·托尔斯泰把《两姐妹》的手稿带到巴黎出版，与妻儿临别时表达了要从欧洲坟场跑出去的决心，两星期后给妻子来信，说发生了意外事件，自己破釜沉舟了，要妻子赶到巴黎，一起去柏林，甚至去更远的地方。这个意外事件就是布拉格出版的《路标转换》文集，白俄侨民社会在俄共新经济政策的推动下分裂出了拥护苏维埃政权的路标转换派，这个派别的主张与托尔斯泰内心酝酿的隐秘的回国愿望不谋而合。1921 年 10 月，他携家眷离开巴黎前往柏林，加入路标转换派的《前夜》，主编文学副刊。这些导致了白俄侨民界的强烈不满和指责，一位白俄侨民领袖、当时的作家援助委员会主席尼·瓦·恰伊科夫斯基来信质问，要求他就与《前夜》杂志合作一事作出解释。作为回击，托尔斯泰在《前夜》上发表了著名的《致尼·瓦·恰伊科夫斯基的公开信》，信的最后表达了对俄罗斯人民根据自己的意愿和智慧选择出的管理国家的新形式的信心，还说“良心召唤我不要爬到地下室去，而是要回到俄罗斯，即使我只是一枚小小的钉子，我也要像彼得一样，把自己钉在被暴风雨打得千疮百孔的俄罗斯战舰之上。”②苏联舆论界非常满意托尔斯泰迈出了决定性的一步，《消息报》转载了这封信，并强调“俄罗斯文学界

---

① Щербина. В. Р,《История русской советской литературы(II) 1929—1941г》,ИМЛИ. М. : Академии наук СССР,1960,с. 122.

② А. Н. Толстой,《Открытое письмо Н. В. Чайковскому》, см. А. Н. Толстой,《Собрание сочинений в десяти томах, М. : Гослитиздат》, 1986. т. 10. с. 49. 中文出处见陆人豪：《阿·托尔斯泰的生平和创作》，北京：北京出版社，1987 年版，第 93 页。

不会忘记这封信,就像不会忘记恰达耶夫的信和别林斯基给果戈理的信一样。"①

如果说阿·托尔斯泰巴黎时期奉献了《两姐妹》、《尼基塔的童年》这样的力作,与彼时侨民文学在爱情和俄罗斯主题上出现重合,颇显侨居特色,那么柏林时期他就从侨居大步走向"回归",值得一提的有中篇小说《升天的尼封特略传——图列涅夫王子手稿摘抄》②(Краткое жизнеописание блаженного Нифонта——Из рукописной книги князя Туренева)和长篇小说《阿爱里塔》(Аэлита)③。前者带有路标转换派的思想情调,选取混乱时代的故事背景,阐发了俄罗斯精神不可摧毁、俄罗斯国家不会动摇的信念,而且其中包含的艺术性和历史真实性对后来的历史长篇小说《彼得大帝》产生了一定影响;后者借科幻形式讲述了火星上的苏维埃革命,从1922年年底到1923年年初开始在苏联杂志《红色处女地》上连载,这是他在苏联杂志上发表的第一部长篇小说,表达对革命的理解与认同,这说明作家在思想上、文学理论与文学实践上都迸发出强烈的"回归"精神。

1922年整整一个夏天,阿·托尔斯泰住在离高尔基不远的波罗的海之滨创作《阿爱里塔》,这部小说叙述了工程师罗希和红军战士古谢夫在火星上的历险经过。罗希的妻子死了,他不愿意孤零零生活在地球上,就设计了一枚火箭,准备飞往火星去揭开这个可能有生命存在的星球的秘密,从前线回来的红军战士古谢夫自愿与之同行,他想在火星上建立苏维埃政权,将其归于苏维埃共和国治下。两人成功登陆火星后被火星统治者图斯库柏用飞船押到自己家中软禁起来。古谢夫通过传真器发现了火星工人骚动,他偷出飞船飞到工人中间亲自领导武装起义,宣布全部政权归苏维埃。图斯库柏原本密令女儿阿爱里塔毒死两位地球来客,女儿却爱上了工程师罗希,并与之结合。古谢夫起义失败,罗希赶去救援,两人侥幸逃出。图斯库柏后来截获了女儿和罗希,罗希被打得昏死,幸得古谢夫拼死相救,最危急的一刹那启动火箭飞回地球,宇宙间只留下阿爱里塔焦灼而深情

---

① "Комментарии: Толстой А. Н. Открытое письмо Н. В. Чайковскому",《Собрание сочинений в десяти томах》, М.:Гослитиздат, 1986. т. 10. с473,注释部分说《消息报》1922年4月25日发表了著名评论家. 柯冈题为《侨民界的分裂》的社论,引文出自该社论,中文出处同上。

② 后改名为《混乱时代的故事》(Повесть смутного времени.)。

③ 连载于《红色处女地》1922年第6号和1923年第2号,发表时题为《阿爱里塔(火星的陨落)》。

的爱的呼叫。

阿·托尔斯泰描写火星世界的时候提到了剥削与压迫的社会问题，肯定火星上的革命，以此表示对地球上的革命的理解和认同，但作家这时候明显受到三段论①的影响，把无产阶级政党领导的有纲领有步骤的革命与自发的群众暴动混为一谈。托尔斯泰从恐惧革命、反对革命到肯定革命固然是一个艰难的合乎时宜的转变，但他毕竟不熟悉俄共的工人革命和苏维埃政权，他写不来地球上的革命，就转而写火星上的革命，而且沿用自己熟悉的爱情套路，这就使得《阿爱里塔》有别于一般的科幻小说，充满了社会问题和现实价值的同时趣味盎然。而且，小说虽然脱离了地球上的革命，但火星革命的领导者是来自地球来自苏维埃俄罗斯的红军战士，这在某种程度上契合了俄罗斯文化中根深蒂固的“弥赛亚”意识，契合了苏联当局主导世界革命乃至宇宙革命的理想。

在柏林期间，阿·托尔斯泰不仅与高尔基建立了亲密的友谊，会晤了爱伦堡、马雅科夫斯基等国内文学界知名人士，还出席了11月7日苏联驻柏林全权代表处举行的庆祝十月革命五周年晚会，所有这些都使他往回国的路上一步步靠拢，而给恰伊科夫斯基的公开信就成了他回国最好的护照。1923年5月，托尔斯泰以《前夜》报代表身份只身回到莫斯科，与恰达耶夫、布尔加科夫、明德林等苏联作家见面；7月27日在《前夜》报上发表《行前寄语》，表示要永远回到祖国；8月1日，携家眷最终回到苏维埃俄罗斯，阿·托尔斯泰的侨居时期至此结束，充满挑战与磨合的新生活宣告开始。

20世纪俄国历史紧密关联的两个大事件，1917年十月革命与国内战争，阿·托尔斯泰无法回避，他与彼时的精英知识分子或主动或被动逃亡，某种意义上延续了白银时代，而他最终脱离侨界回归苏俄是听从自己“良心的召唤”，

---

① 阿·托尔斯泰认为，革命必须经过三个阶段：第一阶段是横扫一切的狂飙阶段，呈现出一种无政府状态，集体决定一切；第二阶段在混乱中出现新的强有力的人物，实施恐怖手段，无政府状态有所控制；第三阶段是无政府状态结束，群众的自发热情平息下来，开始建设新生活。古谢夫的形象和火星工人起义即体现了革命第一阶段的无政府状态，作家把无产阶级政党领导的有纲领有步骤的革命与自发的群众暴动混为一谈，也许在他看来，俄国革命前面两个可怕的阶段已经过去了，建设新生活的第三阶段开始了，他可以放心地回去了。有关三段论的论述详见托尔斯泰的《论新文学》，此文首次发表于《前夜》报文学副刊，1922年6月1日，柏林。Толстой А. Н，《О Новом Литературе》，См. А. Н. Толстой，《Собрание сочинений в десяти томах》，М.：Гослитиздат，1986. т. 10. с. 57 – 63.

也是俄共新经济政策和苏俄文化怀柔政策结出的成果。作家本人经济的困顿情感的孤立,高尔基和苏俄文学界的支持,白俄侨民社会的攻击,欧洲的政治文化氛围等也起到了助推的作用。作为20世纪俄罗斯侨民文学第一次浪潮中最著名的作家之一,与巴黎柏林有着五年的交集,他是侨民文学的见证人,也构成了侨民文学本身,侨居时期的优秀作品是作家本人也是侨民文学不可分割的一部分。

第三章

苏联时期(1923—1945)

阿·托尔斯泰回到祖国后,满以为可以安心创作,他对来访的《艺术生活》记者表示,打算立即续写《苦难的历程》第二部,内容将囊括整个革命和内战时期。可他拿起笔来的时候感到无从下手,他必须重新确立自己对革命事件的态度,如果按照1922年柏林版序言中的观点、思路①写作续篇,显然已经不合时宜。而且对新生活也有一个适应和认识的过程,他一边遍访祖国各地,感受热气腾腾的建设激情,一边创作《不幸的星期五》(Черная пятница)、《伊比库斯》、《古航道》等揭露流亡生活的作品,以表明自己与过去的清算和决裂。回到祖国的阿·托尔斯泰处境非常微妙,彼得堡的同行最初一阵热情后就冷淡下来,生怕沾他的边,这也反映了二十年代苏联文学界的斗争情形。"拉普"②和"列夫"以正统无产阶级作家自居,排斥托尔斯泰这样的"同路人";岗位派提醒读者,在反对真正革命的无产阶级文学的力量中有曾经侨居国外的昔日的伯爵;极左批评家认为,《两姐妹》反

① 在柏林版《两姐妹》序言中作者写道,三部曲第二部的情节"发生在一九一八至一九二二年之间,那时俄国正经受着自由这一令人不快的快乐,闻着在人民的血泊中散发的腐臭的战争毒气,经历着无政府状态和热情狂想,也许是天才的、要赢得和平的狂想,关于大地上新生活的狂想,经历着内战、破产、贫困、饥饿、经历着几乎是非人能为的事业,经历着新的国家制度,它把在无政府状态中挣扎的俄罗斯的躯体压得连指头缝里都流出血来。"注释引文中文出处见克列廷斯基:《阿·托尔斯泰》,周忠和译,郑州:黄河文艺出版社,1986年版,第207页。

② "拉普"(РАПП 1925—1932),无产阶级作家联合会(Российская ассоциация пролетарских писателей)的简称;"列夫"(Леф 1922—1929),左翼文化阵线(Левый фронт искусства)的简称;岗位派(напостовцы),得名于杂志《在岗位上》(группа журнала На посту);无产阶级文化组织(Организация пролетарской культуры),俄文简写为Пролеткульт。

对苏维埃政权,《阿爱里塔》思想上与无产阶级格格不入;他回国后与谢戈辽夫合写的剧本《皇后的阴谋》(Заговор императрицы)、《阿则夫》(Азеф)也备受攻击,托尔斯泰甚至好几年被迫放弃了剧作家的工作。直到1924年5月联共(布)十三大出面干预文学界的不正常状态,阿·托尔斯泰的处境才有所好转,而他作为"同路人"的坎坷遭遇在1932年联共(布)中央决定取缔"拉普"成立统一的苏联作家协会之后才真正结束。

从1925年起,阿·托尔斯泰开始接触当代生活题材,创作了一批揭露新经济政策时期泛滥成灾的小市民习气的作品,其中比较著名的有短篇小说《蔚蓝之城》(Голубые города)、剧本《青春工厂》(Фабрика молодости)和中篇小说《蝮蛇》(Гадюка)。这一时期他还敏感地注意到了一战后美国资本向欧洲扩张的情形,年轻的苏维埃俄国与畸形的资本主义世界形成了鲜明对照,艺术家运用侦探、冒险加科幻的形式推出了新的长篇小说《加林工程师的双曲线体》(Гиперболоид инженера Гарина)。

这部小说的情节围绕双曲线体展开。苏联工程师加林发明了一种威力超强的武器——双曲线体,它发射的光线能穿透一切,烧毁一切。美国的亿万富翁、化学大王罗林格知道后企图夺取双曲线体,多次策划暗杀行动,却只杀掉了加林的同貌人。野心家加林想利用罗林格的金钱建造大型双曲线体装置以实现世界霸主之梦,并吸引了罗林格美艳的夫人、革命后逃亡法国的白俄侨民卓雅投怀送抱,一起劫持这个美国人勒索了巨额财富,招募了大批工程师和工人前往太平洋一个不为人知的小岛,苏联侦查员、共产党员塞里卡就在这群被劫持的人中间。加林利用大型双曲线体如愿以偿找到了无数的黄金,宣布自己是黄金岛统治者,他把大批金块运到美国廉价抛售,搞垮了资本主义各国的经济,迫使各国投降,尊自己为大独裁官。塞里卡却趁加林离开黄金岛的时机发动工人起义,占领了双曲线体装置。加林和卓雅立即潜逃,以图东山再起。

长篇小说沿用了《阿爱里塔》的科幻体裁,却更紧密地联系了现代生活,从列宁格勒到柏林,从巴黎到旧金山,从西伯利亚到意大利,再到太平洋上那个不为人知的小岛,故事发生的地点都在地球之上,共产主义的传播、资本主义的勃起、法西斯主义的萌芽,二战之前的风云变幻构成了故事发生的背景,小说的社会性大大加强。

1926年6月,阿·托尔斯泰与《新世界》杂志编辑部商谈关于出版《苦难的历程》第二部的问题,他在此之前全面校订了《两姐妹》,在很多地方作了合乎时宜的修改,突出革命的正义,强调主人公的爱国。回国这几年的锤炼,让作家感到自己政治上日渐成熟,能够驾驭《苦难的历程》这样大部头的作品了。在此前后的苏联文学中已经出现了几部优秀的反映国内战争的作品,如富尔曼诺夫的《恰巴耶夫》(1923)、绥拉菲莫耶维奇的《铁流》(1924),法捷耶夫的《毁灭》(1927),运用艺术的形式表现国内战争历史,表明自己之于革命、内战和苏维埃政权的态度,对阿·托尔斯泰来说已经十分迫切。此外,与国家出版社签订的出版 13 卷集①的合同,在经济上保障了他这一时期能安心写出《两姐妹》的续篇。但其中最重要的原因应该是作家希望作品赶上十月革命十周年,既有献礼性质,也有表白意味,即宣布与旧时代的彻底决裂,与新政权的完美融合。

1927 年 4 月底,阿·托尔斯泰把《苦难的历程》第二部《一九一八年》(Восемнадцатый год)寄给《新世界》编辑部,不久收到了波隆斯基②的反馈意见,波隆斯基认为作者仍然置身于革命锋芒所指的那个营垒来描写革命,提醒长篇小说将在十月革命十周年的纪念日里发表,编辑和作者都得有责任感。托尔斯泰在给编辑的回信③中表明自己不愿意写一部标语口号式的、公式化的、肤浅的长篇小说,阐释了长篇小说在思想、体裁、布局方面的构思,指出长篇小说不仅仅是在十月革命十周年的时候被人们阅读,而且,可能再过 50 年还要被人阅读,还会译成全世界的许多语言来被人阅读,他非常严肃地感到自己所担负的责任。为了减轻编辑的责任,他建议先把小说送政治局审读。

小说并未送政治局审读,在作家自己的据理力争和《新世界》编辑、老布尔什维克斯克沃尔佐夫—斯捷潘洛夫的鼎力支持下,这部向十月革命十周年献礼的

---

① 后来出版了 15 卷,即 ГИЗ 版的阿·托尔斯泰全集,А. Н. Толстой,《Собрание сочинений в пятнадцати томах》,М. :Гослитиздат,1927—1931.

② 波隆斯基(1886—1932),批评家,文学研究家,1925—1931 年担任《新世界》杂志的编辑。

③ А. Н. Толстой,《Письмо В. Б. Полонскому》,См. А. Н. Толстой,《Собрание сочинений в десяти томах》,М. :Гослитиздат,1986. т. 10. с. 326 – 328. 阿·托尔斯泰 1927 年 5 月 4 日给 В. П. 波隆斯基的信是一份具有极大历史文献价值的研究资料,此信首次发表于《新世界》1955 年第 2 期,中文出处见阿·托尔斯泰:《论文学》,程代熙译,北京:人民文学出版社,1980 年版,第 195 – 201 页。在这封信里,作家说明了三部曲续篇的简要提纲,这个提纲后来在《一九一八年》和《阴暗的早晨》里都实现了。1931 年,作家还写了一部关于巴黎白色侨民和西北前线情况的长篇小说《乌金》。根据提纲规定要描写的事件来看,有关富农—社会革命党人的暴动和喀琅施塔得反革命叛乱的情况都未描绘出来。

《一九一八年》坚守了作品的艺术品质,实现了作家的创作意图。

《一九一八年》开篇描写了十月革命后的彼得堡,“阴森可怕的,不可思议的,难以理解的,一切都过去了。一切都取消了。”①怀孕的达莎有一次外出夜归,在彼得堡冷僻的街道上被歹徒剥走了大衣,受惊受凉产下了不足月的婴儿。对达莎来说,夭折的婴儿、严酷的饥饿、无边的黑暗就是革命,就连心爱的捷列金也离开她参加红军去了南方,她在已故姐夫的帮办律师库立巧克的蛊惑下参与了反革命阴谋,受命侦查列宁的活动规律。捷列金在南方战线浴血奋战,在路过捷克军团控制的萨马拉时到蒲拉文医生家寻找达莎,被蒲拉文出卖,但在达莎的掩护下摆脱了白军的追捕。十月革命中在莫斯科指挥巷战的罗欣受伤后在萨马拉休养,当苏维埃政权以放弃波兰、乌克兰及波罗的海沿岸诸国大片领土为代价,单独与德奥签署停战协定的消息传来之时,罗欣认为俄罗斯被布尔什维克出卖了,立即抛弃卡嘉跑去南俄参加科尔尼诺夫和邓尼金统率的白俄志愿军,可白军乱杀老百姓和枪毙俘虏的行为与他拯救俄罗斯的信念格格不入,他备感失望,趁着因伤休假的间隙寻找卡嘉。卡嘉从房东契特金那里得到罗欣阵亡的消息,决心离开罗斯托夫,中途却落入了马赫诺匪帮之手,一度被罗欣曾经的勤务兵克拉西尔尼考夫控制。四位主人公的遭遇交织在波澜壮阔的内战全景图中,红军、白军、乌克兰民族主义政府军、哥萨克、德国干涉军,还有由亡命之徒组成的无政府主义队伍、以马赫诺为首的土匪部队等在一九一八年展开了殊死搏斗……小说写到了最后一章,敌人在作疯狂反扑,各大城市叛乱此起彼伏,“右派社会革命党”派女特务向列宁开枪,把列宁严重打伤了……所有这一切都只是伟大斗争的开端。

《一九一八年》写完后,阿·托尔斯泰搬到了皇村,准备续写三部曲第二部的第二本,即长篇小说《一九一九年》,但是到了 1928 年年底,实施这项写作计划就不合时宜了,因为国内的政治生活发生了重大变化,托洛茨基、布哈林等布尔什维克党的领导人被指支持富农反对农业集体化运动,站到了反革命暴乱一边,而在这样尖锐的政治形势下,《一九一九年》中很多情节处理变得十分敏感,作家只好将拟定的续篇往后推迟一个时期。他重新转向历史题材,动笔写彼得的悲剧《在拷问架上》(На дыбе),与 1918 年创作的《彼得的一天》相比,托尔斯泰对主人公

---

① А. Н. Толстой,《Восемнадцатый год》,См. А. Н. Толстой,《Собрание сочинений в десяти томах》,М.:Гослитиздат,1983. т. 5. с. 283. 中文出处见阿·托尔斯泰:《苦难的历程》第二部《一九一八年》,朱雯译,北京:人民文学出版社,1979 年版,第 2 页。

彼得的态度已经有了根本性变化，一个独断专行的专制暴君变成了一个为国家利益不惜牺牲一切的伟大君主，但他把剧本的主要冲突置于沙皇与人民之间，人民仇恨彼得，彼得成了孤独的英雄。这种处理方式反映了托尔斯泰探索国家历史理解现代生活的迷茫和努力，剧本本身和在剧院演出的实际效果却使他备受攻击，马克思、列宁所做的关于彼得大帝的正面评价、特别是斯大林 1929 年对彼得的积极表态挽救了剧本，也启示了作家。政治形势的诡异、文坛现状的纠结、领袖人物对彼得的推崇，大变革时代的悲剧精神和创造热望都让托尔斯泰坚定地选择了回归历史，他说：

> 有四个时代吸引着我去创作，那就是伊凡雷帝时代、彼得时代、一九一八至一九二零年的国内战争时代和具有空前规模及意义的我们今天的时代……为了了解俄罗斯人民的秘密，他的伟大，就必须很好地、深刻地知道他的过去，即必须知道我国的历史、它的基本环节，以及孕育出俄罗斯人性格的那几个带有悲剧性和富于创造性的时代。①

正是这样，阿·托尔斯泰写出了一大批反映这四个时代的作品，或者说，他的主要创作都围绕着这四个时代，而当下国家生活的实际要求他回归历史，因此，搁置《苦难的历程》的续篇后，他推出了历史长篇小说《彼得大帝》。

小说共分三卷，第一卷发表于 1930 年，描写了彼得为争取权利而进行的斗争，宫廷贵族之间的倾轧，以及彼得为促进国家西欧化而采取的最初一些措施。小说开始之时，沙皇费多尔驾崩，年幼的彼得和伊凡先后被推上皇位，这样就有两位沙皇君临莫斯科，而在他们之上，索菲亚公主独揽大权。彼得的皇位有名无实，被赶到莫斯科郊外的离宫普列奥勃拉任斯科依村居住，失去了宫廷的束缚，少年彼得整天不是与宫役的孩子以及附近村子的少年做军事游戏，就是到莫斯科日耳曼侨民区玩耍，在外国老师和游戏兵团的帮助下，彼得努力积蓄力量，并在索菲亚政权的危机中掌控了时局，获得执政。俄罗斯落后的面貌依旧，夺取海洋远征亚速的计划受挫，彼得痛定思痛，决定赴欧考察，可索菲亚趁机煽动射击军叛乱，彼得迅速回国，追查阴谋，严惩叛军，永远剥夺索菲亚的自由。

---

① А. Н. Толстой,《Краткая автобиография》, См. А. Н. Толстой,《О литературе и искусстве》, М. :Сов. писатель,1984. с. 262 – 263. 中文出处见阿·托尔斯泰:《论文学》,程代熙译,北京:人民文学出版社,1980 年版,第 300 页。

《彼得大帝》第一卷只写到了彼得的童年和少年时期,也就是未来改革家的性格形成阶段,刚刚触及17世纪末叶俄国国家生活的转折。小说发表后仍然受到拉普严厉的责难,托尔斯泰没有立刻写它的续篇,而是跳到了惊险小说的体裁,这就是新的长篇小说《乌金》①(Черное золото)。

《乌金》通过新闻记者比斯特莱姆与布尔什维克并肩作战这一线索,从侧面简要交代了尤登尼奇1919年秋天进犯彼得堡及其失败的情况,着重反映亡命国外的俄国侨民针对苏维埃的反革命阴谋。当时苏联不仅国际上有进步舆论支持,国内战场上更是捷报频传,而英法在一战中损失惨重,这些国家内部又有工人运动高涨,他们不敢再像1918年那样公开武装干涉苏维埃,这就使得流亡国外的临时政府主席李沃夫、穷困潦倒的石油大王切尔莫耶夫、曼塔舍夫等人忧心如焚,他们一方面试图把国内的油田出卖给英国,以影响其对俄政策达到出兵干涉俄国的目的,一方面,以哈德热特·拉舍为首,在法国、美国和瑞典军方的支持下建立"复兴俄罗斯帝国神圣同盟",暗杀在国外的布尔什维克,少将吉赛尔、无赖比特坚宾德尔和三个妓女维拉、玛丽、莉莉就活跃在这场由"乌金"和"神圣同盟"所编织的反革命阴谋之中……

阿·托尔斯泰一度将《乌金》作为描写革命和国内战争的史诗作品②之一,内容上承接《两姐妹》、《一九一八年》,描写十月革命后逃亡国外的白俄侨民对抗苏维埃的斗争,却采用了惊险小说的形式,他这样就暂时避开了国内复杂的政治风头,顺乎情理,合乎时宜。

1932年3月,阿·托尔斯泰应高尔基之邀,前往意大利所索伦托作客,国国的时候正赶上联共(布)中央颁布《关于改组文艺团体》的决议,他对此表示满意和拥护,并参加苏联作家第一次全国代表大会组织委员会,从此,"拉普"悬在作家头上的达摩克利斯之剑拿掉了,一个新的创作的巅峰期已经开始。

20世纪30年代是苏联社会主义建设蓬勃开展的十年,是斯大林开始高度集权的十年,也是国际法西斯势力处心积虑策划第二次世界大战的十年。苏联官方号召作家到广阔的、创造新生活的汹涌澎湃的劳动洪流中去深入体验生活,这样,

---

① 后来改名为《亡命者》)(Эмигранты)。

② 阿·托尔斯泰曾说过,他的描写革命和国内战争的史诗包括五本书:《两姐妹》、《一九一八年》、《保卫察里津》、《乌金》和《阴暗的早晨》。

一大批表现农业集体化和工业建设的作品①应运而生，阿·托尔斯泰甚至也准备写关于黑色冶金业的书，写关于土西铁路建设工程的中篇小说《三兄弟》，游览了白海运河后他又打算写一部描写建设者英雄业绩的剧本。听了高尔基的建议，他才没有把网撒得太开，而把精力逐渐集中到主要题材的创作上，甚至作家在犹豫接下来应该先写《苦难的历程》第三部《一九一九年》还是《彼得大帝》的续篇时，高尔基的回答仍然指向了历史作品。30年代的苏联文学不仅需要描写工农业成就的应时应景之作，更需要力透纸背反思历史反观现实的鸿篇巨制，以托尔斯泰磅礴的才气他是可以也应该担此重任的。

这样，阿·托尔斯泰在沸腾的狂热的苏维埃五年计划时代把目光重新投射到了彼得时期，《彼得大帝》第二卷原本打算从1700年初写到1718年，囊括了彼得改革最引人注目的18年，而定稿后的第二卷实际只写了四个年头，即从1698—1699年间镇压射击军叛乱到1703年5月兴建彼得堡这一段历史。彼得大帝从西欧各国参观学习专门技术归来后，对社会风俗习惯和国家内政外交实行大刀阔斧的改革，通过派遣贵族子弟留学欧洲、改订税制鼓励工商业发展对外贸易、强制征兵整顿军纪装备新式海军等方面的铁腕措施强化皇权强盛国家；在与欧洲的关系处理上，则以“北方战争”为重心，外交活动与军事行动双管齐下，经过精心备战和顽强决战终于打败了土耳其和瑞典，在遍地泥泞的杰尼岛上筑起了一座有六个棱堡的要塞。

第二卷的结尾写道：

> 奠基以后，彼得的土窖里举行了一次盛大的酒会，在祝酒和炮声中，决定要将这个要塞命名为彼得堡。②
>
> “泥洗脸”费季卡让头发披在灼热、潮湿的额角上，用槲木大槌一记又一记地打着那根木桩……③

---

① 这一时期表现农业集体化和工业建设的作品主要有：潘菲洛夫的《磨刀石农庄》（1928—1937）、肖洛霍夫的《被开垦的处女地》（第一部，1932）；列昂诺夫的《索溪》（1930）、莎吉娘的《中央水电站》（1931）、卡达耶夫的《时间呀，前进！》（1932）、马雷什金的《来自穷乡僻壤的人们》（1938）、克雷莫夫的《油船“德宾特”号》（1938）等。

② А. Н. Толстой，《Петр Ⅰ（Книга вторая》，См. А. Н. Толстой，《Собрание сочинений в десяти томах》，М.：Гослитиздат，1984. т. 7. с. 606. 中文出处见阿·托尔斯泰：《彼得大帝》（下），朱雯译，北京：人民文学出版社，2006年版，第706页。

③ 俄文出处同前，第606页；中文出处同前，第707页。

彼得大帝的雄心壮志、底层人民的哀伤疾苦、与改革相伴相生的反对力量的起落沉浮,都在这场酒会的觥筹交错和单调沉闷却夹杂着沉重叹息的打桩声中渐行渐远,更多的故事和悬念留待长篇小说的第三卷展开。

"拉普"取缔后拨云见日的轻松和喜悦让阿·托尔斯泰的创作激情一发而不可止,1932 年底开始写《彼得大帝》的第二卷,1934 年 4 月就全部写完。在这当中的 1933 年正值作家五十寿辰和从事文学创作二十五周年,苏联文学界举行了热烈的庆祝活动,托尔斯泰答《文学报》记者问,谈话内容以《十月革命给了我一切》(Октябрьская революция дала мне все)为题发表,他说:

> 如果不是革命,等待我的顶多不过是……一个普通作家的那种暗淡的没有光彩的命运……十月革命以前,我不知道我是为谁写作……我进入文学界是为了寻求快乐,为了消遣。现在我已经毫不含糊地把文学看成是无产阶级保卫世界文化的强大武器了。我将尽我的所能,为这一斗争贡献出自己的力量。①

这番话应该是作家的肺腑之言。

> 在清水里泡三次,在血水里浴三次,在碱水里煮三次。我们就会纯净得不能再纯净了。②

这是他为《苦难的历程》第二部写下的卷首语,是长篇小说中知识分子的灵魂被革命荡涤干净的隐喻,又何尝不是作家自己苦难辛酸的一段心路历程?他回归祖国了,他的生活,他的创作,甚至他的整个生命,都必须奉献给他心中失而复得的祖国。

长篇小说《彼得大帝》第二卷完稿后,阿·托尔斯泰又面临三部曲《苦难的历程》的续作问题。这部多年来在作家的计划中称作《一九一九年》的作品被一再推迟,第一次是在 1928 年,第二次是在 1932 年,如今国家的形势日渐明朗,《苏联国

---

① А. Н. Толстой,《Октябрьская революция дала мне все》, См. А. Н. Толстой,《Собрание сочинений в десяти томах》, М. : Гослитиздат, 1986. т. 10, с. 185. 中文出处见阿·托尔斯泰:《论文学》,程代熙译,北京:人民文学出版社,1980 年版,第 226 页。

② А. Н. Толстой,《Восемнадцатый год》, См. А. Н. Толстой,《Собрание сочинений в десяти томах》, М. : Гослитиздат, 1983. т. 5. с. 283. 中文出处见阿·托尔斯泰:《苦难的历程》第一部《一九一八年》,朱雯译,北京:人民文学出版社,1979 年版,第 1 页。

内战争史》的文献资料也基本齐全,是该为《苦难的历程》收尾了。

但作家并没有立刻写作拟定的长篇,南方战线上的察里津保卫战引起了他前所未有的关注,其中一个重要缘由是,随着斯大林领袖地位的确立和巩固,30年代的苏联社会有意拔高1918年6月—10月由斯大林指挥的察里津保卫战的意义。作家甚至希望在第二部中补充一个章节,描写伏罗希洛夫军团的进军和斯大林指挥的察里津保卫战,而《一九一八年》已经出版了,不可能将其安插进去,后来就发展为与之平行的一部中篇小说《粮食》,以此作为《苦难的历程》第二部与第三部之间的必不可少的一个过渡。1937年完稿的这部献给十月革命二十周年的小说却遭到不少指责,因为它枯燥无味,又拘泥于琐事,很多地方就是历史材料的堆砌,阿·托尔斯泰声称这是"运用艺术手法处理确切历史材料的一次尝试……对于作家的尝试必须给予尊重——没有勇气就没有艺术。"① 阿·托尔斯泰的这番话肯定了作家尝试的权利,一定程度上也承认了《粮食》的艺术性不够充分,但《粮食》叙述的保卫察里津这一历史事实本身和小说巨大的现实意义遮蔽了艺术价值,几乎被译成了世界上所有文字,鼓舞了在黑暗中摸索的各国人民。

还有两个原因直接影响了《苦难的历程》的续作,一是疾病,一是社会活动。1934年年底,阿·托尔斯泰患了心肌梗死,症状十分严重;1935—1939年,阿·托尔斯泰在忙于参加各种大大小小的会议,编纂《苏联各民族文学史》和民间文学总汇这样纷繁的工作之于,还以苏联作家身份先后出席了马德里国际保卫文化协会代表大会、布鲁塞尔保卫和平国际大会、伦敦英苏和平与友谊大会、马德里和巴黎的第二届作家保卫文化联盟国际大会等重大活动,积极宣传苏联的反战主张。

1939年夏天,阿·托尔斯泰终于开始写《苦难的历程》第三部,这部在长期的酝酿中一直被命名为《一九一九年》的小说直到1940年8月才正式定名为《阴暗的早晨》(Хмурое утро)。第三部通过对从1918年底到1920年底南方战线上的全部重大事件的叙述,讴歌了伏罗希洛夫、布琼尼及其领导的工农红军的卓越战功,彼得堡工人政委伊凡·高拉、波罗的海水兵党员楚盖、红军战士赖

---

① А. Н. Толстой,《Краткая автобиография》, См. А. Н. Толстой,《О литературе и искусстве》,М.:Сов. писатель,1984. с. 263. 中文出处同上,第300-301页。

杜金、沙里琴、亚格丽披娜、亚妮西亚等生动而具体的革命典型与达莎、捷列金、卡嘉、罗欣的形象交相辉映，为共同的事业携手斗争。小说结尾之时，战场上的枪声尚未停息，四位主人公在莫斯科大剧院里屏息凝神倾听工程师鼓舞人心的电气化报告，体会所有那些没人知道、闷声不响的苦难的意义和大家来之不易的幸福。

阿·托尔斯泰写这部小说的时候，战争阴霾已经笼罩了苏联上空，而完稿的当天，正是法西斯德国对苏联悍然发起突袭的日子，《苦难的历程》创作史与卫国战争史的这一巧合，在值得纪念的这一刻仿佛获得了某种象征意义，昨天的流血和今天的战斗紧紧联系在了一起，在十月革命战火洗礼中成长起来的优秀儿女将继续为祖国而战斗，为和平而牺牲。

阿·托尔斯泰说，《苦难的历程》是"心灵所经受的一段痛苦、希望、喜悦、失望、颓丧和振奋的过程，是对于整整一个巨大时代的感受。这个时代从第一次世界大战的初期开始，直到第二次世界大战初期才告结束。"①三部曲的完成，是作家创作道路上的一个重要标志，有了这么一段苦难的历程，还有什么苦难不能咽下，还有什么敌人不能征服？在伟大的卫国战争岁月里，阿·托尔斯泰拿起政论武器，先后写下《我们保卫什么》（Что мы защищаем）、《我们是不可战胜的》（Нас не одолеешь）、《敌人威胁着莫斯科》（Москве угрожает враг）、《祖国》（Родина）等将近七十篇战斗檄文，他还创作了历史剧《伊万雷帝》（Иван Грозный）②和以《伊万·苏达列夫的故事》（Рассказ Ивана Сударева）为总标题的一组短篇小说，以此回答"德国人加诸祖国的侮辱"③。

1944 年夏天，阿·托尔斯泰身染重病，被确诊为肺癌，这时候卫国战争的胜利已经指日可待，作家最放心不下的就是长篇小说《彼得大帝》，他必须抓住最后的日子赶紧创作。按照最早的构思，第三卷应该写从彼得逝世到 18 世纪中叶，主角将是俄国第一位院士罗蒙诺索夫。而承接已经完稿的第二

---

① А. Н. Толстой,《Собрание сочинений в десяти томах. ", М. : Гослитиздат, 1986. т. 10, с. 401. 中文出处同上，第 276 页。

② 一共有两部，第一部题为《雄鹰和雌鹰》（Орёл и орлица），第二部题为《艰难年代》（Трудные годы）。

③ А. Н. Толстой,《Краткая автобиография》, См. А. Н. Толстой,《О литературе и искусстве》, М. : Сов. писатель, 1984. с. 264. 引文中文出处见阿·托尔斯泰：《论文学》，程代熙译，北京：人民文学出版社，1980 年，第 302 页。

卷，接下来的续篇应该是歌颂彼得大帝的国务活动、他在改变生活方式诸方面所采取的革新措施、俄罗斯军队为保卫尤里耶夫城和纳瓦尔城而进行的英勇决战，此外，还应该展示彼得时期席卷俄国的群众斗争，应该写到波尔塔瓦会谈或普鲁特远征，可是这所有的设想都在写完第六章攻克纳瓦尔之时戛然而止。就在写完这一章的当天，阿·托尔斯泰病情恶化，再也无力握笔。1945 年 2 月 23 日，当莫斯科庆祝红军进逼柏林的礼炮声传到巴尔维赫的时候，作家已经听不见了，他带着对胜利的期盼、对长篇小说未竟的遗憾永远离开了人世。

本书上篇以阿·托尔斯泰两次意义非凡的旅行为时间节点，对他的整个生活和创作过程作了较为合理地分期①与述评。1907—1918 年，是作家创作的沙俄时期。从 1907 年开始出版《抒情诗》，到 1910 年完成伏尔加河左岸系列中短篇小说；从 1910 年到 1918 年，以描写旧时代贵族生活的《地下宝藏》、《跛老爷》为开端，以构思反映大战前夕自由派知识分子生活和情绪的《孤独的上流社会》、《叶戈尔·阿博佐夫》等为过渡，作家长篇小说创作在沙俄时期实现了萌芽和发轫。接下来侨居的 1918—1923 年，是作家生活和创作的分水岭，柏林版《两姐妹》和科幻体小说《阿爱里塔》是这一时期的力作。1923—1945 年是作家创作的苏联时期，

① 几部有关作家生平和创作的著作是这样分期分章的。克列廷斯基的《阿·托尔斯泰》(1960)：童年和学生时代(1883—1907)、创作生涯的开始(1907—1913)、战争和革命时期(1914—1918)、漂泊生涯(1918—1922)、复归的祖国(1923—1928)、历史和现代(1929—1934)、为和平与文明而斗争(1935—1940)、伟大的卫国战争时期(1941—1945)；佩捷林的《红色伯爵阿列克谢·托尔斯泰的一生》(2001)：伏尔加河畔、彼得堡的冬天、在战火的洗礼中、重新得到的祖国、彼得大帝、随风而动的生活、愤怒的俄罗斯；瓦尔拉莫夫的《阿列克谢·托尔斯泰》(2006)：出生证明、阿里罕努什卡、彼得堡、凯旋门、决斗、走向散文之路、谁割了猴子尾巴、“流浪狗”之年、爱情、使命、1918 年、三海之行、俄罗斯的巴黎、俄罗斯的柏林、返回苏联、像蟑螂一样逃走的特许证、女权主义的镜子、左边第三个、彼得与阿列克谢、那个被扇耳光的人、女人城、红色小丑、不幸者的斯塔姆布尔、“不喜欢她的结局”；陆人豪的《阿·托尔斯泰的生平和创作》(1987)：迷途知返、索斯诺夫卡田庄、“我喜欢练习本、墨水瓶，钢笔……”、革命的同情者、象征主义的诱惑、走向现实主义的路、《怪人》和《跛老爷》、战地记者生涯、古航道上的逃亡者、侨居和归来、新生活的鼓舞与“同路人”的坎坷、失而复得的祖国、“这部书将长久流传下去”、“我对德国人加诸我们祖国的侮辱所作的回答”、“十月革命给了我一切……”；岚沁编译的《一个伯爵的历程——阿·托尔斯泰的生平和创作》(1987)：童年和青年时代、步入文坛、在战争和革命年代里、在苏维埃祖国、历史小说家、积极的社会活动家、卫国战争的英勇战士。

经过艰难的转型(以1932年拉普被取缔为标志),作家的长篇小说创作不断丰富和成熟。《加林工程师的双曲线体》、《一九一八年》、《彼得大帝》第一卷与《乌金》,《彼得大帝》第二卷、《阴暗的早晨》与未写完的《彼得大帝》第三卷均为作家苏联时期的作品。有关作家长篇小说创作的艺术研究将分为艺术理论与艺术实践两大块,本书中篇下篇将集中论述。

中篇 02

阿·托尔斯泰长篇小说艺术理论

在彼得堡工学院读书的时候，阿·托尔斯泰曾写过斯坦尼斯拉夫斯基导演契诃夫《万尼亚舅舅》和高尔基《在底层》的剧评，表达自己之于艺术作品的理解。他第一篇比较有影响的评论是《论民族与论文学》(О нации и о литературе)，他在此文中求教于俄罗斯民间文学，提出了语言直观的观点，他认为，"语言——民族的灵魂，它一旦失去了自己的隐喻性，文章就会变成平淡无味的报刊语体。应该对语言再创造，使每个字词都富有诗意，使现代人的概念能与创造语言的原始人的理解相通"①。他对充满生活色彩和芳香的艺术的渴求在《论理想的观众》

① А. Н. Толстой，《О нации и о литературе》，См. А. Н. Толстой，《Собрание сочинений в десяти томах》，М. ：Гослитиздат，1986. т. 10，с. 11. 此文首次发表于《光线》，1907 年第 2 期。

(Об идеальном зрителе)①一文中得到了进一步的彰显。这说明阿·托尔斯泰早在从事文学创作之初就开始了文学批评,以此为起点,涉及诗歌、戏剧、小说、电影等多个艺术门类,在丰富的创作实践中逐渐形成和发展了自己的美学观。阿·托尔斯泰以诗歌获得了最初的声名,以小说特别是以长篇小说《苦难的历程》和《彼得大帝》享誉于世,因此他是以小说家的身份载入文学史册的。他的美学观与他的创作实践相辅相成,"宏伟的现实主义"集中体现了阿·托尔斯泰最重要的生存智慧和最核心的美学思想,像一根红线,贯穿了他重归苏联后的全部生活和创作,也指引了今天对他和他的长篇小说的研究路径。

1924年,阿·托尔斯泰在《文学的任务——文学札记》(Задачи литературы——литературные заметки)②中首次提出了"宏伟的现实主义"(монументальный реализм)。在论述它的内涵、发展及其价值之前,有必要弄清楚它出现的背景,或者说这一理论催生的条件。

---

① А. Н. Толстой,《Об идеальном зрителе》, См. А. Н. Толстой,《Собрание сочинений в десяти томах》, М:Гослитиздат, 1986. т. 10, с. 13 – 16. 此文首次发表于《面具》,1912年第2期。

② А. Н. Толстой,《Задачи литературы——литературные заметки》, См. А. Н. Толстой,《Собрание сочинений в десяти томах》, М. :Гослитиздат, 1986. т. 10, с. 99 – 107. 此文首次发表于《作家论艺术兼论自己》文集,文坛出版社,莫斯科—列宁格勒,1924年第1辑。中文出处见阿·托尔斯泰:《论文学》,程代熙译,北京:人民文学出版社,1980年版,第11 – 22页。

第一章

“宏伟的现实主义”的背景

阿·托尔斯泰对于自己的成长曾这样写道:“我是一个在天与地这个宏伟的大自然怀抱中生长起来的人,我时刻体察天地间的宏伟,又时刻融身于它的宏伟之中。”①如果说俄罗斯大自然的灵气赋予作家最初的宏伟意识,那么,随着他生活和创作道路的铺开,宏伟一词逐渐从自然意义上升为一种时代感,一种创作上的旨趣。

作为俄国最早的象征主义者之一,沃洛申几乎在推崇象征主义的同时就敏锐地意识到了它的危机,他提出了拯救方法,即创立“牢牢扎根在象征主义基础上的新现实主义”②理论,以期实现从象征主义向“超现实主义”的和谐过渡。沃洛申之于阿·托尔斯泰亦师亦友,他这些见解的魅力并不亚于他那渊博的文学、美术、历史知识,深深地吸引了这位象征派后学,阿·托尔斯泰正是在他的指引下完成了浸染新现实主义风格的长篇小说《怪人》、《跛老爷》。此后,阿·托尔斯泰一直在长篇小说领域探索,直到1920年侨居巴黎时才完成了新的长篇小说《两姐妹》。从19世纪俄罗斯强大的现实主义到世纪之交沃洛申的新现实主义,托尔斯泰一直都是接受者的身份,而到了20世纪20年代,他提出了“宏伟的现实主义”,成为这一理论的创立者。“宏伟的现实主义”是指向苏联文学的,从某种现实主义理论的接受者到新的现实主义理论的创立者,特别阿·托尔斯泰本人又经历了侨居时期,“宏伟的现实主义”的提出有着复杂而深刻的背景,在此之前发表的《论新文

① 克列廷斯基:《阿·托尔斯泰》,周忠和译,郑州:黄河文艺出版社,1986年版,第9页。

② 克列廷斯基:《阿·托尔斯泰》,周忠和译,郑州:黄河文艺出版社,1986年版,第79页。沃洛申的“新现实主义”来源于法国唯美主义作家列尼哀的美学,戈罗杰茨基评价它“既不对现实作任何修正,也不对现实作任何批评”,实质上是对象征主义诗学的发展。

学》(О новой литературе)①与《论读者》(О читателе)②似乎起到了铺垫的作用。

《论新文学》首先介绍了谢拉皮翁兄弟、莫斯科意象派等文学流派,介绍了包括费定、叶赛宁等在内的一批散文家和诗人,接着指出存在两种意识、两种理性:个人的理性和集体的理性,用圣经神话中的巨大海兽利维坦隐喻人类,认为人类在集体理性的支配下走到今天,人类的集体生活形成历史,而个人理性是对自我的确立和拓展,是利维坦事业的一部分。阿·托尔斯泰通过对信仰、怀疑和缺点不断被突出和放大的新人肖像的抽象思考,坚定地阐发了建设新生活的胜利思想,表达了个性与集体主义和谐发展的可能。文章接下来提出了革命三段论的理论,认为无政府状态已经结束,建设包括新文学与文化事业在内的新生活的第三阶段宣告开始。文章最后指出,与内容相适应,新文学在形式上明显表现出了两种主要的倾向:一是诗歌和小说回归对话,一是艺术语言接近人民的日常用语。

《论读者》是阿·托尔斯泰回到苏联后发表的第一篇文艺批评文章,具有明显的纲领性质。他借用《鲁宾孙漂流记》里星期五的形象指出艺术家需要读者,艺术作品的张力和质量取决于对读者的认识。他在此文中写道:

> 读者就是我的想象、经验和知识所理解的一个普通人,他是与我的作品的主题同时产生的……读者的性格和对读者的态度,就决定了艺术家创作的形式和比重。读者就是艺术的一个组成部分。③

他接着对艺术家心目中的读者进行分类:一类是具体的特定的人,就是一定季节的读者群众,与之相适应的是一种最低级的艺术形式,即轰动一时的自然主义;一类是理想的抽象的人,这个想象出来的幻影,就是阶级、人民以及带有时代、使命、斗争和民族性等全部特点的人类,与之相适应的是最高级的艺术形式,即从英雄主义的悲剧到浪漫主义的激情和现实主义纪念碑式的作品。阿·托尔斯泰得出这样一个结论:"艺术的大小是同产生这个幻觉的艺术精神的容积成正比的。

---

① А. Н. Толстой,《О новой литературе》, См. А. Н. Толстой,《Собрание сочинений в десяти томах》, М.:Гослитиздат, 1986. т. 10, с. 57 – 64. 此文首次发表于《前夜报》之《文学副刊》,1922 年 11 月 7 日。

② А. Н. Толстой,《О читателе》, См. А. Н. Толстой,《Собрание сочинений в десяти томах》, М.:Гослитиздат, 1986. т. 10, с. 82 – 86. 此文首次发表于《彼得格勒真理报》,1923 年 12 月 23 日,在 1927 年作过两次修改,全集收录进来的是此文修改稿。中文出处见阿·托尔斯泰:《论文学》,程代熙译,北京:人民文学出版社,1980 年版,第 23 – 29 页。

③ 同上,俄文出处见第 83 页,中文出处见第 24 页。

断言艺术只能是为它自己的,这是违反常情的谎言。"①文章接下来对十月革命前后两个时期的读者进行对比,指出喧嚣的彼得堡文学季节不再为共和国的新型读者所需要,他们需要诚挚、清楚、简洁、壮丽的艺术。

《论新文学》是在国外最早宣传苏联文学经验的文章之一,阿·托尔斯泰这时候能写出这样的文章,客观上因为他已经移居柏林,并作为《文学副刊》的编辑与莫斯科方面发生了直接的接触和交往。《论新文学》表明侨居国外的伯爵托尔斯泰已经放弃了对十月革命和苏联政权的误解或者敌视,主观上开始愿意接近和接受苏维埃政权及其文学,他不仅对于年轻的苏联文学事业有着广泛而深刻的认识,而且论证了在苏联社会中个性与集体主义和谐发展的可能,表示愿意参与苏联文化文学建设事业当中。《论读者》认为:在荒无人烟的小岛上永远与世隔绝的人是不会去写小说和诗歌的,因为他离开了读者。既然十月革命后的读者群发生了翻天覆地的变化,艺术就不再是疯狂的行乐消遣,在如同喜马拉雅山一样巍峨的时代面前,文学诸派闹哄哄的霸主纷争实在不必要,共和国的新型读者关心的只是:作家们什么时候能"架起一座神奇的艺术的拱桥"②,写出真正可读的作品。阿·托尔斯泰的这些论述在今天看来多少有一些接受美学的意味,读者之于作者的极端重要性、被想象的读者、读者的期待视野等等,这中间似乎可以进行美学术语的现代转换。如果说《论新文学》表示一种姿态的逆转,《论读者》解决为谁而艺术的问题,那么接着就该进入问题的核心:如何创造为新型读者所需要的艺术,在这样的背景下,"宏伟的现实主义"呼之欲出。

---

① А. Н. Толстой,《О читателе》,См. А. Н. Толстой,《Собрание сочинений в десяти томах》, М.:Гослитиздат,1986. т. 10,с. 84. 此文首次发表于《彼得格勒真理报》,1923 年 12 月 23 日,在 1927 年作过两次修改,全集收录进来的是此文修改稿。中文出处见阿·托尔斯泰:《论文学》,程代熙译,北京:人民文学出版社,1980 年版,第 25 页。

② 同上,俄文出处见第 86 页,中文出处见第 28 页。

第二章

“宏伟的现实主义”的内涵

阿·托尔斯泰在《文学的任务——文学札记》一文中首先指出：严格说来，文学（艺术）不可能有什么任务，在逻辑思维中才有任务，艺术创作不是靠逻辑思维，而是靠狂热的冲动来完成的，它的目的在于非常完整地把大千世界一角的生动情景表现出来。在艺术里，一切都取决于艺术家的观察力，取决于他个人的因素，取决于他的热情和感情：艺术家要有宏伟的意识，要从千千万万个伊凡和西多尔中不仅孕育出普通人的典型，更有时代的典型；艺术家要掌握一种坚定的思想，抨击丑恶，歌颂美好；艺术家要有一双锐利的眼睛，看到别人看不到的东西；艺术家要有不可摧毁的进行创作的意志。阿·托尔斯泰认为，艺术的任务既不在表现它的方法上，也不表现在它的学派和流派上，而是表现在艺术家对这个事业的宏伟性的认识上，即从感情上认识高大的人，认识时代的典型。

重新厘清了文学（艺术）的任务后，阿·托尔斯泰论述了“宏伟的现实主义”的具体内涵，他并没有给出一个严格的定义，而是在梳理宏伟与时代、唯美、典型、传统这四者的关系中凸显了这一术语的基本特征。

第一，宏伟与时代

承接之前《论新文学》与《论读者》中对时代的审视和思考，阿·托尔斯泰进一步描述了近十年的文坛现状：目空一切的未来主义者、无病呻吟的颓废主义者、革命之后冒出来的印象派、描写世俗生活的新小说家……这些人就像毒蘑菇，琳琅满目，却并不能代表这个时代的文学，他们要不在破坏，要不在哗众取宠，要不就在描绘一些司空见惯的东西。阿·托尔斯泰的这番见解在今天看来虽然有失公允,却也反映了一个基本事实:苏联文学并没有像苏联政权一样得到确立和巩固,形形色色的现代主义诸流派仍活跃于当时的文坛。他不禁忧心忡忡:

> 革命的暴风骤雨已经在祖国的上空疾驰而过,人们创造了惊天动地的奇迹。全世界都堆满了煤块,出现过英雄的事业,出现过一幕幕的悲剧,然而,它们的剧作家在哪里?那些能把千百万人民的意志、热情和业绩一并收入伟大的英雄史诗里的小说家又在哪里呢?①

这实际上还是对以往观点的反复和强化:时代要求艺术家创作出史诗型的作品,艺术家只有创作出史诗型的作品才能真正反映时代。史诗型的作品与宏伟是对应的,但作为一个固定词组或者说术语的"宏伟的现实主义"在这里还未出现,尽管阿·托尔斯泰的表述里已经隐含了这层意思。

第二,宏伟与唯美

阿·托尔斯泰紧接着展开与唯美主义②的斗争,他认为:唯美主义是一种浮艳,但并不是美;是一种赏玩,但并不是爱;是生气,但并不是愤怒。唯美主义是静止不动的东西。唯美主义虽也进行观察,但它没有共同的感受,它不会回答也回

① А. Н. Толстой,《Задачи литературы——литературные заметки》, См. А. Н. Толстой,《Собрание сочинений в десяти томах》, М. : Гослитиздат, 1986. т. 10, с. 102. 中文出处见阿·托尔斯泰:《论文学》,程代熙译,北京:人民文学出版社,1980 年版,第 15 页。

② 艾布拉姆斯在其主编的《文学术语汇释》中对唯美主义作了如下解释:"唯美主义,或称唯美主义运动,是 19 世纪后期以法国为中心而波及欧洲的一种文艺思潮。它的理论根源是德国哲学家康德在 1790 年提出的美学理论——纯粹的美感经验源于一种'无利害'之念的沉思,与美感对象的现实性或'客观'实用价值及道德性无关。"俄罗斯最早的唯美主义应该是 19 世纪中期标榜"纯艺术"的诗歌流派,它产生于俄罗斯农奴制向现代资本社会转型的过程中,艺术主张直接与涅克拉索夫派对立,主要代表是费特、迈科夫、阿·康·托尔斯泰、波隆斯基等,德鲁日宁、波特金则是这一派的理论家。"纯艺术"派尽管和西欧唯美主义基本处在同一时期,但由于俄罗斯相对独立封闭,二者基本上没有直接的联系。以费特为核心的"纯艺术"派受到革命民主主义批评的压制,限制在比较小的范围里,在俄罗斯未成大的气候,而且长期受到不公正的待遇。但它本质上是浪漫主义的,是浪漫主义在被现实主义狂潮"淹没"过程中一种微弱的对抗和发展,它坚持了茹可夫斯基确立的抒情性质和方向,为俄罗斯诗歌"白银时代"的到来做了必要的铺垫和探索。阿·托尔斯泰在此展开与唯美主义的斗争,他并没有对唯美主义作具体的说明,根据前后文判断,他所反对的唯美主义应该是十月革命后承接了白银时代余绪的现代主义诸流派,尤其是其中的颓废倾向。

答不了艺术是否有意义这样命定的问题。也许敏锐地意识到如雨后蘑菇一样疯长的唯美主义即将成为明日黄花,也许基于推出新的理论的需要,阿·托尔斯泰完全否定了唯美主义,视之为“宏伟的现实主义”的绊脚石,尽管他自己也曾一度迷恋其中。当然最主要的原因还在于唯美主义本身,它确实没有顺应革命和时代的潮流,或者说它与革命和时代本来就是不相融的两级,它过渡承担了文学的审美功能,甚至泛化为消遣享乐的生活方式,所有这些都使得唯美主义作为一种流派必须退出文学史的舞台。

阿·托尔斯泰接下来说:

> 我现在把宏伟的现实主义文学拿来与唯美主义作一番对照。它的任务是创造人,它的方法是塑造典型,它的激情是全人类的幸福,是完美,它坚信人是伟大的,它的道路一直通向那崇高的目的,即满怀热情地、全力以赴地去创造高大的人的典型。①

在这二者的对照中,阿·托尔斯泰明确指出了“宏伟的现实主义”的任务、方法、要求艺术家抛开狭隘的视野,怀着对全人类的激情和信念,努力塑造在这个伟大时代中涌现出来的高大的人的典型。从这段话可以看出,阿·托尔斯泰对如何确立和发展新文学有了自觉而深刻的思考,他提出的“宏伟的现实主义”尤其强调艺术家之于时代的使命意识,而且,在这种新型的现实主义理论框架内,典型被提到了重中之重的位置,这正是本节接下来要探讨的问题。

第三,宏伟与典型

阿·托尔斯泰在描述十月革命后最初几年的文学状况时承认:

> 目前的确有一些年轻的艺术家,他们的手指尖刚刚够得着时代的圆顶,可是在这样伟大的时代里难道不应该涌现一百个这样的诗人、小说家、剧作家吗?是不是大丰收的时代还没有到来?②

他认为这些年轻有为的艺术家仅仅只是抓住一些生活片段写一些编年史式

---

① А. Н. Толстой,《Задачи литературы——литературные заметки》, См. А. Н. Толстой,《Собрание сочинений в десяти томах》, М.:Гослитиздат, 1986. т. 10, с. 104 - 105. 中文出处见阿·托尔斯泰:《论文学》,程代熙译,北京:人民文学出版社,1980年,第19页。

② 同上,俄文出处第102页,中文出处第15页。

的中短篇小说,伟大革命的参与者和同时代人在这些作品里始终只是扑朔迷离的幽灵。阿·托尔斯泰明确指出:“塑造高大的人,即典型,是艺术的任务。”①他举出了19世纪文学中的例子:列夫·托尔斯泰刻画了一个普拉东. 卡拉塔耶夫②,他们,那些普拉东们,在当时俄国的土地上有千百万个;陀思妥耶夫斯基描写过一个格鲁申卡③,她活在每一个俄罗斯妇女的心里,尽管可能只占一个小小的位置。阿·托尔斯泰肯定这些伟大的作家塑造出了时代的典型,可是他不能不问:代表着千百万人的普拉东现在是个什么样子?今天的格鲁申卡还会跟自己一起去服苦役吗?拉斯柯尔尼科夫④是否还会去杀死那个老太婆?那个斯塔甫罗庚⑤还会在顶楼里上吊吗?俄罗斯的青年小说家并不缺少才华和智力,从他们的中短篇小说里可以看到若隐若现的生活,慢吞吞的火车,暴风雨的咆哮,可以看到人们在死亡、恋爱、争吵,可以看到那儿是一只手,这儿是一只眼睛,衣衫的一角一闪而过,可就看不到一个完整的人,看不到今天的典型。阿·托尔斯泰得出结论:问题的根源在于运用了虚伪的创作方法,即颓废派艺术风行以来作家不敢面对宏伟的事物,不敢体验宏伟的艺术。

那么,“宏伟的现实主义”应该塑造怎样的典型呢?人民的形象与十月革命一起闯进了文学,那些文学中未曾出现的新的典型,还在激烈地战斗,在用幽灵的手叩响着这艺术家心灵的不眠之窗——他们都在等待化身成文学形象。今天的典型就是那样一些时代的新人。阿·托尔斯泰回顾了欧洲文学史上一些不朽的典型,也描述了当代耽于幻想沉迷享乐的欧洲年轻人的典型。通过相互比照,他为苏联文学发出呼吁:

> 英雄!我们需要当代的英雄!需要歌颂英雄的长篇小说!我们不必害怕粗线条和豪言壮语,生活正高举着拳头,并且发出尖厉的无情的话语。
>
> 我们不必害怕大部头的作品,无论是啰啰嗦嗦的废话或是令人疲倦的描

---

① А. Н. Толстой,《Задачи литературы——литературные заметки》, См. А. Н. Толстой,《Собрание сочинений в десяти томах》, М.: Гослитиздат, 1986. т. 10, с. 103. 中文出处见阿·托尔斯泰:《论文学》,程代熙译,北京:人民文学出版社,1980年,第17页。

② 长篇小说《战争与和平》中的一个农民形象。

③ 长篇小说《卡拉玛卓夫兄弟》中的人物。

④ 长篇小说《罪与罚》中的主人公。

⑤ 长篇小说《恶魔》中的主人公。

写，都不必害怕。要宏伟的现实主义！我们要把奥萨山放到彼里昂山上去。①

第四，宏伟与古典

在为“宏伟的现实主义”鼓与呼的时候，阿·托尔斯泰注意到了一些无可回避的问题：究竟应该怎样理解今天的艺术？怎样塑造时代的典型？有没有鲜明的范例可供新文学学习、借鉴？这就涉及新文学、新方法与古典文学的关系。在阿·托尔斯泰看来，新文学并不是无根的飘萍，它不仅植根于伟大的时代和沸腾的生活，而且植根于俄罗斯19世纪辉煌的古典文学传统。他强调，离开继承，任何东西都产生不出来，十月革命后的文学首先应当继承的就是普希金的传统。他在《文学的任务——文学札记》结尾写道：

> 俄罗斯的艺术应该像普希金的诗篇那样晶莹、透明。它应该是有血有肉的，并且比日常生活更为具体，它应该是正直的、富于进取心和伟大精神的。它的结构也应该像那一望无际的草原上空的穹窿那样宏伟、庄严和淳朴。②

对世纪之交20多年来文学界盛行的虚无主义和否定抛弃文化遗产的做法而言，这是一种反拨和匡正；对十月革命后新文学极其薄弱和迷茫的状况来说，这是一种拯救和指引。他坚决反对那些声称要把古典作家从现代轮船上抛下去的狂妄自大却又愚不可及的激进分子，在那些人的眼里，似乎只有摈弃传统割舍过去与现在的一切联系才能树立起自己的权威；他坚决反对那些认为自己无所依靠的作家，在他们看来，社会主义文学没有也不可能有先驱者可效仿。托尔斯泰确信，普希金、果戈理、列夫·托尔斯泰等古典作家都以巨大的艺术力量不仅塑造了普通的人的典型，更有时代的典型，苏联文学不但不能否定和抛弃19世纪所谓的贵族文学传统，而且要培育和继承弥足珍贵的俄罗斯古典文学的优秀基因，只有这样也必须这样，作为方法论的“宏伟的现实主义”才真正具有可操作性，从战争废墟里探出头来的新文学才能真正根深叶茂茁壮成长。

---

① А. Н. Толстой,《Задачи литературы——литературные заметки》, См. А. Н. Толстой,《Собрание сочинений в десяти томах》, М. : Гослитиздат, 1986. т. 10, с. 107. 中文出处见阿·托尔斯泰：《论文学》，程代熙译，北京：人民文学出版社，1980年版，第22页。奥萨山和彼里昂山是希腊东部的两座大山，据希腊神话故事记载，巨人与神交战时，曾把彼里昂山搬到奥萨山上以图登天。

② 同上，俄文出处见第107页，中文出处见第22页。

第三章

“宏伟的现实主义”的发展

自从提出了“宏伟的现实主义”，阿·托尔斯泰又在后来的讲话、评论中多次重申这一创作方法，并将这种方法运用于自己的创作实践。但在“社会主义现实主义”（Социалистический реализм）一词出现后，他基本没有再坚持使用原来的术语，或者说，他努力让“宏伟的现实主义”往“社会主义现实主义”上挂靠。

“社会主义现实主义”这个概念，最早出现在1932年5月23日《文学报》的一篇社论中，社论的作者是格隆斯基，接着在1934年第一次苏联作家代表大会上被确认为苏联文学的创作方法，写进了《苏联作家协会章程》，它是这样定义的：

> 社会主义现实主义，作为苏联文学与苏联文学批评的基本方法，要求艺术家从现实的革命发展中真实地、历史具体地去描写现实；同时艺术描写的真实性和历史具体性必须与用社会主义精神从思想上改造和教育劳动人民的任务结合起来。社会主义现实主义保证艺术创作有特殊的可能性去表现创造的主动性，选择各种各样的形式、风格和体裁。①

这一新的创作方法的确立，实际上是现实主义艺术方法和社会主义思想体系相结合的产物，是在社会主义时代对传统现实主义艺术加工、改造的结果，也可以理解为苏联文学被干预和整肃的标志。

不管是否理解、赞成，当时的苏联作家必须执行这一新的创作方法。阿·托尔斯泰尽管已经回国十年，并且用一系列作品向新政权证明了心志；尽管成了统一的苏联作协中的一员，不必担心再受到“拉普”或者其他极左批评家的侮辱，但

① 曹葆华等译：《苏联文学艺术问题》，北京：人民文学出版社，1959年版，第25页。

他心头的侨居烙印和同路人标签却是难以彻底消除,新一轮的文学大幕揭开了,似乎就等着他表态。当然从另一方面来说,“宏伟的现实主义”与“社会主义现实主义”并不是敌对关系,两者间似乎与还有内涵上的相近精神上的契合,这也使得阿·托尔斯泰有可能发自真心地自觉地喜欢、接受和宣传新的创作方法。但他并不是新政权钦定的文艺理论家,不可能秉承官方的意志把它正确地完整地阐述清楚,他在此之前后的各种场合有关“社会主义现实主义”的论述,实际上还是基于“宏伟的现实主义”之上的理解,两者之间的这一段位移,我们可以理解为正是“宏伟的现实主义”在“社会主义现实主义”语境中的发展。

尽管作为创作方法的“社会主义现实主义”在1934年的苏联作协一大上写进大会章程,实际上当苏联党和政府在解除20年代初期外国武装干涉和国内动乱饥饿危机,并通过五年计划的实施已经在政治、经济领域初步站稳脚跟的时候,特别在斯大林集权体制开始成型和不断巩固的时候,当20年代自由的五花八门的流派和主张纷争不断甚至开始超出艺术范畴对社会主义政权产生一定消极作用的时候,意识形态领域的统一就迫在眉睫,钦定的原则和方法也呼之欲出。联共(布)中央1932年4月23日发表《关于改组文学艺术团体》的决议,根据这一决议取消了无产阶级作家协会,而把所有支持苏维埃政权纲领的作家团结在一个统一的协会里,这就从政策上和组织上宣告了苏联文学从喧嚣走向统一,宣告了曾一度无暇顾及的意识形态领域正式被干预和整肃。阿·托尔斯泰显然敏锐地注意到了时代风气的变化,他的表述与接近正在形成中的“社会主义和现实主义”异常接近。在1933年2月15日苏联作协组委会二次全会上他作了题为《苏联的艺术应该是伟大的》(Советское искусство дожно быть великим)的发言,发言全文刊登在2月28日的《文学报》上。这篇发言主要是针对戏剧创作的,但对于长篇小说同样具有指导意义①。在这篇文章中,阿·托尔斯泰首先强调,要让艰巨的综合性的戏剧艺术成为时代的一种应有的反映,成为新文化一个宏伟壮丽的组成部分。接着他说:

我们的艺术不可能不是伟大的,而且也应该是伟大的。每一个新的一天

① 相比小说,戏剧以更直观的表演方式反映生活,成为社会主义文艺的重要组成部分。阿·托尔斯泰在苏联时期创作了大量戏剧,提出了很多戏剧创作的理论,而他的戏剧与小说创作又紧密关联,往往有着共同的主人公,共同的历史事件和表现手法。

都给我们提出了巨大的历史任务……但政治上的理解和掌握，并不意味着艺术上的掌握……在艺术中一直而且永远存在着这两个推动的原则：认识和确立，认识人的心理世界，并在现实中确立这个世界。①

这里，阿·托尔斯泰仍然继续了"宏伟的现实主义"关于"宏伟与时代"的思想，却表明了对"社会主义现实主义"的执行中不可逾越的困惑。他接着剖析自己：

我是一个蹩脚的戏剧家吗？可能是这样。但是，原因大概还是在于我没有掌握住通过舞台来反映我们时代的这个工具。这个工具就是社会主义现实主义。社会主义现实主义是什么呢？我的理解是这样：艺术中的社会主义，这就是明确坚定的目的……艺术中的现实主义，这就是从内部来叙述人在其周围物质环境中所进行的斗争。②

阿·托尔斯泰对"社会主义现实主义"作了这样一分为二的简单诠释，在他的理解中，社会主义是方向，决定了艺术的性质；现实主义是方法，决定了艺术的内容和表现手段。他甚至通过对比说明现实主义究竟为何物：浪漫主义使笔下的人物离开物质环境，自然主义则从外表上描写物质环境，现实主义却是从内部来揭示那与周围环境有着联系的人的内心世界。他进一步说，"社会主义现实主义"，是伟大文化合理的继承者，它清楚地看到自己的新的目的。这位继承者为了写出新环境中新人的历史，就以现实主义那些最优秀的典范作为依据，并且对这些典范进行分析研究。这些实际上仍然是"宏伟的现实主义"关于"宏伟与典型"、"宏伟与古典"关系的延伸。因此，阿·托尔斯泰在此文中阐释的"社会主义现实主义"，基本上可以用一个数学公式概括，即："社会主义现实主义"="社会主义"+"宏伟的现实主义"，尽管"宏伟的现实主义"本身就是"社会主义"的。

在苏联各界庆祝托尔斯泰五十寿辰的1933年1月10日当天，《文学报》以"文学活动二十五年"为题，发表了作家与记者的谈话，这就是著名的"十月革命给了我一切"，在这篇谈话中，托尔斯泰回顾了自己的创作历程，基本否定了他十月

---

① А. Н. Толстой,《Советское искусство дожно быть великим》, См. А. Н. Толстой,《Собрание сочинений в десяти томах》, М.: Гослитиздат, 1986. т. 10, с. 186. 中文出处见阿·托尔斯泰：《论文学》，程代熙译，北京：人民文学出版社，1980年版，第35页。

② 同上，俄文出处见第187页，中文出处见第36－37页。

革命以前的作品，表达了身处大变革时代作为一位艺术家的切身感受：十月革命之前不知为谁存在，而在这个宏伟的时代，作家感受到了自己所需要的那种生龙活虎的读者，作家与读者相互充实相互需要，这就是宏伟时代的作家与读者。

在纪念联共(布)中央1932年4月23日《关于改组文学艺术团体》的决议发表一周年之际，阿·托尔斯泰在《红色日报》晚刊撰文《谈应该如何表达思想》，旗帜鲜明指出“四月十三日把那扇通向现实主义的创作大门给大大地打开了……四月二十三日，把重大的责任，把我们理解时代哲学的时候重大地无法比拟的责任交给了苏联文学……全世界都是你的听众”①。

阿·托尔斯泰在1934年8月27日苏联第一次作家代表大会上作了一次报告，标题虽然是《论戏剧创作》(О драматургии)，但报告的内容是针对包括长篇小说在内的苏联文学。他在此文中讲到了几个关键点。其一，重申文学的根本任务在于时代的新人，即典型。在这个总的目标下，又把文学的任务细分为三：文学应该深入群众的心理世界，典型来源于群众，又回到群众之中；文学应该记载下过去所走过的道路，展现五光十色的历史图画；文学应该预见未来，鼓舞人民前进。其二，创作的二重性问题。阿·托尔斯泰认为，文学最重要的任务还是在于用时代的生动的素材塑造新人的典型，但完成这样的任务必须要有两方面积极协作共同参与创作过程，这两个方面就是艺术家和生动的素材、作家和读者、戏剧家和观众。其三，读者的要求。怀着坚定的无产阶级信念的读者向作家提出了社会主义现实主义的基本问题——创造时代的典型，即通过综合、观察与创造，从生活的激流中勾勒出最珍贵的、生机勃勃的人物，读者从这样的人物身上可以看到自己的特征，自己的英雄气概，自己的错误，以及自己的悲剧性和可笑的东西，并且通过这些进一步认识自己。其四，“社会主义现实主义”。这是艺术创作的唯一方法，这种方法就是要在社会环境中确定人的心理状态，即个性的形成。通过这些归纳，不难看出，阿·托尔斯泰关注的焦点仍然是典型问题，而且，在他看来，“社会主义现实主义”着力塑造的典型其实就是“宏伟的现实主义”所要积极表现的新人，它们之间并没有实质上的分歧，两者即使不能完全划等，至少也是基本吻合。

1936年4月5日，在列宁格勒马雅科夫斯基作家之家举行了关于形式主义问

---

① 阿·托尔斯泰：《论文学》，程代熙译，北京：人民文学出版社，1980年版，第229页。

题讨论会①,阿·托尔斯泰到会并作了题为《走到大道上来》的发言,发言稿随即刊登在4月10日的《文学报》上。在这篇发言稿中,阿·托尔斯泰没有正面批判官方理论界加给形式主义的诸项罪责,而是联系文学界的总体情形和自己的创作实践大谈自己对于"社会主义现实主义"的理解。他首先用古罗马海神尼普顿隐喻苏联读者,他们举起三叉戟,把舒适的文学小船搅得颠簸不堪。这些读者,就是献身于新社会制度的全体建设者,他们需要高超的优秀的艺术,需要真实的深刻的艺术。所有这些要求就形成一个艺术者中的现实主义的概念。现实主义,指的是社会性的主题,是经过概括的社会的典型。它不是站在时代的边沿,也不是给古代故事中的英雄人物穿上苏维埃的皮夹克,而是进攻生活的致命的要害。阿·托尔斯泰指出讨论的目的:使作家要解千百万读者的各种新的要求;扩大与深化艺术的题材;引导大家走社会主义现实主义创作道路。他最后号召,作为时代的目击者的作家们要以社会主义现实主义的全部力量描绘出伟大的人物和伟大的事业,而且要写得鲜明、简洁、引人入胜。

阿·托尔斯泰在这几年中还陆续发表了一些类似的讲话,论旨始终没有偏离"宏伟的现实主义",换句话说,"宏伟的现实主义"的内核凭借"社会主义现实主义"的外壳得以安然无恙,成为作家自己根深蒂固的创作观。

---

① 作为此次讨论导火索的是《真理报》上发表的几篇编辑部的文章:《喧嚣代替了音乐》,评肖斯塔科维奇的歌剧《姆倩斯克县的马克白夫人》(1936年1月28日,第27号);《矫揉造作的芭蕾舞》,评肖斯塔科维奇的芭蕾舞剧《清澄的小河》(1936年2月6日,第36号);《用笨拙的公式来代替历史的真实》,评影片《普罗米修斯》(1936年2月13日,第43号)。这几篇文章声讨艺术中的形式主义、无思想性和不问政治倾向,不仅在音乐家之间,而且在所有艺术部门的工作者中引起了巨大反响。

第四章

“宏伟的现实主义”的价值

“宏伟的现实主义”是从众声喧哗的现代主义流派和各种摇旗呐喊的无产阶级文学阵营走向苏联新文学的有益尝试,它以塑造高大的人的典型为己任,倡导向优秀的古典文学传统学习,回应了新时代新读者对新文学的新期待,但这一全新的合乎当时文学发展的创作方法对整个苏联文学并没有产生相应的实质性的影响,这是由20世纪20年代苏联文坛的实际和托尔斯泰在文学界的地位决定的,基本上只有阿·托尔斯泰自己在宣传和实践。到了30年代“社会主义现实主义”被确立为统一的创作方法后,“宏伟的现实主义”就基本不再提了,只能依附于“社会主义现实主义”存在。

“宏伟的现实主义”至少有两方面的价值:对阿·托尔斯泰来说,这是他最重要的生存智慧和最核心的美学思想,像一根红线,贯穿了他重归苏联后的全部生活和创作;像一把钥匙,直接指向了长篇小说体裁发展史上最难以驾驭和最能体现作者才华和功力的史诗型家庭小说和历史全景小说。奥克良斯基在《艺术家与祖国——论阿·托尔斯泰的文艺美学观》一文中指出:

> 阿·托尔斯泰最优秀著作中异常生动的艺术世界就是基于一定的文艺观——现实主义美学及其继承和发展——“宏伟的现实主义”理论(这是一个专有名词,内涵上与术语“社会主义现实主义”最为接近,作家早在20年代初就提出了,比后者出现早得多)。①

对现实主义文学发展而言,这一理论承上启下,是从批判现实主义到社会主

① Юрий Окляский,《Художник и Отчизна(О литкратурна - эстетических взглятахА. Н. Толстого》, См. А. Н. Толстой,《О литературе и искусстве》,М. :Сов. писатель,1984. С 7.

义现实主义过渡的一个重要环节。十月革命之后,伴随着一种内容上全新的文学的诞生,关于某种全新的创作方法的探讨也逐渐展开。在20年代激烈的文学和美学争论、各种文学团体的竞争渐趋平静之后,现实主义的创作方法似乎得到了大多数新文学建设者们的认同,但关于新的现实主义与传统现实主义的本质区别,亦即究竟该给传统现实主义一个怎样的限定,却莫衷一是,一些作家和理论家纷纷提出了自己的主张,因而有了关于新方法的众多的新名称,诸如沃伦斯基的"新现实主义"("новый реализм")、卢那察尔斯基的"新现实主义流派"("новая реалистическая школа")、马雅科夫斯基的"有倾向的现实主义"("тенденциозный реализм")、斯塔夫斯基的"包含社会主义内容的现实主义"("реализм с социалистическим содержанием")、格拉德科夫与利-别京斯基的"无产阶级的现实主义"("пролетарский реализм"),此外还有"革命的"、"浪漫的"、"革新的"、"无产阶级的"、"艺术的"、"英雄主义的"、"辩证的"、"双体的"等多种称谓,从理论的基本内涵、与"社会主义现实主义"的相互关系及其产生的具体成果看,阿·托尔斯泰的"宏伟的现实主义"在这众多的理论中显然占据了重要的一席,并为考察从喧嚣走向统一的苏联文学发展过程提供了一个鲜明的极具研究价值的个案。

本书中篇梳理和评价了阿·托尔斯泰最核心的创作观:"宏伟的现实主义"。作为苏联时期最重要的作家之一,阿·托尔斯泰在20世纪20年代提出了这一理论。《论新文学》与《论读者》构成其产生背景,宏伟与时代、唯美、典型、传统四者的关系凸显其基本内涵,这一理论在"社会主义现实主义"语境中"名亡实存",作为名词术语不再存在,但其精髓得到了保留。"宏伟的现实主义"虽然对整个苏联文学未能产生相应的实质性影响,却产生了两大具体的成果:《苦难的历程》和《彼得大帝》,它不仅是解读作家及其作品的一把钥匙,更为考察苏联社会主义现实主义文学发展过程提供了一个鲜明的极具研究价值的个案。

下篇 03

阿·托尔斯泰长篇小说艺术实践

本篇主要从三方面展开论述：宏伟时代的人物典型，阿·托尔斯泰长篇小说人物塑造艺术、阿·托尔斯泰长篇小说体裁特征。

阿·托尔斯泰在《文学的任务》一文中明确提出塑造高大的人，即典型，是艺术的任务，这也是“宏伟的现实主义”的理论精髓。他的作品中有这样几条重要的人物谱系：从旧时代贵族过渡到宏伟时代的人物典型：新时代知识分子、优雅女性、革命者与改革家。

在文本细读的基础上从辨证的人物形象配置、多样的人物肖像描写、深层的人物心理刻画、个性的人物语言设计诸方面探讨阿·托尔斯泰长篇小说中的人物刻画手法，即他怎样塑造“宏伟的现实主义”所倡导的新人。

阿·托尔斯泰长篇小说的体裁特征，在国内外学术界应该是一个远远没有得到应有关注的问题，这就为本章留下了巨大的研究空间。在俄罗斯长篇小说体裁发展流变的动态过程中，结合阿·托尔斯泰本人在长篇小说体裁上的探索，归纳总结出作家每一部具体的长篇小说的体裁特征。

“宏伟的现实主义”，作为阿·托尔斯泰最重要的生存智慧和最核心的美学思想，像一根红线，贯穿了他重归苏联后的全部生活和创作；这一理论承上启下，构成了从批判现实主义到社会主义现实主义过渡的重要一环，并成为从喧嚣走向统一的苏联文学发展过程中一个鲜明的极具研究价值的个案。《苦难的历程》是“宏伟的现实主义“理论最具代表性的成果，诠释了作家及其艺术理论与艺术实践的对应和偏离。《彼得大帝》是“宏伟的现实主义“在三十年代的又一突出成果，是俄罗斯古典文学与苏联文学继承关系的生动体现，完美地展现了历史全景小说的艺术形式。

第一章

宏伟时代的人物典型

从叙事作品的结构看,小说基本可以分为三类:以情节为中心,以人物为中心,情节与人物并重。阿·托尔斯泰的长篇小说当属第二类,是典型的人物中心型小说。他的长篇小说是一座值得期待的艺术宝库,前文整体把握了作家的创作分期、创作观,接下来我们尝试接近问题的核心——宏伟时代的人物典型。

第一节　人物概说

"人物"是构成作品艺术世界最重要的元素之一,但凡文学作品,必然存在人物形象或人物形象的替代品,如拟人化的动植物、物品等。俄罗斯当代文艺理论家哈利泽夫在他主编的《文学学导论》一书中指出:"人在文学作品中有种种不同的在场形式。这可以是叙述者——讲述者,这可以是抒情主人公,这可以是能够以极大的深度和广度去表现的人物。人物这个术语来自法语,具有拉丁语的词源。古罗马人用"persona"这个词来指演员所带的面具,后来——则用来指艺术作品中被描绘出来的人物。现如今,作为该术语的同义语的,有'文学主人公'和'出场人物'。然而,这些表述都带有补充意义:'主人公'一词强调被描绘的人物的正面作用、鲜明性、非凡性和独特性,而'出场人物'这一词组主要是在行为的完成中展现自己这一事实。"①哈利则夫的此番论述概括了文学作品中人物的几种在场

① 哈利泽夫:《文学学导论》,周启超、王加兴、黄玫、夏忠宪译,北京:北京大学出版社,2006年版,第214－215页。

形式,追溯了“人物”一词的词源,他的关注点集中在“能够以极大的深度和广度去表现的人物”之上,又阐明了“人物”与“文学主人公”、“出场人物”的相互关系。哈利则夫进一步指出了文学作品中“人物”的来源,作家的纯粹虚构、对过去实有之人面貌的推想、对已经众所周知的文学主人公的加工改写与续写扩充,等等。他还研究了“人物”在文学作品中的双重本性,一方面,它是所描绘行为的主体,是构成情节的事件展开的推动力;另一方面,甚至更为主要的特性,“人物”在作品构成中有不依赖于情节的独立的意义——“人物”是那些稳定的牢固的性质、特点、品质的承载者。

“典型”一词原初的涵义是“样品、样板、样式、型式、印迹、痕迹、特征”,它可以用于分类,如心理学中个性的类型,建筑学上设计的类型;而作为一种对人加以艺术表现的方式,典型就“体现为具有某一种特征的人物,体现具有某一种可重复的人物特征的人物。”①这一术语在俄罗斯现实主义美学中获得勃勃生机,别林斯基“没有典型化就没有创作”的表述,陀思妥耶夫斯基在长篇小说《白痴》第四部开篇对“普通人”典型的探讨,高尔基关于在虚构参与下塑造出来的典型的论断,等等,这些都是典型理论的精髓。

“性格”一词在古希腊时期与作为一种对人加以艺术表现的方式的“典型”的涵义几近相同,都可以表示对某一种人性特征之模式化的再现,亚里士多德的学生塞俄弗拉斯忒所著《性格》一书即使如此,只是他书中所论的大多是反面性格。在现实主义美学中,典型理论与性格塑造理论都是指向人物的,“人物”、“典型”与“性格”几乎获得了同位复指的意味。我国学者童庆炳认为:“作为文学形象的高级形态之一,典型是文学话语系统中显出特征的富于魅力的性格。它在叙事性作品中,又称典型人物或典型性格。”②

阿·托尔斯泰在他的“宏伟的现实主义”理论中明确指出了典型的时代性(就塑造怎样的典型而言)与典型的继承性(就怎样塑造典型而言),这是作家最核心的艺术观。当然,他还在一些文章或札记中谈到了很多具体的塑造人物的技巧,这些都将在本章相关论述中有所体现。本章所要论述的人物塑造艺术可以理解为:作家在他的长篇小说中塑造了怎样的典型(性格)?

---

① 哈利泽夫:《文学学导论》,周启超、王加兴、黄玫、夏忠宪译,北京:北京大学出版社,2006年版,第43页。

② 童庆炳主编:《文学理论教程》,北京:高等教育出版社,1998年版,第185页。

艺术典型是浸透了艺术家骨血的孩子，是艺术家为自己为他的母国文学树立起的一座永恒的纪念碑，世界文学瑰丽夺目的艺术画廊就是由一个个精彩绝伦的艺术典型绵延而成的。普希金迷恋他的奥涅金与塔季扬娜，果戈理倾心于他的泼留希金和乞乞科夫，屠格涅夫吟唱他的拉夫列茨基与丽莎，陀思妥耶夫斯基偏爱他的拉斯柯尼科夫与索尼亚，列夫·托尔斯泰审视他的列文与安娜……多余人、小人物、新人、罪人、优雅女性、旧式地主、忏悔的贵族，一个又一个生动具体的艺术典型丰富了俄罗斯文学的精神内涵。黄金时代的光华还未散去，白银世纪的帷幔徐徐开启，阿·托尔斯泰正是在这样的文学际遇中开始了从象征派诗人到现实主义艺术家的转型，他在此后三十多年的创作中奉献出了旧时代贵族、知识分子、优雅女性、革命者、改革家五类完全不同的艺术典型。

第二节　从旧时代贵族到新时代知识分子

阿·托尔斯泰在《文学的任务》一文中明确提出塑造高大的人，即典型，是艺术的任务，这也是“宏伟的现实主义”的理论精髓。他回到苏俄之后，原来作品中着力刻画的旧时代贵族、新旧世纪之交的知识分子早已被历史的磨盘碾压，塑造宏伟时代的人物典型成为艺术家最重大的课题。综观阿·托尔斯泰数十年的创作，会发现他笔下的主人公，与19世纪俄罗斯文学有着血脉相连的关系，又回应了20世纪的时代需求。

一、旧时代贵族

19世纪俄罗斯文学宫殿有一个贵族形象展厅。这里面首先是忧郁的贵族，即通常所说的多余人典型，从普希金的奥涅金、莱蒙托夫的毕巧林到屠格涅夫的拉夫列茨基，俄罗斯文学建构了精神高尚却无法作为的忧郁的贵族青年系列。第二类是抗争的贵族，在列夫·托尔斯泰之前，俄罗斯作家特别钟情于多余人，这多少给读者一种感觉，作为社会精英的贵族都染上了时代病，那这个国家和民族还有什么指望？列夫·托尔斯泰似乎要扭转这种局面，在《战争与和平》中塑造了积极抗争的贵族青年安德烈与皮埃尔，他们的可敬可爱不仅表现在勇于抗争拿破仑入侵，还表现在安德烈在逆境中重建家园恪守古老的贵族原则，表现在皮埃尔抗击拿破仑之后认识到敌人的长处,加入十二月党人担当起民族复兴的使命。正是有了安德烈与皮埃尔这样的艺术形象,俄罗斯贵族才不失阳刚之气和使命感。列夫·托尔斯泰天才的创造力显然还不止如此,他还为俄罗斯文学奉献了第三类贵族典型,这就是忏悔的贵族,其中的突出代表是《安娜·卡列尼娜》中的列文与《复活》里的聂赫留朵夫,忏悔的列文发起农事改革,最终在基督教义中找到了生活的真谛,忏悔的聂赫留朵夫在陪审玛斯洛娃一案中走向灵魂的复活。这三类贵族典型尽管有各自的缺点,但他们真诚、高贵,在当时的社会环境中都是作家们最心爱的人物。

19 世纪俄罗斯作家笔下的贵族当然也有自私自利的花花公子典型,但大多是作为正面人物的参照和对比,忧郁的贵族、抗争的贵族、忏悔的贵族,无不寄予了出自贵族之家的作家们最珍贵的情感和最美好的理想。在历史的风云际会中,贵族越来越无法忧郁,无能抗争,无力忏悔,世纪之交的契诃夫在他的作品中留下了一座震颤着砍伐之声的樱桃园,高贵的蒲宁为他心中的贵族吟唱一曲哀婉的歌,阿·托尔斯泰呈现的则是怪人与跛老爷的荒诞世界。

在阿·托尔斯泰早期的叙事作品中,怪人形象占据了尤其重要的地位,或者可以说,怪人形象是青年托尔斯泰最成功的艺术典型。他的第一部长篇小说就叫《怪人》(Чудаки),这是经过多次更换最后才确定的题名,“Чудаки”是“Чудак”的复数形式,这就告诉读者,小说的叙述对象是一群怪人。而在这之前,作家已经开始了对这一全新的艺术典型的提炼。

短篇小说《米什卡·纳雷莫夫》(1909)的同名主人公是一个县的贵族首领,这个不折不扣的恶霸总是想方设法折磨人,无论是过路的马车夫、家里的年轻女仆,还是他的外甥女维拉都难逃这个恶人的魔爪,他甚至一脚踩在坟墓里了,还想着怎么侮辱别人。

中篇小说《图列涅沃的一周》(1909)塑造了贵族青年尼古拉,他刚被上流社会的梅格拉①抛弃,又被一个出名的荡妇纳斯嘉勾引,姑母安娜不忍心外甥就这样断送前程希望他浪子回头,就把他接到图列涅沃庄园,可是尼古拉积习难改,一会儿迷恋姑母家的女仆玛莎,一会儿又痴情于牧师的女儿莱莎,“从事认真而诚实的劳动”不过是他瞬间的梦想。

---

① 希腊神话中的复仇三女神之一。

短篇小说《阿格伊·科罗文》(1910)的同名主人公整天无所事事,他不必着急去办什么事,也没有必要为什么事情奔忙,生活平静如一潭死水。收到朋友斯捷潘的来信,甚至懒得拆开,一搁就是四五天,拆开一看原来是朋友兄妹要来做客。这对兄妹的到来打乱了阿格伊的生活,尤其是妹妹娜佳,唤起了阿格伊的力量与爱情。客人一走,主人公的生活又归于平静,为了改变一下环境,他决定应邀到彼得堡回访斯捷潘兄妹。离开庄园时他觉得,似乎只要到达车站,整个生活就会改变:前边等着他的是城市和幸福,留在后头的乡村和孤寂。但他就是没有走到车站,没有走向新生活。优美的俄罗斯女性拯救不了趋于毁灭的拉格伊,这位幻想家与冈察洛夫笔下的奥勃洛摩夫又何其相似!

如果就此打住,阿·托尔斯泰笔下的怪人形象并没有特别突出的地方,这些人都会让人感到似曾相识,而且就艺术表现力而言,青年作家也未有大的突破。但是,这些艺术实践深化了他对贵族形象的理解,也锤炼了他塑造人物的技巧,随后写成的长篇小说《怪人》成就了阿·托尔斯泰作为现实主义小说家最初的声名,在推出怪人这一崭新的贵族典型的同时,也标志着他创作上学徒时期的结束和艺术家生涯的开始。《怪人》第一章就是女主人公斯捷潘尼达·伊万诺夫娜在一个秋天早晨里醒来的场景,她想起了昨晚与丈夫激烈的争吵,也想起了过去几十年的经历,想起了她的丈夫阿列克谢·阿列克谢耶维奇·布拉金、丈夫已故的妻子维拉、飞黄腾达的年轻外交官拉季谢夫、维拉的兄长列皮耶夫及其女儿索尼亚,还有格尼洛比亚蒂庄园附近一家修道院的院长,这些对将军夫妇家庭生活已经产生并将继续产生影响的人物悉数出场。在这样一段长长的痛苦回忆中,因爱而嫉妒、因嫉妒而变态的女主人公形象已然清晰,从她开始,从这样一个寒意袭人的秋天早晨开始,一群怪人演绎着一桩桩怪事……

继《怪人》之后,阿·托尔斯泰推出了《跛老爷》,小说开篇是科雷万的月夜,一辆装有折叠车篷的四轮马车驶向一家乡村旅店,马车上的"那人"是小说的主人公阿列克谢·佩特罗维奇,也就是克拉斯诺波利斯基公爵,旅店老板娘萨沙则是公爵的"另一处安慰"。两者的对话中女主人公沃尔科娃小姐出现了,很显然,公爵,这位跛老爷爱上了沃尔科娃小姐,并在这天晚上跟她作了一次长谈,回来的路上,他却在旅店门口停下了,躺倒在萨沙的身边。公爵是怎样的一个人?他为什么瘸了一条腿?他跟沃尔科娃小姐说了些什么?他们的爱情会出现怎样的曲折?萨沙会不会眼睁睁看着自己心爱的公爵迎娶情敌而无动于衷?科雷万的月色之下,还有哪些人和事在悄悄地蛰伏?那些人和事对公爵的生活又会产生怎样的影响?这位浪荡的跛老爷会不会迷途知返?美丽的沃尔科娃小姐和善良的萨沙究竟情归何处?也许贵族出身的作家不愿意过于诋毁自己的群体,贵族曾经毕竟是"盐中之盐",尽管已经是怪人的世界,他不忍心看到怪人作为贵族在社会和文学的舞台上就此凄然谢幕,于是他在这部小说里塑造了克拉斯诺波利斯基公爵这样一位已经完全不同于《怪人》中的贵族,纯洁的爱情让跛老爷的身体和灵魂积蓄和迸发出忏悔的力量,最后的贵族和最后的贵族的故事也就有了迷人的光晕和脉脉的温情。

二、知识分子

知识分子是一个巨大而复杂的社会概念和哲学概念,对于俄罗斯尤其如此。宗教哲学家别尔嘉耶夫认为:"俄罗斯知识分子是完全特殊的、只存在于俄罗斯的精神和社会之中的构成物……知识分子是俄罗斯的现象,它具有俄罗斯的特点。"①利哈乔夫院士强调,"这是纯粹的俄罗斯的概念,就其内容主要是使人联想和激动的概念……在外语和辞典中,'知识分子'这个词不仅仅是词汇本身,而是与附加的'俄罗斯'一起来翻译。"②利哈乔夫尤其关注知识分子的精神独立与思想自由,他在《谈谈俄罗斯知识分子》一文中评论了18世纪末19世纪初的俄罗斯知识界,认为正是这一时期产生了第一批真正的典型的俄罗斯知识分子,苏马罗科夫、克尼亚日宁、拉季谢夫、卡拉姆津等是其中的佼佼者,杰尔查文因为写了献给叶卡捷琳娜的《费丽察》不能归于此列,普希金是无可怀疑的知识分子,十二月党人作为一个志同道合和以身殉道的精神群体亦无愧于知识分子之称谓③。

一个19世纪分成两半:前半期贵族知识分子的登场与式微、平民知识分子的接棒与谢幕;后半期斯拉夫派与西欧派的对峙,自由派与民粹派的论争,马克思主义者的宣传……知识分子向何处去?俄罗斯向何处去?这些厚重的问题从俄罗

① 别尔嘉耶夫:《俄罗斯思想》,雷永生等译,北京:三联书店,1995年版,第25页。

② 利哈乔夫:《谈谈俄罗斯知识分子》,陆人豪译,载《俄罗斯文艺》,2002(3)。

③ 俄罗斯知识分子群体何时形成?学界对此看法不一。别尔嘉耶夫认为形成于19世纪60年代的农奴制改革时期(参见别尔嘉耶夫:《俄罗斯思想》,雷永生等译,北京:三联书店,1995年版,第203页);我国学者张建华则认为以十二月党人起义作为俄罗斯知识分子群体形成的标志(参见张建华:《俄罗斯文化中的知识分子概念辨》,载《北方论丛》2009年第1期。

斯知识分子群体诞生之初就压迫着这些精英的良心。

文学是知识分子心爱的武器,文学中塑造的知识分子形象诠释着知识分子的精神内涵,多余人(即前文所说的忧郁的贵族)、新人(平民知识分子)、忏悔的贵族这些光彩夺目的知识分子形象让这一概念不断地具象化①,19世纪的俄罗斯文学正是因为有了这些书里书外的知识分子而厚重、丰满。

作为知识分子作家的阿·托尔斯泰如何面对世纪之交的社会转型,如何面对后来那场巨大的革命风暴,又在自己的作品中塑造了怎样的知识分子形象呢?在阿·托尔斯泰早期的家庭纪事里,贵族沦为了怪人,再没有了贵族知识分子的声音,即使倾力忏悔的跛老爷,也不可能踏出家门,初稿尾声的断头台不过是作家给主人公一厢情愿安排的归宿。倒是这部小说里的扎鲍特金医生值得关注,这个年轻人三年前怀着献身的热情来到穷乡僻壤的科雷万医院,四处奔波治病救人,但农村的悲惨与地方自治局的腐败彻底击垮了他,他束手无策地爬到高板床上躺下了。他完全不同于屠格涅夫笔下的医科大学生巴扎罗夫,没有了从事科学的干劲,也没有了与父辈论战的激情,他的经历、他的精神状态与契诃夫《第六病室》中的医生拉京完全一致,只不过结束思考的方式不尽相同:拉京喜欢与贵族出身的病人格罗莫夫交流思想,却遭人陷害,不仅自己的院长职位被下属取而代之,还被当作精神病人一起关进了第六病室;扎鲍特金整个人原本只剩下一团灰烬,却在与瓦西里神父的谈话中开始关注并爱上全县有名的美人沃尔科娃,尽管后来娶了自己救下来的萨沙,最终还是为已成为公爵夫人的恋人殉情。也许在阿·托尔斯泰看来,有医学专长有变革理想的扎鲍特金既然无力担当平民知识分子的社会责任,那就只能为他安排死亡,他不能死于巴扎罗夫式的感染,也不能死于拉京式的囚禁,让他享受了片刻的精神欢愉之后在心爱的人面前死去无疑是最好的结局,

① 我国学者谢周将普希金以来的俄罗斯文学史作品中出现的知识分子形象进行归类:抗议与流浪——多余人(奥涅金);理性的实践者——新人(英沙罗夫、巴扎洛夫、拉赫美托夫);回归民间与上帝——陀思妥耶夫斯基与列夫·托尔斯泰笔下的知识分子(安德烈、皮埃尔、拉斯柯尔尼科夫);寻找家园——帕斯捷尔纳克与布尔加科夫笔下的知识分子(日瓦戈、耶舒阿、沃兰德和大师);无所依附的"虚空"——后苏联时代的知识分子(尤里·波里亚科夫的《我渴望逃离……》的主人公奥列格·巴士马科夫和维克多·佩列文的《夏伯阳与虚空》中的主人公彼得·虚空),谢周的归类让知识分子形象串起了一部俄罗斯文学史,美中不足的是对20世纪前半期作品中的知识分子形象鲜有提及。参见谢周:《从"多余"到"虚空"——俄罗斯文学中知识分子形象流变略述》,载《俄罗斯文艺》2000年第3期。

最后的优雅的贵族夫人卡佳是值得他这样殉情的，唯如此，跛老爷的归来、公爵夫妻的团聚才更加弥足珍贵。

写完《跛老爷》后，阿·托尔斯泰试图由家庭纪事开始转向现代生活，只是这一转向尤其艰难。1914 年初，他终于构思了一部宏大的反映大战前夕自由派知识分子生活和情绪的长篇小说，却没有写完，相关文献似乎诠释了作家的意图，如已经发表的中篇《莫大的烦恼》（Большие неприятности）及其拟写的续篇《老鼠的忙乱》（Мышиная беготня），还有短篇《娜塔莎》（Наташа）和作家留下的提纲及三章手稿等，这说明阿·托尔斯泰长篇小说的主人公已经由旧贵族老爷转向了现代知识分子，只是尚不知如何表现这类人物及其情绪。其实早在从事散文创作之初，托尔斯泰就有了把握现代生活的苦闷和努力，他在 1909 年给安年斯基的信中就说：

"我从来就没办法描述自己的所见所闻，总感觉我所写的都是对美好事物拙劣的摹仿……怎么也找不着当今生活的象征，怎么也不能把充满经历的昨天用艺术的形式表现出来。"①

这种苦闷和努力一直在持续，也贯穿于新长篇小说复杂的创作过程之中，光题名就换了好几个，先后有《老鼠的忙乱》、《幻影》（Призраки）、《伊万王子》（Иван Царевич）、《池塘火光》（Болотные огни）等，最后才确定为《叶戈尔·阿博佐夫》（Егор Абазов）。小说以作者身边的人和事为素材，描写了现代派艺术对金钱的依赖。时髦杂志《代洛斯》的出版商格尼洛耶多夫、颓废派美学的鼓吹者撒尔塔诺娃、名士派艺术家别洛科佩托夫、生活在加列尔港口工人中的艺术家布尔金，还有昔日精神健全现在却被现代派弄得憔悴不堪的青年叶戈尔等，这些构成了长篇小说的人物体系。小说没有完稿就交付莫斯科作家出版社，其中的暗示性肖像描写令编辑们惶恐不安，这些人物可以明显看出是现实生活中的一些作家和艺术家，涉及蒲宁、安德烈耶夫、谢维里亚宁、梅烈日科夫斯基、沃洛申等人，这样，小说的发表一直悬而未决，加上作家面临经济上的困境以及定期为《俄罗斯新闻》撰稿等原因，这部作品就夭折了。

---

① И. П. Казаковой，《 А. Н. Толстой. Егор Абозов. Варианты неоконченного романа 》，См. Н. Н. Воробьева，《 А. Н. Толстой. Новые материали и исследования》，М.：Наука，2002. С. 150.

三、新时代知识分子

新时代,相对19世纪,相对旧的沙俄时代而言,在本文中既指称十月革命和国内战争时期,又涵盖了苏俄经济社会建设火热的20世纪二三十年代。阿·托尔斯泰自己正好经历了苏俄历史这个巨大的转型期,他笔下的知识分子出身迥异,个性鲜明,对革命和建设也作出了不同的抉择。

(一)自由派与革命派

《两姐妹》的人物长廊里,阿·托尔斯泰的创作意图在律师史摩珂甫尼考夫和诗人贝索诺夫这两个典型身上才得到了绝佳反映,大战前夕彼得堡的精神生活就由他们主导。史摩珂甫尼考夫是一位极有声望的律师,这份职业足以让他有能力为妻子卡嘉提供极为热闹和阔绰的生活,无论事业还是家庭,他都是彼得堡知识分子中的佼佼者,就是这样一个人,在发现妻子外遇后"思考而且检查了他的全部生活"①,他认识到"生活是委琐的,是半歇斯底里的,是在连续不断的麻醉中间"②,却怎么也结束不了生命或者冲破精神的束缚。他在黑海疗养地更是发出了一段著名的忏悔词:

> 我看到我们的生活方式都是不对的——这种不断地寻欢作乐的生活,总会有一天在突然爆发的绝望中结束……有这么一个俄罗斯,它耕田、畜牧、采煤、织布、打铁、建筑,也有人民,他们逼着它去做这一切的事,可是我们,这批国家的知识分子的贵族,却只是袖手旁观,跟这个养活我们的俄罗斯一点儿关系也没有。我们只是蝴蝶。这就是我们的悲剧……我们也著书,发表演说,搞政治,然而所有这些事,即使是为良心所驱使,也只是消磨时光罢了……③

应该说,史摩珂甫尼考夫的忏悔是相当真诚和深刻,他看到了知识分子的脱离人民,知识分子的生活状态和宿命,这股忏悔力透纸背,他甚至觉得一贯可爱、和气、温柔的妻子的悲剧就是自己造成的,是他宠坏了她,腐蚀了她,他已经开始

---

① А. Н. Толстой,《Сестры》, См. А. Н. Толстой,《Собрание сочинений в десяти томах》, М.:Гослитиздат,1983. т. 5. с. 70. 此处引文中文出处见阿·托尔斯泰:《苦难的历程》第一部《两姐妹》,朱雯译,北京:人民文学出版社,1979年版,第85页。

② 同上。

③ 同上,俄文出处见第110页,中文出处见第128页。

原谅妻子,要去巴黎把她找回来。一战爆发后夫妻关系有所缓和,特别是卡嘉的身患肺炎死里逃生让史摩珂甫尼考夫倍加珍惜家庭。持续疯狂的战争却粉碎了这个知识分子家庭所有的温情和理想,沙皇逊位后临时政府成立,出任西方战线军事政治委员的史摩珂甫尼考夫,在一次演讲中因为鼓吹伪自由和继续对德战争被厌战的士兵活活打死。

贝索诺夫是《两姐妹》中另一位自由派知识分子形象,这位敏感的诗人深刻地洞察到彼得堡和整个国家无可救药的沉沦,而自己也将随之无可救药地沉沦,就像他在卡嘉的家庭晚会上讲过的那样:

> 俄罗斯只是一块尸肉,成群乌鸦在它上面,在这顿乌鸦的筵席上面盘旋。那些写诗的人们,将来都要入地狱。①

他失去了生活的动力,也失去了创作的激情,只有靠不断地诱惑处女来填补心灵的空虚,他的放荡不羁的言行,他的无病呻吟的诗歌对年轻姑娘却产生了毒药般的作用,所有的女人对他投怀送抱,就连优雅的卡嘉也被骗失身,他生命的每一分钟都在极力加速这种沉沦。为爱情着魔的达莎禁不住煎熬主动向他表白是小说最为精彩的场景之一,达莎多像普希金笔下的塔季扬娜,她甚至没有用那种矜持的写信的方式,而是勇敢或者说鲁莽地跑到了这位惯于玩弄女性的诗人面前直陈心意,贝索诺夫显然感到意外,但他心里明白:眼前的姑娘是与众不同的,她是拯救自己灵魂的精灵,她珍贵得不容亵渎。他没有像奥涅金那样,装模作样地把对方教训一顿,在纯洁的达莎面前,他甚至也有过瞬间的真诚:

> 达丽娅·德米特里耶芙娜,我只能在你面前深深的鞠一躬。我实在不配听你这样的话。也许我从来不曾像此刻这样诅咒过我自己。我已经把我自己糟蹋掉,把我自己白白消耗掉,弄得一点也不剩了。我怎么回答你呢?难道我会邀你到郊外,到旅馆里去吗?达丽娅·德米特里耶芙娜,我对你很老实。我已经没有爱情了。要是在几年以前,我一定会相信自己还有永恒的青春。我一定会不让你走。②

---

① А. Н. Толстой,《Сестры》, См. А. Н. Толстой,《Собрание сочинений в десяти томах》, М. :Гослитиздат,1983. т. 5. с. 21. 此处引文中文出处见阿·托尔斯泰:《苦难的历程》第一部《两姐妹》,朱雯译,北京:人民文学出版社,1979 年版,第 20 页。

② 同上,俄文出处见第 63 页,中文出处见第 76 页。

他的话里饱含了无可奈何的绝望和绵绵不绝的痛苦，流露出罕见的真诚，似乎一个脱胎换骨的贝索诺夫诞生了，但这样的真诚转瞬即逝，邪恶的欲望立刻支配了他那颗空荡荡的心，支配着他要"泼掉那珍贵的美酒"，正是这样，纯洁的达莎才落荒而逃。两人后来在林荫道上相遇，并有过一番交谈，贝索诺夫说："你是地狱里的苦刑，要我在活着的时候就来熬受。"①这个聪明坦率愤世嫉俗又自甘沉沦的清醒的堕落者最终死于逃兵之手。

一战爆发之前，贵族出身的阿・托尔斯泰已经作为知名作家出入上流社会的各种场所，他对彼得堡的旧生活，对史摩珂甫尼考夫与贝索诺夫这样的人物是如此之熟悉，他们身上有年轻的伯爵和他的朋友的影子，正是这样，《两姐妹》中的这两位自由派知识分子毫不费力地被塑造得如此真实可信。当作品中巨大的革命风暴开始席卷俄罗斯大地之时，彼得堡曾经灯红酒绿的一切都被荡涤一空，作为旧生活的象征出现的史摩珂甫尼考夫与贝索诺夫当然得不体面地死去，这是他们命定的结局。而同在第一部中出场的罗欣与捷列金则取代了这两者的位置，在爱情上成了卡嘉与达莎的归属，在事业上站到了革命的阵营，这中间是一串长长的历史和一段复杂的历程，重要的是他们殊途同归。

史摩珂甫尼考夫上了明斯克前线，每天邻近黄昏的时候前门的铃声给了孤独无助的两姐妹巨大的安慰，一个漂亮的年轻人常来看望她们，这就是史摩珂甫尼考夫的同事罗欣，他被排在莫斯科接收军火和装备。罗欣与卡嘉互生情愫，却因参加作战部队只能别离。史摩珂甫尼考夫适时的死为罗欣提供了绝好的机遇，当时临时政府接管政权，莫斯科却仍然一片萧条和混乱，与自己相依为命的达莎也随捷列金一起去了彼得堡，卡嘉最为伤心难过的时候接到的竟是丈夫死去的消息，罗欣就是这样走近了这个无依无靠的女人。十月革命后苏维埃政权以放弃大片领土为代价单独与德奥媾和，让这位贵族出身的知识分子无比愤怒，他要拯救俄罗斯，宁愿牺牲自己对卡嘉的爱立即跑到南方参加白俄志愿军。可是白卫将军向武装干涉者出卖军队，白军随意屠杀农民枪毙俘虏，让罗欣对自己的选择产生了怀疑。他在寻找卡嘉的过程中被无政府主义分子马赫诺抓捕，经过不断地怀疑、动摇和探索，他才坚定地参加了革命的队伍，在捍卫苏维埃俄罗斯的同时也找

---

① А. Н. Толстой,《Сестры》, См. А. Н. Толстой,《Собрание сочинений в десяти томах》, М.：Гослитиздат,1983. т. 5. с. 188. 此处引文中文出处见阿・托尔斯泰：《苦难的历程》第一部《两姐妹》，朱雯译，北京：人民文学出版社，1979 年版，第 239 页。

回了卡嘉的爱情。

捷列金是一位正直的知识分子，他和几个“既没有结过婚，又能保证很快乐”的年轻人群租在一起，他的房客，这些由大学生、新闻记者、艺术家、待业女青年构成的未来派，组建了“反习俗斗争中心站”，并出版了《神餐》杂志，引起了人们的关注，正是借助未来派“壮丽的亵渎晚会”这一平台，捷列金对慕名来访的达莎一见钟情，达莎也对他产生了些许好感，但善良、质朴的他显然不比忧郁多情的贝索诺夫更让少女眷恋，他也不敢奢望能俘获达莎的芳心。伏尔加河上五月的漂流让捷列金一度成为达莎的牵挂，可还是不如克里米亚夜晚海滩的散步更使人意乱情迷。他匆匆赶来向达莎告别，因为他被征召入伍了。在一战中他九死一生，机智地逃离了俘虏营，回到波罗的工厂，无意识中受到共产党员华西里・罗勃莱夫的教育，加深了对人民的认识。十月革命之初他赶到莫斯科接回了达莎，可彼得堡的混乱与寒冷让达莎无所适从，孩子的夭折更是让她心如死灰，她对丈夫也越来越疏远，捷列金当然也感到了这种疏远，他却面临着比感情更难抉择的处境：作为一名前线军官，为了俄罗斯，或者往顿河去，加入科尔尼洛夫的队伍，或者与布尔什维克的队伍一起，可究竟哪一边是对的呢？

他通过华西里・罗勃莱夫的关系参加红军，达莎在站台上好像永诀似的跟他道别，他把夫妻冷淡的原因归于对方的任性，或者，自己只是中了一次人生的彩票，让一个自己压根配不上的姑娘莫名其妙地爱上了又莫名其妙地厌弃了。可是在红军的团队中，捷列金自己也没想到，自己竟然成为最可靠、最明事理、最刚勇的工作者之一，危险的任务托付给他，他总是出色地把它们完成了。冒险到指挥部拿索罗金的增援指示后，他又穿过白军后方到伏尔加给军委主席送计谟沙政委要求除去索罗金的密信，完成这个艰巨的使命得到了罗欣与达莎的倾力配合，前者没有告发他的间谍身份，后者掩护他摆脱了萨马拉立宪政权的抓捕，也正是在这次执行任务中，他读了达莎给父亲的信，了解到分手后达莎的基本情况，最重要的是，妻子还爱他，可是等他喀山作战时担任团长第一批冲进萨马拉，只看到了蒲拉文被捣毁的住所，更加思念和担心曾经住在这儿的达莎。

他沿伏尔加河往察里津运送军需物资，在组织炮兵连的战斗中重伤住院，得以与被梅尔欣连救下的妻子重逢。顿河军第三次围攻察里津，捷列金的卡查林团奉派到红军顿河旅与布琼尼旅的汇合处，之后退守察里津。莫斯科调来大批党员增援南方战线，捷列金担任一个旅的旅长，罗欣为参谋长，组成搭档防守阵地，接到总司令错误的作战指令发生激烈的争执,布琼尼奇迹般地出现了,原来他违抗最高军委主席的命令追剿马蒙托夫,他还带来了最高司令部改组的消息。捷列金作为英勇的红军旅长,与大家一起出色完成了沃弄涅什的战斗。小说最后一章里,捷列金与罗欣请了短假,搭乘达莎的医疗火车回到莫斯科——那是3月里一个阴暗的早晨,他们在莫斯科顶层,与列宁和斯大林一起,与亲爱的战友们一起,聆听振奋人心的俄罗斯电气化报告,满怀信心准备为社会主义建设事业奉献所有的知识和力量。

除了史摩珂甫尼考夫、贝索诺夫、罗欣、捷列金这几位主人公,《苦难的历程》里还塑造了相当多的知识分子,比如蒲拉文医生、被剥夺了圣职的神甫柯士玛,甚至还有知识分子团体,比如"反习俗斗争中心站",他们和主人公一起,在战争和革命的漩涡中起落浮沉。

(二)技术型知识分子与科学狂人

如果说战争给当时的俄罗斯知识分子仅仅留下了拥护或反对、红军或白军、革命或反革命这样二元对立的艰难抉择,断然不会出现第三类选项,知识分子要么像史摩珂甫尼考夫、贝索诺夫那样不光彩地死去,要么像罗欣与捷列金那样为苏维埃浴血奋战而活着,战争之后会怎样呢?《苦难的历程》通过报告人展示了共产主义的美好前景,作为苏联第一代知识分子,法律系高才生和工程师出身的罗欣与捷列金当然愿意为心爱的祖国奋斗。这也正是《苦难的历程》的主旨所在。阿·托尔斯泰在《两姐妹》与《一九一八年》的创作间隙里推出两部科幻长篇小说《阿爱里塔》与《加林工程师的双曲线体》,却塑造了两位不一样的主人公,战后的知识分子罗希与加林。

工程师罗希的妻子半年前死了,他备感孤独,于是用国家拨下的经费设计了一枚火箭,打算到飞离地球逃到火星上去,红军战士古谢夫成了应聘成了他的助手。火星上的一切似乎跟地球有着某种千丝万缕的联系,却又无从解释,罗希的好奇心或者说探索真理的精神复活了,还生发出对故国家园的无限眷恋。对于古谢夫急于把火星并入苏维埃的主意,他却给出了不一样的回答:

> 我倒没有想到我为什么要飞到火星上来。我飞来了,就是因为想到这儿来。从前征服者准备了船只,乘船去找新的土地。在大洋上,泛起了从来没有见过的海岸,船开进河口,船长脱下了宽边帽,用自己的名字来命名这片土地。接着,他就洗劫海岸。是的,你大概说得对:开到岸边来还不够,必须在

> 船上装满宝物。我们就要见到一个新世界了。这儿有多么奇妙的宝物呀！阿列克谢·伊凡诺维奇，我们应该用我们的船载回智慧，智慧！①

尽管坐着用苏维埃国家经费造成的火箭来到火星，尽管发现火星上有无数的宝贝，罗希却没有征服的意愿，他是个纯粹的知识分子，被知识和智慧吸引，当然，他还被火星美丽的公主阿爱里塔吸引，他也如愿以偿得到了阿爱里塔的爱情，只是因为火星统治者图斯库柏处心积虑的迫害，他才奋起反抗，乘坐古谢夫派来的军用飞船支援火星工人的起义。起义很快被镇压，他和古谢夫陷入玛佳尔皇后的迷宫，历尽艰辛逃出来又到了图斯库柏的别墅，为了那个"从星光中诞生的女人"，罗希一个人走下深渊，踏入"神圣的门槛"，正是在那儿，爱情最后的避难所，地球和火星的这对恋人沉沉睡去。图斯库柏继续紧追不舍，罗希喝下了阿爱里塔的毒药后中弹昏死，古谢夫及时搭救，拼死飞回了地球。回到地球后的罗希继续他作为知识分子的使命，在彼得格勒的一个工厂里建造火星人使用的万能发动机。

同样是工程师，罗希是冒险家，加林却是独裁者。为了实现世界霸主之梦，他实施了天才的连环计划：第一是不惜一切代价派地质学家曼采夫率领考察队到荒无人烟的堪察加，寻找橄榄石岩带熔解层，从而提炼大量的黄金；第二是与企图夺取自己超级武器双曲线体的美国化学大王罗林格合作，骗取他的巨额资金使之投产；第三就是利用双曲线体大肆地开采黄金，扰乱世界金融秩序，让所有国家臣服于自己的黄金岛国。这个科学狂人发出可怕的宣言：

> 我掌握着统治天地的权力的全部要素。没有我的命令，便没有一个烟囱会冒烟，没有一艘船只会出海，没有一个铁锤会敲响。一切，直到呼吸的权利，都要服从一个中心，这个中心是我。②

他甚至设计了所谓黄金时代的人类结构：首先确立自己是至高无上的世界主宰；然后遴选出"优等国民"，也就是贵族，可以按照古斯巴达的先例为他们制定特

---

① А. Н. Толстой,《Аэлита》, См. А. Н. Толстой,《Собрание сочинений в десяти томах》, М. :Гослитиздат, 1983. т. 3. с. 358. 中文出处见阿·托尔斯泰:《阿爱里塔》，刘德中译，中国青年出版社，1957 年版，第 80 页。

② А. Н. Толстой,《Гиперболоид инженера Гаринаа》, См. А. Н. Толстой,《Собрание сочинений в десяти томах》, М. :Гослитиздат, 1983. т. 4. с. 357. 中文出处见阿·托尔斯泰:《大独裁者》(原名《加林工程师的双曲线体》)，王忠亮、王育伦译，江苏人民出版社，1982 年版，第 216 页。

殊制度,使之得到高级的享受和创作活动;然后就是确立劳动分子,但对他们进行颅骨手术,使之彻底丧失革命的可能性,从而全心全意为文明服务,事实上,他们已经不是人了;最后,他还选出一部分人,放到一个美丽的岛屿上专门进行繁殖;剩余的人口,将因为无用而被消灭。共产主义遥不可及的梦想,人类文明难以逾越的高峰,都将因自己的天才而在十年之内实现,而这个黄金时代的来临,就从降低世界黄金价格开始,他手上已经有了双曲线体这样足以穿透一切毁灭一切的武器,一场比 1914 年更可怕的战争将一触即发。

共产党员塞里卡认为这些疯狂的构想就是法西斯乌托邦主义,科学狂人却一步步如愿以偿,加林成功制造出了威力巨大的双曲线体逃离彼得格勒的控制,成功诱惑美国化学大王的情人卓雅并讹诈了几十亿美金,成功建立黄金岛阻击美国舰队,突破陆地上的物资封锁,成功开采出源源不断的黄金,运到各大城市抛售,搞垮了资本主义的经济,迫使各个国家尊他为大独裁者,正当他沉醉在令人头昏目眩的成功之时,远在黄金岛的女王卓雅发来讯号:黄金岛工人暴动,最大的双曲线体已被夺走。加林乘坐飞艇找到卓雅力图反击,却被飓风卷到一个小珊瑚岛上,孤零零地生活,直至慢慢老去……

大独裁者的美梦功亏一篑,可有关双曲线体的设想,有关橄榄石岩带,还有独一无二的黄金采掘法,这一切,都来源于一个叫曼采夫的地质学家,他不是比加林更加疯狂的科学怪人吗?加林和曼采夫凭借自己的知识、胆略获得了科学发明上的巨大成就,这样的成就一旦被独裁的头脑控制,就会引发人类毁灭性的灾难。从家庭叙事中的旧时代贵族知识分子、世纪末平民知识分子,到史诗叙事中一战前后的自由派知识分子、成长中的苏维埃第一代知识分子,再到科幻叙事中的战后技术知识分子,阿·托尔斯泰还推出了科学狂人这样的反面知识分子,反观 20 世纪 20 年代科学发展中的反科学倾向和 30 年代法西斯势力的抬头,颇具警醒意味。

第三节 优雅女性

优雅女性典型是俄罗斯文学对世界文学最重要的贡献之一,也是俄罗斯文学最独特的魅力所在。对文学作品中的俄罗斯女性形象,对能够惊颤和纯净读者心灵的俄罗斯女性形象作一个评语式的修饰,也许“美好”“迷人”和“理想”一类的词难以胜任,“优雅”或许略胜一筹,倘若非要给出一个固定不变的准确搭配,恐怕勉为其难。在欣赏阿·托尔斯泰长篇小说中的优雅女性典型之前,对俄罗斯文学的优雅女性长廊来一个掠影,或者说溯源,“问渠那得清如许?为有源头活水来”。

一、俄罗斯文学的优雅女性

在普希金的塔季扬娜之前,民间文学中聪明的瓦西里莎,《伊戈尔远征记》里的雅罗斯拉夫娜,还有《顿河彼岸之战》中那一群哭诉的罗斯妻子……尤其是雅罗斯拉夫娜得知丈夫被俘后在城墙上的大声啼哭,让俄罗斯文学的每一位读者无法释怀,让俄罗斯文学千年的历史有了柔中带刚的力量。这源于民间的哭丧曲,构成了史诗《伊戈尔远征记》最富于感染力的抒情篇章,第一次在文学中呈现了一个充满诗情画意的优雅的俄罗斯理想女性形象。得知伊戈尔兵败被俘,她忧心如焚,那颗勇敢忠诚的妻子的心早飞向了丈夫,要为他擦洗血淋淋的创伤;厮杀的战争背景下,广阔的宇宙天地间,她在普季夫尔的城垒上大声啼哭,责备大风载着可汗们的利箭射到丈夫的战士身上,责备大风在茅草上吹走了她的快乐;她祈求第聂伯河把她的丈夫送回,让她的泪水不再挥洒;她责备三倍光明的太阳用干渴扭弯了战士的弓,用忧愁塞住了他们的箭囊。雅罗斯拉夫娜的哭泣感天动地,上帝为伊戈尔指路,飞禽走兽为王公站岗,神灵把她的丈夫送还。

似乎无从解释12世纪的俄罗斯史诗为什么会出现这样优雅的女性典型。古希腊有美狄亚①,德国有克里姆希尔特,她们都是美丽而凶残的复仇女神,后世欧洲文学里也经常看到她们的影子。罗兰美丽的未婚妻阿尔达得到恋人阵亡的消息时突然死去,熙德的妻子在丈夫被流放时只能待在修道院里祈祷,她们在心爱的人受难时要么无法承受而死去,要么心有余力不足,只有雅罗斯拉夫娜能面对、包容、解救,她就像广袤的俄罗斯大地,像辽阔的蓝色大海,能吸收丈夫和自己祖国的一切苦难。她作为俄罗斯文学中第一个充满诗情画意的女性形象,是后世俄罗斯文学中许多优雅女性形象的原型。

天才的普希金续起了中断了六百年的俄罗斯文脉,和他同时代的杰出作家一

---

① 美狄亚、克里姆希尔特、罗兰、阿尔达、熙德分别是古希腊《荷马史诗》、德国史诗《尼伯龙根之歌》、法国史诗《罗兰之歌》、西班牙史诗《熙德之歌》中出现的人物。

起开创了俄罗斯文学的黄金时代,在他们的笔下,一大批优雅的女性形象璀璨着19世纪的文学星空。塔季扬娜勇敢追求她心爱的贵族青年奥涅金,可对方低估了她的真诚。后来她成为一位将军夫人,当年教训她的奥涅金忽然孩子似的爱上了她,她说:“我爱您(何必对您说谎?),但现在我已经嫁给了别人,我将要一辈子对他忠贞。”①她就像一朵“生于嶙峋的岩缝中的鲜花”,散发出无可抗拒的美丽和优雅。丽莎深爱着拉夫列茨基,得知对方“死去”的妻子瓦尔瓦拉回来时,毅然离开爱人保全对方的婚姻,让自己在修道院终老一生。吉提和丈夫在乡下庄园劳动,一起探索生活的奥秘。索尼亚靠拿黄执照供养后母一家,还为拉斯柯尼科夫指出新生之路,不管面临多大的不幸,始终怀着对上帝的圣洁的感情……

果戈理曾在他的《与友人书信简选》中说:“妻子的心灵——对丈夫来说是护身符。她保护丈夫不受道德疾病的传染;她是一种力量,让丈夫在正道上站稳脚跟,并且她是向导,把丈夫引上康庄大道。”②“女人要比我们男人强得多。在她们身上更富有宽容,更敢于追求一切高尚的东西……我敢说,我国的女人比男人醒悟得要早,在我们每个男人尚未醒悟、尚未感到自己别等挨鞭打就应提早跑掉之前,她们就高尚地指责我们,用羞愧和良心的鞭子高尚地抽打并催促我们,就像是鞭打和催促一群愚蠢的绵羊。”③也许这能够解释19世纪俄罗斯作家笔下为什么会出现优雅的女性群像。塔季扬娜之于奥涅金,丽莎之于拉夫列茨基,索尼亚之于拉斯柯尼科夫……就像雅罗斯拉夫娜之于伊戈尔,这些优雅的女性不仅是他们的妻子、情人,更是他们的精神之母,自始至终无怨无悔进行着深刻的灵魂救赎。

二、阿·托尔斯泰的优雅女性

面对如此丰富的文学遗产,生活在两个世纪之交的阿·托尔斯泰在自己的作品在会做出怎样的回应?他笔下的女性形象经历了怎样的嬗变?那些呕心沥血塑造出来的女性是否一如既往的优雅?综观作家的七部长篇小说,将军夫人、贵族小姐、时髦女郎、女大学生、红军战士、火星公主……在阿·托尔斯泰塑造的众

---

① 普希金:《普希金选集》第五卷《叶甫盖尼. 奥涅金》,智量译,北京:人民文学出版社,1985年版,第320页。

② 转引自任光宣:《果戈理的精神遗嘱——读〈与友人书信简选〉》,载《国外文学》2001年第4期。

③ 同上。

多女性形象中,似乎有这样的一条线,那就是:过去的索尼亚与卡佳,当下的两姐妹,未来的阿爱里塔,而只有《苦难的历程》最终走向人民的普拉文姐妹,最能体现作家"宏伟的现实主义"创作意图。

(一)过去的索尼亚与卡佳

索尼亚是作家第一部长篇小说《怪人》中的出场人物,在这部作品中,因过于嫉妒而变态的将军夫人斯捷潘尼达·伊万诺夫娜、因长相丑陋受到打击而装神弄鬼的女妖巴甫琳娜、疯狂行骗大肆敛财的女修道院长戈列杜哈、沉迷于招魂术和不伦之恋的公爵夫人丽莎……在这些乌烟瘴气的人中间,却有一位纯真的少女索尼亚。父亲列皮耶夫沉迷于基督教义,并未多关注女儿的成长,把她送到格尼洛比亚蒂庄园消夏,她的姑姑早就过世了,姑父阿列克谢·阿列克谢耶维奇是位退职将军,与现任妻子斯捷潘尼达·伊万诺夫娜有了三十多年的夫妻之情。膝下无子的老将军非常喜欢索尼亚,也非常享受这份天伦之乐,却招致了妻子的强烈不满。将军夫人在不断膨胀的嫉妒心理支使下,闪过了一个极其恶毒的念头,并迅速地将这个想法付诸实践,那就是最快地嫁掉索尼亚,不仅如此,还安排彼得堡一个闻名的纨绔子弟做她的丈夫,以此断送姑娘的幸福。

> 索涅奇卡十九岁,一张淡黄色的娃娃脸,一张温柔的小嘴儿,蓝色的眼睛还不那么懂事,总之是个好姑娘,中等个儿,常穿着亚麻布的裙子,略微显得笨拙、腼腆,但她的笨拙里有着十九岁少女特有的健康、美丽和迷醉。①

就是这样一个善良的有点笨拙的姑娘,除了知道将军夫人不太喜欢自己,除了为自己引起将军夫妇吵架而不安,她对自己的命运浑然未觉,沉浸在幸福的幻想之中。她喜欢读爱情小说,幻想书中的王子走进格尼洛比亚蒂花园里时黑檐帽下那双炽热的眼睛;她回味着打谷场上那个漂亮的小伙儿因为自己羞红了脸,他俩一起和马车摔倒在一堆干草里,可在世俗的眼里,贵族小姐和农奴的爱情多么荒诞!多么不可理喻!也许只有在秋千上与尼古拉·尼古拉耶维奇紧张而放肆的亲吻才是真实的触手可及的爱情,索尼亚在懵懵懂懂之中答应做斯莫列科夫的新娘,却因将军夫人充满神秘的恫吓与丈夫近乎疯狂的鲁莽在新婚之夜昏死过去。索尼亚从此对夫妻生活极度恐惧,更大的悲剧却在后头。回到父亲的列皮耶

① А. Н. Толстой,《Чудаки》, См. А. Н. Толстой,《Собрание сочинений в десяти томах》, М.:Гослитиздат,1983. т. 1. с. 442.

夫卡庄园,因为不习惯在偏僻的村子里过清心寡欲的寂寞生活,更因为结婚的动机只是为了得到一笔钱款,斯莫列科夫的本性一下子暴露出来,这个轻浮人,这个有名的浪荡子,根本不爱索尼亚,就像他说的,是为情势所迫,绞索套在脖子上了,即使是个丑八怪也照娶不误,他逼着索尼亚向父亲要钱。一直生活在美好幻想之中的柔弱的索尼亚却承受了这样的打击,她对此严词拒绝,不再相信斯莫列科夫任何的花言巧语。当丈夫恬不知耻地骗父亲说他只是去巴黎打前站,他多么舍不得新婚妻子的时候,索尼亚更是坚决拆穿丈夫的谎言,明确表示自己不爱他了,也不会跟着他去什么巴黎。当丈夫处心积虑从父亲那儿骗取钱款要抛弃她远走高飞的时候,索尼亚表现出来的出奇的冷静与平和让斯莫列科夫困惑不已:

> 难不成这中间有一个什么意想不到的陷阱?当他看到妻子像小鸟一样轻盈地飞来飞去的时候,他完全陷入沉思了。他坐在马车里,她站在台阶上,两手抓着伊利亚·列昂季耶维奇的手,他觉得她突然长高了个儿,瘦瘦的,漂亮极了——他以前从没有看到她是这样——带着一丝忧愁的微笑安安静静站着,上身穿一件白色的毛皮大衣,下身是毛绒裙子。“啊,见鬼,怎么没抱抱她?啊,放过了一次美好的享受。”他一边想,一边犹疑不定从马车里伸出了一只脚,索涅奇卡却说道:
>
> “再见了,尼古拉,再见了,我的小鸽子。”①

斯莫列科夫卑微的心思与索尼亚从容不迫的优雅形成了巨大的反差,索尼亚再不是那个唯唯诺诺受他控制的小姑娘,一个不爱自己的丈夫要离开自己,离开这个家,她甚至感到了轻松和畅快,想起自己作为女人的短暂的生活,想起丈夫——叹息一声,摇了摇头:丈夫不过就像她在随便哪本尘封已久的书里读过的一页。少女时代甜蜜的朦胧,婚姻生活绝望的忧伤,也都随风飘去。她的姑父阿列克谢·阿列克谢耶维奇立下遗嘱,格尼洛比亚蒂庄园所有的动产与不动产,悉数转归索涅奇卡·斯莫列科娃名下;可以预见的将来,父亲列皮耶夫故去之时,索尼亚也是唯一的遗产继承人,她本可以当一位富有的贵族夫人,循规蹈矩地活着,她却愿意像灌木一样燃烧自己的生命,与湛蓝的天空和忧愁的大地融为一体。

善良、美丽的索尼亚不仅挽救不了浪荡的丈夫,还失去自己一生的幸福,她的

---

① Там же, С. 543.

命运早被将军夫人的嫉妒之心和斯莫列科夫的贪婪之心操纵了,她的优雅是抗争出来的。相比索尼亚最终的不幸,阿·托尔斯泰在他的第二部长篇小说《跛老爷》中塑造的卡佳算是苦尽甘来。贵族小姐卡佳是全县有名的美人儿,她爱上了克拉斯诺波利斯基公爵,这位跛老爷得到了姑娘的芳心后将自己在彼得堡迷恋莫尔德文斯卡娅夫人的往事和盘托出,卡佳受到刺激一病不起。乡村旅店的女主人萨沙是跛老爷的另一处安慰,她一片真心换来的却是爱人的背弃,极力阻挠不成,无奈跳水自杀。沃尔科夫老爷千方百计促成这门婚事,公爵在蜜月旅行中先是为偶然发现的莫尔德文斯卡娅夫人的影子而疯狂,接着就抛弃新婚妻子去流浪。

卡佳回到米洛耶庄园,除了在把自己从小带大的老仆人康德拉季面前哭诉了被抛弃的委屈,她对老父亲和任何人都瞒着,她一边写信表示原谅丈夫召唤他回家,一边打理着庄园的各类事务,可根本不见公爵的人影,种种流言蜚语逐渐散播开来。卡佳备感孤独,她在一个暴风雪的天气造访扎鲍特金医生夫妇,一直心存爱慕的男主人在送卡佳回家的路上表明心迹,他们的马车却从山上冲到了结冰的河水里,卡佳最后被救了上来,扎鲍特金医生则殉情而死。此后,就算是上县城的剧院看戏,沃尔科夫父女都会遭到旁人的指指点点,卡佳甚至不愿意在县城的姑母家住上哪怕一晚,她便急着要回家。卡佳老是觉得,杳无音讯的公爵一定想使自己受到最后一次侮辱,她等待着这次侮辱,并准备自卫,最好的自卫当然是见面的时候表现出一种蔑视的冷冰冰的平静,在名存实亡的夫妻关系中,公爵永远是个凌辱者,而自己则是无辜的受害者。可当读完公爵用血泪写出的刻骨铭心的忏悔信之时,看到衣衫褴褛、穷困潦倒的跛老爷从米洛耶爬到沃尔科沃来祈求她的原谅之时,卡佳也再没有了委屈和怨恨,她知道:丈夫真正回来了。

(二)当下的两姐妹

索尼亚与卡佳都是作家早期创作中塑造的正面人物形象,她们代表着“过去”,与19世纪文学作品中常见的优雅女性有很多的共通之处:贵族身份、被不幸的爱情和婚姻折磨、高于身边的男性、自尊坚韧勇敢。在完成《怪人》与《跛老爷》后,阿·托尔斯泰的回忆素材已经枯竭,在长达数年的探索中,他的长篇小说终于由家庭纪事转向了现实生活,优雅女性形象也由“过去”转到了“当下”,两姐妹身上散发的就是“当下”的优雅。

《苦难的历程》第一部中塑造的两姐妹具有作家早期作品中女性正面形象的共同特征,但很多方面又有所区别。卡佳和达莎对爱人的忠贞、坚定和情感的力量类似于《跛老爷》的妻子叶卡捷琳娜·沃尔科娃，即卡佳，对于沃尔科娃来说，她的愿望始终就是享受与爱人在一起的幸福，而卡嘉和达莎则是被某种幸福折磨着，被慌乱的未能察觉到的竭力通往巨大的崇高的幸福折磨着。她们为不能适应资产阶级沙龙的生活而痛苦，她们纯洁的意识不能忍受这里不健康的腐化堕落的环境，不能忍受它的故作神秘、平庸粗俗和游手好闲。

达莎从萨马拉来彼得堡学习法律，住在姐姐家里，爱情在这个年轻漂亮的姑娘心里潜滋暗长，她爱上了诗人贝索诺夫，为了见他常去哲学晚会。她被紫罗兰的幽香唤醒，不堪爱和思念的折磨跑去献身，她大胆的表白让贝索诺夫惊喜异常，达莎几乎陷入了充满危险的诱惑却又落荒而逃。她发现了姐姐的秘密，逼姐姐向丈夫坦白，家庭危机之后，卡嘉去了巴黎，尼古拉去克里米亚，只有达莎一个人留下备考。坚强的达莎不允许自己失去生活的支点而陷入黑暗力量的魔掌，她选择了独立生活，要自个儿挣钱，把姐姐接来一起住。达莎在回萨马拉的轮船上邂逅了在未来派聚会中认识的捷列金，两人感情升温却心照不宣。回到家后，达莎常想起善良的捷列金，感到自己正向幸福漂流。地方自治局统计员戈夫雅金约达莎到伏尔加河划船，在草地上引诱达莎献身，她断然表示拒绝，忧郁的她发现自己闹恋爱，更加想念捷列金了，同时又隐隐怨恨起他来：他不知道自己爱他吗？父亲蒲拉文医生为卡嘉的事情着急，嘱咐达莎去克里米亚找尼古拉。达莎走在沙滩上，看到很多人在亲热，她想念她的捷列金，却撞到了贝索诺夫，心头躁动着对贝索诺夫的强烈渴望，陷入二重生活中无力自拔。

一战爆发，尼古拉为爱国热情所冲动与达莎一起来到莫斯科参加市防御联合会的工作，达莎在报纸上看到捷列金失踪的消息，感到了战争的恐怖。卡嘉这时候从巴黎返回了莫斯科，参与护士工作，却患了肺炎，达莎的悉心照料帮助卡嘉度过了危机，同时收到捷列金的明信片，达莎惊喜他还活着，战争似乎没有结束的迹象，她更加担心捷列金了。晚上两姐妹到林荫道听乐队演奏，无望的爱成了愁苦心灵的唯一寄托，却遇到了要去打仗的贝索诺夫，达莎与自己曾狂热爱过的诗人作了最后的离别。战争的漩涡在飞转，一切都毫无指望的时候，捷列金却回到达莎身边，两人沉浸在爱河之中，要爱到白桦树。①

---

① 俄语原文为 любить до березы，俄罗斯人有在墓前种植白桦树的习俗，“爱到白桦树”，意为永远相爱，爱到生命最后一刻。

卡嘉是著名律师史摩珂甫尼考夫的妻子,美丽、风雅、大方的她总是出现在各种社交场合,总是竭力把自己的家布置成风雅的典范,这位上流社会的优雅女主人引得妹妹达莎十分羡慕。柔弱的卡嘉对这样的浮华生活却感到空虚,起初还极力适应,在卑鄙龌龊中隐忍不发,正是这样她才沦为贝索诺夫的玩物。一场家庭危机由此而发,她只身去了巴黎,直到1916年初才回到丈夫身边。卡嘉回来后参加了战地医院的工作,克服了对肮脏的厌恶,却很快患了肺炎,到死神面前走了一遭又回来了。夫妻间的关系本有所好转,尼古拉却上了明斯克前线,把两姐妹留在城里。尼古拉的同事、被派来莫斯科接收军火和装备的罗欣大尉常来看望她们,与卡嘉互生感情,可连他也要参加作战部队了。捷列金历尽艰辛回莫斯科看达莎,又奉命回到彼得堡工厂工作,卡嘉为妹妹高兴,也为自己悲哀,她已经忘不掉罗欣了。

二月革命爆发,两姐妹跑去听立宪党人的会议,正在听的时候却遇到捷列金,原来他从彼得堡坐火车头来到了莫斯科。那天晚上,卡嘉从律师俱乐部跑回来,带来了彼得格勒一切政权归国家杜马的消息,谣言却说伊凡诺夫将军要去彼得格勒平叛,她竟然天真地要去彼得格勒看看革命,而且迫不及待在第二天就在莫斯科街头看革命了。捷列金与达莎去了彼得格勒,只剩下卡嘉一人,伤心之中接到丈夫死亡的电报,在坚持完尼古拉的葬礼后,卡嘉再也承受不了想一死了之,罗欣及时赶到,救下了卡嘉。卡嘉给达莎写信告知尼古拉的死与罗欣的爱,又说预备搬到彼得格勒。尼古拉留下的钱快用光了,捷列金建议她卖掉从前的住所,两姐妹就去那儿搬东西,卡嘉觉得生活转了一个圈。捷列金与两姐妹讨论二月革命以来的形势,罗欣回来了,他为军队不复存在而悲愤,还带来了将军们挽救前线的计划,大家感到非常沉重。俄罗斯向何处去?俄罗斯是否就这样毁灭了?十月革命后的彼得堡街头,罗欣向卡嘉表达爱情,刷标语的人却瞪着他们。

(三)未来的阿爱里塔

长篇小说《两姐妹》是阿·托尔斯泰侨居巴黎时候的作品,卡嘉与达莎无疑是他精心塑造的人物形象,俄罗斯从一战之前到十月革命之后的历史剧变都是通过两姐妹的见闻观感体现的,但这些剧变都还只是故事发生的背景,不构成主导性的力量,这部小说主要就是讲述优雅的两姐妹的爱情。《两姐妹》在巴黎的出版为作家赢得了巨大声誉,但之后以《前夜》报和公开信事件为标志,阿·托尔斯泰的生活发生了重大转折，他即将结束流亡的日子回到苏维埃俄罗斯。《阿爱里塔》① 表现了作家急于靠近苏维埃及其文学的努力，他大概不太熟悉红军战士以及红军革命，把苏维埃文学作品中常见的革命故事改头换面成自己最擅长写的爱情故事，不仅将女主人公的名字定为小说题名，而且将故事发生的背景也置换成与地球遥遥相望的火星，整部小说除了爱情又加上了冒险和科幻的成分。阿·托尔斯泰长篇小说中的优雅女性，立刻由“当下”变成了“未来”，只是，这位火星公主阿爱里塔不是地球人，更不是俄罗斯女性了。

阿爱里塔奉父亲之命招待两位不速的地球来客工程师罗希和红军战士古谢夫，她温柔美丽善良，很快与天子②成为朋友，于是她教授罗希图玛也就是火星的语言，讲述这个星球的秘密，讲述它的近乎神话和传说般的历史，讲述两万年地球来客与图玛的渊源，还有彩色书中记录的大西洋洲人的覆灭和百金门城的沉沦，她明知爱上罗希自己就只有毁灭的宿命，还是义无反顾地喝下了爱情的苦酒，在篝火旁唱起了被禁止唱的乌拉歌，根据古老的习俗，如果女人向男人唱了乌拉歌，她就成为他的妻子。她更是违抗她的父亲——火星至高无上的统治者图斯库柏的命令，不愿毒死罗希，而罗希也不顾危险要和她厮守一起。他俩在一个山洞中沉沉睡去，不理会火星上的暴动，也不去想什么未来。命定的时刻却是躲不过的，阿爱里塔犯了玛佳尔皇后可怕的戒条要被扔进迷宫的深井，罗希也在图斯库柏却带着卫队来抓人的时候服毒自尽。火星人把他们的公主带走了，古谢夫将罗希带回了地球，相爱的人分开了，只有宇宙之间悲惨地重复着爱情和永生的呼唤。

《阿爱里塔》虽然发表在苏维埃文学杂志《红色处女地》上，却并没有得到阿·托尔斯泰预期的反响，其实他在这部小说里已经道出了个中缘由：

> 在另一个时代，这个围着飘荡的围巾、在大雪里踟蹰的怪人，一定会引起什么年轻诗人的诗兴。但是时代变了：鼓舞诗人的不是暴风雪、星星、世外的天地，而是全国各地铁锤的敲打声、锯子的吱呀声、小镰刀的沙沙声和大镰刀

---

① 1922 年 4 月开始创作，1922 年年底—1923 年初在苏维埃文学杂志《红色处女地》上连载，在两个日子之间的 1922 年 6 月发生了著名的《前夜报》和公开信事件。在这一时间段中阿·尼·托尔斯泰侨居柏林。

② 火星人对地球人的称呼。

的呼啸声，也就是地球上的愉快歌曲。①

当然，除此之外，这个流亡国外的伯爵老爷回到他曾敌视的苏维埃俄罗斯，他自身的改造有个过程，从官方到普通民众对他的接受也有个过程，这恐怕又是一部苦难的历程了，阿·托尔斯泰后来的生活与创作也的确印证了这一点。

（四）宏伟时代的优雅女性

阿·托尔斯泰在创作实践中首先要做的是不再写“风雪、星星、世外的天地”，可歌唱“地球上的愉快歌曲”显然并非他所擅长，于是，他把重心转到了巴黎时期的那部名著上，续写《两姐妹》，续写苏维埃俄罗斯光荣的革命历史，续写与生俱来带着原罪的知识分子在这场伟大的革命风暴之中如何荡涤灵魂。卡嘉与达莎当然属于知识分子之列，这两位优雅的女性在十月革命献礼性质的《一九一八年》中退居次要地位，这部长篇小说中弥漫着你死我活的战争硝烟。

十月革命后的彼得堡到处都是饥饿、寒冷和混乱。一天黄昏，怀孕的达莎在广场上被抢劫受到惊吓，巡逻的兵士送她回家，孩子早产，没三天就夭折了，达莎受到了巨大的打击。捷列金到处辛苦地找工，对她越是关切，她就越心烦意乱，小两口已经开始疏远，终于挨到了分手的那天。捷列金走后，达莎在彼得堡住了五个月，日子越来越糟，有一天还找出了贝索洛夫的三卷诗集，读他的诗歌，想要逃离俄国。正当这时候，已故姐夫的帮办库立巧克来访，带来了卡嘉的信，趁势诱导达莎加入间谍阵营“保卫祖国和自由同盟”，并派她到莫斯科执行任务。达莎却遇到了捷列金曾经的房客日罗夫，他参加了无政府主义团体“黑鹰”，这是达莎最近接触到的第三种政治制度。接头的人指示达莎听日罗夫的话，这样对他们有好处，于是她被打扮一新送去了京都旅馆，献给马蒙特·达尔斯基。接头人传来侦查列宁活动规律的最新指令，达莎伪装成女工到工厂听列宁关于饥荒的演讲，却受到震撼，对自己从事的活动表示怀疑。她给父亲写了一封长信，描述了自己的种种际遇，表示自己还爱着丈夫。之后，达莎回到萨马拉家中，无意中遇到身处危险的捷列金，她帮助丈夫顺利逃离，由此引发父女间的巨大冲突，达莎看清了父亲的面目离家出走。第一部中纯洁优雅的达莎竟然因为各种机缘巧合对爱人和他

---

① А. Н. Толстой，《Аэлита》，См. А. Н. Толстой，《Собрание сочинений в десяти томах》，М.：Гослитиздат，1983. т. 3. с. 443. 中文出处见阿·托尔斯泰：《阿爱里塔》，刘德中译，中国青年出版社，1957 年版，第 196 页。

从事的革命感到绝望和冷漠,她回到了没有结果的注定灭亡的人民敌人一边,陷入了反革命的阴谋之中,而她最后的出走是走向人民的开始。

十一月一日的莫斯科巷战之后,卡嘉带着受伤的罗欣回到萨马拉的父亲身边,罗欣憎恨苏维埃,喊着要复仇。卡嘉也觉得革命十分可怕,那个爱自己的巴黎老头儿总不是帝国主义者吧。与德国媾和的消息传来,愤怒的罗欣当即带着卡嘉向南方进发,遇见传令兵阿历克赛·克拉西尔尼考夫,对方劝他不要去南方,他没有办法对付人民。但罗欣执意来到罗斯托夫,与房东契特金的谈话让他很生气,抛下卡嘉出走。过了一段寄居篱下的日子后,卡嘉给妹妹写信告知罗欣阵亡的消息,表示要离开罗斯托夫去叶加特林诺斯拉夫。她托契特金转交信笺,交通瘫痪,这封信搁置了很久,后来转到了库立巧克的手中。卡嘉变卖了一切只留了一只绿宝石戒指,上火车后却遭遇马赫诺匪帮,直到见到罗欣的传令兵阿历克赛·克拉西尔尼考夫,他如今在马赫诺的手下做事,柔弱的卡嘉突然有了自我保护意识,变得精明起来,她往后的日子都在人家的魔爪之中了。

《一九一八年》以红色恐怖对白色恐怖结束全篇,达莎和卡嘉的身影在血雨腥风中变得越来越模糊。在此之后,阿·托尔斯泰继续观察现实生活,写了一个叫《蝮蛇》的中篇小说,讲一个人在新环境中不能找到正确道路的悲剧。勇敢纯洁的姑娘奥丽加·佐托娃在国内战争中是一名战斗英雄,在新的条件下却找不到自己的位置。单调的日常劳动不能替代她的战斗激情,她也找不到与周围市侩习气斗争的正确途径,这导致了她巨大的内心冲突。困于庸俗之中,她采取反社会行动——枪杀了折磨自己的幸灾乐祸的市侩。她严厉地审判自己,认为自己行动毫无意义和无可容忍。《蝮蛇》让读者清楚地意识到,苏联社会可能拔高了女战斗英雄——刚毅的纯洁的禀性绝对能力在苏维埃国家建设的新时期干出一番崇高事业,佐托娃就是悲剧。这部中篇小说因为罕见的真实性在当年引起了巨大反响,佐托娃这样的女性的确不同程度地存在,但她与蓬勃发展的社会主义建设事业毕竟不太协调,阿·托尔斯泰 20 世纪 30 年代创作上的主要精力放到了历史小说《彼得大帝》和《阴暗的早晨》之上,后者就是《苦难的历程》的第三部,两姐妹艰难地走向革命走向人民,中断了十年的优雅女性形象重新走进读者视野。

顿河哥萨克第二次进军察里津的时候,离家出走的达莎离与一个被剥了圣职的神甫柯士玛在草原上遇到红军某团,团长是与捷列金当年一起越狱的梅尔欣。达莎在革命的队伍中对自己的错误开始有了比较深刻的认识,在临时医院里当起护士,意外发现一个重伤员竟然是心爱的丈夫,他刚从炮兵阵地上下来,要做脑震荡手术。捷列金恢复健康后与达莎回到团部,两人有了甜蜜的小窝,达莎回想起两年前住在一起的第一个晚上,但那个晚上她并没有感到爱人的魔力和狂喜。怀孕、流产、夭折、分离,现在一切重新开始了,爱得复杂、深刻,但达莎不能理解他还是那么矜持,睡觉前不看自己,或者睡了又起来到办公室再回来蒙头大睡,可白天又生机勃勃。政委高拉建议达莎组建剧团,达莎接过任务,组织排演席勒的《强盗》,她回忆贝索诺夫如何朗诵,没念到一半,就觉得不合适了。捷列金的团队艰难行军,达莎甚至忘记了自己是女人了。

察里津奄奄一息,达莎患了伤寒斑疹,被送到后方安置。柯士玛在给捷列金的信中说达莎正在恢复健康,但迷糊中总念叨着什么珠宝钻石,那东西她以为大概是犯什么罪得到的。病人没东西吃,他想当掉达莎的大衣,也想过用她的大衣拆了做裙子,里面却滚出三四十颗钻石来,他请示如何处置以及下一步的计划。达莎在执委会土壤改良部工作一段时间后回莫斯科,街上遇到罗欣,两姐妹得以重逢。罗欣带来了捷列金的消息,达莎随医疗火车去了他的部队。冰上战役的周年,捷列金与罗欣请短假乘坐达莎的医疗火车回到莫斯科——那是三月里一个阴暗的早晨,为了失而复得的祖国,两对恋人再次聚到了一起。

卡嘉对于阿历克赛多次冒险救自己心存感激,却不愿意嫁这么个人一直拖着。阿历克赛向村长直接宣布卡嘉是他的未婚妻,卡嘉坦诚地与他对话,阿历克赛意识到这只金驹鸟儿要逃出自己的掌控。卡嘉感到自己有了一点力量,就是从这件事开始的,她竟然善于巧妙地保护自己了。村子里成立了苏维埃,一个叫雅考夫的同志实行极左政策,阿历克赛决定带着财物潜逃,卡嘉不愿跟着走,只好跑到雅考夫的人民委员会,却出乎意料当了教师,深受孩子们喜爱。阿历克赛杀回村子,卡嘉及时转移,回到了莫斯科,被指定担任普列斯尼亚区的初小老师,还有很多的社会工作,她为自己被人民需要感到幸福。邻居马斯洛夫每夜的纠缠却让卡嘉非常恐慌,一个小女孩来解了围,叫她去听汇报,原来前线归来的汇报人就是自己的丈夫罗欣。在莫斯科大剧院的顶层,罗欣告诉卡嘉哪一位是列宁和斯大林,两军官两姐妹一起聆听振奋人心的电气化报告,品味苦难的价值。

第四节 革命者与改革家

俄罗斯文学从来都是问题文学。早在12世纪诞生的英雄史诗《伊戈尔远征记》就把罗斯国家分崩离析和民生凋敝的罪责归于王公内讧外族入侵,开出了团结对敌的解救良方;戴着农奴制枷锁的19世纪俄罗斯文学更是紧扣“谁之罪”与“怎么办”的主题,揭露日趋深刻,答案也趋向多元了。宗教哲学家别尔嘉耶夫曾指出,“19世纪伟大的俄罗斯作家进行创作不是由于令人喜悦的创造力的过剩,而是由于渴望拯救人民、人类和世界,由于对不公正与人的奴隶地位的忧伤与痛苦。”①

一、革命者的身影

19世纪俄罗斯文学的肖像画,不只有多余人贵族和卑微的小人物出场,还有革命者若隐若现。如果说普希金的《乡村》、屠格涅夫的《木木》、果戈理的《死魂灵》突出地主对农民的剥削,《驿站长》、《外套》、《穷人》、《一个小公务员之死》的“小人物”控诉专制制度的凶残,奥涅金、皮巧林、别尔托夫、罗亭、拉夫列茨基、奥勃洛摩夫等优秀的贵族青年无一例外沦为“多余人”毫无建树。这些“谁之罪”的揭露和“怎么办”的回答使19世纪俄罗斯文学一度成为批判文学、斗争文学。那“真正的白天何时到来”? 于是革命者出现了。保加利亚志士英沙罗夫为了投身解放祖国的事业,克制对叶莲娜的感情准备不辞而别,职业革命家拉赫美托夫夜里睡在扎满钉子的毡毯上锤炼意志,白天就像机器人一样拼命干活,这是俄罗斯文学中最早的革命者形象。比起《前夜》与《怎么办》中的其他人物,英沙罗夫与拉赫美托夫远远谈不上有多可爱,但他们为民众为理想殉道的热忱令读者无法不为之动容。

信奉“不以暴力抗恶”的列夫·托尔斯泰在他的《战争与和平》中勾勒出了革命者朦胧的影子,这部史诗的尾声里写到皮埃尔以主要创始人的身份到彼得堡参

① 别尔嘉耶夫:《俄罗斯的思想:19世纪至20世纪初俄罗斯思想的主要问题》,雷永生、邱守娟译,上海:三联书店,1995年版,第24页。

加一个秘密团体的会议,他回到童山庄园后对尼古拉说彼得堡的一切都完了:法庭里盗窃案层出不穷,军队大搞操练屯垦之类的棒棍统治,人民被压迫,教育受摧残,新生的、珍贵的事物一律惨遭扼杀!关注慈善和教育固然没错,可国家情势如此,该做点另外的事情了。尼古拉当即表示如果皮埃尔真的反对政府,他一定听沙皇的号令毫不犹豫率军镇压。大家争论不休的时候,没有注意到十五岁的尼古连卡兴致勃勃听着,这个瘦弱多病聪明漂亮的小男孩夜里竟然做了一个梦,他和他最喜欢的皮埃尔叔叔戴着头盔走在一支大军的前面,尼古拉姑父真的带兵来镇压,他被噩梦惊醒了,祈求自己像普鲁塔克书里的英雄一样成就大业,还要做得更好。《战争与和平》只写到了1812年卫国战争,如果往后再推一些年,皮埃尔与尼古连卡肯定会成为十二月革命党人的。

高尔基在《母亲》中塑造了俄罗斯文学也是世界文学中第一个无产阶级革命者形象。巴威尔是个钳工,开始走父亲的老路,常常喝得酩酊大醉回家,还对母亲尼洛芙娜呼来喝去,但自从接触革命书籍后他就变了,还把书上的道理讲给母亲听。巴威尔的家中常有些青年人来聚会,大家一起阅读和争论,母亲又高兴又忧虑。小说围绕几次事件展开。“戈比事件”中巴威尔被捕,母亲参与发传单,迷惑了敌人,促使儿子获释。“五一游行”中巴威尔为首的几个工人被逮捕,母亲在这次事件之后认识到,为了下一代美好的前程,她应当去斗争。第三次是法庭审判,巴威尔借此机会发表演说,宣称他是个党员,只承认党的审判,并喊出了打到私有制度全部政权归于人民等口号,母亲如饥似渴地听着儿子的话,这些话字字句句铭刻在她的心里,她为巴威尔感到自豪。在儿子革命精神的鼓舞下,母亲担当起到塔尼亚去送传单的任务,被暗探发现后临危不惧向群众宣传革命真理。

二、阿·托尔斯泰的革命者

1906年,当高尔基充满革命精神的被誉为社会主义现实主义文学奠基之作的长篇小说《母亲》完成之时,阿·托尔斯泰还只是个文学小青年,刚刚在喀山《伏尔加小报》发表了三首小诗,并在这年与自由主义知识分子康斯坦丁·彼得罗维奇·冯—弗里特结识,由此接近象征主义。1909年到1911年间的伏尔加河左岸系列中短篇小说却引起了高尔基的注意,高尔基肯定这位新的托尔斯泰是俄国文学界的新生力量,预言他会成为一位卓越的第一流的作家。阿·托尔斯泰很快拿出了充满现实主义精神的《地下宝藏》和《跛老爷》,并在《跛老爷》中首次试图塑造革命者的形象。

这是一个浪子回头的故事，结尾是幡然醒悟的跛老爷爬向沃尔科沃庄园，要向妻子赎罪，卡佳托起着他的脸温柔地诉说爱情。这个结尾颇有陀思妥耶夫斯基的风格，在痛苦中补偿罪过，在爱情中收获幸福，人的灵魂在痛苦和爱情中得到净化和拯救。接近尾声的时候，阿·托尔斯泰却感到仅仅爱情似乎无法改变丑恶的现实，这一点可以从第一版的题词中可以看出：

> 撒旦张开了自己的翅膀，
> 啊，可爱的祖国，撒旦在你的头上盘旋！①

尾声中提到，公爵与妻子和解后不久又离家出走，参加1905年革命，把自己送上了断头台；公爵夫人得到丈夫的死讯后卖掉产业赶赴彼得堡，投身于丈夫未竟的事业。这个尾声很容易让人想起屠格涅夫的《前夜》，想起叶莲娜和英沙罗夫；也会使人想起列夫·托尔斯泰的《战争与和平》，想起尾声里的皮埃尔和娜塔莎；这个尾声也很像另一部新的长篇小说的提纲，而且与前面的人物、情节不相协调，作家在两年之后再版时只好舍弃了这样的结尾，卷首题词也换成了 Вяч. 伊万诺夫的另一首诗《指路星》。跛老爷回到妻子身边就已经是最好的归宿了，他实在担不起革命的重任。

阿·托尔斯泰在《苦难的历程》第一部中初步塑造了工人革命者华西里·罗勃莱夫。一战之前，捷列金所在的工厂罢工被镇压，他被列入同情工人的嫌疑者名单，顶撞经理辞职了。三年之后，在战争中九死一生活下来的捷列金刚回到彼得堡的波罗的工厂，这时候工厂已经发生了巨大的变化。机器要么生锈，要么全坏了，旧相识史特罗考夫要求他设法保持百分之二十三的废品率，说就等于在前线少杀百分之二十三的德国人，他还介绍了车间里最优秀的工人罗勃莱夫父子。他们开始一直试探捷列金是敌是友，后来才把他当自己人了。每天夜班的时候，捷列金常听这对父子争辩，父亲伊凡·罗勃莱夫是一个狡猾的老派教徒，儿子华斯嘉·罗勃莱夫总谈无产阶级专政。等捷列金从瑞典回来时彼得堡的局势又变了，波罗的工厂的华西里·罗勃莱夫号召罢工，宣称一切政权归苏维埃。华西里·罗勃莱夫可以说是阿·托尔斯泰作品中第一位工人革命者形象，但要指出的

---

① А. Н. Толстой,《Хромой барин》, См. А. Н. Толстой,《Собрание сочинений в десяти томах》, М. :Гослитиздат, 1982. т. 2, с. 604. 题词引自 Вяч. 伊万诺夫的诗歌。

是,他在《两姐妹》中所占的分量是极其单薄的,作家对这个人物的塑造也是单线性的:聪明人,像鬼一样凶狠,瓦西里·罗勃莱夫的精神特质完全没有展开,他只是疾恶如仇,对剥削者无比憎恨,就像一个吞没一切的魔鬼。此外,刚从流亡地回来的1905年工人代表柯士玛也有过两次出场,一次在立宪党人会议上声讨资产阶级的虚伪,一次在杜马大厦抗议市长不给工人发武器。

《阿爱里塔》中的古谢夫是阿·托尔斯泰作品中第一位作为主要人物塑造的革命者形象。这部小说创作之时,作家已经厌倦了流亡生活,准备回归苏维埃俄罗斯,因此古谢夫这个人物身上融进了作家对陌生的红军战士的想象。红霞街上一则招聘去火星的帖子吸引了古谢夫,这位因伤退役的红军战士显然不习惯城里安逸的生活,立刻跑去见工程师罗希要求同去。他在罗希面前历数自己的辉煌经历:建立了四个共和国;聚集三百个小伙子去解放印度,可在荒山中迷了路,没几个生还;在马赫诺的部队里呆过两个月跟匪军合不来,于是参加红军;参加布琼尼的骑兵队,赶走了波兰人……阿·托尔斯泰对红军战士显然不太熟悉,只好借主人公的口简单交代他的过去。在火箭起飞之前,古谢夫对前来送行的群众表示,要把苏维埃共和国的热烈祝贺转达给火星上的人们;见到火星人,他并没有因为不懂火星话感到困窘,而是跟新朋友热情讲述关于俄国、战士、革命和自己的故事;发现火星上也有剥削和压迫,他就鼓动工人暴动,反抗统治者图斯库柏;回到地球后,他举行了几百次记者招待会,讲述自己的火星历险,还在苏联组织了一个"调动部队上火星去拯救剩余的劳动居民协会"。冒失却不乏可爱,勇敢却不乏鲁莽,打着苏维埃的旗帜行事,再穿上科幻与爱情的外衣,阿·托尔斯泰笔下的古谢夫实在是颠覆了苏维埃文学中正统的革命者形象。

科幻小说《加林工程师的双曲线体》中也出现了一位革命者,这就是列宁格勒侦缉局侦缉人员、共产党员塞里卡。苏联工程师加林发明了一种足以威慑世界的双曲线体后逃亡国外,塞里卡受命追查加林和双曲线体的下落来到巴黎,却反被加林打伤并挟持到黄金岛。加林让塞里卡控制黄金岛工人骚动,塞里卡提出拆除民族隔离界桩、处死挑拨离间者和不干涉自己与工人的关系三大条件,以此为契机对工人进行宣传发动,趁加林在美国做大独裁者美梦的时候一举起义,占领了最大的双曲线体。塞里卡让人感到熟悉得就像是苏联现实生活中的革命者形象,与古谢夫起义的失败相比,他当然获得了成功,却没有古谢夫那样可爱,这也是塑造正统的革命者形象所必要的牺牲。

阿·托尔斯泰在《苦难的历程》中第二、三部中才真正实现了塑造正统的革命者的意图，这是作家对苏维埃革命和国家建设深刻体察的结果，也是他对自己提出的“宏伟的现实主义”理论最成功最重要的实践，尽管他笔下的这些革命者形象不如他最熟悉和擅长刻画的旧时代贵族、知识分子、优雅女性生动、细致，却并非乏善可陈。对于阿·托尔斯泰这样一位带着伯爵身份烙印、象征派文学出身和侨民政治标记、需要不断改造的作家来说，已经是难能可贵的了，何况他在这些人物身上赋予了相当的艺术魅力，革命者的塑造在这两部续篇里已经从单个走向群体，从抽象走向具象。

《两姐妹》中出现的工人革命者华西里·罗勃莱夫在《一九一八年》中率先出场，他站在沙皇亚历山大三世的纪念像旁向逃兵狂热地宣讲革命，这位斯莫尔尼宫里的主人对跟他打招呼的捷列金不冷不热，在他看来，那些守中立的，都是人民的敌人。包括布琼尼的骑兵部队和郭如鹤的达曼部队在内的苏维埃红军在南方战线上与科尔尼诺夫、邓尼金等组织的志愿军进行着生死搏杀。政委计谟沙敏锐注意到红军总指挥索罗金的种种问题，立刻搜集情报，确定索罗金的罪行后派捷列金给军委主席送去密信。除了罗勃莱夫和计谟沙这样虚构的革命者，除了布琼尼和郭如鹤带领的红军团队，《一九一八年》第一次将革命领袖列宁写进了苏联文学作品，这自然是阿·托尔斯泰有意为之，不乏唱颂歌的意味，但若非具备非凡胆识与高超技巧的艺术家，谁敢有这样的突破呢？

随着作家和三部曲主人公视野的不断开阔，他们对苏维埃革命的认识有了根本性的改变，伊凡·高拉、楚盖、沙里琴、赖杜金、亚格丽皮娜、亚尼西亚、玛露霞等一大批有血有肉的共产党员与苏维埃革命的领袖列宁、斯大林的巨大形象交相辉映，照亮了阴暗的早晨。

伊凡·高拉在《苦难的历程》中具有重大的意义。像他这样的人，出身工人的共产党员，坚决把国家从德国的侵略中挽救过来，坚决反抗武装干涉者镇压反革命。在长篇小说《阴暗的早晨》中，伊凡·高拉先是骑兵连长，然后是红军旅长，久经生活的考验，表现出不同于一般人的成熟坚强。他在春天曼尼奇河沿岸的激战中英勇牺牲，战斗最激烈的时候，他高举的红色军旗团结了冲锋在最前面的共产党员和紧接其后的所有战士，给他们以摧毁敌人的力量。伊凡·高拉那极其简单同时又极其英勇的生平说明他是俄罗斯大地真正的爱国者，从生到死不离不弃：

“伊凡·高拉俯伏在地上，又长又大——一颗子弹打在他心口，他当场倒下了,胳膊张开着,仿佛拥抱这片土地,即使在他死后也不愿意敌人把他拿走似的。”①

随着作品中伊凡·高拉的离去,共产党员水兵楚盖的形象开始占据越来越重要的位置了,他聪明、敏锐,是个经验丰富的政治工作者和群众组织者。为了展现普通革命者身上的特点,阿·托尔斯泰还选取了由水兵组成的捷列金炮兵连作为观照,行军打仗时的紧张,休息时刻的欢愉,亚尼西亚自述的从一个失去孩子的母亲到革命战士的坎坷经历,赖杜金在政委高拉墓坑前发出的入党申请,沙里琴牺牲前对亚尼西亚从事戏剧艺术的嘱托……作家全面表现了这个小集体的生活,展示人民群众参加革命的过程,展示革命对数以万计人的命运和意识产生和扩大的影响。

普通劳动者的美好心灵,新人诞生的思想,赋予了《阴暗的早晨》乍看起来线独立零碎的形象以重大的意义。非常单薄,总共只有稀疏的几页,共青团员玛露霞和罗欣在叶卡捷琳诺斯拉夫起义的悲剧就发生了,但她多么鲜活、青春、乐观!燃烧着对生活和爱情不可战胜的情感!她的淳朴、可信、直爽与她对思想和情感的勇敢追求融合为一体,把全部的身心奉献给伟大的革命事业,革命在她面前,在所有读者面前,展开了一条通往真正的巨大幸福的道路。

三、改革家的身影

两百年来,十二月党人革命、资产阶级民主革命、十月革命、内战、两次世界战争……好走极端却又壮怀激烈的俄罗斯人毫不吝惜血泪书写着跌宕起伏的个人前途与民族大运。当别林斯基、车尔尼雪夫斯基、杜勃罗留波夫三大民主主义批评家将文学载以沉重的民族解放使命之时,革命就成了俄罗斯文学最进步的字眼;当列宁的布尔什维克主义在充满苦难的俄罗斯落地生根拔地而起之时,革命就成了俄罗斯文学最核心的主题。革命注入了俄罗斯文学抗争精神,与革命一字之差的改革似乎无足轻重,两百年俄罗斯文学的人物长廊里,随处可见勇敢狂热的革命者,却难觅温文尔雅的改革家。

顶着“多余人”鼻祖桂冠的奥涅金也许可以算是文学作品中改革的先行者,普

---

① А. Н. Толстой,《Хмурое утро》, См. А. Н. Толстой,《Собрание сочинений в десяти томах》,М. :Гослитиздат,1983. т. 6. с. 264. 中文出处见阿·托尔斯泰:《苦难的历程》第三部《阴暗的早晨》,朱雯译,北京:人民文学出版社,1979 年版,第 342 页。

希金在他那部著名的诗体长篇小说里用一个十四行诗节叙述了奥涅金的农村改革及其失败的故事：

独自个住在自己的领地上，
只不过为了要消磨时间，
我们的奥涅金首先便想
制定出一套新的条款。
隐居的圣人在这片荒村里
采用轻的地租制，用它代替
古老的徭役制度的重负；
农奴们因此为命运祝福。
但他有个会盘算的邻居
认为这将给自己带来害处，
暗地里对他是又气又怒。
另有人微微一笑，心怀狡计；
于是大家一致地承认，他是个极其危险的怪人。①

奥涅金从浮华的彼得堡来到这落后的偏僻的乡村，初来时的兴奋像一阵风似地转瞬即逝，他总得找点找点事情打发时间，于是有了农村改革。但农村改革显然不是心血来潮的产物，他从小受到法兰西式的文化熏陶，读过一些历史、文学和经济学的名著，对亚当·斯密的学说尤有心得，知道一个国家怎样才生财有道。正是有了这样的基础，他才有可能看到农村经济落后的症结所在，有可能提出以地租代替徭役的具体章法。贵族青年奥涅金的改革由于旧势力的抵制而不了了之，他又像在城里一样寂寞了，于是才有了后续的故事。他被批评界尊为"多余人"鼻祖，与这段失败的改革经历是不无关系的，大概这正是他聪明有余成事不足的证据。从另外一方面来说，要是奥涅金的农村改革成功了，这个故事就不真实，这个形象也就不可爱了。

列夫·托尔斯泰在《安娜·卡列尼娜》中着重表现了列文的精神探索，列文可以说是俄罗斯文学中非常理想化的改革家形象。他是一个拥有三千亩土地的大贵族，个性顽强，为人正派，善于管理田庄，关心农民生活。他认为农民没有土地

① 普希金：《普希金选集》第五卷《叶甫盖尼·奥涅金》，智量译，北京：人民文学出版社，1985年版，第59－60页。

却在养活整个俄国很不合理,作为一个有良知的地主,他始终觉得自己富裕而农民贫困是不公平的。为了协调自己和农民的利益,列文十分勤劳简朴,可在农民眼中他仅仅只是位朴素的老爷,因为他们的利益是相抵触的。他宣布把收成平分,一半给劳动者,那么劳动者所得到的也就多些,可农民不买账,他们不相信地主老爷会为农民着想。列文从国外考察回来,对奥布隆斯基谈到俄国的问题就是农民与土地的关系,为了解决这一问题,他紧张地四处求索,很少去打猎,也很少给多莉回信,他一遍遍读书,书里却一点暗示也没有。但列文没有放弃,他积极主动地改善与农民的关系,尽力接近他们,甚至一起劳动,吃简陋的食物,喝农民酿造的酒,经过长期艰苦的摸索,他竟然天真地以为农民与地主的矛盾可以通过合作解决,于是主张和农民同样以股东资格参与经营,认为这样能调动双方的积极性,不仅能使农民摆脱贫苦,地主也不至于没落,即"不流血的革命"。凡此种种努力,都一无所成,精选撰写的农事改革论文也只是乌托邦的设想,他在巨大的困苦中甚至想自杀,最终还是仁慈的上帝拯救了这只迷途的羔羊。

四、阿·托尔斯泰的改革家

苏维埃革命的巨浪还在翻滚,五年计划的激情已经沸腾,阿·托尔斯泰深邃的目光却穿过现实,穿透历史,聚焦到俄罗斯民族从沉睡中醒来的彼得大帝时代,那里有惊世的伟业,那里有参天的巨人,那是改革家的时代。奥涅金在乡下庄园以地租代替徭役的条款,列文苦苦思索倡导的"不流血的革命",与木匠皇帝大刀阔斧的铁血改革比起来,似乎是小打小闹了。但在彼得横空出世之前,已经有人感受到了这个时代的改革脉动,他就是索菲亚摄政王的保护者戈利岑公爵。

索菲亚执政时期的一天,一个刚从华沙来的外国人德·涅韦尔走进一幢铜光闪烁的府邸。主人穿着法国式的服装,一张法国式的桌子,桌子上放着稿卷和笔记本、羊皮封面的拉丁文书、地图和建筑图样,铺着泛滥系花毡、罩着意大利锦缎的安乐椅,五光十色的地毯,一座座壁钟,波斯武器,一个铜地球仪,一支英国制造的寒暑表……主人的服饰和他房间里的这些欧式陈设引起了德·涅韦尔的好奇,很显然,这是一个有着良好教养了解欧洲文明的人。他向客人侃侃而谈那些惊人的见解:生产阶层和官宦阶层,也就是农民与贵族构成了俄罗斯国家的基础,地主过于贪婪,榨干了农民的血汗,农民越穷,地主越穷,国家也越穷了,必须让农民跟地主分开,国家才能得到利益。他展示了自己的施政纲领,这就是他在论文《论公民生活、或如何改革一切有关公共福利的事务》中写到的改良家畜品种、鼓励采矿和实业、以适度的人丁税取代各种苛捐杂税,凡此等等。而要做到这些,他提出了废除一切现存的奴役制度,送未成年的贵族子弟到波兰、法国、瑞典学习军事,在国民中大力倡导科学、艺术和文明,甚至莫斯科,它也不该是木头房子,要用石头砖瓦重砌都城。如果贵族地主反对,那就用强力来改变这个民族年深月久的执拗个性。

戈利岑似乎具备成为时代先进人物的所有条件,但并没有这样,他的魅力和博学都没能帮上他,同时代人也不理解他。当索菲亚不顾国家的实际情况逼迫他去克里米亚远征以博取功名之时,他感到愤怒:谁会赏识他那些伟大的计划!当他第一次远征失败回到莫斯科筹集军费,领主们竟然建议向农民开征树皮鞋税之时,温文尔雅的公爵抡起手杖痛骂那些贵族是疯子叫花子,他为国家的前途感到忧心忡忡。时代要求坚决克服落后,他却在索菲亚的情爱与威权之中迷失了自己,他的第二次克里米亚远征,他的暗杀彼得的计划,他的被囚禁的魔法师的预言,公爵事实上让自己完全听命于那些应该死亡的力量。他忍受着可耻的溃败,他的所有努力失去了任何的合理性。

戈利岑在小说中最后一次出现是在自己政治生涯的末期,失去了名望和地位,被押往卡尔戈波尔永久流放。他接近时代抽象的进步理想,却一直逃避采取坚定的措施,因为他缺乏顽强的个性和把最好的设计落实于行动的能力。他愁苦的样子正好见证了这样的人政治上不可避免的崩溃,但这位孤独的改革者所鼓吹的思想在他那个时代是极为先进的,其中很多在之后的彼得手中得到贯彻执行。

在阿·托尔斯泰的笔下,彼得一开始并不是巨人式的人物。尽管在费多尔沙皇弥留之际,头脑灵敏身体结实的彼得被宣布为皇位继承人,但他不过是个受人摆布的孩子;当射击军冲进皇宫杀死领主喊着要索菲亚执政之时,他像猫一样感到恐惧;当有人冒死向彼得密报索菲亚的弑君阴谋之时,他狼狈得只穿了衬衣向圣三一修道院逃跑。但在勒福尔特和其他能臣的辅佐下,彼得开始学会运用政治手腕,终于从索菲亚手中夺回了政权。如果说自小被赶到普列奥布任斯科耶让被架空的彼得有机会接触外侨区,从而使他对欧洲先进的科学技术和文明的生活方式有了感性认识,而且接受勒福尔特的建议聘请欧洲教官正规治军学习数学、航海、筑城等现代科学无意中拉响了军事改革的前奏,那么,在这次圣三一修道院远征中化危机为转机掌握政权之后,彼得的娃娃兵团就不再是游戏和自保的性质,而是逐渐壮大为一支现代的海军力量,为彼得的重商政策和海外贸易保驾护航。

为了改变醉生梦死、贫穷困苦、停滞不前的俄罗斯,彼得可以忍辱负重,可以放下沙皇之尊,在远征亚速的队伍里做一个普通的炮手,在庞大的访欧使团中装成一名卑微的下士,到陌生的荷兰去当一名造船的学徒。这位蛮族的沙皇回到国内,一面铁血镇压索菲亚及其支持的射击军叛乱,一面大刀阔斧地开展政治、军事、经济、文化、社会生活各个领域的改革:量才用人,无关职业,无关出身;建立舰队,开辟港口,强大海军;兴办工厂、发展实业,拓展外贸;选派贵族子弟出国学习,采用各国通行历法;强迫剪大胡子、强令穿外国服饰、吸烟草、喝咖啡,而所有这一切,彼得均躬身示范亲力亲为……正如他对选帝候夫人声称的那样,在俄罗斯,样样都应当被粉碎,样样东西都得重新改造过。

沙皇彼得的确首先是一个改革家,一个致力于改变俄罗斯落后现状的改革家,一个不惜采用独裁方式和野蛮手段"促使野蛮的俄罗斯仿效西方主义"①的改革家,尽管在阿·托尔斯泰的构思中,第一、二部只写到了彼得为促进国家西欧化而采取的最初一些措施,第三部才会着重展示彼得的立法和改革,但在这部未完成的巨著中彼得时代的精神已经复活了,在暮气沉沉的俄罗斯与意气风发的欧洲列强不可避免的碰撞中,巨人式的彼得推动着俄罗斯这只战舰乘风破浪。同样是改革家,戈利岑并不缺少彼得那样的睿智,面对改革的压力彼得甚至会有感同身受的孤独,本该惺惺相惜相与为谋的同道人却分庭抗礼,直到一方失势一方掌权,彼得以其野蛮、热烈、果断、坚强实现了戈利岑伟大而空洞的理想,纵然俄罗斯再不情愿,这个千年不变的落后国家还是踏上了改革航程。

本章从宏观上对阿·托尔斯泰长篇小说的人物进行了把握,结合俄罗斯文学史上的人物形象和作家笔下的人物形象梳理出几条重要的人物谱系:从旧时代贵族过渡到宏伟时代的人物典型:新时代知识分子、优雅女性、革命者与改革家,并对其中的代表性人物作了相应的分析和点评。19 世纪的俄罗斯作家中,唯有屠格涅夫以其天性的敏感和精准的概括在作品中塑造了从贵族多余人到平民知识分子再到民粹派代表等聚合了时代精神的人物形象,从人物谱系之复杂和人物形象之鲜明来看,阿·托尔斯泰实在不输给他的这位前辈,但较之于屠格涅夫靠艺术

---

① 《列宁选集·论"左派"幼稚性和小资产阶级性》第三卷,人民出版社,1975 年版,第 545 页。

家的不自觉或者说无意中把握了时代人物的脉动而言，他对长篇小说人物形象的探索则显然有更多的自觉，也可以说是刻意，无论是从旧时代贵族转向现代知识分子，无论是从现代知识分子转向“宏伟的现实主义”所倡导的时代新人即革命者，无论是从苏维埃的革命者转向历史上的改革家，都能看到阿·托尔斯泰在探索塑造宏伟时代人物典型这一问题上的焦虑和努力。当然，把握时代人物的自觉或者不自觉，刻意或者无意，并没有高下之分，也不是争论的焦点，只是，单就塑造的不同时代不同性格的人物形象之丰富、复杂和鲜明而论，阿·托尔斯泰算得上成功了，虽然他笔下最成功的形象是他最熟悉的旧时代贵族和知识分子（两姐妹亦可归于知识分子之列），是他穿越时空去接近和理解的沙皇彼得，而不是他殚精竭虑刻意塑造的革命者。塑造怎样的人物是横亘在每一位作家艺术探索之路上的巨大难题，对于从白银时代漂流到钢铁世纪的阿·托尔斯泰尤其如此，甚至这一点不仅关系着他单部作品的艺术构思，还可以决定作家生活和创作的全部命运。

第二章

阿·托尔斯泰长篇小说人物塑造艺术

前文论述塑造了怎样的人物，接下来要解决的问题自然是怎样塑造人物，尤其是怎样塑造“宏伟的现实主义”所倡导的新人，本章将结合作家在《论文学》一书中的有关论述，在文本细读的基础上从辨证的人物形象配置、多样的人物肖像描写、深层的人物心理刻画、个性的人物语言设计诸方面对阿·托尔斯泰长篇小说中的人物刻画手法进行微观探讨。

第一节 辨证的人物形象配置

作家在构思一部具体的长篇小说的时候往往要考虑人物配置的问题，只有把人物之间的关系理顺了，才有可能用这些人物串起一些事件，有可能在这些人物身上投射自己的创作理想。一般而言，对照是作家们运用得最多的手法之一。普希金的奥涅金与连斯基，屠格涅夫的巴威尔与巴扎罗夫，列夫·托尔斯泰的安娜与吉提，阿·托尔斯泰也大抵如此，对照决定了他长篇小说结构的基本原则。

《地下宝藏》存在着诸多纵横交错的对照关系：将军与将军夫人，一方和善软弱，一方强悍偏执；将军夫人与修道院长，一方魔高一尺一方道高一丈；将军夫人与索尼亚，一方年老阴险一方年轻善良；索尼亚与斯莫列科夫，一方天真无邪，一方逍遥浪荡，等等。《跛老爷》也是这样，克拉斯诺波利斯基公爵与扎鲍特金医生，公爵与魔鬼安娜，公爵与情人萨沙，公爵与妻子卡佳，公爵与苦修士……正是这些人物构成了地下宝藏和浪子回头的故事，在这些人物中间，斯捷潘尼达·伊万诺夫娜将军夫人与克拉斯诺波利斯基公爵则是作家关注的焦点。阿·托尔斯泰不仅将对照原则清晰地运用于他的早期长篇小说架构之中,还在后续几十年的创作中将这一原则提升到辨证的层次,他笔下的人物互相作用相互依存,而这多向性复杂化的关系又被一个强有力的中心人物牢牢控制。

何为辨证?黑格尔从人类思维的角度阐述了辨证的过程:“从抽象的一般概念开始(正),这个概念引起矛盾(反),矛盾的概念调和于第三个概念之中,因而,这个概念是其他两个概念的结合(合)。”①阿·托尔斯泰长篇小说中的人物配置是符合这一辨证过程的,正是这样,他在最著名的两部作品中没有硬生生地指责贝索诺夫的颓废,也没有给白军直接贴上反革命分子的标签,他没有忽视索菲亚及其支持者的合理性,也没有对代表先进力量的彼得及其商人阶层作不切实际的点染。他的人物谱系有“正”与“反”的对照,更有“合”的趋同,这种对应意义上的对照即为辨证,即使没有完全取代至少也极大地稀释了原来的对立性。

在《苦难的历程》中,捷列金首先与贝索诺夫形成了一组对照关系,工程师捷列金的率真朴实与资产阶级知识分子贝索诺夫的雕琢扭曲就形成鲜明对照了。捷列金绝不是普通的、平凡的人,他的淳朴、坦诚,巧妙地凸显了内心世界的丰富,而这是理解当代最优秀的人的前提,精神健康的他任何时候都作为标新立异又抑郁消沉的贝索诺夫的对照出现。作家强调,捷列金并不是时代最先进的人——革命的发起者和创始人,他只是一名与人民站到一起的普通的诚实的知识分子。在三部曲的情节中,捷列金的形象非常鲜明,他社会的心理的对照一直在发展,到了最后,他完全成了另外的人,不再是在作品前面几章写帝国主义战争前夜的那个温厚的甚至有些幼稚的知识分子了。反观贝索诺夫,他的复杂在于,他不仅仅是个把女性玩弄于股掌之中的邪恶的诱惑者,更是个聪明坦率才华横溢愤世嫉俗自甘沉沦的清醒的堕落者。正是这样,在对达莎的爱情争夺中,他一度俘获了达莎的心,即使在他死后,他也好几次复活在两姐妹的记忆里。他像先知一样预见了俄罗斯大地的苦难,却只得到死亡的结局。

捷列金与罗欣形成了第二组对照关系。捷列金比罗欣更早地找到了自己作为革命战士的位置,阿·托尔斯泰有意将捷列金终树立为当代主要的正面人物和牢固树立的生活理想,他从作品开头就是一个坚信自己健全理智的人,尽管作家自己也想象不到他的主人公下一步会变得怎样。作家把他置于斗争漩涡,迫使他

---

① 梯利:《西方哲学史》,葛利译,北京:商务印书馆,2004 年版,第 477 页。

找到新的世界观，走上与革命人民相融合的道路。抉择的时候到了——站在人民一边还是站在人民的对立面？捷列金选择了与人民在一起，他认为自己没有置身斗争之外的可能。很多研究者喜欢拿他与性格鲜明的罗欣对比，都认为捷列金的形象过于平常，似乎没有太多杰出的品质，但阿·托尔斯泰强烈地意识到正是这样一位看似平常的捷列金的形象，在更深意义上表现了他走向革命的必然，表现了成千上万普通的诚实的劳动知识分子的精神成长。

陷入深深迷误的罗欣经受了最为严峻的内心冲突，可以说，罗欣站在滑向旧阶级残余深渊的边缘。阿·托尔斯泰使他走向精神复苏，给他展示了通往新生活的道路。作家把罗欣理想与现实的碰撞描绘成尖锐的紧张的冲突，通过罗欣的眼睛所见展示了与真正的爱国主义格格不入的白卫军的腐朽衰败。艺术家通过活生生的形象描绘了俄罗斯新旧两种力量规模空前的历史冲突。在革命与反革命的这种殊死斗争中鲜明地表现了斗争双方对俄罗斯的对立理解，以及在战火中形成的完全不同的关于祖国的概念。认清白军的非爱国主义的实质后，罗欣当然不愿意也不能够再为之效力了，他毫不留情地否定自己的过去，从痛苦的迷误中走向了新生活。

《苦难的历程》除了达莎与卡嘉、尼古拉与罗欣等人物之间的对应关系，还有红军与白军、苏维埃政权与马赫诺匪帮等集团之间的对照关系值得关注。阿·托尔斯泰给了所有的个人、集团在小说中足够的出场机会，也给了他们存在、发展、壮大、消亡足够的理由。

但是，在这些充满辨证精神的对照关系中，在“正”、“反”、“合”的复杂交替中，阿·托尔斯泰最重视的还是“正”的层面，《怪人》中的斯捷潘尼达·伊万诺夫娜将军夫人，《跛老爷》里的克拉斯诺波利斯基公爵，《苦难的历程》中的捷列金与罗欣、达莎与卡嘉……这些才是作家关注的中心。阿·托尔斯泰后来与工人作家谈创作经验的时候以《彼得大帝》为例明确谈到了人物配置的问题。他说：

跟任何一部艺术作品一样，首先需要的是结构和布局。

什么是结构呢？

这就是首先要确定一个中心，艺术家所关注的中心。作家不可能以同样的兴趣、同样的感情、同样的激情来对待不同的人物，正如一个画家在画面上不能同时有好几个中心一样……这对于艺术家是很困难的，但却是最主要的东西。

> 在我的长篇小说里,中心就是彼得大帝这个人物。至于所描绘的其他那些伴随他的人物,根据他们不同程度的重要性,用墨递减,刻画也逐渐粗疏……
>
> 结构——这首先是指确定目的,确定中心人物,其次,才是确定其余的人物,他们沿着阶梯自上而下,环绕在中心人物的周围。这,就如同一座建筑物的建筑结构一样。每一幢建筑物都有其目的,有它自己的正面,正面的最高点,一定的规模及一定的形式。①

阿·托尔斯泰在《彼得大帝》这样一部历史小说里的确将彼得置于关注的中心,通过他展现17世纪末18世纪初俄罗斯宏伟壮阔的生活图景和历史事件。沙皇费多尔驾崩、彼得继位、索菲亚摄政、两次失败的克里米亚战争、射击军叛乱、圣三一修道院远征、远征亚速的胜利、大使团出使欧洲、圣彼得堡的奠基、两次纳瓦尔海战……彼得就像一颗璀璨的北辰,光耀着转型期的俄罗斯历史。彼得大帝改革家的形象则主要通过两组对照关系烘托出来。

其一是彼得与他的反对者。有别于其他的大贵族,戈利岑很早就明白国家革新的必要,他总是在危机中寻求解救的办法。把戈利岑高贵的空洞的计划与彼得现实的宽广的视野对照,说明这个拥有巨大天才和丰富知识的人为什么会死亡而彼得胜利,这正是小说最重要的冲突之一。当彼得在国外访问时,公爵皇帝传来索菲亚支持射击军叛乱的消息,他提前回国残酷镇压,外国使节日记里记下的这血腥一幕最真实地凸显了彼得的残暴性格。以布伊诺索夫公爵为代表的那些顽固的领主们自然也是彼得改革的反对者,彼得就毫不留情地加以侮辱和嘲弄,腐朽落后的贵族对彼得态度之抗拒与彼得回敬的手段之野蛮形成了鲜明的对比。还有瑞典国王,两次纳瓦尔之战中两位君主的形象产生了巨大的反差。第一次查理神武,彼得羞愧,瑞典胜利;第二次查理骄纵,彼得缜密,俄国雪耻。彼得的事业正是在与这些反对者坚持不懈的斗争中不断发展的,彼得的形象也正是在与这些反对者的两相对照中不断丰富的。

其二是彼得与他的支持者。聪明而狡猾的廷臣、最有远见的达官贵人之一、

---

① А. Н. Толстой,《Моя творческий опыт рабочему автору》,См. А. Н. Толстой,《Собрание сочинений в десяти томах.》,М.:Гослитиздат,1986. т. 10,с. 226－228. 中文出处见阿·托尔斯泰:《论文学》,程代熙译,北京:人民文学出版社,1980年版,第246－248页。

罗曼达诺夫斯基公爵在圣三一修道院远征中果断站到彼得一边，此后一直不遗余力效忠彼得。布罗夫金、日古林等商人形象极富表现力，还有彼得的战友——将军戈罗温、列夫·纳雷什金、海军部长官阿普拉克辛、因强攻施吕塞尔堡(彼得要塞的旧称)而著名的近卫军上校戈利岑。忠诚祖国往往和功名、利益连在一起。小说中着力塑造了漂亮的穷小子亚历山大·丹尼诺维奇·缅西科夫的鲜明形象，某些研究者认为缅西科夫是彼得改革消极面的体现——弄虚作假受贿盘剥和自私自利，事实上这个人物的性格并不是直线式发展，而是充满了矛盾。他身上有着许多积极的东西：无忧无虑、热爱生活、心胸宽广、英勇无畏，精力十足，最重要的是，他是彼得改革事业的忠诚助手，他全身心投入这项事业，不惜牺牲生命、时间和劳动，开始时是轻率的不假思索的，后来就越来越深刻地投入了自己君主的政治中。能量和幸运使他成为彼得喜欢的人，正是这样，在市场上卖馅饼的小男孩才一步步被擢升为普列奥勃拉任斯科耶军团炮兵中尉、英格里亚的总督将军、卡累利阿和厄斯特梁基亚的特等公爵。商人阶层的崛起，有才华的底层人士的上升，正是彼得发展贸易的经济政策和唯才是举的人事政策的绝佳例子，彼得与他的支持者紧密相连，他们的戮力同心保证了改革的成功。

阿·托尔斯泰长篇小说的人物配置关系充满了辨证精神的对照，《苦难的历程》与《彼得大帝》是如此，《阿爱里塔》、《加林工程师的双曲线体》、《乌金》也不例外，即使是阶级意义上的对立，阿·托尔斯泰总是巧妙地进行消解，辨证的人物形象配置为作品中的出场人物、为作家也为读者构筑了一个接近真实的复杂而深刻的艺术世界。

第二节　多样的人物肖像描写

肖像是人物性格的载体，肖像描写对于人物刻画往往具有极其重要的意义，文学作品中一幅幅具体的活生生的肖像有时候甚至等同于那些著名人物本身。哈利则夫在《文学学导论》一书中对人物肖像下过这样的定义，他说：

> 人物肖像——这是对人物外表的描写：身体的、先天的、也包括年龄上的特征(面部特征、身材特征、头发颜色)，以及人的外貌上所带有的一切——由社会环境、文化传统和个人首创(服装与打扮、发型与化妆)所形成的一切。

> 肖像可以记录人物典型的身体动作与姿态、手势与面部表情,脸色与眼神。肖像凭借所有这一切创造出一个“外在之人”特征上固定的、稳定的合成。①

他还将浪漫主义时代之前的文学史上的肖像描写区分为理想化和怪诞化两种类型,前者比如《罗兰之歌》中对格维涅龙伯爵的描写,多见于传统的高雅体裁,通过隐喻、明喻和种种修饰语升华人的精神实现;后者比如《巨人传》对卡冈都亚的描写,多见于带有戏谑性的、喜剧—滑稽剧性质的作品,通过聚焦面颊、鼻子、肚子等人身上的物质性的因素实现。看似对立的两者却有一个惊人的相似:使人物的某种品质得到夸张的刻画。但到了 19 世纪,理想化与怪诞化逐渐被揭示人物面貌的复杂性和多层面的肖像描写取而代之,肖像描写与作者对主人公心灵的透视、与心理分析紧密结合,莱蒙托夫对毕巧林的刻画、冈察洛夫对奥勃洛摩夫的描写即是如此。

如何将主人公的肖像引入作品,最简单的是展现于人物初次露面之际,也就是交代式描写,这在很多作品中屡试不爽。交代式描写的好处在于,人物刚刚出场,作者的交代能帮助读者比较稳妥地把握这个人的性格特征和精神状态,某些成功的肖像描写还可以作为故事情节的铺垫。阿·托尔斯泰在他的长篇小说中也运用了这种方法,在叙事展开之前,他喜欢给主人公预先来个肖像素描,在塑造人物的时候先介绍他们主要的特征,然后不断详细和深入,他在《两姐妹》中对诗人贝索诺夫的刻画就是交代式最成功的例子:

> 最近,诗人阿列克谢·阿列克谢耶维奇·贝索诺夫,有一夜坐了一辆轻快的橡皮轮马车,在驰往岛屿去的路上,穿过一顶拱背的小桥,他睁着泪眼,仰望从云层的隙缝里透出来的一颗星星,觉得这辆四轮马车,这一排排的桥灯,以及落在他背后的、整个沉睡着的彼得堡,都不过是一场梦境,一种空想,给酒、爱、烦闷弄迷糊了的头脑中的幻景。
>
> ……
>
> 正在这时候,一个新来的人出现在绿呢桌子那儿。他不慌不忙坐在主席旁边,向左边右边点点头,伸出一只冻得通红的手掠了下被雪花弄湿的淡黄

① 哈利泽夫:《文学学导论》,周启超、王加兴、黄玫、夏忠宪译,北京:北京大学出版社,2006 年版,第 238 页。

色头发，随后将双手藏在桌面底下，直挺挺坐下；他穿着一件剪裁合身的黑礼服，脸瘦伶伶的，而且暗淡无光，在两道弯弯的眉毛底下，一双灰色的大眼睛陷在黑黝黝的凹窝里，头发像一顶便帽似的覆盖着脸。这个阿列克谢·阿列克谢耶维奇·贝索诺夫，跟他印在最近一期周报上的画像完全一样。

现在那个姑娘除开这张漂亮得几乎叫人讨厌的脸，便什么也不看了。她怀着一种近乎恐惧的心情，凝视着她在彼得堡刮风的夜里常常梦见的这些怪诞的特征。

他在那儿，把耳朵侧向邻座，微微一笑，这微笑本身倒很质朴，可是在那细巧的鼻孔的轮廓、那过于像女人那样的眉毛以及那整个面貌的独特而微妙的力量当中，却包藏着奸诈狡黠、骄矜自大，以及一种她所不能了解、然而又比什么都更强烈使她激动的东西。①

在贝索诺夫刚刚出场的时候，阿·托尔斯泰就对他的肖像进行了整体的而又细致精微的描写，他在轻快的四轮马车里泪眼迷蒙，身边是拱桥上成排的灯火，身后是沉睡的彼得堡，远处是云层缝里的孤星，他感到一切都是幻景。作家在粗略勾画这位清醒的堕落者和敏感的诗人肖像后立刻安排他来到“哲学晚会”，让读者进行近距离的观察。阿·托尔斯泰不厌其烦地描绘了贝索诺夫进门后的动作和神态，他的头发、坐姿、着装、双手、脸型、脸色、眉毛、眼睛等方面的特征，似乎这还不够，还要通过他的崇拜者、暗恋他的姑娘达莎的感受来修饰和强化诗人怪诞的肖像。就这样，贝索诺夫精神空虚心理扭曲还有几分奸诈和骄矜的性格特征在第一次出场就显露无遗了。

尽管交代式描写有助于读者一览无余从整体把握人物的性格甚至预见后续的事态发展，但读者的期待视野就此被限定了，单一的交代式描写显然不能满足阿·托尔斯泰对自己作品提出的“引人入胜”的要求，于是，他引入了主题主导式的描写手法。与交代式描写细致、全面地刻画人物不同，主题主导式的描写手法反复描摹某种特征，更关注被描募的人物肖像在表现什么，它们给人留下什么样的印象，唤起怎样的情感和思想，而不是特征本身；它在不同场合分层次描写人物

---

① А. Н. Толстой,《Сестрыу》, См. А. Н. Толстой,《Собрание сочинений в десяти томах》, М. :Гослитиздат,1983. т. 5. с. 8. 12. 中文出处见阿·托尔斯泰:《苦难的历程》第一部《两姐妹》,朱雯译,北京:人民文学出版社,1979 年版,第 2、8 – 9 页。

的外形特点，由少到多，逐渐积累，在情节变化中描写人物的肖像，使读者可能在整部作品中不断从新的层面认识人物。列夫·托尔斯泰笔下炯炯有神的公爵女儿玛丽亚，陀思妥耶夫斯基笔下的拉斯科尔尼科夫的母亲都是主题主导式最鲜明的例子。阿·托尔斯泰也是这样刻画人物的，比如他对彼得肖像的描写。

彼得这个人物最先是通过茨冈人与伊万·阿尔捷米奇的对话出现的，在茨冈人的描述中，皇上快要死了，接替皇位的除了彼得·阿列克谢耶维奇，再没什么别人，可他不过是个刚刚断奶的孩子。接着，通过对沙皇驾崩之时众臣的心理活动和语言表态来描述彼得的肖像，权衡彼得与伊凡两位继位人选，戈利岑认为两者都还是幼稚无知的孩子，都有有权有势的亲戚，彼得头脑灵敏身体结实，伊凡不具备这样的健康条件却更好摆布。御前侍臣利哈乔夫则明确表态，要让体弱多病的伊凡做皇帝是有困难的，而且是不稳当的，俄罗斯需要力量。读者未曾谋面的彼得就这样登上皇位了。尽管这些都只是侧面描写，但通过茨冈人、戈利岑、利哈乔夫等人层层的铺垫，一个健康、聪明的小沙皇肖像已经勾勒出来了。抛开彼得是长篇小说最核心的人物形象需要最精微的刻画最全面的塑造这一因素不说，单是因为彼得年幼，他的肖像和性格还没有定型，还处在发展的阶段，就不能像描写成熟的戈利岑和索菲亚那样简简单单交代了事，而必须放弃对彼得作交代式的描写，采用主题主导式的手法一步步强化彼得的性格特征。阿·托尔斯泰对从一个刚刚断奶的孩子成长为野蛮推进俄罗斯改革的统帅的彼得肖像作了酣畅淋漓的描绘：

> А、圆圆的腮帮，短短的鼻子，他探出了项脖。眼睛圆溜溜的，如同一只耗子。小小的嘴因为害怕而闭得很紧……彼得那圆圆的脑袋左右转动——有一个嗓音带着笑嚷道："瞧哪，他简直像一只猫！"……彼得那圆圆的脸歪扭着，抽搐着；他用双手抓住马特维耶夫的花白胡子……①(48－49,55－57)
>
> Б、他衣服穿得挺古怪：白袜子，外国式的绿色长襟衣，镶着鲜红的翻领，钉着闪亮的纽扣……他气呼呼地坐着，躲在牛蒡草后面……彼得的眼睛瞪得圆溜溜的，活像一只猫头鹰。(56,65)

---

① А. Н. Толстой,《Петр Первый》, См. А. Н. Толстой,《Собрание сочинений в десяти томах.》, М.：Гослитиздат, 1983. т. 7. с. 48－49. 中文出处见阿·托尔斯泰：《彼得大帝》朱雯译，北京：人民文学出版社，2006年版，第55－57页。本节有关彼得肖像的后续引文出处均与此相同，只在引文后括号内标明俄文和中文出处的页码，不再另外标注。

В、彼得用刺耳的嗓音怒气冲冲地吆喝着。纳塔利娅·基里洛芙娜瑟瑟发抖，瞅着她儿子那双狂暴的、溜圆的眼睛。(69,69)

Г、可是彼得没有笑，他满脸红涨，简直像公牛的血一样，瞪着安欣，仿佛她是一只小鸟似的。于是我心想：嘿，这个少年肚子里藏着一千个魔鬼呢！(76,88)

Д、彼得站在那儿，满脸通红，短鼻子的鼻孔张大着，还在乱抽鞭子。他那圆圆的眼睛红殷殷的，好像要把眼泪噙住一般。(80,93)

Е、他自己的嘴也歪在一边了，眼睛突出来，一柄无形的利刃刺进了他耳下的颈脖。(139,160)

Ё、领主们一瞅他总要发笑，就用手绢掩住嘴：这条模样古怪的泥鳅，连站也不会站，老是在那里扭动，颈脖像鹅一样笨拙地摇晃着……可是这样一位库奎区的酒鬼，嘴角上却爆出了一个个肉疙瘩，仿佛就要咬人一般；是的，不过他这一咬是不会有什么力量似的……他的眼神又凶悍又傲慢……(140,161)

Ж、审到要在马车里炸死喝了酒的沙皇时，彼得冲到沙克洛维特跟前，盯住他那双疯狂的眼睛——彼得的身量那么高，他的眼睛竟跟费季卡的眼睛一般齐……他的脊背、他的手、他的颈脖都在颤动着……(177,203)

З、阿列克谢明知任务艰巨，可是没有恐惧，就没有生活。何况你如果向彼得·阿列克谢耶维奇报告，说你到了北方就害怕了，那他准会像一只仙鹤那样居高临下地瞪着你，仿佛要把你吞掉似的，摇动着肩膀，扭头就走了：那才是真正的恐惧，才是你幸运的末日，哪怕你把额头磕碎了也无济于事。(445,520)

И、彼得的脸很吓人——颈脖似乎伸到了两倍于原来的长度，紧闭着的嘴的两边突出来两个样子凶悍的疙瘩，从两只睁得很大的眼睛里(但愿不是这样，但愿不是这样！)复仇女神仿佛随时都会跳出来似的……他喘着粗气。从短短的袖管里伸出来一只青筋嶙嶙的大手，搁在死了的长脚蚊中间，在胡乱摸索……结果摸索到一支鹅毛笔，便把它折断了……(750,870)

A 段是对第一次在人群中亮相的彼得的肖像描写，这时候的彼得虽然继承了皇位，但他同父异母的姐姐索菲亚一直心有不甘。她指使人散布伊凡王子被掐死的谣言，于是射击军涌向克里姆林宫，纳塔利娅太后不得不领着彼得和伊凡出来平息众怒,彼得在这场骚乱中显然吓坏了。这一段中,既有对彼得脸部、双手等身体部位的直接描写,也有借助骚乱人群的反应来烘托的间接描写。这样的间接描写不仅使肖像更为突出,而且给被描写的对象涂上一层感情色彩。阿·托尔斯泰通过一些人给另外的人物画像,不仅表现了被画者的肖像特征,也有画像者自我揭示的印迹,这比作家单纯的正面描写更为含蓄。直接描写与间接描写相结合的手法既有对照功能,又有聚合效应,人物肖像就在这种对照与聚合之中更加丰满真实。接下来的几段文字是对不同时期彼得肖象的描写,在这些描写中,"眼睛"又尤其突出:"眼睛圆溜溜,如同一只耗子","瞪得圆溜溜的,活像一只猫头鹰","那双狂暴的、溜圆的眼睛","瞪着安欣,仿佛她是一只小鸟似的","圆圆的眼睛红殷殷的,好像要把眼泪噙住一般","眼睛突出来"、"他的眼神又凶悍又傲慢"、"他的眼睛竟跟费季卡的眼睛一般齐"、"像一只仙鹤那样居高临下地瞪着你,仿佛要把你吞掉似的","从两只睁得很大的眼睛里(但愿不是这样,但愿不是这样!)复仇女神仿佛随时都会跳出来似的",通过对彼得脸部特征特别是眼睛的集中反复描写,被逼宫的恐惧的幼年彼得、被"放养"的狂暴的少年彼得、铁血镇压叛乱的彼得、野蛮推进改革的彼得就已跃然纸上。

阿·托尔斯泰的长篇小说中除了运用"交代式"和"主题主导式"之外,还有一种"对比式"的肖像描写方式,即通过将某一人物不同阶段的肖像进行对比,或者将不同人物之间的肖像加以对比来刻画人物性格。比如,他给读者介绍捷列金的时候没有使用"粗笔",而是通过对比逐渐展示和深化他的特征。读者第一次见到捷列金是在颓废的未来主义年轻人的晚会上,他带着腼腆的微笑走向达莎:

他走到达莎那儿,羞答答地带着微笑……

他那晒黑的、刮得光光的脸上流露出一种质朴的神情,一双和蔼的、蔚蓝的眼睛,看样子必要时会变得锐利而坚毅。……捷列金马上把肮脏的碟子收起来,放到屋角的地板上,向四下里打量了一眼,找不着抹布,就用自己的手帕抹了下桌子,替达莎倒了一杯茶,又为她挑了一片顶"细巧"的火腿面包。这些个事,他用一双又大又结实的手,做得毫不慌忙,一面还不停地说着话,仿佛特别卖力,要使达莎在这个乱七八糟的地方也觉得舒适似的……

那时候,侧身坐在达莎对面的捷列金,开始全神贯注地望着一个芥粉瓶。这样一紧张,他那又大又圆的额头上爆出了青筋。他偷偷地掏出一方手帕,擦了擦额角。

达莎的嘴唇不由自主地裂成一抹微笑:这个高大的体面的人,会这样没有自信,竟打算躲到芥粉瓶后面去了。①

捷列金就是在这次晚会上对达莎一见钟情,与诗人贝索诺夫的忸怩作态和玩深沉相比,工程师捷列金是那样的淳朴、热情、腼腆,在参战之前几乎所有的时候作家都强调捷列金的典型特征——淳朴、热爱劳动、有力量、诚实。在战争情境下,作家就突出他的另外一些特征——有着坚强的意志、勇敢的精神、刚毅的行动、冷峻的目光。经历了战争从俘虏营逃脱后,他身上又表现出了新的特征:

他那高大的个子,挺直的身材,宽阔的肩膀,现在显得特别惹眼了。很显然,他简直完全成了一个新人。他那双浅色的眼睛,眼神非常沉着;他那张直直的、轮廓鲜明的嘴,角上有两道皱纹,两条细线……他的手,又结实又冰冷。②

这是达莎眼里的捷列金,他刚刚从俘虏营死里逃生回到莫斯科心爱的姑娘身旁,还是那么高高的个子,但他的身上已经被战争、死亡、恐怖和苦难留下了痕迹,经历了生离死别的恋人即将告别过去迎接爱情。但是,革命的风暴已经席卷了广袤的俄罗斯大地,也横扫了狭小的爱的巢穴,为时局所迫,没过多久平静生活的这对恋人就不得不做出是否拥护革命的抉择。当捷列金投身革命浴血奋战时,他就变成了一个真正的战士。

伊凡·伊立奇躺在舰桥下面灼热的甲板上。他赤着脚,穿一件布衬衫,腰带解开着;他腮帮上正在长出金黄色的短髭。如同一头晒太阳的猫;他陶醉在这种宁静、这种沼地鲜花的湿润的香味、这种从低低的河岸上飘送过来的草原羽茅草的干燥的气息、这种漫无边际的光流里面。这是他从没有享受过的充分休息。③

---

① А. Н. Толстой,《Сестрыу》, См. А. Н. Толстой,《Собрание сочинений в десяти томах》, М. :Гослитиздат, 1983. т. 5. с. 33 – 34. 中文出处见阿·托尔斯泰:《苦难的历程》第一部《两姐妹》,朱雯译,北京:人民文学出版社,1979 年版,第 36 – 37 页。

② 同上,俄文出处见第 212 页,中文出处见第 272 页。

③ А. Н. Толстой,《Восемнадцатый год》, См. А. Н. Толстой,《Собрание сочинений в десяти томах》, М. :Гослитиздат, 1983. т. 5. с. 527. 中文出处见阿·托尔斯泰:《苦难的历程》第二部《一九一八年》,朱雯译,北京:人民文学出版社,1979 年版,第 328 页。

这一段描写来自捷列金奉政委计谟沙派遣去伏尔加给军委主席送信的途中，这时候的捷列金已经是一位优秀的红军军官了，几经周折来到给草原游击队押运武器弹药的一艘大船上，虽然战争让他的外表有些不修边幅，但他内心感到前所未有的安宁、快乐与充实。到了小说末尾，写到四位主人公经过苦难的历程在莫斯科重新相聚的时候，阿·托尔斯泰还通过达莎对卡嘉的交谈展示捷列金肖像的变化：

> 你看得出他的改变吗？在彼得堡，他的脸上还有一种东西没有完成……他的眼睛也完全两样了……你别见怪，伊凡，可是那次我们搭轮船到萨马拉去，你的眼睛是浅蓝色的，甚至有点儿呆头呆脑的，那双眼睛甚至有点儿叫我恼……现在啊，他们像钢一样的了……①

这样一章章、一页页在发展和对比中逐渐地塑造了主人公的全貌，他的肖像、思想和动形成了一个统一的整体。对比式的肖像描写手法从崭新的未知的方面阐明外貌和个性，使得捷列金肖像的主要特征逐渐充实、丰满，使得这个人物形象越来越清晰和确定，使得读者对他的印象越来越深刻。

肖像所刻画的不只是“外在”之人身上静态的特征，而且还刻画那些究其实质是动态的手势动作、面部表情。阿·托尔斯泰对此有过精辟的论述：

> 绝不要用整整几十页的篇幅去描绘主人公的肖像，描绘他的面貌，他的身材，说他长得如何的漂亮，之后才让这个主人公去展开行动。这是一种不正确的方法。这不能引人入胜，这是一种静态，也不会有舞台效果，因为这是停在一个地方不动。主人公的肖像应该从运动本身，通过斗争，通过冲突，通过行为显现出来。肖像应该从字里行间产生出来；应该通过字里行间逐渐地在纸上浮现出来；让读者不必通过任何的文字描写就把主人公想象出来，因为如果你在头一页读到主人公的肖像，那就准会给忘记掉，因此，你就得老去查对，他是个什么样子——是深棕色的或者是棕黄色的。②

---

① А. Н. Толстой,《Хмурое утро》, См. А. . Н. Толстой,《Собрание сочинений в десяти томах》, М. : Гослитиздат, 1983. т. 6. с. 376. 中文出处见阿·托尔斯泰:《苦难的历程》第三部《阴暗的早晨》，朱雯译，北京：人民文学出版社，1979 年版，第 490 页。

② А. Н. Толстой,《Праздник идей, мыслей, образов》, См. А. . Н. Толстой,《Собрание сочинений в десяти томах》, М. : Гослитиздат, 1986. т. 10, с. 209. 中文出处见阿·托尔斯泰:《论文学》，程代熙译，北京：人民文学出版社，1980 年版，第 57 页。

这是阿·托尔斯泰1933年7月在苏联人民委员会召集的评选优秀剧本的列宁格勒作家定期座谈会上的发言,他这番见解针对戏剧作品如何塑造主人公的肖像。戏剧是要搬上舞台的,舞台演出要求戏剧作品的所有东西必须是变化的,凝练的,必须适合于舞台演出,因此,长篇累牍的静态描写无益于戏剧作品主人公肖像的塑造。阿·托尔斯泰格外看重从运动中描写肖像,格外看重动词在塑造人物时无可取代的功用,正是身兼戏剧家的身份,他将戏剧创作中的某些经验运用于长篇小说的艺术实践中,尽管长篇小说体裁的包容性允许在某个人物的身上花费"整整几十页的篇幅",但他总是避免这么做,他更多的是遵循从运动中描写肖像的经验,并将这一经验提升为著名的"手势动作"理论。

阿·托尔斯泰首先将手势动作区分为无条件的和有条件的手势动作,他认为:

> 每个词都说明一种事物,所以,当说出一个词的时候,关于这一事物的概念,以及作为对这一事物的一种反应的手势动作就在听的人身上产生了出来。这种直接的与对待实在事物的态度联系在一起的手势动作,可以叫做无条件的手势动作。(他抓起一把灰土就朝他的眼睛里撒去,听到这句话的人联想到这种情形后会不自觉地把眼睛眯起来。)……抽象思想的手势动作更富于个人的色彩,更带有条件性,不妨称之为有条件的手势动作。语言中的每一个词、每一个概念都隐藏着一种形象,以及与这个形象联系在一起的心理活动,而这个心理活动就预示着身体会做出一种动作。①

阿·托尔斯泰进一步指出,描写肖像的语言之基础就是手势动作。手势动作并不就是用手做出来的动作,它还可以是一种内在的手势动作,思想的手势动作。一位真正的富于创造性的艺术家塑造一个人物的肖像,他的描写必然会出现由一系列的动词构成的手势动作,在这样的充满艺术价值的肖像描写中,读者能够清楚地看到这个人物的动作,能够触发大脑中极为复杂的情绪,能够理解人物、深入到人物的内心。

简单说来,"手势动作"理论就是在描写人物肖像的时候关注这个人的动作,在把这幅肖像转换为艺术语言的时候选好相应的很可能是唯一的动词。他在一

---

① А. Н. Толстой,《О драматургии》, См. А. . Н. Толстой,《Собрание сочинений в десяти томах》, М. : Гослитиздат, 1986. т. 10, с. 243 – 244. 中文出处同上,见第78–79页。

篇题为《我们怎样写作》的文章里有过这样的表述：

> 在人身上，我总是尽力去观察那些能够说明他精神状态的手势动作。这种手势动作就会给我暗示出一个能揭示其心理活动的动词。如果说单是一种活动还不足以说明他的性格，那我还要在他身上去寻找最显著的特点（比方说，手、卷发、鼻子、眼睛等），即使把人的这一部分放在首要地位来加以说明时，我依然要从运动中去描绘它，这就是说，用第二个动词去详细说明和加强第一个动词所产生的印象。
>
> 为了让我笔下的人物亲自用手势语言来谈论有关他个人的事情，所以我一直在寻求动作。我的使命就是，创造一个世界，并把读者引到这个世界里去。在这个世界里，读者不是用我的话来跟人物打交道，而是用没有写出来的，听不见的，即用根据他自己从手势语言中所了解的话来同人物交谈。①

阿·托尔斯泰非常赞赏列夫·托尔斯泰和陀思妥耶夫斯基这样的前辈作家：列夫·托尔斯泰只要看到一个庄稼汉的后脑勺在颤动，他就知道这个人是因为痛苦在哭泣；陀思妥耶夫斯基在他最优秀的作品里，也是通过手势动作来处理语言的，比如，《恶魔》中的斯捷潘·特罗菲梅奇这个人物就是这样，读者可以看到他怎样说话，怎样走路，又怎样停下来，以及怎样摊开双手。这些都不是写出来的，而是通过手势动作观察出来的，每一个句子都贯穿着手势动作。与他们在描写一个人的时候，无论作家还是读者，读到这样的肖像描写，甚至能产生幻觉，能看到了他所描绘的人。也许因为过于强调手势动作和动词，阿·托尔斯泰对屠格涅夫在肖像描写中屡屡使用形容词极为不满，认为这位讲故事的大师本人充满了手势动作，却用描写对象的美丽词句代替了描写对象本身，他用华丽的漂亮的带有副句的结构上天衣无缝的半翻译式的语言塑造主人公，让文学语言丧失了手势动作。这样的指责虽然欠妥，因为屠格涅夫式的肖像描写与列夫·托尔斯泰式的肖像描写在技巧上并无高下之分，只是艺术家独特的个性使然，但尽可能用手势动作来刻画人物的确是可行并且有效的。下面不妨从阿·托尔斯泰的作品中摘取几个手势动作的例子：

> 第五天，从地底下传来了含混不清的声音，阿法纳西从坑道里跳出来，大

① A. H. Толстой,《. Как мы пишем》, См. A. H. Толстой,《Собрание сочинений в десяти томах》, M. : Гослитиздат, 1986. т. 10, с. 152. 中文出处同上，见第214页。

声嚷道：

“将军夫人，找到了！”

斯捷潘尼达·伊万诺夫娜像得了寒热病一样激动得直打颤，安上的假牙开始咯吱响，她爬到坑里……被连衣裙绊着，像猴子一样爬上壁龛，抓住瓦罐的边沿，开始仔细打量，她把手放下来，发出一阵凄厉的尖叫：

“空了，空了！抢劫了！……”

她抓着瓦罐浑身颤抖，愤怒和绝望让她忍不住大哭起来。工人们唉声叹气，两手一摊没有办法。阿法纳西看了一下其余的瓦罐，也是空空的……然后，他无意中碰到大箱子的一个角，这个大箱子埋进去了一半，装了一些破破烂烂的瓦罐片：搜遍整个大箱子，从尘土和遗骸中找到了一块雕有古希腊雄鹰的大宝石，他往大宝石上吐了几口唾沫，又擦干净，这件享有巨大声誉的珍宝在灯笼半是乳白半是绛红的灯光的照射下顿时熠熠生辉。斯捷潘尼达·伊万诺夫娜从阿法纳西手里一把夺过它，紧紧攥在手心，呼哧呼哧喘了几口气，狂笑不已。①

这几段文字选自长篇小说《地下宝藏》的最后一章，背景是将军中风死去，将军夫人悲痛万分，恍恍惚惚地摔倒在冷冰冰的石板上，大家都以为要操办斯捷潘尼达·伊万诺夫娜的丧事了，她却在一星期后“清醒过来”，甚至还能下床了。因为不能容忍心爱的丈夫到另一个世界与他的前妻团聚，嫉妒之火燃烧出复仇的欲望，她在死亡的边缘挣扎回来，开始了本已中断的挖宝工作。这段文字是对将军夫人在斯维内峡谷挖宝坑道里的肖像描写，听见找到宝藏的消息时，“打颤”、“咯吱响”、“爬”、“绊”、“爬上”、“抓住”、“打量”、一连串的手势动作加上“像得了寒热病”和“像猴子”这样的隐喻把一个急切想得到宝藏的老太婆的身形、心理传神地表现出来了。紧接着情况急转而下，对将军夫人的刻画换成了另一组动词，“放下”，“发出一阵凄厉的尖叫”、“颤抖”、“大哭”，工人和管家的手势动作也在一旁佐证了挖宝的失败，原来费尽心机找到的宝藏不过是些空空的瓦罐，将军夫人的愤怒和绝望简直无以复加。而当管家无意中发现一块雕有古希腊雄鹰的大宝石的时候，她那破灭的希望之火一下又点燃了，反应之快，力度之猛，失而复得的狂

---

① А. Н. Толстой,《Чудаки》, См. А. Н. Толстой,《Собрание сочинений в десяти томах》, М. :Гослитиздат,1982. т. 1,с. 554 – 555.

喜和疯狂的占有欲迅速外化为一组新的动词,“一把夺过”、“紧紧攥在手心”、“呼哧呼哧喘了几口气”、“狂笑不已”。通过对这些手势动作的精确描绘,一个变态的神经质的老太婆就活灵活现了。

> 十一点钟,他满怀着懊悔、憎恨和鄙视自己的心情,出现在甲板上——双手反抄在背后,跨着蹦呀跳呀的脚步,脸上露出很不自然的表情——总之是一幅十分仓促的样子。可是在甲板上走了一遭,没有看到达莎的时候,伊凡·伊立奇竟烦躁起来,开始到处去找寻。什么地方也没有达莎的影子。他觉得嘴也焦了。这分明出什么岔子啦。后来他突然撞见了她。原来她还在昨夜的老地方,坐在一张藤椅上,又孤独,又沉静。她膝盖上放着一本书,一只梨。她慢慢地向伊凡·伊立奇扭过头,那双眼睛先是仿佛由于害怕而睁大了,随即露出了喜悦;一阵红晕飞上她的脸颊,那只梨从她膝盖上滚下来。①

这一段描写选自《两姐妹》第九章,主人公捷列金与达莎已经在《神餐》杂志晚会上见过面,两人互生好感,之后也见过一两次,但感情总是不愠不火。达莎游离于贝索诺夫与捷列金之间,更倾向与前者,或者说,她对前者是着了魔的迷恋,对后者不过是一点点喜欢罢了。捷列金虽然锁定了达莎是自己的爱人,他却只是个平凡的木讷的善良的小伙儿,还不知道怎么去俘获姑娘的心。但爱情已经在这两个年轻人的心底潜滋暗长,伏尔加河上的这次邂逅无疑为他们感情的升温提供了绝好的机遇。达莎刚刚从对贝索诺夫疯狂的主动献身中及时抽回,刚刚经历了姐姐的家庭危机并决定开始独立生活,她在回萨马拉的轮船上见到善良的捷列金自然感到愉快,于是两人一整天都消磨在甲板上快乐地聊着。早上六点的时候,基希玛尼站到了,大家都在睡着,捷列金本要下船,但他舍不得离开达莎,又留在船上。他在仓房里呆了三个钟头都不知如何向达莎解释自己这卑鄙和冒险的举动,更不敢直接表白爱情。“双手反抄在背后,跨着蹦呀跳呀的脚步,脸上露出很不自然的表情”就是捷列金这会儿窘迫的反映,遍寻达莎而不见更是让他焦急万分。达莎呢,一天相处下来,她对捷列金也产生了同样的感觉,爱人离去,那就在昨夜待过的老地方回味爱人的气息,怀念他的味道。当捷列金重返轮船的时候,

① А. Н. Толстой,《Сестры》, См. А. Н. Толстой,《Собрание сочинений в десяти томах》, М. :Гослитиздат,1983. т. 5. с. 78 – 79. 中文出处见阿·托尔斯泰:《苦难的历程》第一部《两姐妹》,朱雯译,北京:人民文学出版社,1979 年版,第 96 页。

她分明感到了他的存在,“慢慢”、“先是”、“随即”的瞬间,“扭”、“睁大”、“露出”、“飞上”一组动作接连出现,还有膝盖上那只梨的滚落更是配合了达莎的肖像变化,她对捷列金去而归还之惊、之喜和爱情在心头滋生之羞、之醉都由一组手势动作真实、细腻地刻画出来了。

> 他坐下了,两腿交叠着,臂肘搁在桌子上,抽起烟来了。身体十分壮实的卡尔洛维茨将军呼哧呼哧地喘着气,朝沙皇眨巴着眼睛。帕特库尔闷闷不乐地瞅着他的脚。亚历山大·丹尼洛维奇小心翼翼地咳了声嗽。彼得抓着烟头的那只手开始打抖了……彼得怪样地——那么全神贯注,弄得眼泪也涌出来了——直瞪着帕特库尔那黄澄澄的、凌厉的眼睛,一抹微笑把他的嘴给扭歪了。①

这一段选自《彼得大帝》第二部第二章,彼得在圣三一修道院远征后一步步掌控了俄罗斯的国家权力,第二次远征亚速和出访欧洲让落后的蛮国开始在欧洲政治舞台上崭露头角。欧洲政治的暧昧,亚洲态势的微妙,俄国时局的纠结,都让雄心勃勃的彼得无法安于现状。打败欧洲最强大的瑞典,是他最尊敬的导师与朋友海军上将勒福尔特生前未了的心愿,是俄罗斯国家崛起的必然要求,也是他作为俄国沙皇最激动人心的梦想。彼得和他的俄罗斯已经开始谋求大国地位,欧洲列强也注意到了这支不可小觑的势力。于是一方面里夫兰骑士约翰·帕特库尔先生和卡尔洛维茨将军在彼得的饭局上谈起瑞典国王,希望彼得打败瑞典,另一方面瑞典使节觐见沙皇希望得到和平保证,莫斯科方面使用政治手腕,把没有吻过福音书起誓的条约交给使节。这样就有了帕特库尔、卡尔洛维茨与彼得、缅西科夫在普列奥布拉任斯科耶的密谈,双方还签订了与波兰对瑞典作战及互助的秘密条约。这段话正是对几位参与者肖像的描写,两位客人为了密约的事情觐见彼得,彼得却没事儿一样寒暄半天,接着“坐下了,两腿交叠着,臂肘搁在桌子上,抽起烟来了”,似乎根本不打算入正题,边上的几位也只有着急的份,“呼哧呼哧地喘着气”、“朝沙皇眨巴着眼睛”、“闷闷不乐地瞅着他的脚”、“小心翼翼地咳了声嗽”,暗示半天沙皇“抓着烟头的那只手开始打抖了”,这才问起密约的事情,很显

① А. Н. Толстой,《Петр Первый》, См. А. Н. Толстой,《Собрание сочинений в десяти томах》, М.: Гослитиздат, 1983. т. 7. с. 432 - 433. 中文出处见阿·托尔斯泰:《彼得大帝》,朱雯译,北京:人民文学出版社,2006 年版,第 506 页。

然,这是一份让彼得非常满意的密约,才接着做了“涌出”、“直瞪着”、“扭歪”这组动作表示同意。通过对彼得、缅西科夫、帕特库尔、卡尔洛维茨等人的手势动作的对比与反衬,一个在外交事务上精明的惯于运用手腕的威仪的沙皇形象就突出来了。

阿·托尔斯泰长篇小说中运用手势动作的例子比比皆是,无论是交代式、主题主导式还是对比式的肖像描写手法,他都把动作、动词摆到了突出的位置,很多时候这几种描写手法是综合运用的。手势动作是人物心理活动的外化,在描写人物肖像的时候不仅能塑其外形,更能传其神采,这是他高度重视手势动作的原因。他把这种描写手法上升为一种理论,灵感直接来源于作家 1917 年的发现的 17 世纪那本著名的《口供与案件》,这一理论既是对前辈作家创作经验的学习吸收,也是他作为戏剧家对戏剧创作和戏剧演出要求的深刻体会,更是他在经年累月的长篇小说艺术实践中总结出来的真知灼见,这种肖像描写手法是值得大力提倡的。

第三节　深层的人物心理刻画

心理刻画是人物塑造不可或缺的艺术组元之一。波斯彼洛夫认为,心理刻画就是“精细地、个性化的再现处于相互联系与活动状态中的人物的感受”①。哈利泽夫也有几近相同的理解,他说,“对人的意识这一类艺术的开采”,通常被称为心理刻画,“这是对存在于相互联系、变动不居、不可重复之中的各种心境之个性化的再现。”②

文学之于心理状态的兴趣古已有之。在文学发展的早期阶段,尤其是在史诗中心理主要作为一种情感喷发而出,或愤怒,或恐惧,或狂喜;而到了中世纪,受基督教义的影响,文学中的心理主要表现为精神上诚惶诚恐的状态,出现了自省、忏悔等重要的变体;文艺复兴文学高扬人的旗帜,大大拓展了人的内心世界之容量;感伤主义与浪漫主义文学细致精微地感受人的非理性的心灵状态;现实主义文学

---

① 波斯彼洛夫主编:《文艺学引论》,邱榆若、陈宝维、王先进译,长沙:湖南文艺出版社,1987 年版,第 233 页。

② 哈利泽夫:《文学学导论》,周启超、王加兴、黄玫、夏忠宪译,北京:北京大学出版社,2006 年版,第 229 页。

将人物的心理刻画挖掘到前所未有的深度,屠格涅夫诗意的“隐秘的”言犹未尽的心灵体验,列夫·托尔斯泰对自我意识与“心灵辩证法”的演示,陀思妥耶夫斯基“最清醒的现实主义”对无意识领域的开采,都是文学创作领域举足轻重的成果。再加上之后的现代主义文学(在俄罗斯与之对应的是白银时代文学)对意识流艺术原则的确立与尊崇,心理刻画堂而皇之走进了艺术的圣殿,并占据了越来越重要的地位。在长篇小说创作领域,无论是自由的书信体,还是第一人称的自传式,更不必说无所不知的第三人称叙述体,心灵刻画往往游刃有余。

20世纪20年代以来,欧美各国文学以意识流艺术原则为主导的心理刻画大行其道成就斐然,仅仅融进欧洲文学不到百年的俄罗斯却又一次特立独行,没有汇入现代派文学的大合唱,而是高扬社会主义现实主义的大旗向钢铁世纪铿锵迈进,这样就不难理解苏维埃文学对心理刻画异常激进的拒绝。著名的苏维埃革命文学理论家卢那察尔斯基在1920年曾写道:共产主义激情表现与个性“准备为了人类先进阶级的胜利而把自己一笔勾销”①。按照这个时代的理解,文学发展的最高阶段理应是让以人的、精神的世界为中心的心理刻画让位于以物的、物质的世界为宗旨的“反心理刻画”。1927年发表在《读者与作家》杂志上的一篇文章就对文学中的心理刻画表达了极端的看法:一个无产阶级作家越是努力去刻画心理,结果就越糟糕,而一个剪辑式的作家在辩证地抓住事实的同时,其写作越是“报纸化”,读者的大脑就越会自由的摆脱麻醉。

然而心理刻画并没有离文学远去,真正懂得并且珍视艺术规律的作家是不会这样做的,没有哪一部苏联文学的典范之作会摒弃包括心理刻画在内的艺术法则。如果说取消心理刻画,在卢氏看来是共产主义之集体消灭个性的必然要求,这种观点在今天看来令人感到匪夷所思甚至毛骨悚然,那么,反观当年还在流亡期间的阿·托尔斯泰在《论新文学》中提出的个性与集体主义和谐发展的观点何其珍贵何其赤诚,那篇文章发表在1922年《前夜报》之《文学副刊》上。如果说《读者与作家》因为担心读者的大脑被心理刻画控制而主张用报纸化的语言剪辑作品,这种当年畅通无阻的逻辑在今天看来多么荒诞不经,那么,反观当年顶着白色流亡者桂冠的阿·托尔斯泰在答《青年一代》杂志编者提问时需要何等的勇气

① 哈利泽夫:《文学学导论》,周启超、王加兴、黄玫、夏忠宪译,北京:北京大学出版社,2006年版,第233页。

和魄力,他用略带戏谑却不乏真诚的口吻说,用报纸的语言来写小说,如果认为这样做是为了符合真实,那就太天真了。作为一位深受白银时代精神浸淫的艺术家,作为一位对文学规律孜孜以求的艺术家,阿·托尔斯泰断然不会因为来自上层的压力甚至很多时候明明就是错误的压力而放弃艺术上的坚守,他是有底线的,即使是作为向十月革命十周年献礼的《一九一八年》,他也顶住了压力,正如他在给《新世界》编辑波隆斯基那封著名的信中说的那样,他的长篇小说不仅仅是十月革命十周年的时候被人们阅读,而且,可能再过五十年还要被人阅读,还会译成全世界的许多语言来被人阅读,阿·托尔斯泰做到了。正是作家对艺术的负责任与坚守,他才创作出了一部又一部的优秀作品,而且,他的作品超越了作家本人的生命期限和苏维埃国家的生命期限流传至今历久弥新。

继续回到这一节的中心议题心理刻画。作为人物塑造最重要的组元之一的心理刻画在阿·托尔斯泰每一部长篇小说中都有精彩绝伦的圈点之处,其中尤其出色的是将军夫人斯捷潘尼达·伊万诺夫娜的变态心理、达莎在爱情来临之时的恋爱心理、罗欣在参加白军后的悔恨心理以及彼得为强大俄罗斯忍辱负重铁血改革的征服心理。下面本节结合具体的文本,对这四种心理的表现技巧逐一分析。

在长篇小说《地下宝藏》中,作家在第一章从吵过架的斯捷潘尼达·伊万诺夫娜在一个秋天的早晨醒来开始写起,借助她的回忆叙述了将军夫妇三十余年的家庭生活,并交代了她性格上的嫉妒特征:

> 斯捷潘尼达·伊万诺夫娜嫉妒丈夫和所有人的交往,但最嫉妒的还是他回忆第一任妻子,而要是阿列克谢·阿列克谢耶维奇说起那个第一任,拿她们二者比较,似乎挑逗现任夫人的时候,斯捷潘尼达·伊万诺夫娜心里才会舒坦一些。
>
> 但是阿列克谢·阿列克谢耶维奇怎么也想不起第一任妻子的名字,甚至吵架,当斯捷潘尼达·伊万诺夫娜煞白着脸,牙齿颤个不停,大喊大叫着"你爱她,你想她……去找她好了……"的时候,他也只是耸耸肩,若有所思地摸摸褐色的胡子。
>
> 斯捷潘尼达·伊万诺夫娜的嫉妒心理并没有随时间的流逝有丝毫的磨损,反而"融入性格"之中。每天夜里她都会突然感到,那个维拉,就是刚刚还在她与阿列克谢之间的维拉,不见其人,不闻其声,却躺在自己床上和丈夫干着那事……斯捷潘尼达·伊万诺夫娜急匆匆把阿列克谢·阿列克谢耶维奇

叫醒，当他又沉入梦乡说着胡话还拿毯子把头蒙住的时候，她就紧紧贴着他，贴上全部的灼热的嫉妒、情欲和恶毒。①

因为不能容忍漂亮女人粘着丈夫，即使是将军的侄女索尼亚也不例外，原本正常的亲情在将军夫人眼里成了巨大的威胁，看到丈夫对索尼亚那么温柔和眷恋，她就歇斯底里地吵架，当即决定要尽快嫁掉这个姑娘，甚至脑海里立刻为她找到了未婚夫——有名的浪荡子斯莫列科夫。索尼亚的命运就此决定了。这样折磨还不够，她还利用索尼亚对性爱的无知多次迷惑和恐吓，致使可怜的姑娘在新婚之夜深度昏厥。将军中风离世，将军夫人悲痛万分，想着丈夫在另一个世界与前妻欢聚，垂死身体里燃烧的嫉妒与复仇之火居然魔力般地转化为生命的能量，她要继续挖掘瑞典国王留下的宝藏夺回丈夫。将军夫人好不容易挖到了一个宝贝，就去找将军了，这是对她临死时的描写：

斯捷潘尼达·伊万诺夫娜仰卧在床上，望着放在旁边黑色靠枕上的珍宝。大灯罩下面的油灯发出幽晦的光，照射着灰暗的床单和靠枕的一角——房间里其他一切都淹没在一片微红的昏暗中。

斯捷潘尼达·伊万诺夫娜的心中所想与眼前所见在不停地斗争，她感觉那件宝贝是鲜活的，一会儿乳白、一会儿鲜红、一会儿青绿，所见中最可怕的就是经常折磨她的痛苦，将军夫人看到一片湿漉漉的被践踏的原野，原野的尽头是一抹昏暗的永恒的晚霞，还有小山丘，十字架，小山丘，突然出现一座坟墓，脚底下一滑，感觉有一团东西压着似的，要想不滑到，就得贴着地面走才行。那儿，在坟墓深处，躺着一个留有浓须身形高大的人。"阿廖申卡，"将军夫人叫道，"我还是找到你了。你一个人在这儿冷吗？你怎么冻僵成这样了？"周围什么也没有，没有什么可以拿来烧的东西，一切都那么潮湿、阴冷，可要往那边一跳，依偎在他身边——太可怕了。那时候，她就开始用温存的甜甜的讨人喜欢的声音回忆他俩从前的亲密和爱抚，眯缝起眼睛诱惑他，突然，将军从地底下冒出一缕缕的青烟，还舔了舔那血红的冒火的舌头，他变成通红的了，交叉的两手不停地颤抖……他在火中颤抖，竭力想睁开眼睛，站起来……"这就是地狱的痛苦，"将军夫人想，她使劲挣脱这可怕的所见，却怎么

① А. Н. Толстой,《Чудаки》, См. А. Н. Толстой,《Собрание сочинений в десяти томах》, М. : Гослитиздат, 1982. т. 1, с. 434 – 435.

> 也挣脱不了。将军在火焰上跳着,睁开了眼睛。"阿廖申卡,"她轻轻说,"看着我,我好痛苦。"他朝她看去,却没有看到她。她觉得——没有那种能把他的注意力集中起来的力量……整座坟墓都在大火中了,整片原野上只看到火苗在跳跃,那火苗却不是灼热的,冰凉得很。在坟墓深处升起了一团黑影,径直朝快活的将军走来……这是那个,另外那个,维拉……①

按照弗洛伊德的划分,人的心理有意识、潜意识、无意识三个层次。斯捷潘尼达·伊万诺夫娜这样的变态之人基本没有意识可言,她自始至终都只有潜意识与无意识。潜意识里她总觉得别人会夺走她心爱的丈夫,当嫉妒从一般的正常的心理反应不断强化上升为性格,而这种性格又在外界不断刺激下加剧了心理的冲突,逐渐聚集为一种变态之爱。将军夫人的变态在第一章就表露无遗,随着故事情节的一步步展开,她的变态也一步步疯狂。到了小说末尾,阿·托尔斯泰已经无法通过具体的事件、行动来塑造将军夫人的形象,心理刻画,变态的心理刻画,作为无意识形态的幻觉的心理刻画就出色地担当了这一重任。这时候梦寐以求的宝石已经在手,奄奄一息的将军夫人只剩下一件大事,就是夺回丈夫,"望着"、"感觉"、"看到",在这些词语的引领下,作家将读者一步步带进了斯捷潘尼达·伊万诺夫娜临终的幻觉,那里有将军夫人至死都在痛苦的画面和声音。正是临终的幻觉,将女主人公嫉妒成性的变态之爱,将她隐秘纠结的内心世界刻画得入木三分,使读者产生身临其境的艺术魅力。

值得注意的是,《地下宝藏》是阿·托尔斯泰的第一部长篇小说,写于1910年,这是他从象征派诗歌转向现实主义叙事小说的标志性作品。时年二十八岁的青年作家在人物心理刻画上有如此深厚之功力,应该与他所受的象征派文学熏陶不无关联,象征主义丰富的心灵感受与敏锐的艺术直觉,以及对扭曲事物的青睐对彼岸世界的痴迷都在这部小说中留下了无可磨灭的印迹。

一个是干枯变态的老女人,一个是健康优雅的美少女,同样刻画爱情心理,阿·托尔斯泰在《两姐妹》中就不可能用幻觉的艺术手段,而是更多的描绘直觉。作家的笔触并不延伸至人物心理的无意识层次,只是描绘某种直觉,但这种直觉迥异于生理器官因物质刺激而产生的感觉——究其本质属于精神活动,属于心理描写的范畴。辅以神态描摹和景物烘托的技巧,一个春心萌动的少女形象就来到

---

① Там же, С. 555.

了读者眼前：

> 房里已经很黑了，那些紫罗兰正在散发出幽微的香气，那是卡嘉跟她犯罪的那个男人送来的。事情很显然。达莎站在那儿想，卡嘉已经像苍蝇一样，落进一个蛛网似的微妙而迷人的东西里去了。这"东西"就在鲜花的湿润的气味中，就在两个那么虚假、可又那么动人的"珍惜爱情"的词儿中，就在那天晚上洋溢着春意的魔力中。
>
> 她的心突然剧烈地、飞快地跳动起来。达莎仿佛觉得她在用手指着、看着、听着、感觉着一种犯禁的、隐蔽的、燃烧着甜蜜的东西。于是她忽然一心一意地要放纵自己，让自己无牵无挂。也不知到底怎么搞的，就在这一霎时她已经在另一边了。她的严肃，她那冰似的墙壁，仿佛已经融成一片迷雾，就像街的尽头，那辆坐着两个头戴白帽子的女人的汽车悄悄消失在里面的迷雾一样。
>
> 她只知道自己的心在乱跳，头在发晕，一种欢乐的凉意在她浑身血管里涌起来，自自然然地在心里形成一首歌："我活着，我恋爱。快乐、生命、整个的世界——都是我的，是我的！"①

这是达莎决定跑去给贝索诺夫献身之前的一段心理活动。在这之前，无论是拒绝追求自己的库立巧克，还是暗恋打网球的英国人，都让处在处女的沉睡状态中的达莎萌生出某种兴奋和渴望。而她第一份真真实实的爱情就是给了"跟卡嘉犯罪的那个男人"，诗人贝索诺夫。为了他，达莎经常出入他会到场的哲学晚会，忘情于他的照片和诗集。她敏感地意识到心爱的人儿与姐姐之间暗藏春秋，却怎么也抵制不了贝索诺夫送给卡嘉的那株紫罗兰的诱惑，在爱情的巨大魔力面前，再危险的贝索诺夫又有何可惧，何况他本身那么迷人，她决意痛饮爱情的毒药放纵自己，下定决心后整个人也轻松欢快起来。

如果说达莎与贝索诺夫的爱情充满狂热和虚幻，那么她与捷列金的爱情则显得平淡和真实。她在疯狂的边缘及时刹车，感情的天平逐渐偏向可以让她信赖的

---

① А. Н. Толстой，《Сестры》，См. А. Н. Толстой，《Собрание сочинений в десяти томах》，М.：Гослитиздат，1983. т. 5. с. 42. 中文出处见阿·托尔斯泰：《苦难的历程》第一部《两姐妹》，朱雯译，北京：人民文学出版社，1979年版，第48页。本节有关达莎心理刻画的后续引文出处均与此相同，只在引文后括号内标明俄文和中文出处的页码，不再另外标注。

善良的伊凡·伊立奇，这种转变是不知不觉中完成的，当达莎与捷列金在伏尔加河的轮船上相遇说起自己想过独立生活的时候，小说有这样一段描写：

> 她说这些话的时候，捷列金拧起眉头，竭力隐忍着，可是他实在按捺不住，终于张开嘴，露出一排坚实洁白的牙齿，笑得那么开怀，连眼泪也把睫毛沾湿了。达莎脸红了，可是她的下巴骸也开始颤动起来，她像捷列金一样，开怀地笑着，连自己也不知道为什么。(75,92)

这是典型的借助外化的手势动作展示心理活动的写法，"说"、"拧起"、"竭力隐忍"、"按捺不住"、"张开"、"露出"、"笑"、"沾湿"、"脸红"、"颤动"一系列既连贯又对比的手势动作将两位主人公健康、纯洁、自然的爱情心理凝练地刻画出来了。与前面一段引文相比，同样是陷入爱情，达莎感到的不是痛苦的欢快，而是灵魂的欣悦。尽管此后达莎仍在对贝索诺夫与捷列金的感情纠葛中游离和挣扎，但随着故事情节的展开，捷列金健康的爱情最终把达莎的心召唤回来。在《两姐妹》的结尾，当捷列金九死一生回到心爱的姑娘身边时，阿·尼·托尔斯让达莎在幸福的相会中联想起两人当初在轮船上相遇的情景：

> 达莎点点头，她仿佛马上觉得自己也能记起一些美丽的蔚蓝的影子。她记起跟在轮船后面飞翔的海鸥，低低的河岸，在水面上远远地伸展出去的亮闪闪的太阳光路，在她看起来，这条光路一直要到那蔚蓝低低、晃亮晃亮的幸福的海里才是尽头。达莎甚至还记得她那天穿的是什么衣服……从那时候到现在，不知道已经度过了多少个烦闷无味的年头了！……(246,346)

这样，在描述直觉、肖像之后，作家借助联想，将达莎在爱情来临之时复杂微妙的心理细腻传神地展示出来。

阿·托尔斯泰曾说过，《苦难的历程》不是一部历史小说，而是个人的时代感，这就凸显了心理刻画在这部小说中的地位。作家本人流亡国外与苏维埃政权事实上有过的对抗，20 世纪 20 年代回归苏联特别是十月革命十周年现实性的需要，当然也因为他在这两点之间自觉的反省与认识，他必须在新的长篇小说中有所突破，艺术地表现个人的时代感。这个时代不是旧贵族的时代，不是自由主义者的时代，而是布尔什维克的时代，他将自己的影子投射到罗欣这个人物身上，就是要表现像他这样的知识分子在这样整整一个时代心灵的跌宕和皈依。如果说刻画将军夫人的变态心理与达莎在爱情来临之时的恋爱心理，对于阿·托尔斯泰来说驾轻就熟,那么要在罗欣这个人物身上表现时代感,表现主人公回归祖国的心路历程,的确是一个全新的挑战,而刻画罗欣在参加白军后的悔恨心理的成功与否不仅决定了这个人物本身塑造的成败,更决定了整部作品的成败。

相对于三部曲的另外几位主人公,罗欣的出场较晚。同事尼古拉上明斯克前线的时候他正在莫斯科接收军火与装备,有机会经常造访寂寞的两姐妹,并与卡嘉互生感情。十月革命爆发,他为军队不复存在而悲愤,带着将军们挽救前线的计划回到爱人身边。指挥莫斯科巷战受伤后他和卡嘉一起回到了萨马拉,布尔什维克与德国媾和的消息让罗欣充满了仇恨,来到南俄,他就抛弃卡嘉寻找科尔尼诺夫的志愿军部队。他在为心中的俄罗斯而战,可是疯狂的复仇并没有让他得到快感,内心的矛盾反而一步步加剧,尤其当俘虏的那双带着临死前的谴责的眼睛含着崇高的含义瞅着他时,他禁不住正义的良心的召唤了。在《一九一八年》第五章里,作家先用直接叙述写罗欣的良心发现和内心焦躁,他在志愿军里并不快乐:

从前那种疯狂的仇恨,仿佛铅箍扎着他的脑袋、血液冲到他眼睛里去的感觉,已经消失了。①

亲手报复布尔什维克的情景浮现在罗欣的记忆中,他把刀锋戳进敌人的肚子又拔出来抹干净,要是平常,毫不犹豫,他做得对!可是:

他那逐渐清醒的心很想知道——他真的做得很对吗?他到底是对的吗?要是对的,那么为什么他还在不断拿这个问题来问自己呢?(374,123)

这是一个星期天,小说插入对教堂、墓园的忏悔氛围与孩子们纯洁的歌声的描写,然后转入回忆对比。从前那蔚蓝色的早晨,他总是躺在木床上寻思如何打发悠长的一天,发呆似地望着糊壁纸,上面画着的中国人小桥流水的幸福生活,然后母亲那温柔的声音,那张亲切的脸,那双慈爱的手,就来惊扰他的思绪,带给他快活的一天。这样蔚蓝色的早晨,连同吃得饱饱的朴实的马车夫、村子里的街道、教堂,甚至还有教堂白围墙外绿油油的草地和刚长出嫩叶的桦树,这才是他温馨的家园,这才是他心中触手可及亲切的俄罗斯。可慈爱的母亲早已与桦树下的十

---

① А. Н. Толстой,《Восемнадцатый год》,См. А. Н. Толстой,《Собрание сочинений в десяти томах》,М. :Гослитиздат,1983. т. 5. с. 374. 中文出处见阿·托尔斯泰:《苦难的历程》第二部《一九一八年》,朱雯译,北京:人民文学出版社,1979 年版,第 123 页。本节有关罗欣心理刻画的后续引文出处均与此相同,只在引文后括号内标明俄文和中文出处的页码,不再另外标注。

字架与坟堆紧密相连,融成一把泥土。

> “我的祖国,”伐吉姆·彼得罗维奇想道,又一次回忆起那辆打村子里飞驰过去的套着的三匹马的马车。“俄罗斯……那是从前的俄罗斯……那已经什么也没有,而且是不会回来的了……那个穿缎子的小孩子已经变成了凶手。”(375,125)

主人公心灵所寻求的光明理想与置身白军队伍中无处不在的卑劣恶浊形成强烈的反差,也带给他穿心的现实悔恨,他的俄罗斯不复存在,而他自己就是凶手。接着作家进行冷静的心理分析:

> 他的思想把他带回一处地方,那里的门他以为终于已经砰的一声关上了。他曾经相信,他正在走向死亡……这会儿要是躺在大草原上一个水沟里,浑身都是苍蝇,那多么简单啊……
>
> “哦,是的,”他心想,“死是容易的,活着可困难啊……这是说我们每个人的责任——对于我们垂危的祖国,我们不仅需要献出一个有血有肉的活的皮囊,而且还需献出我们三十五年的全部生活,我们的眷恋,我们的希望,还有那中国房子和我们全部的纯洁……”(376,126)

阿·托尔斯泰没有作长篇累牍的单调分析,而是插入环境描写来烘托他的忏悔与绝望心理:孩子们的声音还在歌唱,鸽子却在生了锈的檐板下咕咕叫起来,那只鸽子的叫声让罗欣联想到卡嘉丧夫的孤寂和绝望,也让他偷偷不安地回忆起另一个可怜的难受的时刻。一年前在莫斯科听到尼古拉那天要安葬的消息后,他就守着卡嘉,拦下了她手中那只小小的药瓶。卡嘉给了他全部的爱和信任,自己却抛弃了她。于是痛苦的悔恨与对卡嘉的思念纠结为下意识的幻象:

> 他一直知道,卡嘉一刻也没有离开过他——哪怕在憎恨仿佛铅箍似的扎住他脑壳的时候,哪怕在战争的可怕的年月里。仿佛一个看不见的幽灵,张开手臂,没声没响地祈祷着,她曾经挡住了他的道路:而他,疯狂地喊哑了嗓子,将刺刀戳进红军的大衣,也就把那个纠缠着他的幽灵刺透了,随后他摘下便帽,抹了抹刀锋……(377,127)

这样的心理刻画以多种方式融汇在交错发展的矛盾之中,与客观事件、自然环境紧密相连,本身就构成了情节发展的一个环节,在这个星期天的早晨后,罗欣与以杀戮红军和玩弄女人为最大嗜好的志愿军产生了越来越大的精神疏离，找回丢失的卡嘉，找回丢失的祖国，就成了罗欣生存下去的希望。这几页心理刻画不仅细腻地表现了罗欣孤傲的心灵所受到的触动，揭示了他对美好善良的向往，而且为他不断重新认识自己，最终走向人民和革命提供了可信的心理依据。作家综合运用直接叙述、回忆对比、景物烘托等多种手法交错刻画他的心理感受，将罗欣的形象塑造得不仅复杂多变，而且富于立体感。

正是这样，随着三部曲叙事的展开，阿·托尔斯泰的艺术视野逐渐从个人相对封闭的爱情天地扩大到整个荡涤着革命风暴的俄罗斯。在表现个人的时代感这样一个宏大主题的时候，作家将对社会现实关注的焦点聚集于人物心理层次的发展变化之上，通过人物对周围事物的观察、感受和体验，一方面表现客观生活作用于自我意识所引起的内心理智与情感的搏斗或灵魂的觉醒，一方面又从人物频繁的思想冲突中对历史与现实进行审视观照，这样既有利于作家剖析人物性格，也有利于展开哲理的深度思考。作家在四位主人公特别是在罗欣这个人物身上成功表现了苏联社会宏伟的革命转折，以及普通知识分子对这一巨大时代的既碎化又整合的心灵感受。

阿·托尔斯泰的确是心理刻画的大师。在心理刻画的艺术圣殿，将军夫人斯捷潘尼达·伊万诺夫娜的变态心理、达莎在爱情来临之时的恋爱心理、罗欣在参加白军之后的悔恨心理，这些在俄罗斯文学史上矗立的艺术丰碑还在光芒四射，彼得为强大俄罗斯忍辱负重铁血改革的征服心理就已强势登场。

彼得并不是一开始就是强势的，一个刚刚断奶的孩子被宣布继承大统，面对射击军有预谋的骚乱，他只能像只猫一样蜷缩着，很快有一个和他平起平坐的伊凡皇帝，在这两者之上还有一个凶狠无比的索菲亚摄政王。索菲亚随时可以威胁彼得的生命，这让彼得充满了愤怒和恐惧；得到密报后只穿一身衬衣裤匆匆逃跑，这让彼得感到无比的羞愧和痛苦。圣三一修道院远征是彼得执政重要的起点，当他在最好的导师兼朋友勒福尔特的辅佐下逐步掌控权力之后，彼得越来越清醒地认识到俄国与欧洲文明的差距，越来越深刻地领教了俄国领主的顽固，也越来越残酷地推行他的改革。

彼得笔挺地坐着，不知不觉地伸起一只手来想啃指甲。要他作为一个元首来做出决定，这还是他生平第一次。他有点害怕，可是一股愤怒的凉气已经逼近了他的心。他记得最近一次在勒福尔特家的谈话，外国人的聪明的脸上那种极度的尊严……客气的蔑视……“俄罗斯作为一个亚洲的国家，时间太长久了，”锡德尼曾经这样说（那是在第二天）。“你们的人民害怕欧洲人，可是你们自己才是你们最危险的敌人……”他记得听了这样的话，自己感到怎样的羞愧……那个英国人如果听到了现在这一番话，他又会说些什么呢？折毁外侨区里那些新教教堂和天主教教堂吗？他又想起了夏天，从开着的窗子里可以听到丁丁当当的钟声……在这种清晨的钟声里，透露出诚实和秩序，透露出库奎河畔那些收拾得干干净净的小房子里的香味，透露出安娜·蒙斯的窗子上的窗帷……你居然也想把她烧死，你这个活死人，你这只老乌鸦！你要把库奎区烧成一堆灰烬！（这会儿倒是彼得那燃烧的眼睛在瞪着总主教了）可是比愤怒更强烈（这是不是勒福尔特教育的结果？），他心里升腾出倔强和狡猾。好吧，领主统治者们，大胡子们！要呵责他们是不难的——他们会把脸伏在地毯上，他母亲会放声大哭，总主教会将鼻子埋在两膝之间，可是事情过后，他们仍会自搞一套，而且会在金钱上头多方为难呢……①

这一段选自《彼得大帝》第一部第五章。彼得执政初期国家态势并没有根本性的好转，某些地方甚至还一度恶化。总主教约阿基姆为老太后及众领主祝福，向彼得面陈全国各地的灾难，要求清除异教驱除外国人，并建议首先从火刑处决库奎区的异教徒克维林·库尔曼开始。这段话是彼得在大殿听取总主教禀奏之时的心理活动，他可是因为军事上迫切地需要钱用才遵照母亲嘱咐来忍受这班老骨头折腾的。刚开始，他似乎还没有完全进入沙皇的角色，毕竟是作为一个国家的元首第一次处理政务，心理上有点害怕。接着转入回忆，勒福尔特对他的教诲，外国商人那种“极度的尊严”与“客气的蔑视”，他们对俄罗斯国家症状犀利却又中肯的批评，以及他内心的深以为然和自责羞愧，还有库奎区诚实、安宁、秩序井然的生活，更有自傲那儿恬静地等待自己的女神安欣，想到这一切，以沙皇之威，他能不震怒？清除异教徒驱逐外国人，说得轻巧，这不是折断沙皇的翅膀吗？彼得心中诅咒起眼前正在禀奏的总主教，阿·托尔斯泰立刻将这样心理活动外化为手势动作，那双怒火中烧的眼睛瞪着约阿基姆了。作家笔锋一转，刻画这个暴躁沙皇的倔

---

① А. Н. Толстой,《Петр Первый》, См. А. Н. Толстой,《Собрание сочинений в десяти томах》, М. : Гослитиздат, 1983. т. 7. с. 195. 中文出处见阿·托尔斯泰：《彼得大帝》朱雯译，北京：人民文学出版社，2006 年版，第 226 页。

强与狡猾,彼得知道,这些领主的力量还相当强大,沙皇的威仪只能震住一时,并不能使事态朝着自己希望的方向发展,特别是他们变本加厉阻拦伟大的改革事业,哪怕就在金钱上掣肘一番,那么耗费加倍的时间与精力也无济于事了。彼得在这一瞬间掠过了这么多的想法,并且迅速形成对策,于是,他只流露出合乎礼貌的愠怒,指出基督教的事情与军事应该互不干扰,表达自己改革军事征服海洋的决心,这样,他就离不开那些外国人,他以同意处决库尔曼的微小让步否决了总主教清除异教驱除外国人的提议,还趁机要了八千卢布军费。彼得在这一事情上流露出的合理的愠怒、倔强和狡猾充分表现了他作为国家元首灵活性与原则性的统一,初步显示了他处理政务的手腕,而这个效果的达成是以他那瞬间的心理活动为前提的。

在这之后,彼得以他少年特有的手段报复这些顽固的领主。他更加热衷于他的军事游戏,指定布屠尔林为波兰国王,罗莫达诺夫斯基为普列什堡国王,非常逼真地导演两个国家的交战,而自己则穿着士兵制服向假国王行礼,这样的折腾似乎还不过瘾。彼得这位真国王带着两位假国王和库奎区"公爵教皇"以及一大批领主朝臣化了妆,坐着猪狗牛羊拉的车在大街上行进,闯进领主家大肆胡闹,越是名门望族就被捉弄得越惨,这种圣诞节的玩笑让大贵族领主感到死一般的恐怖,用菲利卡神甫的话说是反基督者降临了。春天,两个荷兰商人装满了船等待开动,勒福尔特就适时地建议彼得前往阿尔汉格尔斯克,看看真正的大海船。彼得率众臣来到北方,双方的礼炮就让人感到俄罗斯与欧洲的巨大落差,彼得的自尊心和国家荣誉感受到强烈震撼:

> 这天夜里,他失眠了……叫外国人吃惊,他是做到了,可是这又怎么样呢?俄罗斯还是以前那个老样子:醉生梦死,贫穷困苦,停滞不前。羞耻吗?不。只有富人、有势力的人才会觉得羞耻……可是在这里,却没法儿知道该用什么力量来唤醒人们,来弄开他们的眼睛……他们是人,还是洒了一千年的眼泪、流了一千年的鲜血以后,对真正的幸福已经失去信心,仿佛一棵倒在苔藓里腐烂了的树?
>
> 他到底为什么生下来要做这样一个国家的沙皇呢?
>
> 他记得有一个秋天的夜里,给冰冷的风呛着,他曾经跟阿列克萨什卡嚷道:"与其在这儿做沙皇,还不如到荷兰去当学徒……"可是在这些年月里,他做了些什么事呢?鬼的事也没有做:就是胡闹!瓦西里·戈利岑还盖了几所石头房子,即使不光彩,到底也率领了远征,还跟波兰举行了和谈……仿佛万

> 箭穿心,他痛感到对他自己的人民、也就是俄罗斯人的悔恼与愤懑,对这些自满自负的外商的妒羡——他们会扬起自由自在的风帆,飘回家去,到那美妙的国度里……可是你,还得回到莫斯科的贫困中去……也许他应该下一道可怕的圣旨吧?绞死一批人,鞭打一批人……
>
> 可是绞死谁、鞭打谁呢?敌人是看不见,抓不到的,到处都是敌人,敌人就在他自己的心里哪……①

在《彼得大帝》中,这种大段的心理刻画并不多见,对彼得这个人物,主要是通过对他的动作和语言表现的。心理刻画要么不用,一旦用了对故事情节推动和人物性格塑造就有着标识性的意义。如果说彼得之前的心理活动还停留在相对狭隘的层面,为了只穿一身衬衣裤匆匆逃跑而羞愧,或者为了八千卢布的军费而闹心,那么在这个春天的北方之夜,彼得已经完全由一个人变成了一个国家,彼得的形象与俄罗斯国家叠加在了一起,彼得的自尊心与国家的荣誉感已经不分彼此,彼得的心理就是国家的心理,彼得的意志就是国家的意志。生而为这个国家的沙皇是多么不幸!一尊大炮就足以打掉彼得那点可怜的尊严,虽然他以亚洲人的机智作了巧妙的掩饰。彼得因此决心买船造厂大兴商业,勒福尔特则趁热打铁,鼓励彼得要得到黑海和亚速海,不要畏畏缩缩地碰伤了自己的拳头,要跟瑞典人打仗,跟从来没有被打败过的瑞典人打仗,向大处下手,彼得和他的俄罗斯正是在勒福尔特及时的点拨中警醒。此后始终与改革事业相伴相生的远征亚速、出访欧洲、攻占纳瓦尔、兴建彼得堡……从这个春天的北方之夜彼得的灵魂震动开始,时代的革新精神喷薄而出,历史的巨幅画卷铺张开来。

第四节 个性的人物语言设计

文学本身就是语言的艺术,在将语言变成描写对象的同时,文学总是将人物作为语言的载体来理解和体悟。人物总是在语言——出声的或者默念的语言中

---

① А. Н. Толстой,《Петр Первый》, См. А. Н. Толстой,《Собрание сочинений в десяти томах》,М. :Гослитиздат,1983. т. 7. с. 223. 中文出处见阿·托尔斯泰:《彼得大帝》朱雯译,北京:人民文学出版社,2006 年版,第 250 页。

来表现自己。因此,个性的人物语言设计也就成了人物塑造必不可少的艺术手段。每一位艺术家都会在充满魔力的语言王国中孜孜以求,阿·托尔斯泰也是如此。他研究过经典作家,希望找到一把能打开普希金、果戈理、谢德林、托尔斯泰等人语言秘密的钥匙,却未能如愿;也曾把平时生活中听到的记下的东西直接搬到小说里去,却更是糟糕,因为那些生搬硬套的东西根本不是活生生的语言。他在回顾自己早年的语言探索时说:

> 我最初的几个短篇小说,虽然也写过无数次,可是总也不能做到必须做到的那种程度,把句子弄得就像结晶体那样的严密和鲜明,使句子就宛如照相机上的闪光一样,让读它的人在脑子里产生出既鲜明确切又富于形象性的概念。思想和艺术形象是通过这种纷沓杂陈的现象和语言的不可捉摸的结构而浮现出来的。①

经过几十年锲而不舍的努力,阿·托尔斯泰对文学作品中语言的规律有了越来越深刻的认识,他运用语言的技巧也日臻完善达到了炉火纯青的境界。阿·托尔斯泰的语言艺术是一个博大精深的课题,囿于本书的论旨和篇幅所限,只在"人物塑造艺术"这一章安排一个子标题来探究作家个性的人物语言设计,而且,基于论述的针对性和紧凑感的需要,本节选取作为作家代表性长篇小说之一的《苦难的历程》为观照,换言之,即论述作家个性的人物语言设计在这部史诗性作品中是如何体现的。

个性的语言设计在《苦难的历程》中表现得尤为突出,研究者往往对四位主人公的语言格外重视,这样自然不错,阿·托尔斯泰的确在这些人物的语言设计上成功地实在了塑造典型的意图,但主人公以外的人物的语言也值得关注。事实上,作家在次要人物萨普士考夫身上也投射了自己的精神理想,借助他的嘴讲出了捷列金和罗欣不会讲或者不便于讲的可贵的东西,从而丰满了俄罗斯知识分子群体的精神肖像,这里就拿萨普士考夫的语言作为例子:

> ……什么事我们都不想去回忆。我们说:过去的已经够了,你把背转向它吧!在我背后的是谁呢?米罗的维纳斯吗?什么——她可以吃吗?还是,

---

① А. Н. Толстой,《О драматургии》, См. А. Н. Толстой,《Собрание сочинений в десяти томах》, М:Гослитиздат, 1986. т. 10, с. 239. 此处引文中文出处见阿·托尔斯泰:《论文学》,程代熙译,北京:人民文学出版社,1980 年版,第 75 页。

> 她可以使我的头发长起来呢？我可看不出那一座大理石雕像对我有什么用处。可是这是艺术啊，艺术，嘿！你们大家还爱拿这种想法来聊以自娱吗？瞧你们的周围、前面和脚上。你们的脚上穿的是美国皮鞋！美国皮鞋万岁！一辆红色汽车，橡皮轮胎，一普特汽油，一小时一百维尔斯特的速度——那便是艺术。它刺激我去征服空间。还有，这儿也是艺术：一幅十六阿尔申的广告，上面画着一个漂亮的青年，戴一顶跟太阳一样亮闪闪的高顶礼帽。裁缝才是艺术家，是当代的天才！我要征服生命，可是你们却拿阳痿病人喝的甜果汁来款待我……①

《两姐妹》的开篇给彼得堡作了一幅速写画之后，笔力立刻集中到丰加丹的一处古老住宅，从这里可以透视这座城市全部的精神文化生活。作家一开始就让捷列金的同学萨普士考夫出场，正是在这番乖戾、狂妄、虚无、戏谑的语言中初识这位才华横溢却又目空一切的未来主义者，之后他创立"反习俗斗争中心站"，出版《神餐》杂志，拼命撰写关于新艺术的讲稿和论文，定期组织"壮丽的亵渎行为"晚会，用以对抗彼得堡的资产阶级。但他的理想无以为继，突如其来的战争打乱了所有人的生活，萨普士考夫再一次在读者面前出现是在小说叙事时间的 1916 年年底，他解救了从奥国俘虏营里逃出来又被关进棚屋的老同学兼战友捷列金。然后借助来到南俄寻找志愿军的罗欣的回忆，交代了萨普士考夫的经历，战争期间自愿参加骑兵，以不怕死的侦察员和决斗者闻名，升为少尉军官，1917 年初被捕并押解彼得格勒，据说是参加了秘密组织处以死刑，二月革命中获释，一度代表无政府主义者在士兵苏维埃里出现。随后销声匿迹，十月底重新露面，作为赤卫队的正规军官之一参加了对冬宫的袭击。小说安排罗欣见证了萨普士考夫作为指挥官在华尔纳夫团喧嚣的兵士面前发表一通精彩的演讲，他巧言辩解平息了众怒，并宣布最新的作战报告。他为什么参加红军呢，他是纯粹的红军战士吗？这个谜很快解开了。铁路沿线的篝火旁边，作为团长的萨普士考夫与作为连长的捷列金在车厢里有这样一组对话：

> "你总不会是施手段想入党吧？"

---

① А. Н. Толстой,《Сестры》, См. А. Н. Толстой,《Собрание сочинений в десяти томах》, М. :Гослитиздат,1983. т. 10. с. 5. 中文出处见阿·托尔斯泰:《苦难的历程》第一部《两姐妹》,朱雯译,北京:人民文学出版社,1979 年版,第 48 页。

"如果事业需要那样,我也会入党。"

"我呢,"萨普士考夫的眼睛在模模糊糊的镜片后面眯缝着,"你可以把我在锅子里煮三次,可是你怎么也不能叫我变成一个共产党员。"①

萨普士考夫对捷列金抛下贤惠的太太幸福的家参加红军不可理解,他坦承自己从十月开始一直在为苏维埃做事,而这源于他对克鲁泡特金著作的迷恋。在他看来,资产阶级的世界又卑鄙又讨厌,要是革命胜利了,共产主义的世界也一样会充满令人讨厌的灰色。克鲁泡特金宣称给人们以无政府主义的自由,粉碎世界上最大罪恶的束缚,也就是大城市的束缚,于是无阶级的人类就会在大地上建立一个田园的天堂,因为人的基本动力是对于邻人的爱。萨普士考夫的语言就像演说家的风格,他喜欢也惯于作长篇大论的演讲,即便听众只有捷列金一人,他接着说:

我们的悲剧,亲爱的朋友,是在于我们这些俄罗斯的知识分子是在农奴制度的和平怀抱中长大的,革命差点儿把我们吓死,让我们得了脑浆呕吐症……那样娇弱的人是不应当那么给吓唬的,是不是?我们待在幽静的乡村凉亭里,听鸟儿歌唱,暗自想道:"要是能找到一个办法使个个人都幸福,那岂不是很好……"我们就是那种人。(386,139)

应该说,这番话通过描述俄罗斯知识分子对革命的反应揭示了这一阶层高贵、软弱、富于理想主义的精神气质,也是作为俄罗斯知识分子的萨普士考夫的自我反省。他将西方知识分子与俄罗斯知识分子两相对照,认为前者是有头脑的,是资产阶级的精华,发展科学传播理想,真正明白生活的意义;而后者,纯粹只是一场悲剧。一方面俄罗斯知识分子是斯拉夫主义者的血肉之亲,是他们精神的继承者,而斯拉夫主义仅仅只是俄罗斯地主的理想主义;另一方面,俄罗斯知识分子物质上却靠着俄国资产阶级的钱生活。作为在这样原本不可调和的矛盾中诞生的怪胎,俄罗斯知识分子宣称一切为了人民,为人民流尽了眼泪,遇到的却是人民

---

① А. Н. Толстой,《Восемнадцатый год》,См. А. Н. Толстой,《Собрание сочинений в десяти томах》,М.:Гослитиздат,1983. т. 5. с. 385. 中文出处见阿·托尔斯泰:《苦难的历程》第二部《一九一八年》,朱雯译,北京:人民文学出版社,1979 年版,第 138 页。有关萨普士考夫的语言的后续几段引文出处均与此相同,只在引文后括号内标明俄文和中文出处的页码,不再另外标注。

的草叉！

人民，百分之七十是目不识丁的，他们不知道怎样表达自己的憎恨，他们只会在血和恐怖中乱窜。(387,140)

萨普士考夫认为，面对这样的人民，知识分子的幻梦已然粉碎，没有了哭泣的权利，也没有了赖以生存的东西，知识分子或者躲在枕头里体验这种恐惧，或者逃到国外，或者拿起武器战斗。萨普士考夫谈到了他对共产党员的理解以及他对自己正在从事的革命的前途的忧虑：

在我们知识分子里，只有一小群人头脑是清醒的，那便是共产党员。一条船正要沉下去的时候，该怎么办？把一切多余的东西扔到水里去……共产党员所做的第一件事，便是把那些装着俄罗斯理想主义的古老桶子扔到了水里……这一切都是那个“老人”做的事——他是一个真正的俄罗斯人，老兄……人们凭着动物的本能，马上觉得：这些都是我们自己人，不是绅士；这些人不会坐下来哭泣，他们会把剥削者解决掉……我亲爱的朋友，我所以站到他们这一边，道理就在这里，虽然我是在克鲁泡特金的暖房里、在玻璃下、在美梦中抚养长大的……像我这样的人，也多得很。你不要见笑，捷列金，你还不过是个胎儿，是个活泼愉快的原始人……我只怕整个事情对我们来说是一种自杀。我们也许可以再支持一个月，甚至六个月，可是不会再长久。(387,141)

作为人民觉悟的启蒙者和人民战争的领导者，共产党员的确做着力挽狂澜的努力，俄罗斯这只大船才暂时避免了沉没的命运而继续颠簸前行，可布尔什维克队伍将日益强化的“憎恨”情绪上升为战斗的意志力的做法以及敌我态势的悬殊让萨普士考夫无法释怀，他为梦想而来，却只能将一切的美梦踩在脚底，正因为这，他才说了这番发烧似的胡话。而这番话恰好被走到车厢门口的保安科长计谟沙听见，计谟沙严厉批评了萨普士考夫的疯狂言论，故意说起枪毙邓尼金的间谍。这样又有了一组极富个性的对话：

好吧，他是邓尼金的间谍。可是我们从前常常一块儿到“哲学晚会”去听讲。鬼知道他为什么参加了白卫军……出于绝望，也许是……是我亲自把他带给你的……难道你认为这还不够说明我尽了责任吗？难道把他押到峡谷里去的时候，还要我手舞足蹈吗？……我跟在后面，我都看得见。他目不转睛地直瞪着计谟沙那黑黝黝的眼窝，"我可以保持一份人性的感情，还是一定要把内心的一切都烧个干净呢?"

不，你不可以保持……别人怎么样，我不知道……可是你必须把内心的一切都烧个干净……反革命就是在像你这种人的巢穴里孵育出来的。(389，143－144)

萨普士考夫为革命泯灭人性而痛苦，计谟沙却警告他对敌人只能憎恨和消灭，否则就很可能蜕化为反革命。在语言风格上，前者的激动犹疑无助正好表现了知识分子的内心纠结，后者的从容坚定冷酷也合乎保安科长的身份。

萨普士考夫的语言始终是演说家的风格，但他演说的内容随着身份的变化而变化。在《两姐妹》中他是未来主义者，语言乖戾、狂妄、虚无、戏谑；在《一九一八年》里，他是身在革命队伍心系无政府主义的红军指挥官，语言沉闷、犹疑、痛苦、无助；而在《阴暗的早晨》中，他逐渐褪去了无政府主义的色彩，语言就有了新的个性特征。

在小说第三部第三章中，萨普士考夫已经改变了对人民和革命的态度，这是通过他与捷列金的对话说出来的。车厢谈话后，这对朋友分离了，捷列金奉政委之命前往伏尔加送信，萨普士考夫则继续留在团队作战。这段话的背景是，捷列金完成任务回察里津，找司令部交验军需品，撞到一位手臂吊绷带的军人，原来是他从前的团长萨普士考夫。萨普士考夫讲起北高加索红军总指挥索罗金的叛变经过，讲起自己受伤昏死被士兵救起，讲起他的团队只有他一人活了下来。这场残酷的战争让他改变了对很多事情的看法，于是就有了一个旧知识分子的回忆：

我告诉你：我们不了解我们的人民，而且也从来，没有了解过他们……伊凡·蒲宁说他们是野兽，梅烈日科夫斯基说他们是蛮子，是未来的破坏者……你还记得那次夜里我们在火车上的谈话吗？那时候我喝醉了酒，可是我什么都没忘记。到底错在哪儿？难道就在于没有理解到要修改我们的哲学和逻辑需要一种对人生矛盾的深刻认识，正如校正射击需要一个看得见的靶子吗？……爱麦虞埃·康德是一回事——革命又是一回事哪！①

---

① А. Н. Толстой，《Хмурое утро》，См. А. Н. Толстой，《Собрание сочинений в десяти томах》，М.：Гослитиздат，1983. т. 6. с. 31. 中文出处见阿·托尔斯泰：《苦难的历程》第三部《阴暗的早晨》，朱雯译，北京：人民文学出版社，1979年版，第34页。有关萨普士考夫语言的后续几段引文出处均与此相同，只在引文后括号内标明俄文和中文出处的页码，不再另外标注。

这番话其实也是阿·托尔斯泰自己曾经有过的怀疑,知识分子不了解人民,知识分子也不了解革命。萨普士考夫从被他的士兵他的人民从死亡线上救回来一事上深受震撼,他主动要求加入捷列金的炮兵连队,像是用了一种极其特殊的胶水,和禀性爱好各不相同的人们融到了一起。但在精神上,他从无政府主义走向了洞若观火之后的虚无:

> 我怕子弹打进我的脑袋;打在别处,都不会把我打死,可是我就怕打进我的脑袋,它还有别的用处。我舍不得砸烂我的思想……我们等待着革命,不耐烦得发抖……我们把一大堆思想抛到世界上:说什么这是哲学的黄金时代罗,最崇尚的自由罗!——而事实上,却是灾难,最可怕的灾难……(49,58)
>
> ……生命,你瞧,只是碳的循环加上氮的循环,再加上其他一些废料……这跟革命有什么关系呢?……关于革命……它已经完啦……它已经垮啦……苏维埃俄罗斯并不比伊凡雷帝时代以前的俄罗斯大啊……所有的道路不久都要给骨头铺白了……于是碳和氮的循环——我指的是明天早晨会骑着马赶到这儿来的人——就要凯旋胜利了……(59,59)
>
> 人之所以值得活下去,只是因为有一个灿烂的将来,一种伟大而永久的自由,到那时候没有什么人、也没有什么东西会妨碍每一个人觉得自己跟整个宇宙相等……照在我们头顶上的星星,跟照在伟大的荷马头顶上的相同。燃着的篝火,也跟几千年来照亮道路的篝火一样……假如这个将来只是一个神话,只是在偏僻的俄罗斯草原上传说着的一个神话呢?假如这个将来根本是没有的呢?要是那样,恐怖就会窜到这个世界上来……这种恐怖已经来临了,可是至今还没有一个人真正相信……(60,60)

萨普士考夫滔滔不绝地谈哲学、谈生命、谈梦幻的未来与恐怖的现实,捷列金却认为他这位老同学是生病了,需要休息一下。很奇怪,红军竟然能够容忍这样一个异己分子!计谟沙当时没有枪毙他,是念着他作战的质量;捷列金留下他,除了顾及救命之恩与同学情谊,更主要的也许是他内心多少还是认同萨普士考夫的观点,虽然表面上还得否决。此后,萨普士考夫更加疯狂地投入战斗,只有这样他才能忘记自己,一旦回到安宁的驻地他就沉默寡言,直到有一天政委高拉为了丰富战士们的生活建议达莎组建剧团,萨普士考夫才再一次炸开了,他讲起剧场的革命性变革,讲到演员与观众之间一切界限的消除,讲到未来的剧场,在露天或是在容得下五万观众的大杂技院演出,那里整个团队都去参加,大炮会放射,气球会飞升,真的瀑布会奔泻下来,英雄的角色将不再是个别的演员,而是群众。他激情澎湃地呐喊:

> 你们在哪儿,我们这个伟大时代的剧作家?当代的莎士比亚?从大理石的座基上走下来,跟我们一起享受艺术的筵宴、创作的筵宴的索福克里?人曾经这样暴露在你们面前过吗?历史曾经抛出过这样丰富的思想吗?(166,214)

萨普士考夫热情协助达莎创办剧团,指导排演席勒的《强盗》,还作了系列演讲:狂飙突进时期的德国文学、18 世纪末叶的历史、十二月党人、法国革命,深受红军战士的欢迎。他绝对是一个出色的指战员,而只有这时候,他纠结漂泊的灵魂在文学与艺术的筵宴中才真正找到了皈依。小说让萨普士考夫为了布尔什维克的事业浴血奋战,却自始至终没有将在清水、血水、碱水中浸泡的他纯净为一名共产党员,而且通过他或激昂或沉郁的演说揭示了这一知识阶层的心路历程,也折射出熊熊燃烧的革命的某些黯淡之光,捷列金、罗欣等人代表了当年知识分子主流的抉择,那么,萨普士考夫也许是作家有意安排的第三条道路?他不是纯净的战士,更不是纯净的党员,但他的肉体献给了革命,他的灵魂献给了革命后的文化建设。这也许是小说为萨普士考夫这样的知识分子能够安排的最好的归宿,细心的读者会发现,萨普士考夫最后这番关于文学与艺术的演说正是阿·托尔斯泰自己在"宏伟的现实主义"理论体系中极力倡导的观点。抑或萨普士考夫走的灵魂与肉体剥离的这条道路根本不存在,只是阿·托尔斯泰借助这张天才的演说家之嘴,将知识分子之于革命某些不能言说或者不方便言说的东西呈现出来?

在《苦难的历程》中,阿·托尔斯泰精心设计了几乎所有出场人物的个性语言。理想家、神秘主义者维里亚明诺夫教授,象征派诗人、艺术家贝索诺夫的语言不仅反映了革命前资产阶级知识分子的总体面貌,还有他们每一个人的特征。列夫嘉·柴杜夫的"奥德赛主义",聂斯托尔·马赫诺因为躁狂症而歇斯底里的不连贯的大喊,无政府主义理论家列昂·巧尔尼粗俗的评判,这些都是对马赫诺清晰的认识。达莎纯洁坚强,语言就直率自信热情冷静;卡嘉善良柔弱,语言就显得委婉温和惶恐痛苦;捷列金宽厚坚定,语言稳重平和深沉富有逻辑;罗欣正直孤傲,语言愤激,流露出渴求和不安。历史人物列宁的平凡伟大,布琼尼的机智勇敢,科尔尼诺夫的野蛮残酷,邓尼金的阴险狡猾,这些有血有肉的人物形象就像从历史中复活了似的,离不开个性语言的功劳;虚构的基层党员和普通战士的语言设计也各有千秋,伊凡·高拉质朴审慎的语言与他那自觉的工人共产党员形象是相符合的,亚尼西亚有关哥萨克折磨自己的声泪俱下的控诉与她从普通老百姓到革命战士的觉悟上升是不无关联的,亚格丽披娜、楚盖、柯士玛·柯士密奇、卢布廖夫等人的语言均符合各自的身份,这些人物的语言设计集中表现了俄罗斯革命崭新的觉醒的特征。

可以肯定的是,阿·托尔斯泰的确是将个性的人物语言设计视为塑造完整的艺术典型最重要最必须的问题并加以解决。每个人物的语言作为形象典型化不可替代的手段,与由他的社会地位、社会心理特征派生出的个性本质以及言语发生的具体情境紧密关联;词语的选择、句子的构成、说话的节奏和语调都由提出的创作目的决定,这就是要求语言的个性化。离开语言的个性化,作家的创作都无以为继,遑论塑造出现实主义真实可信的人物形象来。

此外,阿·托尔斯泰个性化的语言设计还表现在:主人公自己的语言和作者文本处于复杂的相互关系中,直接引语和间接引语常常转换和融合,服务于创造现实主义个性化的目标。这样有助于把描写动态内容的片段纳入进来,这个或那个主人公的独特个性不仅表现在个性的语言上,还表现在叙述的文本上。在叙述的时候,作家在他的主人公周围着力营造具有修辞特色的氛围,这种氛围使人物更显个性,使事件更显真实。在作品的艺术整体性上,每一个主人公及其有机的语言环境、修辞色彩都和他历史的心理的本质都是相符的。

抽象的文学—象征的词法和句法充斥了与贝索诺夫有关的作者的叙述。这就是作者转述的贝索诺夫的外在状态,痴迷于死亡前夜的幻觉思考:

> 把马毯拉到下巴颏那儿,阿列克谢·阿列克谢耶维奇望着那雾沉沉的发烧似的天空。那儿便是——旅程的终点;迷雾、月光、摇篮似的颠簸的大车。一世纪的圆圈又绕满了一周,西徐亚人的车轮又在吱吱作响。过去的一切都只是一场梦:彼得堡的灯光,雄伟富丽的高楼,流光溢彩的温暖舒适的大厅里的音乐,剧场里徐徐揭开的帷幕的魔力,风雪之夜的魔力,搁在枕头上的女人手臂的魔力。……为名望激动……为名望沉醉……①

① А. Н. Толстой,《Сестры》, См. А. Н. Толстой,《Собрание сочинений в десяти томах》, М. :Гослитиздат,1983. т. 10. с. 186. 中文出处见阿·托尔斯泰:《苦难的历程》第一部《两姐妹》,朱雯译,北京:人民文学出版社,1979 年版,第 240 页。

有关捷列金形象的作者语言就完全采用另外的字词和句法了。作家在这里的词句和表达法对于理解捷列金非常有特色,主要用最能表现他普通的日常的生活口语的语气。阿·托尔斯泰这样转达了捷列金从尼什涅到察里津后的一段思考:

> 他首先是痛斥自己,责备自己的自私自利、冥顽不灵、漠不关心、平凡庸俗……在这样的时势,他反而长胖了——这连谢尔盖·谢尔盖耶维奇都已经察觉到啦……想到这里,伊凡·伊里奇又抓住了另一个念头,他忽然觉得热乎乎的,好像他的心沉浸在一霎时的幸福中间——在这一切自我检查里面,原来还有一个隐秘的希望:争回来达莎的爱……可是一阵灰尘打拐角上卷过来,他只是呼哧一下,把这些不合时宜的想法赶跑了。①

阿·托尔斯泰个性化的语言设计与赤裸裸追求华丽、稀奇的表达是格格不入的,他那些日常的词汇与别的组合就具有崭新的特殊的意蕴和情调,正如普希金所说的,组合的语言是取之不尽的富矿,作家竭力避开那种故意弄得复杂的修辞结构,努力追求每个句子的协调、简洁,他在创作甚至包括准备再版的作品都是这么做的。

本章在文本细读的基础上从辨证的人物形象配置、多样的人物肖像描写、深层的人物心理刻画、个性的人物语言设计诸方面对阿·托尔斯泰长篇小说中的人物刻画手法进行微观探讨。他的人物谱系充满了辨证精神的对照,《苦难的历程》与《彼得大帝》是如此,《阿爱里塔》《加林工程师的双曲线体》《乌金》也不例外,即使是阶级意义上的对立,阿·托尔斯泰总是巧妙地进行消解,辨证的人物形象配置为作品中的出场人物、为作家也为读者构筑了一个接近真实的复杂而深刻的艺术世界。在多样的肖像描写一节中,分别论述了“交代式”、“主题主导式”、“对比式”的肖像描写方式,尤其突出了作家独创的“手势动作”理论,很多时候这几种描写手法是综合运用的。作为人物塑造最重要的组元之一的心理刻画在阿·托尔斯泰的长篇小说中大行其道,其中尤为出色的是将军夫人斯捷潘尼达·伊万诺夫

---

① А. Н. Толстой,《Восемнадцатый год》, См. А. Н. Толстой,《Собрание сочинений в десятитомах》,М.:Гослитиздат,1983. т. 5. с. 34. 中文出处见阿·托尔斯泰:《苦难的历程》第二部《一九一八年》,朱雯译,北京:人民文学出版社,1979 年版,第 38 页。

娜的变态心理、达莎在爱情来临之时的恋爱心理、罗欣在参加白军后的悔恨心理以及彼得为强大俄罗斯忍辱负重铁血改革的征服心理,本章对这些心理刻画艺术作了较为深入的探究。个性的人物语言设计在阿·托尔斯泰的长篇小说中也占有重要地位,作家将其视为塑造完整的艺术典型最重要最必须的问题并加以解决,长篇小说主人公自己的语言和作者文本之间复杂的相互关系服务于塑造个性化人物形象的需要,在叙述的时候,作家在他的主人公周围着力营造具有修辞特色的氛围。在作品的艺术整体性上,每一位主人公的肖像特征、心理活动及其有机的语言环境、修辞色彩与他历史的身份、个性都是相吻合的。

第三章

阿·托尔斯泰长篇小说体裁特征

小说体裁研究,是文学研究进入了一个新阶段的标志,对于一向崇尚“内容压倒形式”的俄罗斯文学研究更是如此。巴赫金认为:“在文学和语言的命运中,主导的角色首先是体裁;至于思潮和派别,只能是第二等和第三等的角色。”①这种说法虽然有失偏颇,却也反映了体裁之于作品的重要性,反映了体裁研究之于作品研究的不可或缺。

第一节　体裁概说

一、体裁

体裁一词的法语 genre 来源于拉丁文 genus,就是类的意思。苏联《文学术语词典》对体裁一词是这样解释的:“一些学者从词源学角度用它来称呼文学作品的体类 род:叙事体类、抒情体类和戏剧体类。另一些学者则用这一术语将类划分为很多种样式 вид(如长篇小说、中篇小说和短篇小说等)。看来,后一种理解得到了广泛的使用。”②波斯彼洛夫认为,“体裁这个词传统上并不指称文学的体类,而

① 巴赫金:《史诗与小说——长篇小说研究方法论》,白春仁译,载《巴赫金全集》(第三卷),石家庄:河北教育出版社,1998 年版,第 510 页。

② Л. И. Тимофеев, С. Итураев,《Словарь литературоведческих терменов.》, Москва: Просвещение, 1974г. С. 82.

是用来表示各类文学中都存在的更局部的构成因素。”①这意味着他倾向于认同作为文学作品“局部构成因素”的体裁。卡冈指出了体裁与体类的区别，体裁具有综合性，体类具有单一性，“如果后者评定一种艺术样式在另一种艺术样式的影响下结构发生的变化，那么前者标明一种艺术样式由于内在原因所引起的结构的变化。”②他进一步指出这种内在原因就是文本的内容要与形式相统一，体裁就是“艺术创作的选择性”③。巴赫金在其《话语创作美学》一书中谈到，体裁形式和作品的题材、作者的世界观紧密关联，他将体裁理解为“有内容的形式”④。哈利泽夫则强调，“文学体裁——这是文学类别框架内所划分出来的作品类群。诸体裁中的每一种都具有特定的、由稳定的特性所合成的特征结。”⑤他进而指出了体裁的文化—历史个性、普适共通性或者历史局部性。巴赫金和哈利泽夫对体裁的理解虽不尽相同，但都较为清楚地揭示了一点：体裁，不仅与作品的形式密不可分，也与作品的内容（题材和主题）相互关联，形式和内容共同促进或者决定了一部作品的体裁。

二、小说

作为一种用散文写成的叙事性的文类，小说有着漫长的史前史，但近代意义上的小说诞生于文艺复兴时期，也只是到了这一时期，以《巨人传》、《堂吉诃德》等为代表的成批新型作品才在欧洲文学史上登堂入室，这就是后来被称作“小说”的文类。

各国语言对“小说”一词的理解不尽相同。在许多欧洲语言里，用 roman 指称小说，这个词源于罗曼斯 romance，romance 是指 14 世纪以来用于叙述奇遇和浪漫爱情的传奇故事，它写的既非不久前发生的，更非事实，而是虚构，roman 突出了小说这一体裁与中世纪传奇 romance 的关系。英语指称小说的是 novel，来自古法语的 novelle 和意大利语的诺维拉 novella，本义是“小巧新颖的东西”，词源上可以追

① 波斯彼洛夫：《文学原理》，王忠琪、徐京安、张秉真译，北京：生活·读书·新知三联书店出版社，1985 年版，第 296 页。

② 卡冈：《艺术形态学》，凌继尧等译，北京：三联书店，1986 年版，第 418 页。

③ 同上。

④ 哈利泽夫：《文学学导论》，周启超、王加兴、黄玫、夏忠宪译，北京：北京大学出版社，2006 年版，第 393 页。

⑤ 同上，第 391 页。

溯到拉丁文 novellus,法国的普罗旺斯诗人们和意大利的薄伽丘等同时代人都喜欢用这两个词。roman、romance、novel、novella 这些词汇都可以指称各个时期与小说相关的文学体裁。作为与诗歌、戏剧迥然不同的一种文类,小说可以理解为一种体裁,但小说本身又可以细分为更多的体裁,比如,俄语除了用 проза 表示包括小说在内的散文体作品,还分别用 рассказ、повесть、роман 指称短篇小说、中篇小说、长篇小说,甚至某一部具体的小说还可以有更凸显其特征的命名,比如普希金的《叶甫盖尼·奥涅金》,它被称作诗体长篇小说 роман в стихах,果戈理将自己的《死魂灵》叫做叙事长诗 поэма,等等。有关小说与体裁的这些说法虽然并无不妥,却有些模糊混乱。正基于此,本章将小说理解为一种叙事性文类,在论证作家长篇小说体裁特征的过程中关注作品形式的同时将充分考虑内容的因素。

三、长篇小说体裁特征

长篇小说这一体裁在欧洲滥觞于文艺复兴时期,经过几百年的探索和努力,以其事实上的存在和艺术上的圆熟到 18 世纪末基本获得了文学大家庭中"合法"的席位。当此之时,长篇小说在俄罗斯刚刚得以从其他文体中分离出来。波得希瓦洛夫在 1796 年出版的《俄文章法简明教程》一书中将散文作品分为两种独立的文体:一为"寓言",它是根据某种可能性而虚构出来的情节;一为"故事",它描写实际发生的故事,又可细分为"诗体故事"和"历史故事",而"诗体故事"就是"长篇小说"。从此,作为"日常生活故事"体裁形式之一的长篇小说第一次得到俄国研究界的认可。① 波得希瓦洛夫的贡献在于首次将"长篇小说"作为一种体裁形式提出来,尽管他所理解的长篇小说体裁与后来风行的长篇小说有很大的区别,尽管他未能对长篇小说下一个较为精准的定义,也未能描述出这一体裁的基本特征,但这与其说是波得希瓦洛夫的遗憾,不如说是俄罗斯文学发展的规律使然,因为那时候俄罗斯只有一些舶来的和仿制的小说,距离它的第一部长篇小说出现还有三分之一个世纪的时间差。在俄罗斯长篇小说的创作实践和理论探索历经百年之后,巴赫金接过波得希瓦洛夫悬而未决的问题,对长篇小说体裁特征表示了极大关注,他在《长篇小说的话语》一文中这样写道:

长篇小说允许插进来各种不同的体裁,无论是文学体裁(插入的故事、抒

---

① 黎皓智:《俄国小说文体论》,南昌:百花洲文艺出版社,2002 年版,第 157 页。

> 情剧、长诗、短戏等),还是非文学体裁(日常生活体裁、演说、科学体裁、宗教体裁等等),从原则上说,任何一种体裁都能镶嵌到小说的结构中去;从实际看,很难找到一种体裁是没被任何人在任何时候插到小说中去。镶嵌在小说中的体裁,一般仍保持自己结构的稳定和自己的独立性,保持自己语言和修辞的特殊。
>
> 不仅如此,还有一些特殊的体裁,它们在长篇小说中起着极其重要的架构作用,有时直接左右着整个小说的结构,从而形成一些特殊的小说类型。这便是自白、日志、游记、传记、书信及其他一些体裁。所有这些体裁不仅能够嵌进小说而成为小说的重要结构部分,并且本身便能决定整部小说的形式(如自白小说、日记体小说,书信体小说等等)。①

巴赫金充分认识到长篇小说体裁的杂糅性,同时也指出了众多杂糅的体裁中总有一两种体裁能够决定整部作品的体裁。哈利泽夫在此基础上对长篇小说体裁特征作了进一步的探讨,他明确了长篇小说体裁的双重内涵:“第一,恰恰是为长篇小说所专有的内涵(在其个人生活中表现出的主人公的‘自主状态’和演变);第二,由其他的一些体裁进入长篇小说的内涵。结论是合理的:长篇小说的体裁实质是具有综合性。这一体裁能以毫不拘束的自由和史无前例的广度,集众多体裁的涵义因素于一身。”②他还指出,体裁除了具有内涵上的实质性的品质之外,还拥有结构上、形式上的特性,这些特性具有不同程度的确定性,体裁结构一直随着典范化和非典范化两种趋向而稳定和发展。具体到长篇小说,俄罗斯文学史上可以举出很多非典范化体裁的典范化的例子,如 19 世纪社会—心理长篇小说的典范化,20 世纪 30 – 40 年代长篇小说—史诗的典范化,60 – 70 年代陀思妥耶夫斯基复调小说的典范化,等等。哈利泽夫此番论述既指出了长篇小说的内容实质,也分析了长篇小说体裁综合性的实质,还总结出了长篇小说体裁的发展规律,这其实正是“内容与形式相结合”的体裁研究。

巴赫金和哈利泽夫的观点亦可解释欧洲长篇小说发展进程。经过几个世纪的文学储备,18 世纪的欧洲长篇小说在形式上广泛糅合了史诗、戏剧、寓言、市民

① 巴赫金:《长篇小说的话语》,白春仁译,载《巴赫金全集》(第三卷),石家庄:河北教育出版社,1998 年版,第 106 页。

② 哈利泽夫:《文学学导论》,周启超、王加兴、黄玫、夏忠宪译,北京:北京大学出版社,2006 年版,第 403 页。

故事、流浪汉小说尤其是文艺复兴以来的诸多经验，探索出了各具特色的小说样式，如笛福和斯摩莱特的航海小说，斯威夫特的寓意性讽刺小说，理查生、卢梭、歌德的情感心理小说，菲尔丁的散文体喜剧史诗，勒萨日继承流浪汉小说传统的写实长篇小说，孟德斯鸠、伏尔泰、狄德罗的哲理小说，卢梭的教育小说，斯特恩的感伤主义小说，以及拉德克利夫人的哥特式小说，等等。在这些开创性的文学实践之后，19 世纪的长篇小说逐渐取代戏剧、诗歌，获得了如日中天的地位，小说样式也蔚为大观。从题材看，有传记小说、世态小说、教育小说、家庭小说、社会心理小说；从内容看，有性格小说、情节小说、故事小说；从叙述方式看，有记叙体、书信体、日记体、游记体、对话体；从风格手法看，有写实性、抒情式、论辩式、寓言式、戏拟式；从流派看，有浪漫主义、现实主义、自然主义，象征主义；从话语类型，有独白性小说和复调小说，等等。

杂糅性或者说综合性固然是长篇小说体裁的实质，可要给具体的某一部小说确立它的体裁特征却充满了艰难，在斯坚尼克看来，“体裁类型系统的确立，是永远都会存在主观主义和偶然性之危险的。”①巴赫金也认为，长篇小说“是唯一的处在形成中而还未定型的一种体裁。建构体裁的力量，就在我们的观察之下起作用，只是因为小说体裁的诞生和形成，完全展现在历史的进程之中。长篇小说的体裁质感，至今远远没有稳定下来，我们尚难预测它的全部可塑潜力。”②但这并不是说，我们对于具体的长篇小说体裁研究就无能为力，更不意味着这样的研究没有价值，相反，抓住在动态中、在形成中、在演变中不断丰富和成熟的长篇小说的体裁特征，正是小说艺术研究的题中应有之义。

阿·托尔斯泰长篇小说的体裁特征，在国内外学术界应该是一个远远没有得到应有关注的问题，这就为本章留下了巨大的研究空间。基于此，本章将在俄罗斯长篇小说体裁发展流变的动态过程中，结合阿·托尔斯泰本人在长篇小说体裁上的探索，归纳总结出作家每一部具体的长篇小说的体裁特征，从而确立他和他的作品在俄罗斯长篇小说发展史上的地位。

---

① 哈利泽夫：《文学学导论》，周启超、王加兴、黄玫、夏忠宪译，北京：北京大学出版社，2006 年版，第 393 页。

② 巴赫金：《史诗与小说——长篇小说研究方法论》，白春仁译，载《巴赫金全集》（第三卷），石家庄：河北教育出版社，1998 年版，第 505 页。

第二节 俄罗斯长篇小说体裁发展流变

欧洲近代意义上的长篇小说滥觞于文艺复兴时期,并在18世纪获得了长足的发展,这时候的俄罗斯虽然刚刚摆脱异族压迫的锁链,却又戴上了专制农奴制的镣铐,自然没有文学可言。别林斯基在《文学的幻想》中一次次回顾各个阶段的文学史,却是一次次悲愤而忧郁地长叹:"我们没有文学!"但这个民族的文学的命运到19世纪却出现了巨大转机,以其在浪漫主义诗歌和现实主义小说领域的杰出成就后来居上,这中间尤其值得关注的是代表19世纪俄罗斯文学最高成就的现实主义长篇小说。

作为现实主义文学最重要载体的长篇小说,俄罗斯与欧洲基本上是同步的,但俄罗斯长篇小说体裁的发展流变显然还有自己的特点,从文学史的发展脉络来看,19世纪俄罗斯长篇小说史大体可分为两个时期:以普希金(1799—1837)、莱蒙托夫(1814—1841)、果戈理(1819—1852)及其创作构成的草创时期;以三巨头屠格涅夫(1818—1883)、列夫·托尔斯泰(1828—1910)、陀思妥耶夫斯基(1821—1881)及其创作构成的成熟时期。① 此外,本节将从《伊戈尔远征记》(1187)到《可怜的丽莎》(1792)的史前因素也考虑进来。

一、史前:从《伊戈尔远征记》到《可怜的丽莎》

虽然史前是一个漫长的时间段,但基于俄罗斯文学发展的实际情形,本小节要涉及的只有两部作品:《伊戈尔远征记》与《可怜的丽莎》。

---

① 有关19世纪俄罗斯长篇小说体裁研究的论文和专著参见:1. 黎皓智:《俄罗斯小说文体论》,南昌:百花洲文艺出版社,2002年版;2. 朱宪生的系列论文:《俄罗斯小说文体的演变与发展——论19世纪30—40年代俄罗斯长篇小说》、《从诗歌体到散文体——论普希金小说创作的发展道路》、《在诗与散文之间——论屠格涅夫的小说文体》、《论俄罗斯社会问题小说的主题和文体——从〈谁之罪?〉到〈怎么办?〉》、《一部俄罗斯式的新长篇小说——论〈罪与罚〉的艺术内容和艺术形式》等,均载《走近紫罗兰——俄罗斯文学文体研究》一书,上海:上海文艺出版社,2006年版;《史诗型家庭小说的巅峰——论〈战争与和平〉的文体特征》,载《俄罗斯文艺》,2010(2)。3. 高荣国:《冈察洛夫长篇小说艺术研究》第四章之《冈察洛夫长篇小说体裁构建艺术》,上海师范大学2008年博士学位论文。

1184年,基辅大公斯维雅斯拉夫对第聂河流域的波洛夫人进行了规模宏大的征讨,击败了对方并俘虏了首领柯比雅克。然而伊戈尔未能参加罗斯诸侯的这次联合讨伐,于是在第二年和兄弟、儿子、侄子一起召集了军队擅自进军波洛夫人。这次力不从心的远征遭到了失败,罗斯国家和人民因此蒙受了一场巨大灾难。无名作者在《伊戈尔远征记》中叙述的正是这样一次远征,开篇写伊戈尔扬威出征及征讨的经过,续篇写基辅大公的预兆和他含泪的金言,尾篇写雅罗斯拉夫娜的哭诉和伊戈尔逃脱敌手重归祖国。《伊戈尔远征记》所用篇幅虽然只是其他中古史诗的一章①,但它有限的篇幅呈现出了编年史、英雄传的叙事风格。史诗按事件发展的自然顺序叙述了伊戈尔扬威出征、战败被俘、逃脱敌手重获自由,中间穿插了对罗斯历史的回忆,同时塑造了伊戈尔的兄弟符塞伏洛德、大公斯维雅斯拉夫和妻子雅罗斯拉夫娜三个不同的人物形象,借他们之口表达对伊戈尔远征的态度,也正是他们的话语与行为构成了史诗体系的各个主要环节。

《伊戈尔远征记》孕育了俄罗斯文学所有可能的形式,特别是诗歌和小说,这里我们强调它对于小说的意义。作为史诗,《伊戈尔远征记》叙述历史讴歌光荣,开启了史诗型小说发展的可能。它叙述的是刚刚发生的事件,与小说对当代现实的关注是一致的,更重要的一点,它是宏大的社会背景与英雄故事的融合,不只是勾勒故事的大概轮廓,而有了许多精雕细琢的场景和情节。真实冷峻的叙事与迷醉深刻的抒情刚柔相济,它可以是一部史诗型社会小说,叙述英雄远征的故事;站在雅罗斯拉夫娜的角度,又可以是一部史诗型家庭小说,叙述战争背景下一个家庭的悲欢离合。它使俄罗斯文学出现了具有丰富文学意义的结构:从伊戈尔出征、战败被俘写到波洛夫人给罗斯大地和人民带来的苦难、基辅大公号召团结抗敌、伊戈尔逃脱回国,结构集中紧凑,场景变化迅速,而且采用了插叙的形式,回溯了罗斯的光荣历史和英勇战绩。所有这些都将对叙事的小说产生重大影响。

就思想和艺术成就来说,《伊戈尔远征记》毫不逊色于其他民族的同类作品,它却很快神秘地失传。尽管中世纪欧洲各国史诗几乎都有一个被重新发现的过程,但对于"没有文学"的俄罗斯而言,《伊戈尔远征记》1795年的"出土"具有举足

① 《贝奥武甫》约写于8世纪,3183行;《熙德之歌》约写于1140年,3730行;《罗兰之歌》约写于1170年,4002行;《伊戈尔远征记》成书于1187年,不足700行;《尼伯龙根之歌》约成书于1200年,9516行。

轻重的意义:它恰逢其时,恰逢俄罗斯文化文学处在真空,需要伟大的作品铸就民族文学的自信;恰逢俄罗斯文学开始发力,要赶上欧洲文学的发展进程,需要传统需要历史需要自己的精神来支撑。像是一件神秘出土的青铜器,《伊戈尔远征记》展示了古代辉煌灿烂的文化;像是一场井喷,俄罗斯文学被异族入侵和专制农奴制压抑的创作潜能从此一发而不可止;像是漫漫长夜之后的第一道曙光,俄罗斯文学迎来了自己的黄金年代。俄罗斯文学的童年发育不正常,但先天的条件还是不错的,因为有了《伊戈尔远征记》,它像民族文学的成熟的胚胎,经过六百年的艰辛努力,催生了普希金和他的19世纪,催生了俄罗斯文学的辉煌,催生了文学巨人的时代。

如果说作为史诗的《伊戈尔远征记》对俄罗斯文学、俄罗斯长篇小说的意义在于孕育了史诗型长篇小说的可能,在于精神层面甚至可以无限放大的激励影响,这些固然重要,却多少有些虚的意味;那么,《可怜的丽莎》作为俄罗斯第一部小说则实实在在具备了小说的基本特征,也预示了俄罗斯文学小说时代即将到来。

1892年,年仅25岁的卡拉姆津(1766—1826)在自己创办的月刊《莫斯科杂志》上发表了《可怜的丽莎》,这部中篇小说叙述了一对青年男女忧伤的爱情故事。

与之前盛行的冒险故事相比,《可怜的丽莎》的人物和故事更加贴近事实,小说叙述者表示,丽莎和埃拉斯特的爱情故事是听埃拉斯特亲口所说,但他的同情完全站到了丽莎一边,仿佛就是一个侠肝义胆的大哥哥讲述邻家妹妹至真至纯的爱情故事,而且,他用丽莎凄美的一跳和埃拉斯特痛苦的自责代替了以往喜剧性的收场。值得注意的是,小说的情节性并不太强,不过是简单的三部曲:恋爱、分手、生死分离,情节更多的只是为了铺陈人物的内心情感,这也是感伤主义小说的一般特征。因此,小说的叙事节奏形成了极其强烈的反差,前面细描慢画,后面直奔结局。小说花了相当多的篇幅描述两位主人公的相识相见,舒缓的叙事节奏让读者沉浸在"美妙的一瞬",和主人公一起感受萌动的春心,以后的数周则一笔带过,直接跳至两人缠绵的夜晚;小说对埃拉斯特从军之前分离的场面也多有着墨,简单交代两人分离后的情形后就跳到了两个月后,丽莎终于找到朝思暮想的心上人,却遭抛弃投湖自尽,行文至此,写小说和读小说的人们都不禁肝肠欲断,纷纷同情丽莎,指责埃拉斯特。这样,在这部小说里,浓重的宫廷风格不见了,代之以普通人的情感纠结,代之以充满感伤情调的内心体验,从相识、相爱到分离,作家的笔触始终随着丽莎的恋爱心理不断变化，或出现清丽的鲜花，或出现忧郁的天空，大自然全都着上了丽莎的色彩，似乎这还不够，还要让叙述者在故事发展当中不断现身，发表感叹、意见和评论。对于通篇由第一人称叙述者的回忆及评述构成的《可怜的丽莎》，我国学者朱宪生教授这样评价："就感伤主义小说的文体特征而言，它是一种夹叙夹议的文体，在叙事的基础上展开抒情，其结构上有一种'抒情哀歌体'的诗歌特性。"①

这部小说发表后引起了巨大反响，卡拉姆津从此声名鹊起，成为俄罗斯感伤主义文学潮流的领军人物。《可怜的丽莎》尽管现在看来有各种各样的不足，人物单一，故事单一，远离现实生活的环境，整部小说除了两位主人公，基本上就是大自然和浓重的悲情；但在当时却是感伤主义小说的特点和优点所在，开文坛风气之先，单就名称来看，俄罗斯随后出现了许多的名称近似的小说，如《可怜的达莎》、《可怜的荷洛亚》，或是《不幸的 M》、《不幸的玛格丽特》等等，崇拜者的摹仿也好，批评者的谐拟也罢，都说明了感伤主义小说的时兴。卡拉姆津的《可怜的丽莎》尽管是对西欧感伤主义文学的摹仿，但这部着力渲染普通人坎坷命运和内心体验的作品在艺术上已经大大超出了此前的摹仿之作，标志着俄罗斯叙事小说艺术的开端。此后的二三十年里，作为"前浪漫主义"的感伤主义小说逐渐式微，以马尔林斯基②为代表的浪漫主义小说一时风靡。或渲染悲情，或偏好奇异，就体裁来说，这两类小说都只是俄罗斯小说的初级形态，因为在这些小说中，只有情节，没有典型。

俄罗斯长篇小说的史前时期基本可以涵盖从《伊戈尔远征记》到《可怜的丽莎》的六百年间，并延伸至浪漫主义文学时期，直至 1830 年第一部长篇小说《叶甫盖尼·奥涅金》问世。尽管《可怜的丽莎》只是情节小说，但从俄罗斯长篇小说发展史看，它使俄罗斯文学向小说、特别是向长篇小说迈出了极其重要的一步。

二、草创时期：从普希金到果戈理

19 世纪的俄罗斯文学取得了举世瞩目的成就，即使只论述一位作家的一部作品，一个小章节的篇幅显然无力担当，更遑论囊括这么一部恢宏的文学史。因此，

① 朱宪生：《走近紫罗兰——俄罗斯文学文体研究》，上海：上海译文出版社，2006 年版，第 19 页。

② 马尔林斯基，十二月党人亚·别斯土舍夫（1797—1837）的笔名。

本小节将通过长篇小说体裁这一线索来梳理19世纪俄罗斯文学史的脉络。简而言之，从长篇小说体裁着眼，19世纪的俄罗斯文学就是前后两个时期几位天才小说家及其创作的天然聚合。

作为俄罗斯语言和文学的创造者，普希金不仅是俄罗斯诗歌的太阳，同时也是俄罗斯小说的奠基人。当1830年俄罗斯第一部长篇小说——普希金的《叶甫盖尼·奥涅金》问世之时，欧洲已经出现了现实主义开山之作——司汤达的《红与黑》，但两者在体裁上却有着显而易见的差别。长篇小说在欧洲有几百年的积淀，到19世纪更是发展得比较成熟，这也是《红与黑》在形式上更能代表现实主义小说的原因。几百年的小说体裁发展史到俄罗斯却浓缩成了几十年，加上普希金的诗人天性使然，《叶甫盖尼·奥涅金》就以诗体长篇小说形式出现。这样一来，既暴露了俄罗斯小说现实主义因素的不足，也彰显了它魅力的独特。

普希金在评论亚·别斯土舍夫散文试作的时候，曾经劝对方用全部的自由谈话或者文字来写作长篇小说，这个想法却被他自己在《叶甫盖尼·奥涅金》里广泛地实现了。赫拉普钦科在《作家的创作个性和文学的发展》一书中这样写道："自由的谈话……带有其生气勃勃地日常生活的语调，带有其从一种感情色彩转到另一种感情色彩的过渡——非常富有表达力地表现在这部诗体长篇小说里。选择自由的谈话形式是由诗人的如下意图决定的：他力求在有机的统一中描绘一些人物，社会生活的各个不同方面，以及广泛地阐发创作的'我'。"①正是这样，在这部小说里，作者与读者的对话并未局限于某个特定的范围，而是涉及了各种各样的领域：包括日常生活、小说中的主人公、艺术、文学，等等，作家之"我"，就像作者以离题旁白的方式那样，与假想的读者形象、与自由的谈话形式紧密相连。长篇小说中的"我们"的形象，不但包括了谈话的另一方——深怀好意的读者朋友，还包括了作者的同时代人，正是"我们"一起见证这个时代的社会。赫拉普钦科进一步论述了《叶甫盖尼·奥涅金》的体裁问题："普希金在其现实主义艺术形成的时候，为了广泛地描绘生活起见，选取了诗体长篇小说这个体裁，宁愿用诗体长篇小说的体裁，而不用散文式的叙述。这种体裁不仅使作家达到诗体叙述令人惊奇的容量，而且还可以找到同读者发生联系的新的形式。"②作为一种叙事策略，"自由的

① 赫拉普钦科：《作家的创作个性和文学的发展》，满涛、岳麟、杨骅译，上海：上海译文出版社，1982年版，第135－136页。

② 同上，第138页。

谈话”直接影响了后来的俄罗斯长篇小说创作,车尔尼雪夫斯基在《怎么办?》中对话的那个“敏感的男读者”就是一个显而易见的典型;作为一种散文体例,诗体长篇小说却成了空前绝后的艺术之魁,在普希金之后,除了莱蒙托夫用“奥涅金诗节”写过一部长诗、屠格涅夫写了一部诗体短篇小说之外,无人尝试过这样的体例,更不用说创作出与之并肩的作品。

正是这样,《叶甫盖尼·奥涅金》在俄罗斯小说史上占据了举足轻重的地位,在这部小说里,欧洲文学早期风行贵妇人崇拜的骑士小说与插曲式写实的流浪汉小说的魅力穿透时空,与俄罗斯忧郁的社会情绪奇妙融合,以独一无二的“奥涅金诗节”,开启了刚刚诞生的俄罗斯现实主义之优美的女性形象和典型化的“多余人”的视野,呈现出一部“俄罗斯生活的百科全书”。但《叶甫盖尼·奥涅金》并不仅仅是一部性格小说,作为长篇小说体裁,普希金的天才让它迸发出无限的可能。年代、年龄、身份、性格各不相同的男子卷入拉林家的三位女性拉琳娜、达吉雅娜、奥丽嘉的爱情与婚姻,这本身就是一部曲折动人的家庭情节式小说,一部忧郁哀伤的爱情心理小说,小说叙述者也有这样一个心愿,“我只是想要对诸位叙述,一个俄罗斯家庭的传说,描绘诱人的爱情的美梦,以及我们的古老的民风”①;类似于伊戈尔远征的漫游结构,以奥涅金为游历主人公,行迹遍至从浮华都市到僻静乡村、从彼得堡上流社会到乡下地主庄园、从涅瓦河到高加索的广阔的社会地理空间,这里就孕育了宏大的史诗型社会小说的雏形;从小说的叙事空间看,尽管叙述者随着奥涅金天马行空,但两姐妹与连斯基、奥涅金的相识相交、达吉雅娜的命名舞会这些极其重要的情节都压缩在乡村地主拉林家里,这又可以说是俄罗斯最早的庄园小说,等等。事实上,普希金的后继者的确把这种种的可能变成了一部部具体的长篇小说,一起构筑了风格独特的19世纪俄罗斯文学景观。

在完成诗体小说《叶甫盖尼·奥涅金》之后,普希金继续以诗歌介入散文,创作了短篇小说集《别尔金小说集》(1831)、中篇小说《黑桃皇后》(1834)、《杜布罗夫斯基》(1833)等一系列散文作品,这些都加速了大大从浪漫主义诗歌向现实主义小说的过渡,被誉为“散文体的《叶甫盖尼·奥涅金》”的长篇小说《上尉的女儿》(1836),更是为俄罗斯文学开创了一种全新的体裁——史诗型家庭小说。

---

① 普希金:《普希金选集》第五卷《叶甫盖尼·奥涅金》,智量译,北京:人民文学出版社,1985年版,第101页。

1830年代以来,普希金多次查阅国家档案,编纂了《普加乔夫史》①(1834),这就为创作《上尉的女儿》作了充分的准备。朱宪生教授认为:"长篇小说《上尉的女儿》的问世,对俄罗斯小说的发展具有奠基的意义。在这部作品中,俄罗斯小说的基本因素和特点已初露端倪,而在文体上最突出的成就便是创造了一种新的长篇小说的模式。在《上尉的女儿》中,普希金表现出了一种深刻的历史感,它借鉴了英国小说家司各特的历史小说的写法,把重大历史事件与虚构艺术人物结合在一起,在家庭的框架中艺术地展现真实的历史事件,从而在俄罗斯首先创造出'史诗型家庭小说'的结构模式。"②

的确,《上尉的女儿》有着浓厚的历史旨趣,却并不是一部历史小说;有着强烈的家庭色彩,却并不是一部单纯的个人回忆录;也许只有史诗型家庭小说才能比较完整地概括它在体裁上的特征,尽管它未能像后世的同类作品那样丰满圆熟。这种新型体裁的形成除了缘于普希金天才的创新能力和司各特家庭叙事历史小说的影响,俄罗斯文学传统的因素亦不能忽视。事实上,《伊戈尔远征记》所蕴涵的结构在《上尉的女儿》中得到了艺术地再现,在这部史诗型家庭小说框架里,普加乔夫起义置换了伊戈尔远征,上尉的女儿玛丽亚为证明丈夫清白向沙皇陈情取代了雅罗斯拉夫娜为拯救被俘的丈夫在普季夫尔城垒上的哭诉,宏观把握与微观显现的有机结合,独特的人物形象配置,巨大的历史事件和家庭叙事的脉络分明,都能在中古的史诗中找到潜在的照应。

值得注意的是,普希金曾经有个宏大的构思,那就是在未完成的定名为《彼得大帝的黑奴》的长篇小说中再现托尔斯泰《战争与和平》中的叙述的那段俄罗斯历史,当普希金有可能在俄罗斯长篇小说领域作出更为辉煌的成就时,当俄罗斯长篇小说格局有可能在19世纪上半叶基本定型时,一颗罪恶的铅弹让这一切戛然而止。

与普希金一样,莱蒙托夫也是集诗人与小说家与一身。中世纪的俄罗斯历史、异域的高加索风光、欧洲的历史与现实都是诗人莱蒙托夫最钟爱的诗歌题材,对于小说家莱蒙托夫而言,他在散文体创作上至少走出了这么重要的几步:1830

① 沙皇尼古拉一世认为一个在断头台上结束生命的反叛的庄稼汉无"史"可言,在他的干预下,这部作品被易名为《普加乔夫叛乱史》。

② 朱宪生:《走近紫罗兰——俄罗斯文学文体研究》,上海:上海译文出版社,2006年版,第22页。

年,开始构思展现1774—1775年农民起义全景的小说《瓦季姆》,这是他第一次尝试写小说;1836年,在小说《利托夫斯卡娅公爵夫人》①中,莱蒙托夫开始描写社会生活,呈现出“我们时代的英雄”;1839—1841年,完成长篇小说《当代英雄》,正是后面这两部作品奠定了莱蒙托夫在俄罗斯长篇小说领域无可取代的地位。

倘若《利托夫斯卡娅公爵夫人》作为未完成、未定型的一部作品而不便评说,那么,匠心独具的《当代英雄》则完全没有辜负长篇小说体裁研究者的期待。这部由五个相对独立的中短篇故事连缀而成的长篇小说,一反过去按时间先后顺序叙述的传统,以层层递进式的内在逻辑顺序塑造主人公毕巧林的性格,探究他的心灵的历史。小说让读者先通过“第二手资料”——马克西姆·马克西姆维奇所讲的《贝拉》中初识毕巧林,间接地“折射”主人公的个性;在接下来的中篇里,二级上尉的身份由叙述者变成了故事中的人,毕巧林的画像进一步丰满,同时引出他的日记,以此衔接旁观者客观的观照与当事人心灵的独白;随后的故事均以日记形式出现,深入主人公的内心世界,直接袒露和剖析他的思想、感情与行为。各个中篇之间用序言或章节标题连成一体,使故事本身呈现出强烈的戏剧性和层次感。对于这样一部探究心灵的作品,朱宪生教授认为:“从文体的角度看,它深化了普希金在他的小说创作中开创的心理描写的传统,同时借鉴了欧洲18世纪启蒙文学中日记体和书信体小说的经验,将心理描写提升到心理分析的高度,从而成为俄罗斯第一部真正的心理小说。”②

从体裁的角度看,如果说由五个内容不同风格迥异的中篇连缀而成的文本结构彰显了《当代英雄》的魅力,正是这样才更准确地塑造了主人公的性格,更深刻地探究了他的心灵,也正是基于此,《当代英雄》堪称一部“形散而神不散”的优秀长篇小说,但与此同时,旅行记式的《贝拉》、写实性的《马克西姆·马克西姆维奇》、抒情性的《塔曼》、日记体的《梅丽公爵小姐》、哲理小说式的《宿命论者》“生硬地拼凑”在一起,的确多少有些“不协调”,倘若独立开来,就是五个完整的中篇故事,从这一点看,《当代英雄》的确算不上形式完备的长篇小说。

这样评价自然不是对《当代英雄》艺术价值的怀疑,更不是否定,仅仅只是就体裁形式而言,这是它的特点,却不是缺点。事实上,在小说发表后的一百多

---

① 写于1836年,未完成,1882年发表。

② 朱宪生:《走近紫罗兰——俄罗斯文学文体研究》,上海:上海译文出版社,2006年版,第24页。

年里,莱蒙托夫及其作品一直备受尊崇,本书的研究对象阿·托尔斯泰亦曾指出:

> 散文家莱蒙托夫的一切,仍然是一个奇迹,是我们现在,而且就是再过一百年,都应该全力以赴去追求的一个奇迹……这样的散文作品只有那被天才用来创作最好作品的俄罗斯语言才能创造出来。俄罗斯小说的这条浩浩渺渺的大川,就是从这个发轫于高加索终年积雪的山峰的清澈见底的源流漫流开来的。①

1837年,莱蒙托夫为普希金写下了著名的《诗人之死》,却没有想到,四年之后,那首诗却成了莱蒙托夫自己的宿命。在决斗的那一天,在登上舒玛克山顶时,莱蒙托夫还跟他决斗的助手格列波夫谈起两部历史小说的写作计划,其中一部取材于卫国战争时代,另一部取材于叶尔莫洛夫时代②的高加索生活,描写对高加索的占领,波斯战争以及杀害格利鲍耶陀夫的德黑兰惨案③。在此之前,当莱蒙托夫在彼得堡的时候,他还跟别林斯基说起过三部曲历史小说的构思,而且,小说的第一部就是描写叶卡捷琳娜时代和法国革命。这些都是莱蒙托夫的创作计划,这些计划都未能实现,而且他还没来得及跟助手谈起三部曲,他的对手玛尔廷诺夫已经在舒玛克山光秃秃的峭壁上等待他了。只过了几分钟,天才作家的心脏就停止了跳动。

如果不是这场决斗,莱蒙托夫的天才足以主导俄罗斯长篇小说的格局;如果不是这场决斗,俄罗斯长篇小说的体例很快将有重大突破,历史小说、多卷体长篇小说将提前登堂入室……莱蒙托夫未能完成他的使命,他的天才本可以改写一部19世纪俄罗斯文学史。

如果说1830年代是俄罗斯叙事小说艺术的开端,那么普希金与果戈理就是俄罗斯小说当之无愧的双子星座,当天才普希金的笔端流淌出一篇篇具有浓郁俄罗斯风情的叙事作品之时,来自乌克兰草原的果戈理也在诉说《狄康卡近乡夜话》

---

① А. Н. Толстой,《Речь на торженственном заседании памати М. Ю. Лермонтова》, См. А. Н. Толстой,《Собрание сочинений в десяти томах》, М.: Гослитиздат, 1986. т. 10, с. 330. 中文出处见阿·托尔斯泰:《论文学》,程代熙译,北京:人民文学出版社,1980年版,第148页。

② 指叶氏担任高加索总督的那个时期。

③ 1829年格氏出任俄国驻波斯大使的任期内被波斯政府煽动的反俄的德黑兰居民所杀害。

(1831—1832)、《密尔格拉德》(1835)和《彼得堡的故事》(1835—1841);还有长篇小说《死魂灵》(1842)。

作品开篇写乞乞科夫的省城见闻,乍一看是成熟的小说写法,可从第二章开始,“作者”、“读者”、“我们的主人公”之类的字眼就频繁出现,此后的五章里,小说叙事者带着我们看乞乞科夫如何造访五位地主,过户手续的完成、诺兹德廖夫的揭发、两位女士的谈话及其连锁反应,这些让主人公的命运在接下来的三章发生了戏剧性的逆转,甚至引出了缺胳膊断腿的戈贝金大尉的故事,等等,而最后一章叙事者大谈没有选择“品德高尚的人”而用一个出身暧昧、门第不高的人作主人公的原因,且补充说明了乞乞科夫成长、成熟的过程,从而构成主人公较为完整的人生履历,揭示逐步形成中的主人公的性格。

就规模、篇幅和内容来看,《死魂灵》比普希金和莱蒙托夫的那几部作品显然更有资格被称作长篇小说,但果戈理为了它的体裁归属问题一直揪心不已。他在1835年给普希金的信里这样说道:“一个情节拉成一部很长的长篇小说……在这部长篇小说里,我想把整个俄国展现出来,哪怕从一个侧面也好。”①小说第一部快要完稿的1840年,他在给马克西莫维奇的信中态度又变了,“我有一部长篇小说,这是真的,不过在它还没有问世之前我什么也不想宣布。”②此外,作品本身也不时闪现作者与叙述者的分离或同一、作者与读者的对话和潜对话,作者还以叙事者的身份在叙述中多次提到体裁问题,一会儿认为是小说,一会儿又说是长诗,而等到作品正式发表时,他还是选择了“叙事长诗”这一称谓。他认为:“新时代产生了一种叙事作品,它好像介于长篇小说和史诗之间,这种作品的主角虽说是个别的和平凡的人物,但对于人类灵魂的观察者来说,他在许多方面都是有重要意义的。作者让他的生活经历一连串的事件和变化,为的是生动地描绘出作者所写时代的特点和风尚中一切有重要意义的东西的真实场景……”③果戈理将这种叙事作品称之为“小型史诗”,或者说是“叙事长诗”,这也正是他所理解的《死魂灵》的体裁特征。

果戈理的犹疑不决正好揭示出了《死魂灵》作为俄罗斯早期大型叙事作品在

---

① 赫拉普钦科:《尼古拉·果戈理》,刘逢祺、张捷译,上海:上海译文出版社,2001年版,第196页。

② 同上,第486页。

③ 同上,第487-488页。

形式上的独特性:它以开阔的历史视野,展现了十九世纪三、四十年代俄罗斯城乡社会风貌,在反映社会生活的广度上达到了较大的规模,也就是说具备了史诗型作品的某些特征,但主人公和那些地主是否是典型环境中的典型人物,作品的结构是否符合当时新的散文体裁长篇小说的规范,这是体裁研究者值得注意的问题。

从叙述模式看,《死魂灵》几乎就是打上俄罗斯印记的“流浪汉小说”与“骗子冒险小说”,它在欧洲长篇小说的家族谱系中似乎不乏远亲近邻,一定要溯源的话,至少可以攀上西班牙无名氏的《小癞子》(1554)。六等文官乞乞科夫收购死农奴和流浪儿小癞子的第五个主人伙同公差合演双簧兜售赎罪状的情形如出一辙,虽然一是用目击者小癞子的眼睛看世界,一是让乞乞科夫亲自导演所有的骗局。作为“俄罗斯散文文学之父”,果戈理在《死魂灵》中表现出了过人的天赋和胆识,他将“流浪汉小说”与“骗子冒险小说”移植到俄罗斯,通过乞乞科夫沟通俄罗斯贵族上流社会与乡村地主社会,既广泛而深刻地描绘了农奴制俄罗斯的社会面貌,又荒诞而合理地呈现出这个社会中的各个阶层及其典型,他把《伊戈尔远征记》与《叶甫盖尼·奥涅金》开启的宏大社会史诗的可能性变成现实,从而在俄罗斯首先创造出“史诗型社会小说”的结构模式。

果戈理也有遗憾,《死魂灵》毫无疑义是俄罗斯第一部超大型的散文作品,俄罗斯文学也因此拥有了在规模和篇幅上可以与欧洲相媲美的长篇小说,但是,也许因为他对已经发表的第一部所引起的巨大社会效应感到迷糊和恐惧,而这种效应并非他所乐见;也许因为他对长篇小说体裁问题心存太多的焦虑,对乞乞科夫这种在俄罗斯尚属萌芽式的人物更是把握不足;也许他真的发生了所谓思想危机:果戈理最终未能推出《死魂灵》完整的续篇,多卷体长篇小说的体例留待给俄罗斯文学的后来者完成。

通过前文的论述,不难发现,草创时期的俄罗斯长篇小说创作,至少有以下一些特点。

第一,从《叶甫盖尼·奥涅金》与《红与黑》的同时诞生以及随后俄罗斯的创作实绩看,作为大型叙事体裁的长篇小说已经出现,这表明现实主义开始扎根俄罗斯,也表明俄罗斯开始赶上欧洲的文学进程。

第二,对于草创时期的俄罗斯长篇小说创作成就应该一分为二地看,就体裁风格而言,俄罗斯出现了不同于欧洲现实主义长篇小说的诗体长篇小说与小型史诗这样特定的艺术形式,的确有如高尔基所说的客观主义的不足;但从艺术成就来说,草创并不意味着羸弱,俄罗斯天才的小说家足以让开山之篇成为典范之作。

第三,普希金与果戈理是草创时期最杰出的长篇小说家,他们开创诗意的现实主义与讽刺的现实主义聚合作家天性与多种体裁的优势,在俄罗斯文学土壤上孕育了史诗型家庭小说与史诗型社会小说的雏形,也衍生出心理小说、社会问题小说等重要的变体。

第四,草创时期的长篇小说还没有出现产生全欧影响的作品,这也是由文学发展的进程决定的,但他们已经出色地完成了俄罗斯文学史赋予的使命,三巨头正是踩着这些巨人的肩膀登上了帕尔纳索斯山的巅峰。

三、成熟时期:三巨头的小说创作

俄罗斯长篇小说经过草创时期的积累,在半个世纪的发力中逐渐跻身到欧洲文学第一流的位置,以三巨头屠格涅夫、陀思妥耶夫斯基、列夫·托尔斯泰的作品为代表的小说艺术争奇斗艳蔚为大观,这个过程就是俄罗斯长篇小说的成熟时期。

屠格涅夫是第一位具有全欧影响的俄国小说家。屠格涅夫初登文坛之时,正值俄国文学由诗歌时代向小说世纪转型或者说从浪漫主义向现实主义过渡。屠格涅夫一度迷恋过浪漫的诗歌,甚至可以说,他天性就是一位诗人;但到 40 年代中后期,他还是适时地转入散文领域,从随笔到中短篇小说,从中短篇到长篇,又从大型散文到微型散文,他几乎尝遍了散文中的各种体裁,而且每一次尝试都成绩斐然。

《猎人笔记》让年轻的艺术家获得了最初的文学声誉,这部描写农民题材的小型散文作品作为随笔—故事的集合在体裁上尤其独到,“猎人”作为故事的叙述人把所有的故事串联起来,每一篇章里都有一个故事,有一个或几个主要人物,被“猎人”漫不经心地带出来,以叙事为主,却给予议论和抒情足够的分量,有时候甚至撇开一切,专注于某一景物的描写。这就是屠格涅夫给 40 年代萧条的俄国文坛的巨大惊喜,朱宪生教授这样评价随笔—故事这一新的文学品种:“它基本上保留散文的叙事的特点,但又因诗歌因素的‘介入’而获得更为轻灵活泼的形态;它大抵上还是以故事和人物的活动脉络为线索,但抒情成分非但没有削弱反而加强了它的感染力。"①这种评价不但指出了随笔—故事的体裁结构原则，还预见了屠格涅夫后来那些著名长篇小说的某些特征。

在《猎人笔记》获得始料未及的成功之后，屠格涅夫继续以诗歌介入散文，在中短篇小说中注入了浑然天成的心理的抒情的诗意的因素，造就了俄罗斯诗意小说的典范体裁。这种典范既是指承袭从俄国感伤主义到浪漫主义直至普希金以来的传统，同时在这一传统的基础上不着痕迹的创新，更是指以欧洲文学与世界文学为参照系的独特的俄罗斯形态和风韵。能在这两层意义上载动典范之名与典范之实的小说家，屠格涅夫在那个时代的俄国文学圈中的确首屈一指。

屠格涅夫在散文领域孜孜以求，很快迎来了创作上的鼎盛时期，先后发表了六部长篇小说《罗亭》(1856)、《贵族之家》(1859)、《前夜》(1860)、《父与子》(1862)、《烟》(1867)、《处女地》(1869)，就像一组俄国19世纪40—70年代社会生活的艺术编年史诗，这批精雕细琢的典范之作奠定了屠格涅夫无可争辩的文坛盟主地位。《罗亭》是他的第一部长篇小说，通过塑造继奥涅金、毕巧林之后的又一个"多余人"形象探讨贵族知识分子的作用问题。《贵族之家》继续为"多余人"吟唱了一曲哀婉的歌，主人公拉夫列茨基最终无可奈何地退出人生战场，表明贵族知识分子历史作用的终结。《前夜》转向"新人"——着力刻画平民知识分子主人公英沙罗夫，只是这个"新人"在当时的俄罗斯似未谋面，作家只好给他安上保加利亚的国籍。《父与子》关注俄国自己的"新人"巴扎罗夫，即子辈，父辈指老一代贵族，以亲英派自由主义贵族基尔沙诺夫为代表，深刻揭示这两代人的矛盾与冲突。《烟》以农奴制改革之后的俄罗斯为背景，通过叙述李特维诺夫与伊琳娜无疾而终的恋爱故事反映改革的名不副实与知识阶层精神的幻灭。《处女地》则直接反映70年代民粹派所发动的"到民间去"这一社会运动，作家以自己的渐进论观点评价这一运动，把希望寄托于改良主义者索罗明。阶级力量的对比、社会情绪的波动、思想观念的更迭、知识分子的浮沉……总之，俄罗斯社会生活中所有重大的现象都不曾逃脱屠格涅夫敏锐的目光，但他的注意力主要集中在与自己同时代的俄罗斯进步知识分子的历史命运之上，这也正是六部长篇小说共同的主题。甚至可以毫不夸张地说，如果不认真研究屠格涅夫的长篇小说，就不能深刻理解

① 朱宪生：《走近紫罗兰——俄罗斯文学文体研究》，上海：上海译文出版社，2006年版，第65页。

19世纪俄罗斯社会和俄罗斯解放运动发展的历史。

屠格涅夫善于把握时代的脉搏,敏锐地发现并及时捕捉社会生活中的新现象,他那些以爱情为主线的小说,无一不同时呈现为历史的图景,这样赋予了他的长篇小说巨大的历史认知价值,但小说本身艺术上的魅力更令人惊叹,他总是将时代的变革巧妙地渗入对爱情细腻的纯美的诗意的描绘之中,这也是屠格涅夫自己极其珍视的莫大的幸福。尽管长篇小说这种体裁在19世纪中期的俄罗斯远未定型,事实上,长篇小说体裁也不可能定型,那种上溯三代的家庭介绍,长篇累牍的道德宣讲,对故事完整性的过分追求,任何一位主人公一出场紧接其后的详细介绍——家庭历史、家庭现状、性格特征,甚至为了表明自己的政治观点不惜打破小说艺术固有的格局而让游离于情节之外的人物直接宣讲某种社会理论,等等,但这些都只是屠格涅夫长篇小说的局部特征,也可以理解为作家刻意将诗歌从散文中"撤退"的结果。这种"撤退"是散文化的必然要求,六部长篇小说也事实上呈现出了"撤退"的痕迹:前两部"怀旧"之声,抒情的因素很浓,叙事的力度加大;中间两部"现代"之曲,缠绵之音中已有几分凝重之调,叙事的比重倾斜;最后两部"复归"之调,抒情让位于议论或讽刺,叙事占据了主导。六部长篇小说结集出版之时,屠格涅夫在序言中正式将这些大型叙事散文的体裁确定为"长篇小说",尽管这些作品本身在格局和篇幅上不过只是拉长的中篇罢了。

从《罗亭》到《处女地》的结集出版确立了屠格涅夫长篇小说家的地位,甚至玉成了作者"小说家中的小说家"的美名,那么,屠格涅夫的长篇小说哪些因素最令读者期待,或者说,他这些作品在艺术上最独特的魅力在哪里?我国屠格涅夫研究的集大成者朱宪生教授是这样评述的:

> 与相当自由和灵活的中短篇小说文体相比较,屠格涅夫长篇小说的文体则相对稳定得多。诗歌的因素虽已减弱,但绝没有消失,它总是适时地从叙事的缝隙中"破土而出",从而在各个方面强化叙事的效果。与此同时,戏剧的因素似有所增加,在某种程度上它甚至还赋予屠格涅夫长篇小说以程式化的特点,如大致差不多的总体结构,不大的活动空间,不长的时间跨度,占有中心位置的人物的对话,必不可少的插叙或补叙,瞬间的激情时刻,情节的急转直下,紧接着的高潮,独特的尾声,再加上穿插其中的适可而止和恰到好处的诗意的渲染和点拨。这些便是屠格涅夫长篇小说的基本结构方式,或者也可以说是一种较为稳固和运用得相当纯熟的程式。所以屠格涅夫长篇小说

在文体上表现出一种对其他文体如诗歌和戏剧等"综合"的趋向,这是集诗人、剧作家和小说家于一身的屠格涅夫所独具的特点。①

在长篇小说体裁领域,如果说屠格涅夫演奏的是纯正谐和的古典之音,那么陀思妥耶夫斯基弹拨的则是扑朔迷离的现代之曲。1845 年这位从军事工程学校毕业的年轻人带着他的处女作——书信体短篇小说《穷人》登上俄国文坛之时,著名的文学评论家别林斯基惊呼"一个新的果戈理诞生了",这自然是别林斯基发现天才后的狂喜之情的自然流露,更是他对这位横空出世的青年作家走果戈理创作之路的殷殷期许。但细心的读者会发现,俄罗斯文学史上"小人物"系列里程碑式的三部作品即使在主题上也有耐人寻味的区别,更不用说体裁上显而易见的差异,《穷人》虽然一脉相承了对小人物的怜悯和同情,却选择了以男女主人公书信对话的形式探究小人物的心灵世界,呈现出一种被极度压抑之下渴望倾诉的风格。自然派果戈理式的日常生活描写让位于自我牺牲的爱情主题、被引诱的少女主题,以及作家、思想家和诗人的主题在《穷人》的心灵大幕上徐徐开启。

陀思妥耶夫斯基虽然承认与果戈理精神上的血缘关系,他和他的同时代人都是从果戈理的《外套》中走出来的,但他更多的是从《外套》中领悟日常生活的悲剧性,这种悲剧性将逐渐引导他采取悲剧性长篇小说这一全新的世界文学体裁。也许陀思妥耶夫斯基自己都没有意识到,他不知不觉之中甚至早在处女作《穷人》里,就开始了与前辈大师迥然不同的艺术实践,紧随其后的《双重人格》(1846)、女房东(1847)、《脆弱的心》(1848)等中短篇小说更是强化了神秘的疯狂的病态心理,并成为那些著名的以悲剧结尾的大部头长篇小说的前奏。

陀思妥耶夫斯基与长篇小说的渊源似乎可以追溯到他的幼年时期。作家的父母亲经常朗诵 18 世纪英国女作家安娜·拉德克里芙的"哥特小说",这类小说的特点是神魔化,极力渲染恐怖的气氛,绵绵不绝的梦呓、预感和死亡的征兆,但所有那些虚幻的色彩又以真实事件为依据,离奇古怪曲折动人的故事情节与现实主义描写的精湛技巧融为一体。年幼的陀思妥耶夫斯基总是听着父母亲的朗诵声昏然入睡,夜间做着各种各样的噩梦。随后,他又通过对拉辛、席勒、歌德、普希金等优秀诗人的作品学习和接受古希腊罗马文化,并对中世纪和文艺复兴时期那

① 朱宪生:《走近紫罗兰——俄罗斯文学文体研究》,上海:上海译文出版社,2006 年版,第 69 页。

种内容广博、包罗万象、灵活而又深刻的文学体裁即长篇小说产生了浓厚兴趣,而这一体裁具有思想论战和哲学悲剧的特点。

命运似乎早为这位天才作家的成长安排好了一切,没有让他沿着既定的创作之路发展,而是消失十年。行刑之前那一刻精神肉体的彻底分离、持续不断的癫痫发作、西伯利亚流放和苦役的体验,这残酷的十年似乎只为了让他穿透灵魂。回到物是人非的彼得堡仅仅一年,陀思妥耶夫斯基继续运用四十年代风行的社会小说体裁,在《时报》上连载了第一部长篇小说《被侮辱与被损害的》(1861),单是标题就宣告了小说的主题、体裁和风格,这部由戏剧性的爱情纠葛与被侮辱被损害世界中的诗情画意编织而成的随笔式小说向文学界发出了回归的信号,此后被压抑十年的创作热望一发而不可止,《死屋手记》(1861—1862)《罪与罚》(1866)、《赌徒》(1867)、《白痴》(1868)、《群魔》(1872)、《卡拉马佐夫兄弟》(1880)等一系列悲剧史诗怆然登场。

如果说反映西伯利亚囚徒生活的《死屋手记》将风貌素描逐渐发展为一部充满哲理的长篇史诗,那么《罪与罚》则在此基础上第一次将心灵的悲剧史诗挖掘到前所未有的深度,为陀思妥耶夫斯基自己也为他的俄罗斯赢得了世界声誉。作家对此是早有估计的,他在 1859 年 10 月 9 日给长兄的信中写道:“你是否还记得,我曾对你讲过一部忏悔录式的长篇小说……我将把我的全部心血倾注在这部小说上……这部忏悔录将会最终确立我的名声。”①陀思妥耶夫斯基这番话明确了《罪与罚》的体裁特征,即忏悔录式的长篇小说;他在 1865 年给卡特科夫的信是这样写的:“我能否期待在您的刊物《俄国导报》上刊登我的一部中篇小说呢?这是一篇关于犯罪行为的心理报告。”②两次表态并不矛盾,忏悔录与心理报告都将目标指向了小说主人公跌宕起伏的悲剧心灵。格罗斯曼认为:

> 这是他的第一部以刑事案件为基础的哲理小说,同时又是一部典型的侧重心理描写的小说,在一定程度上甚至可以说是一部以描写变态心理为主的小说,它十分明显地带有随笔式侦探小说和色彩晦暗的、故事情节离奇的英国神怪小说的痕迹……但它首先又是一部社会小说……他采用一种复杂而又独特的形式,把自己的第一部大部头的社会小说写成主人公的“内心独

① 格罗斯曼:《陀思妥耶夫斯基传》,王健夫译,北京:外国文学出版社,1987 年版,第 434 页。
② 同上,第 443 页。

白”,提出了众多的问题,并在侦探题材的背景上掺杂着哲理对话……小说家高度的艺术技巧,就表现在这种结构同当时政论作品中提出的尖锐问题有机交织在一起,从而使这部以描写刑事案件为主的长篇小说变成一部规模宏大的社会性长篇史诗。①

如果说《罪与罚》心理报告的剖析多少遮蔽了普希金、屠格涅夫以来诗与散文交融的光彩,那么《白痴》则毫无疑义是陀思妥耶夫斯基作品中最富于抒情色彩的一部,作家终于十分成功地创作出一部他长期以来孜孜以求的史诗性长篇小说。他是这样理解作品的史诗性的:在这种作品中,一些主要人物形象都具有特别丰富和强烈的思想感情,他们的相互关系能够揭示出深刻的内心悲剧,并指明通向人类和世界的伟大思想的道路。果戈理曾把《死魂灵》称作史诗,那部作品中的人物都成了永恒的艺术形象,通过骗子手们的这种丑闻趣事,可以听出作者在为自己的祖国大声悲泣。这种把一切庸俗鄙陋的事物转变为悲剧和令人震惊的艺术形象的手法,也正是陀思妥耶夫斯基一直追求的。他也曾谈到这部作品特殊的结构原则:“整部小说几乎都是为了小说的结尾而写作和构思的。”②在《白痴》的艺术世界里,女主人公纳斯塔霞的死亡,两个情敌梅什金与罗戈仁在心爱的女子尸体旁守着才是长篇小说的核心,作家要凸显的就是这种穿透心灵的悲剧的震撼力。

作家的父亲在切列莫什纳村被农奴们打死,沉默四十年之后,陀思妥耶夫斯基在临终前的那部长篇小说中把对父亲的挽词扩展为一部描写罪孽、恶习和犯罪行为的震撼人心的长篇史诗,这就是作家未完成的《卡拉马卓夫兄弟》。格罗斯曼在他那部著名的传记文学里对这篇关于贵族出身的弑父者的小说作了这样的评述:

这是一部综合性的长篇小说,它给作家的全部创作活动作了总结,并力图体现出他的一些极其珍秘的思想……犀利酣畅的人物性格描写,因情欲、恶习和灵机一动而造成的深刻悲剧,贯穿于谈话和争论中的锋芒逼人的辩证法,最后,还有贯穿于《宗教大法官》那篇诗中的天才的神学批判——所有这

① 格罗斯曼:《陀思妥耶夫斯基传》,王健夫译,北京:外国文学出版社,1987 年版,第 452 - 453 页。

② 同上,第 567 页。

一切都遮住了我们的视线,使我们不易看出这部小说的政治性质。①

陀思妥耶夫斯基的系列长篇小说乍看上去总离不开众多的出场人物、轰轰烈烈的场面,各种令人震惊的丑闻和恶作剧——熙熙攘攘、喧哗吵闹、狂呼乱喊、歇斯底里,但作家在“虚幻的现实主义”亦即“最高意义上的现实主义”的艺术观照中,总是“以确凿的事实材料,即日常生活中的掌故、刑事案件、政治案件以及各种各样的人类文献为依据,主人公不寻常的个人悲剧便从种种事件中源源不断产生出来”②,这正是陀思妥耶夫斯基最优秀的长篇小说的史诗风格的彰显。

19 世纪中后期的俄罗斯文学有屠格涅夫和陀思妥耶夫斯基这两位擎天之柱就足够光耀了,但缪斯女神似乎对这个像斯芬克斯之谜一样神奇的国度特别偏爱,似乎为了彻底扭转这个民族极度自卑的文学文化心理,在几十年之内涌现出的那些熠熠发光的名字后面,添上了一个狮子的名字,让他来指挥俄罗斯气势恢宏的世纪交响。

这就是著名的列夫·托尔斯泰伯爵,1855 年 11 月进入彼得堡文学界,凭借主张“道德自我修养”与擅长心理分析的自传体小说《童年》(1855)、《少年》(1857)一举成名。在他此后长达四五十年的文学实践中,矗立了三部艺术的巅峰之作,这就是为他自己也为俄罗斯赢得不朽声名的《战争与和平》(1869)、《安娜·卡列尼娜》(1877)、《复活》(1899)。

《战争与和平》是列夫·托尔斯泰长篇小说的第一座丰碑,写于 19 世纪 60 年代。小说以五大家族相互关系为情节线索,展现了当时俄国从城市到乡村的广阔社会生活画面,气势磅礴地反映了 1805—1820 年之间发生的一系列重大历史事件,以 1812 年库图佐夫领导的反对拿破仑的卫国战争为中心,探讨俄国前途和命运,特别是贵族的地位和出路问题。它结构宏伟、场面壮阔、人物纷繁复杂,堪称史诗巨制。小说分和平与战争两个方面,由历史事件、家庭纪事和哲学说教三部分组成。历史事件中有真实存在的库图佐夫、亚历山大一世、拿破仑等,也有虚构的人物如安娜·舍列尔。家庭纪事则叙述了战争背景下五大家族的命运,作者肯定了鲍尔康斯基、罗斯托夫、别素号夫三家,他们贯穿始终,对另外两家官僚化的贵族库拉根和德路别兹考则否定和嘲讽。哲学说教则主要由卡拉达耶夫和作家

---

① 格罗斯曼:《陀思妥耶夫斯基传》,王健夫译,北京:外国文学出版社,1987 年版,第 746 页。
② 格罗斯曼:《陀思妥耶夫斯基传》,王健夫译,北京:外国文学出版社,1987 年版,第 328 页。

的议论组成。在这部巨型史诗里,俄罗斯民族拯救的历史进程和小说主人公灵魂拯救的思想强度构成的双曲线式的叙事线索,舒缓的叙事节奏与细节的精心描述,哲学论文插入造成的叙事断裂,百科全书式的叙事风格……所有这些个性化的叙事使小说充满了巨大的魅力。“世界上恐怕没有第二个艺术家,像托尔斯泰那样,身上所存在的荷马的史诗因素那么强烈。他的创作中栖息着一种史诗的天然伟力,它的雄壮浑朴和像大海那样均匀地呼吸的节奏,它那沁人心脾的强烈的清醒气息和辛辣的风味,不朽的健康,不朽的现实主义。”①

《战争与和平》面世之后,几乎所有的读者和批评家都认定这是一部具有巅峰意义的史诗作品。但是,这部巨大史诗的体裁问题从未有过一劳永逸的解决,盖棺定论的评价永远都不适用于真正的尤其是这样登峰造极的艺术。列夫·托尔斯泰曾打算写篇序言,在小说写作和发表过程中了解到读者的一些反应,就写了《关于〈战争与和平〉一书的几句话》作为解释,首发在 1868 年 3 月的《俄国档案》上:

> 《战争与和平》是一部怎样的作品?这不是长篇小说,不是史诗,也不是编年史。《战争与和平》是作者在它的形式中那样想要表达而且能够表达的东西,而且在它的形式中那些东西都表现出来了。如果是蓄意为之或者没有先例,作者如此宣称蔑视程式化的散文艺术作品形式,可能显得过于自信了。其实,从普希金以来的俄国文学史不仅提供了很多背离欧洲形式的范例,甚至没有一个完全符合欧洲形式的模本。从果戈理的《死魂灵》到陀思妥耶夫斯基的《死屋手记》,在俄国文学的新时期中只要是稍有才气的作品,没有一部可以完全归于长篇小说、史诗或者中篇小说的形式。②

这段话说明列夫·托尔斯泰非常想突破文学作品的通行形式,渴望拥有属于自己的独特的表达形式,也道出了俄罗斯文学在 19 世纪辉煌于世的真正原因,那就是从普希金以来的俄罗斯艺术家摆脱了对欧洲文学的模仿,坚持在创作中彰显俄罗斯的风格与灵魂。

《战争与和平》在俄罗斯长篇小说体裁发展史无疑具有里程碑式的意义。从

---

① 福楼拜等:《欧美作家论列夫·托尔斯泰》,谭立德译,北京:中国社会科学出版社,1983 年版,第 389 页。

② 列夫·托尔斯泰:《战争与和平》,朱宪生、陆博译,武汉:长江文艺出版社,2012 年版。

篇幅来看,它是第一部巨型的多卷体小说;从结构看,它与古老的史诗《伊戈尔远征记》和普希金《上尉的女儿》存在某种潜在的照应。这三部跨越时空的艺术经典中,伊戈尔远征、普加乔夫起义、1812 卫国战争形成巧妙的对接:在史诗型家庭小说的框架里,雅罗斯拉夫娜为拯救被俘的丈夫在普季夫尔城垒上哭诉换成上尉的女儿玛丽亚为证明丈夫的清白向沙皇陈情,或者化作一群俄罗斯贵族青年在国家遭遇侵略的时代背景下个人情感和命运迥然不同的纠结与归属;史诗中的爱国王公伊戈尔兄弟与波洛夫人的鏖战变成了鲍尔康斯基、罗斯托夫、别素号夫等贵族精英与拿破仑的交锋。《战争与和平》宏观把握与微观显现的有机结合,独特的人物比较对照,巨大的历史事件和家庭叙事的脉络分明,都能在中古的史诗和普希金的作品中找到清晰的影子。

我国俄罗斯文学体裁学研究专家朱宪生教授在他一篇文章中指出:“从艺术角度看,列夫·托尔斯泰无疑是属于普希金流派的小说家;而从《战争与和平》的文体特征看,列夫·托尔斯泰仿佛是在履行他的老师普希金的遗嘱,把普希金初步确立的史诗型家庭长篇小说的雏型提高到一个空前的新的高度”。① 他在这篇论文中将《战争与和平》与《上尉的女儿》总体的艺术结构与艺术表现两相比较,认为在《战争与和平》中,正像普希金在《上尉的女儿》中一样,

> 列夫·托尔斯泰把个人、家庭的悲欢离合与重大的历史事件揉合在一起:个人、家庭的命运植根于民族命运的土壤之中,民族命运又投射于个人和家庭生活之中,它们互相说明、补充、印证。而这一点,正是史诗型家庭小说的最主要的特征。在这样的艺术结构和艺术表现中,历史人物与艺术(虚构)人物同台献艺,比翼齐飞,而这之中包含有巨大的艺术空间和思想空间,高明的小说家总是善于把自己关于历史的和现实的、思想的和艺术的构思游刃有余地置于其中,从而巧妙地实现他的艺术理想。②

在这篇文章中朱宪生教授运用“史诗型家庭小说”的概念论证《战争与和平》的体裁结构艺术,并归纳出这一体裁形式的主要特征:以重大的历史事件为背景;历史人物与虚构人物同台献艺,但后者才是作品真正的主人公,并处于作家描写

---

① 朱宪生:《史诗型家庭小说的巅峰——论〈战争与和平〉的文体特征》,载《俄罗斯文艺》2010 年第 2 期。

② 同上。

的中心;追求一种表现“整个人类生活”的宏伟目标,以及与此相联系的宏大的“百科全书”式的叙事风格。

在《战争与和平》之后,列夫·托尔斯泰又相继推出了长篇小说《安娜·卡列尼娜》与《复活》,前者经过12次修改,将一个不忠实的妻子以及由此产生的现代家庭悲剧扩展为一幅19世纪六七十年代广阔而复杂的、正在经历剧烈变动的俄国社会生活的宏伟历史画卷;后者以真实的案件为情节基础,通过叙述典型环境中男女主人公精神复活的故事写下作家一生思想和艺术的遗嘱。

通过前文的论述,不难发现,成熟时期的俄罗斯长篇小说创作,至少有以下一些特点。

第一,无论就创作的数量还是质量而言,这一时期的俄罗斯涌现了许多毫不逊色于同时代欧洲文学的精品力作,作为大型叙事体裁的长篇小说已经根深叶茂茁壮成长,这表明现实主义已经完全扎根俄罗斯,也表明俄罗斯已经赶上欧洲文学的进程并且占据第一流的位置。

第二,三巨头屠格涅夫、陀思妥耶夫斯基、列夫·托尔斯泰及其作品《贵族之家》、《罪与罚》、《战争与和平》等代表了成熟时期的俄罗斯长篇小说的最高成就。纯正谐和的古典之音、扑朔迷离的现代之曲、恢宏雄伟的世纪交响,既缘于俄罗斯文学巨大的普希金传统与果戈理传统的浸淫,更缘于作家们天才的创造力以及灵魂深处的人民性与苦难意识,为后世文学留下了“诗意的现实主义”、“虚幻的现实主义”、“心灵辩证法”等弥足珍贵的艺术遗产。

第三,成熟时期的长篇小说在篇幅上呈现出多卷体的趋势,在屠格涅夫“拉长的中篇”之后,大部头的鸿篇巨制不断推陈出新,反映在具体的内容和体裁上则表现为悲剧史诗的倾向。

第四,成熟时期的长篇小说不但拥有了全欧影响,更赢得世界声誉,从此确立了俄罗斯无可争辩的文化文学强国地位。

第三节 阿·托尔斯泰长篇小说体裁探索

如果将俄罗斯长篇小说的体裁发展流变理解为现实主义小说逐渐取代浪漫主义诗歌的过程,它的草创时期和成熟时期构成了俄罗斯文学的黄金时代,那么世纪之交的白银时代则实践着从散文向诗歌的复归与逆转。白银时代是诗歌的世纪,苏维埃革命也一度掀起过诗歌的热浪,但它最终选择了叙事的小说为自己主要的文学体裁。在欧洲各国文学纷纷沿着正常的发展轨道由现实主义向现代主义挺进之时,苏维埃强大的国家机器让俄罗斯文学从欧洲文学大家庭中剥离开来,在继承遗产方面,无限制地放大19世纪现实主义的批判精神;而在建设自己的新文学时,可以忽视文学本身的规律,将政治视为第一标准,这样,20世纪的苏联文学都被冠以"社会主义现实主义"的"姓氏"。

阿·托尔斯泰的生活与创作就正好处在俄罗斯历史的这样一个转型期。本文将阿·托尔斯泰的长篇小说创作划分为三个时期:沙俄时期(1907—1918),以《怪人》《跛老爷》为标志;侨居时期(1918—1923),以柏林版《两姐妹》和科幻体小说《阿爱里塔》为代表;苏联时期(1923—1945),以《苦难的历程》《彼得大帝》为典范。研究阿·托尔斯泰在长篇小说体裁领域的探索,研究他如何将"宏伟的现实主义"理论运用于艺术实践,对于把握作家全部的艺术精髓和理解20世纪上半叶俄罗斯文学的发展进程无疑具有重要的意义。

一、庄园小说《怪人》与《跛老爷》

《怪人》与《跛老爷》确立了阿·托尔斯泰最初的声名,是他早期标志性的长篇小说,作家自己将这一时期的创作命名为"回忆时期",多指的是题材上来源于家族回忆和家庭纪事,这两部小说也可以看作是"回忆小说"。而以高尔基和《真理报》为代表的评论界注意到文坛这位"新的托尔斯泰",则主要挖掘他作品中"残酷的真实"和"现代贵族阶级心理颓废和经济崩溃",肯定这是文坛"现实主义的复兴",这种评价自然有合理的成分,但似乎是过渡挖掘,细心的读者会发现,作品本身未必是这么回事。

随着苏维埃政权的巩固,作家自己也作了适应形势的修改,《怪人》标题的变化似乎可以佐证。1911年首发时命名为《两种生活》,这个标题1916年大幅修改后命名为《地下宝藏》,1923—1924年再度修改时定名为《怪人》。前面两个标题都比较接近作品的实际内容,尤其是《地下宝藏》,有关宝藏的故事颇能迎合当时人们猎奇的心理,容易产生某种阅读期待,阿·托尔斯泰无论作为小说家还是职业记者,他自然是深谙其道的。而到1923—1924年,伯爵的阶级烙印、象征派的文学出身、逃亡的人生履历,让回到苏联的阿·托尔斯泰成了不光彩的另类,他迫切需要紧跟“失而复得的祖国”。新的作品保证艺术性的同时自然要做到合乎时宜,旧的作品也需要来一番重新审视,他显然愿意尽可能多地挖掘批判的价值,《怪人》的标题当然也可以说具有某种猎奇性,读者会问:究竟是怎样的怪人呢?怪在哪里呢?但作家的修改显然意不在此,无非是将他过去隶属的阶级进行归类,甚至是侮辱性的归类,那个时代那个阶级的人们不是怪人,就是跛老爷。这样才有批判的力度,这样他才逐步赢得“红色伯爵”的声名,以至于逝世的时候挽词会说:“他生来的使命就是揭露自己周围的人们……他不是贵族阶级的歌颂者,而是诵经士,为此他受到贵族的仇视”。

进入作家全集的《怪人》与《跛老爷》,甚至还有后面几部长篇小说早已不是当初的样子,因为时间、精力、水平诸方面的关系,更因为很多比这些更加现实性的困难,笔者无法获得研究对象最原始形态的系列作品,但就流传至今的作家定本而言,评论界的上述定论即使不是错误至少也是值得怀疑的。回到《怪人》与《跛老爷》的文本上来,它们究竟是怎样的作品?它们的结构原则是什么?呈现了怎样的艺术风格,这就涉及阿·尼·托尔斯长篇小说的体裁问题。

《怪人》与《跛老爷》是庄园小说,确切一点,是最后的庄园小说。这里有必要讲一下庄园的历史沿革。俄罗斯的庄园可以追溯到15世纪的伊凡三世时期,当时只是一块包括土地、牧场、森林、湖泊、池塘和河流在内的贵族领地,农奴在领地劳动,突出生产性质,这是俄罗斯庄园的雏形;在彼得改革的推动下俄罗斯商业发展迅速,城乡分化加剧,为庄园的发展提供了物质条件;18世纪中期彼得三世发布了“贵族自由令”,从政策上解除了贵族必须为国家多年服务的义务,那些受过良好教育、拥有财富和领地的贵族们回到领地之后,开始大兴土木、建造宫殿楼房、开辟园林花圃、收购名画雕塑、组建私人戏院、独出心裁地装饰和布局等,把自己的领地建成仅次于皇家庭园的地方,庄园开始发挥文化休闲功能;叶卡捷琳娜时代庄园林立,完全可以满足日常起居、社会行政、经济事务、文化活动的综合需要,吸引了各界名流集会,文化功能尤其突出;19世纪的庄园和庄园文化获得长足发展,一批著名的庄园孕育和滋养了一批文化文学巨人,普希金的米哈伊洛夫斯基庄园、列夫·托尔斯泰的雅斯纳雅·波良纳庄园是其突出代表;19世纪末20世纪初,昔日热闹的庄园褪去了繁华,革命和战争则从体制上进行彻底摧毁,许多庄园建筑群不仅从地面上被铲除了,而且也从人们的记忆中消失。

19世纪那些著名的长篇小说与庄园有着密不可分的联系,《叶甫盖尼·奥涅金》对乡下庄园的产业结构、建筑风格、园林景观、劳动会客节庆等风俗习惯、文学音乐绘画等艺术元素均作了诗情画意的描绘，而达吉扬娜最后的心声，她情愿抛弃城市的名望、地位，抛弃假面舞会的衣裳去换回一架书，一座荒芜的花园，换回当年与奥涅金第一次相见的地方，甚至换回躺着可怜奶娘的那座卑微的坟墓，女主人公所有心之所系的这一切全都凝结着庄园的因素。《死魂灵》中乞乞科夫造访了几位地主庄园，既是情节发展的需要，也是人物刻画的必然，每一位地主对应着每一座庄园，形成了无可复制的庄园氛围。冈察洛夫的《奥勃洛摩夫》、屠格涅夫的《贵族之家》、列夫·托尔斯泰的《安娜·卡列尼娜》，或营造故事发生的典型环境，或渲染落寞忧伤的人物心理，或成为主人公精神的皈依，庄园以及与庄园有关的个体、物件、事情都像浆液一样融化和流淌在那些著名的长篇小说之中。甚至可以说，19 世纪的那些著名小说家，除了陀思妥耶夫斯基这位城市诗人，都可以说是庄园的歌者；19 世纪那些著名的小说，除了陀思妥耶夫斯基的作品，都注入了庄园的灵魂。而两个世纪之交的几部作品，契诃夫的《樱桃园》、蒲宁的《乡村》、阿·托尔斯泰的《怪人》与《跛老爷》也就成了庄园文学的绝唱。

将《怪人》与《跛老爷》划为庄园小说是有依据的。首先，小说细致而深刻地描写了庄园生活。将军夫妇的格尼洛比亚蒂庄园与索尼亚父亲的列皮耶夫卡庄园、跛老爷的米洛耶庄园与卡佳父亲的沃尔科沃庄园，建筑结构上均具有俄罗斯庄园一般的特点：坐落在半山腰的斜坡上，正房两三层带有厢房和阁楼，外部的山林、花园、池塘、林荫道等错落有致，内部的构造前厅、长廊、客厅、餐厅、卧室、书房基本雷同，庄园周围散落着必需的家居日用建筑：下人住处、仓库、地窖、粮仓、马厩、暖房、蜂场、狗舍等。

小说经常会写到这些场所，这些特定的场所，在推进情节发展方面具有十分重要的作用。比如《怪人》，多次写到索尼亚来置身于格尼洛比亚蒂庄园的外部环境，刚开始她因为读小说《春水》情窦初开，老是幻想着书中的王子，她又激动又悔恨，为了驱散浑身的燥热，她就跑到茂密的树林和草丛中，那里有潺潺流水，一头扎入水中。她喜欢一个人走在长满椴树的林荫道上，正是在这里，索尼亚遇到了装神弄鬼的巴甫琳娜，正是她主导了后续事件的发展；遇到了跟幻想中一样漂亮的斯莫列科夫，正是他毁掉了姑娘的幸福。花园里秋千上斯莫列科夫的激吻让索尼亚初次品尝了爱的甜蜜，池塘边椴树下树叶的飘飞宣告了格尼洛比亚蒂庄园主人生命的终结。在沃尔科沃庄园的花园里与心爱的卡佳约会时，跛老爷却说起过去如何着迷于彼得堡的一位夫人；老仆人康德拉季则在静静的花园里默默爱恋和守护着自己一手带大的小姐。

除了这些特定场所的描写，小说还展示了庄园的待客礼仪。招待客人时，主人通常陪客人聊天、散步，在庄园里举办各种娱乐活动，其中包括宴请、打牌、举办舞会或演奏乐曲等等。对庄园主来说，如何待客是一件事关自己声誉的大事，因此主人总是在待客上煞费苦心，乐此不疲。《怪人》就写到将军夫人对斯莫列科夫的造访措手不及而感到不安。她的管家阿法纳西见到尼古拉·尼古拉耶维奇的时候只穿了一件衬衣，散着腰带，正在穿堂拖地；她自己当时正想着从修道院回来的情形，走到台阶迎客时穿的还是早上的便服。一句话，任何方面都没能遵守上流社会的生活方式，斯捷潘尼达·伊万诺夫娜虽然急于想让斯莫列科夫立刻确认她们家过的是体面的上流社会生活，但也知道，修正这个错误似乎有点可笑，自己只好急急忙忙装扮成一个平民化的地主婆。而且第一次招待客人的午餐干脆就极其简朴，当然餐桌上摆着的是古老的银质餐具和鲜花。之后领他参观自己古老而精致的卧房，明为炫耀，想挽回一点面子，嘴上却说这是她“朴素的隐匿处”。此外，《怪人》对打谷场上劳动的观察、索尼亚与斯莫列科夫的婚礼及特列帕克舞的描写，《跛老爷》中老沃尔科夫操持女儿婚事从戏剧性的兴师问罪、精心设计的晚宴、热闹排场的婚礼到惩罚性的回信等全部的细节串联，无一不是典型的庄园日常生活的呈现。

细致描绘庄园的一些日常生活，仅凭这点就认为是庄园小说显然是说不过去的，最主要的依据在于，这两部小说的体裁原则是以庄园为中心展开叙述，简单的人物谱系，清晰的情节线索，迅速的场景切换，形成一种诙谐的诗意的充满象征意蕴的艺术风格。

以《怪人》而论，将军夫妇的格尼洛比亚蒂庄园与索尼亚父亲的列皮耶夫卡庄园就像叙事的两极，整个故事沿着这两极展开，并在这两极构成的封闭空间里流动。小说总共就十几个出场人物，将军夫妇、索尼亚夫妇是小说的主人公，但修道院长戈列杜哈、仆人巴甫琳娜、管家阿法纳西等那些卑微狡猾的次要人物尤其生动，正是他们控制了将军夫人，进而主导了全部故事的发展。小说以将军出售燕麦和将军夫人组织挖宝为核心情节，在这中间编织了索尼亚与斯莫列科夫不幸的爱情故事，不仅让“外来者”的眼睛透视和见证这座古老庄园所发生的一切，也让他们的身心参与进来，承受着庄园里命定的法则。《怪人》一共十七章，虽然没有标题,却基本可以用一组词语来概括:醒来,和解,造访修道院,逼嫁,嫖妓引发的糟糕事,逼婚,打谷场上的初识,逼娶,挖宝,出售燕麦,买公鸡,婚礼,回娘家,摊牌,离开列皮耶夫卡,将军的葬礼,将军夫人的死讯。

小说第一章叙述将军夫人早晨醒来之后的心理活动时,就交代了将军前妻的侄女索尼亚将从列皮耶夫卡来到她的格尼洛比亚蒂庄园,两座庄园之间以前一直是靠两边庄园主的书信联系,他们是亲戚。很快,一个现实中的人,索尼亚就要介入将军夫人的家庭生活,斯捷潘尼达·伊万诺夫娜非常不安,嫉妒成性的她容不得丈夫与别的女人在一起,一心想撵走将军异常宠爱的这个女孩儿。她想到一劳永逸而且非常狠毒的办法,软硬兼施要把她嫁给浪荡成性的败家子斯莫列科夫。于是,小说的主要人物在格尼洛比亚蒂庄园聚集了,在这半个多月的叙事时间里,挖宝、出售燕麦、举办婚礼等事件既相互交错又有条不紊地展开。在婚礼之后一个星期,新婚夫妇离开格尼洛比亚蒂前往列皮耶夫卡庄园。这时候,小说的叙事因为四位主人公的分离出现了两个中心,格尼洛比亚蒂庄园聚焦于将军中风死去和将军夫人变态到极致的情节变化,列皮耶夫卡庄园则不断剪接枯燥单调的基督徒的生活场景,以及斯莫列科夫本性在这种环境中的煎熬和爆裂。小说最后,修道院院长来信告知了将军夫人的死讯,这样,索尼亚和父亲又从列皮耶夫卡赶赴格尼洛比亚蒂,他们的到来打乱了巴甫琳娜和阿法纳西侵吞这座庄园的企图,因为将军生前立下了遗嘱,格尼洛比亚蒂所有的动产与不动产悉数转归索尼亚·斯莫列科娃名下。小说没有明确写两座庄园的结局,但是经历了这么多的人和事,一座已经被钉死了,要不了多久,另一座也只剩下孤零零的女主人,没有了人的庄园还会有生活和故事吗?

《跛老爷》也是这样,跛老爷克拉斯诺波利斯基公爵的米洛耶庄园与卡佳父亲的沃尔科沃庄园构成了小说的结构中心。“月夜”一章中,从沃尔科沃庄园回来的跛老爷造访科雷万的乡村旅店,老板娘是他的情人萨沙;而村子另一端,心如死灰的扎鲍特金医生躺在高板床上与瓦西里神父对话,其间谈到沃尔科夫美丽的女儿;沃尔科沃庄园的池塘边上,暗恋卡佳的老仆人康德拉季与马童说起跛老爷经常与小姐约会却不求婚,对公爵又气又恨,他遇上在池塘边上等待公爵的卡佳,默默地送她进了屋子。月夜的谈话让扎鲍特金医生遭遇“不期而至的爱情”,在出诊的途中无意间看见沃尔科夫父女,他不可救药地爱上了卡佳。这两章中,与沃尔科沃庄园有关的主要人物悉数登场,公爵、医生、仆人三个身份迥然不同的人都心系卡佳,一步步影响着她未来的生活和命运。

而在“往事不堪回首”一章中,小说的重心转移到米洛耶庄园,交代了跛老爷的参军和恋爱经历,他正是在彼得堡受到可怕的侮辱后才逃到米洛耶,继承了祖母的庄园。米洛耶庄园接纳了公爵疲惫的躯体,却医治不了他那颗受伤的心,因此,他对沃尔科沃庄园的卡佳一见倾心,认为只有她才能拯救自己的灵魂。但在米洛耶,公爵又沉沦在花天酒地之中,因为他无法派遣往昔岁月带给他的痛苦。在每晚受邀的客人中有勒季谢夫兄弟和楚柳帕、奥布拉兹佐夫等人,一次酒足饭饱之后大家提议找漂亮姑娘玩,就奔赴科雷万,公爵为保护萨沙,得罪了同行的楚柳帕。

卡佳沉浸在恋爱的煎熬与幸福之中,但凉亭边上的这次约会却彻底摧垮了她的精神,公爵还在迷恋那位彼得堡的夫人,她悲伤至极一病不起。沃尔科夫却不相信女儿会生病,要说生病也只可能是少女的思春,那么最好的药房就是出嫁。他正在为公爵迟迟不主动求婚而恼怒,楚柳帕等人则向沃尔科夫揭开公爵的老底。声势浩大的兴师问罪与萨沙以死相逼的搅和一前一后在两座庄园上演,谁都等着看这两台戏,沃尔科夫却出乎意料地力主促成了公爵与卡佳的婚事,但与此同时也决定了身陷“漩涡”之中的各位出场人物的“命运”。

新婚夫妇出国旅行途中,公爵抛弃卡佳,首先是因为追寻彼得堡那位夫人的幻影,后来是因为觉得配不上卡佳的爱情而自我放逐。扎鲍特金医生本与萨沙过着平静的生活,却因为回到庄园的卡佳意外的造访出现了波动,尤其是医生送公爵夫人回家的路上掉进冰河之中,医生殉情而死,萨沙远走他乡,卡佳更加孤独落寞,流浪的公爵在隐修士的开导下落魄“归来”,在“最后一章”中爬向妻子请求宽恕,他那颗经过了复杂而漫长的漂流的心后最终归属沃尔科沃庄园。

所有的故事阿·托尔斯泰总是娓娓道来,妙趣横生,他在友人心目中形成了一个固定的形象:风趣、活跃、诙谐、喜欢慢条斯理,含着隐而不发的微笑叙述“托尔斯泰式的即兴故事”。费定给他“讲故事能手”的评语,楚科夫斯基得到的印象是他的这位朋友总是笑口常开,说不尽的故事叫人笑破肚皮,爱伦堡形容他吃得津津有味,故事讲得津津有味,笑得津津有味,是个妙不可言的讲故事的人,甚至断言,没有他,不仅在文学中空荡荡的,就连在生活里也是空荡荡的了。这些富于生活性的评价道出了阿·托尔斯泰讲故事的高超艺术,在这方面,他和他的前辈作家屠格涅夫实在难分伯仲,甚至20世纪的这位作家更接近讲故事本身的形态,就是要引人发笑,要讲得诙谐听得开怀。

阿·托尔斯泰这种讲故事的能力以及讲故事的风格也反映在他的创作之中。他早年经常和朋友们兴致勃勃聊起自己母系亲族历史上的奇闻轶事,他文学上的导师沃洛申立刻就欣喜地意识到,面前的这个小伙“也许是文学界承袭贵族之家古老传统的最后一人”,勉励他“找到自己的风格,写出整套描绘农村生活的作品。”《怪人》和《跛老爷》可以说是年轻的艺术家遵照导师的建议写成的,这两部小说叙述的都是庄园里的平常的故事,当然在日常生活的平凡之中抓住了某些典型意义的东西,比如将军夫人的嫉妒性格和变态心理,比如跛老爷的痴迷幻影和回归家庭。无论是善讲故事的能力和风趣活泼的性格使然,还是将奇闻轶事转化为叙事小说的艺术需要,更不用说他顶着一个令人艳羡的伯爵头衔,阿·托尔斯泰在他的《怪人》和《跛老爷》中都完全不可能也完全不必要上升到背弃和批判旧时代旧阶级的高度,他只不过在小说中讲故事罢了,讽刺不是他的基调,诙谐才是他的风格。

正是这样,在《怪人》中不乏这样的描写。比如,将军夫妇的吵架,鹦鹉会在一旁帮腔,将军气急了抓起托盘举过头顶,却有意向一边瞄着,托盘里的饼干洒落一床,将军夫人惊讶过后特别满意,自己险些被丈夫拿托盘砸死了。她昨天看到丈夫对索尼亚那么温柔和眷恋,当即就决定尽快嫁掉这个姑娘,甚至脑海里立刻为她找到了未婚夫——年轻的外交官斯莫列科夫。将军不同意这个人选,砸托盘就成了最佳的转机,他得为这个行为认错,一定会软下来听自己的安排的。将军夫人故意等丈夫敲了六次门才以给斯莫列科夫写信为条件答应和解。斯捷潘尼达·伊万诺夫娜的嫉妒心理工于心计以及在家庭生活中的强悍个性都诙谐地表现出来了。

小说还写到彼得堡的公爵夫人丽莎,她与将军夫人因热衷招魂术经常书信往来,将军夫人那封信就是寄给丽莎的,希望把索尼亚嫁给她的姨侄斯莫列科夫,但他们名为姨侄实是情人,经常在丽莎家的一个小角落幽会。阿·托尔斯泰在描写这个幽会的场所时故意扯上《黑桃皇后》,既凸显主人的无知,又烘托某种恐怖的气氛,表明这个角落里滋长的是一份扭曲的感情,但他叙述的时候不紧不慢娓娓道来这间屋子的原委:

> 在所有大而空荡的房间中,公爵夫人丽莎特别喜爱屋子深处一个偏僻的昏暗的小角落,那儿一走进去总能感到某种可怕的东西。

这间房和屋子的其他地方通过狭长的楼道和暗门相连。听说，那儿，大约一百年以前，一位禁卫军军官通过密道钻进府邸，杀死了一个老太婆——房子的主人——然后离开了，没有被任何人发现。关于这个老太婆的全部故事，好像有一本名叫《黑桃皇后》的书里有记载，只是公爵夫人讨厌俄国文学，当然也就没有读过这部中篇。这间房里堆满了磨损坏了的皮革，摆着一张古旧的沙发，唯一一扇彩色玻璃窗则开向暗墙。

在这幽深的昏暗中，公爵夫人丽莎不管是和自己情人幽会，还是行招魂术，谁也听不到了。①

此外，小说中修道院拯救灵魂的对话、诺娜嬷嬷的募捐、将军夫人与修道院长的斗智斗勇、修女讲述有关自己曾祖奥西普和宝藏的故事、斯莫列科夫嫖妓引发的烦心事、丽莎的招魂术、"快乐木笛"与巴甫琳娜被掳、巴甫琳娜的装神弄鬼、一场要买不卖的公鸡的诡辩、将军出售燕麦、将军夫人组织挖宝、斯莫列科夫到士兵的遗孀家嫖妓落荒而逃、买公鸡追公鸡杀公鸡、将军中风时夫人的那一剂猛药、将军死后夫人的幻觉、巴甫琳娜与阿法纳西如意算盘的落空，等等，所有这些情节都是用诙谐的口吻叙述出来的。

《跛老爷》中也有很多诙谐的描写，克拉斯诺波利斯基公爵为彼得堡莫尔德文斯卡娅夫人穿鞋吻脚的细节是通过他的回忆说出来的，而在与心上人卡佳约会时竟然说起他如何迷恋那位夫人，如何被夫人的丈夫羞辱，又如何与一位街上偶遇的军官决斗成为跛老爷。两位年轻的当事人的内心是纠结的，但这番叙述本身却充满了诙谐的意味。楚柳帕、勒季谢夫兄弟等人挟私报复，把公爵在彼得堡不光彩的经历以及与旅店女主人萨沙的私情向沃尔科夫老爷和盘托出，簇拥着卡佳的父亲到米洛耶庄园兴师问罪只待好戏开场，沃尔科夫老爷被公爵一番改邪归正的说辞噎住了，不仅答应将女儿嫁给他，还愿意帮他料理马厩；一行人赶回沃尔科沃的时候，萨沙又来闹场，他非常愤怒，却固执地宣布公爵与卡佳结婚的消息。小说对沃尔科夫老爷在这些事件中的心理活动的描写尤其生动，富于戏剧性的逆转，一个好走极端又认死理的爱面子的老爷形象就通过这些诙谐的叙述表现出来了。

---

① А. Н. Толстой,《Чудаки》, См. А. Н. Толстой,《Собрание сочинений в десяти томах》, М: Гослитиздат, 1982. т. 1, с. 464.

最后的庄园小说格局中还流淌着诗情画意。阿·托尔斯泰在象征派诗歌创作中不断得到强化的感悟自然心灵的能力和驾驭语言文字的技巧在他早期的这两部长篇小说中派上了用场,小说中随处可见却又灵动自然的诗情画意不仅是他由诗人向小说家转型过程中不可避免留下的痕迹,更是他诗人的天性使然,作为一种柔性的没有形状却浑然天成的魅力流淌在他日后那些著名的长篇小说的宏大叙事之中。这自然是对以普希金、屠格涅夫为代表的19世纪俄罗斯诗意小说传统的传承,更是对20世纪俄罗斯文学的一种无意识的开拓(对早期的作家创作而言,他的《苦难的历程》和中后期系列小说中的诗意叙事多是自觉而为),当巨大的钢铁时代矗立在渺小的个人面前时,诗意也就化作一种柔性的力量缓冲或者说对抗着革命和钢铁对心灵的重压,《静静的顿河》的格里高利只有在阿克西尼娅和顿河草原的母性温柔中才能舔好伤口,《日瓦戈医生》中的同名主人公和心爱的拉拉愿意厮守在空无一人的瓦雷金诺与诗歌相伴,《两姐妹》中的四位主人公也一度置身于革命形势之外躲在爱情的小角落里享受幸福。

回到阿·托尔斯泰早期的这两部作品上来,《怪人》与《跛老爷》的故事围绕庄园展开,俄罗斯庄园固有的自然特征与小说情节紧密相连,池塘边、林荫道、花园中,凉亭里……这些出色的景物描写与主人公细腻的爱情心理交融一体,在诙谐的叙事中流动着俄罗斯小说独特的诗情画意,而且,这些星星点点的散落于叙事中的诗情画意在小说有一个总的源头,那就是各自的卷首语:

凭吊的游人在那儿只落得空虚
多想找到盖特曼统领的坟墓:
那儿埋藏着远古时代
就已被遗忘的马赛巴
——普希金《波尔塔瓦》①

抛弃冰封的石崖上的宝座,
游子离开了高原上的故乡,
像自由自在的瀑布,

---

① А. Н. Толстой,《Чудаки》, См. А. Н. Толстой,《Собрание сочинений в десяти томах》, М.:Гослитиздат,1982. т. 1, с. 464.

跃入幽暗的幽谷和痛苦的牢房。
一只坚定的爱情之手，
把浮云拉回家乡，
犹如羊羔的鲜血，
在白雪的祭坛上泛起红光。

——Вяч. 伊万诺夫《指路星》①

这两段卷首语分别引自普希金的《波尔塔瓦》和 Вяч. 伊万诺夫的《指路星》。普希金的诗暗示了远古时代的马赛巴统领与《怪人》的核心情节挖宝的关系。小说第一章是这样交代的:斯捷潘尼达·伊万诺夫娜在回格尼洛比亚蒂庄园之前，从一个瑞典老头——丈夫瑞典祖母的远房亲戚那里获知了一件新鲜的不寻常的事儿，她觉得自己有责任将丈夫的声名载入历史，这样就暗示了将军与瑞典王室貌似可能存在某种关系。而邻近的一家修道院不断传出第聂伯河沿岸发现珍宝的消息，修道院院长甚至获得了一张古代乌克兰统领马赛巴的藏宝图，这样就更加佐证了将军夫人的判断，而她造访修道院后修女克里基尼亚有关宝藏的当事人自己的曾祖奥西普留下的图纸和马赛巴砍死十二个哥萨克的叙述，不仅让将军夫人立刻决定高价买下那座空旷的山谷，也成了巴甫琳娜要求宰杀十二只公鸡的理由。将军夫人梦想找到马赛巴的宝藏，梦想丈夫继承瑞典国王王位，小说以《波尔塔瓦》的几句诗作为卷首语，也许是作家有意为这些看上去荒诞不经的挖宝故事营造真实的气氛，但在小说的叙述中又真真假假虚虚实实兼而有之。如果说普希金的《波尔塔瓦》有点像引子，引出了《怪人》挖宝的故事，那么 Вяч. 伊万诺夫的《指路星》则明显地将诗歌散文化，《跛老爷》就像是这首诗歌的注解，克拉斯诺波利斯基公爵的自我放逐、卡佳的真心宽恕以及整部小说的叙事氛围与充满象征意蕴的诗歌形成了相互照应的关系。

整体看来，《怪人》与《跛老爷》是典型的庄园小说，但是打上了阿·托尔斯泰从象征派诗人向现实主义艺术家转型期的艺术特征。在这两部作品里，作家细致描绘了庄园的日常生活，分别以一位嫉妒成性的贵族夫人挖宝的故事和一个浪子

① А. Н. Толстой,《Хромой барин. 》, См. А. Н. Толстой,《Собрание сочинений в десяти томах》, М. : Гослитиздат, 1982. т. 2, с. 359. 中文出处见阿·托尔斯泰:《跛老爷》，贝珊译，昆明:云南人民出版社，1981 年版，卷首页。

回头的跛老爷的故事统摄全篇，诙谐地叙述与几座庄园有关的人和事，简单的人物谱系、清晰的情节线索、迅速的场景切换围绕庄园铺开，形成一种诙谐的诗意的充满象征意蕴的艺术风格。没有果戈理式的讽刺，没有屠格涅夫式的悲叹，没有蒲宁式的哀婉，更没有某些评论家想当然的仇视，在青年艺术家阿·托尔斯泰关于自己所属那个逝去阶级和逝去时代的庄园小说里，有的只是诙谐和诗意。

二、科幻小说《阿爱里塔》与《加林工程师的双曲线体》

科幻小说一种非常晚近才出现的文学体裁，诞生于19世纪，是欧洲工业文明崛起后特殊的文化现象之一。它不同于远古的神话，虽然会讲上天入地的神魔故事，却只停留在幻想的层面；随着近代科学技术的发展，艺术构思中有了科学元素的注入，并与幻想层面的融合，才逐渐诞生了科幻小说这一新的体裁。科学、幻想、文学是科幻小说缺一不可的元素。科幻小说作为一种严肃的文学体裁广为人知、得到确立，要归功于世纪之交的法国人儒勒·凡尔纳和英国人赫伯特·乔治·威尔斯，很快，这种体裁在欧美各国风靡一时。在阿·托尔斯泰的七部长篇小说中，《阿爱里塔》与《加林工程师的双曲线体》的体裁归属早有定论，制造火箭飞上火星，发明双曲线体摧毁人类，这样的故事不可能在现实生活中发生，当然是典型的科幻小说了。

一般而言，科幻小说的出现至少有两个条件：科学技术的成就为小说叙事提供科学上的依据；小说的创作者必须具备较高的科学素养。阿·托尔斯泰所在的时代科学技术较过去的一个世纪已经有了长足发展，而他本人专业上是工程师出身，青年时代在彼得堡工学院学习，又先后在苏金斯基玻璃工厂、波罗的海战舰铸造工厂、涅维扬斯克钢铁工厂实习，学习玻璃制造工艺、镟工技艺和金属加工方法，还漫游过乌拉尔，在沿叶兰契克湖附近勘察金矿。阿·托尔斯泰虽然最终走了艺术家的道路，没能在工程师的道路上走得更远，但青年时代的这些经历无疑对他的创作会产生一些影响：他在作品中先后塑造了捷列金、罗希、加林等工程师的形象，不只是交代这些人物的职业属性，而是刻画他们的职业形象，没有工程师背景的作家是无法生动准确地表现这些人物的职业特征的；直接运用科幻小说体裁进行创作，这一点尤其不易，艺术家懂科学的不多，科学家会艺术的不多，能运用科学创作小说的艺术家就更难得了；阿·托尔斯泰则同时具备这样的条件，1934年他在《为技术而斗争》杂志上写下了这样一段关于科幻小说的见解：

当前在我国发生的一切，以及实现这一切所用的速度，都自己为自己作了说明。创作的基础的确是广阔的，由此可以得出结论：具备一切的前提，它们是现实生活这本书提供的，是为发展科幻小说而提供的。

作家必须用真正渊博的知识来武装自己，必须具备运用数字和公式的本领。我举一个例子，在《加林工程师的双曲线体》中，我写了关于射入地球的二十五公里的铅球，直到目前，当我修改时，才发现这一错误。因为一个铅球钻入二十五公里的地球时，必将完全被压碎。虽说我是工艺工程师，而且写《加林》也花了不少工夫，可现在看，工夫下得远远不够。化学和冶金方面的新发现会使我一次次的修改。

在我们的文学中，我还没有看到真正深刻触及技术文明和建设问题的例子。

我们的作家很少和这种文明的创造者打交道，可这个交道还非打不可。有一位无线电专家邦契—布鲁耶维奇，曾建议我同他合作写一部科幻小说，我很感兴趣，遗憾的是没时间。不过我认为，作家同这样的大专家合作无疑会产生极好的效果。①

阿·托尔斯泰认为科幻小说具备了发展的前提，以《加林工程师的双曲线体》为例说明运用科幻小说体裁创作的难度，因为这种体裁异常苛刻地要求作家拥有最新的科学知识储备。他还针对文学与技术文明疏离的情况提出了相应的对策，并乐见这种合作的效果。

回到《阿爱里塔》与《加林工程师的双曲线体》的文本上来，这两部小说究竟体现了怎样的体裁结构艺术？以科幻小说一言以蔽之似乎太简单了，细心的读者会感觉到，两者均融政治性、科幻性、惊险性于一炉，而深究起来，还有耐人寻味的差异。

阿·托尔斯泰创作《阿爱里塔》之时尚侨居国外，但已经在酝酿回归苏联。配合《致尼·瓦·恰伊科夫斯基的公开信》（1922年6月）政治上的明确表态，阿·托尔斯泰需要用文学家的创作来证明对新政权的理解和认同，于是他以《前夜报》之《文学副刊》为阵地，一方面发表《论新文学》，除了向侨民界宣传苏维埃新文

① 周忠和编译：《俄苏作家漫话文学创作过程》，开封：河南大学出版社，1988年版，第267页。

学,更从理论上论证了作家奉行的个人主义与苏维埃政权倡导的集体主义有和谐发展的可能;另一方面,以科幻体的形式创作《阿爱里塔》,阿·托尔斯泰主观上想描写红军战士及其苏维埃革命,但他之前一直是害怕和敌视革命的,这种颠覆性的转变可能他自己的感情上也没有办法立刻适应,何况他根本不熟悉红军是怎么战斗和生活的,因此只好通过写古谢夫领导火星起义表达对苏维埃革命的支持。这一点在前面章节的相关论述中已经强调过了,此外,当时一些欧洲作家非常热衷于"有情节的长篇小说"和科学幻想小说,阿·托尔斯泰深以为然,对于不熟悉苏维埃又必须用艺术的作品表态的伯爵作家而言,创作一部科幻体的《阿爱里塔》既能解燃眉之急,又留有自我诠释的余地,正是这样,这部小说的创作背景和创作意图也就决定了它的政治色彩。

1924 年 8 月,阿·托尔斯泰又写了一篇科幻小说《世界遭劫的七天》,较晚时标题改成了《五人协会》,这个短篇很像是一年后写成的《加林工程师的双曲线体》的一个片段。他在这部新的长篇科幻小说中围绕一种威力超强的武器——双曲线体的故事展开,在"化学大王"罗林格的身上表现一战后美国资本向欧洲扩张和征服世界的企图,通过对加林工程师的双曲线体和黄金岛国的叙述警示科学狂人与法西斯主义的萌芽,而最后拯救世界的是苏联共产党员塞里卡,他发动工人起义,夺取双曲线体装置,让加林大独裁者的美梦功亏一篑,这样精心的安排自然是有作家的深意的。

阿·托尔斯泰两部科幻长篇小说都契合了苏维埃根深蒂固的弥赛亚传统和宇宙革命、世界革命的理想,某种意义上可以说,政治性取代科幻性,成为《阿爱里塔》与《加林工程师的双曲线体》最本质的特征。稍有不同的是,如果说《阿爱里塔》的艺术设计中作家有很强自我保护的因素,或者说生存的策略性(当然,这也是一种政治性),而且因为不太熟悉红军战士而对古谢夫多用诙谐戏谑的语言描写,那么,在《加林工程师的双曲线体》的构思里他已经完全没有了那种诚惶诚恐的心态,而是集中笔力叙述与双曲线体有关的一切,而且将红军侦查员、共产党员塞里卡刻画得灵活机智坚忍不拔,但由此也产生了一个合理的悖论:从标准化的塞里卡形象上能看到为苏维埃献身的热忱,却无法让读者发自内心地深深感动,倒不如那个不安分地叫嚣着要把火星纳入苏维埃版图并领导火星起义的古谢夫,他机械得可爱鲁莽得可亲,古谢夫的形象总会让读者发出会心的微笑,事实上,不仅是跟塞里卡相比,就是跟《苦难的历程》中那些为主义而牺牲的著名的红军政委伊凡·高拉相比，甚至跟阿·托尔斯泰作品中任何的红军战士相比，古谢夫的形象都具有独一无二的魅力和价值。

科幻性非常好理解。阿·托尔斯泰在创作的时候非常注意对科学资料的研究，在他的图书室里保存了一本明显参考过的著作，那就是1903年在彼得堡出版的博勒教授所著的《星体和它们的居民》，书中不少有关火星以及火星上生命的种种假说都被他运用到小说《阿爱丽塔》中去了，主要通过工程师罗希的观感体会以及两个专章“阿爱丽塔的第一个故事”、“阿爱丽塔的第二个故事”表现出来。另外，罗希依据天体运行规律和超级炸药的爆炸原理等设计的火箭、火星上那块类似监控屏幕的雾镜等都是根据先进科技虚构出来的。阿·托尔斯泰说起过《加林工程师的双曲线体》的情节素材来源，一位叫奥列宁的老相识告诉了他有关双曲线体的真实故事，但工程师完成这个发明后于1918年死于西伯利亚。作家在创作这部小说的时候还不断学习分子物理学的最新理论，并向科学院院士求教。小说中一切虚构的发明均符合一定的现实依据，加林的双曲线体设计就以奥列宁讲的那位不知名的工程师的发明为蓝本，而且现代科学中定向爆破的原理也能提供某种参照。阿·托尔斯泰在第九十八节引用的曼采夫关于地球构造的公式，反映了20世纪20年代就已出现的一种科学假说，而这种假说后来得到了证实，科学家通过对地震波速度的研究，探明地球深处并不存在密室的熔岩层。

科幻小说还连带具有惊险性。工程师罗希设计了一枚火箭，发出招聘旅伴飞去火星的招贴，不仅所有读招贴的人觉得荒谬极了，连罗希自己也无法确定能否真正到达火星上，到了之后又能否返回，也许，会因为计算错误无法飞进火星的引力范围，一千年内会是宇宙中孤零零的一个，一千年后则变成冻僵的尸体葬身火海。从火箭顺利飞往火星并着陆的那一刻起，罗希和古谢夫两位地球人随时面临火星人敌意的威胁，尤其火星统治者图斯库柏三番五次加以谋害。罗希被打得昏死之时，领导火星起义失败的古谢夫赶来相救，在最危急的一刻启动火箭飞回地球。这中间的每一个情节都充满了无可回避的巨大的惊险。双曲线体的故事自然也跟惊险有关，它的发明者工程师加林与化学大王罗林格美艳绝伦的夫人卓雅，他们串通一气一步步实现着黄金岛国的美梦对抗整个人类，这原本就是冒险家乐此不疲的故事。没有惊险的元素，科幻小说也就不成其为科幻小说。

政治性、科幻性、惊险性构成了这两部长篇小说共同的元素，但它们还有各自的特点。《阿爱里塔》中流淌着诗意的感觉，《加林工程师的双曲线体》嵌入了侦探的形式。

读者对诗意叙事自然不会感到陌生，普希金、屠格涅夫以降的诗意小说传统在俄罗斯很多作家的创作中得到了丰富而深刻的传承，但像阿·托尔斯泰这样在科幻小说中注入诗意的元素的确不太多见，科幻小说要求做到精准的科学性与精湛的艺术性的高度统一，诗意的元素就是艺术的元素。

《阿爱里塔》中关于火星山川地貌的描写，关于火星神秘遥远的传说，无不浸染了诗意的风韵。但最摄人心魄的诗意还是通过罗希的心灵感受与阿爱里塔的古老情歌传达出来的：

> 地球，绿色的地球，一会儿藏在云里，一会儿沐浴在日光里，你多么美丽，你的水分多么充足，你对自己的孩子们多么残酷，但你仍旧那么可爱——故乡啊……
>
> 冰冷的寒气好像使脑子缩紧了。这红红的小圆球——地球，就像颗火热的心……人，这个虚幻无常、朝生暮死的东西，也就是罗希，靠着自己疯狂的意志，离开了故乡，而现在，他就像一个沮丧的魂魄一样，一个人坐在荒野里。这就是孤独呀。你要这样吗？你离开了自己吗？……①

这是罗希飞到火星上之后回望地球的心灵感受，仅仅因为妻子死了，他一个人忍受不了孤独的痛苦就要飞离地球，现在心愿已了，他却没有了快乐。自己原来那么憎恨的地球却变得异常美丽和可爱，而那颗孤独的心却依旧没有找到归属，罗希是属于地球的。俄罗斯与异国的距离并不比地球与火星的距离要近，阿·托尔斯泰身处异国他乡的孤独也不比罗希飞到火星上的孤独要少，《阿爱里塔》中的这段沮丧的心灵感受显然融进了作家自己的人生体验，情感世界的落差与地理空间的距离一起化成忧伤苦闷，钻进了每一个抛弃故国家园的人的灵魂。

> 再听听阿爱里塔这支古老的情歌：
> “你去拾些干草、畜粪和树枝，
> 把它们用心地堆起来，
> 然后把两块石头碰一碰——

---

① А. Н. Толстой,《Аэлита.》, См. А. Н. Толстой,《Собрание сочинений в десяти томах》, М. :Гослитиздат,1983. т. 3. с. 344. 中文出处见阿·托尔斯泰:《阿爱里塔》,刘德中译,中国青年出版社,1957 年版,第 60 页。

你，这个具有两个灵魂的女人，
击起了火花，火堆燃了起来，
你坐在火旁，把手伸向火焰，
你的爱人坐在摇曳的火光对面。
男人的目光透过升到星星那儿去的一缕缕的烟，
望着你的身子的幽暗处，你的心底，
他的眼睛比星星还要闪亮，
比篝火还要炽烈，
比发着磷光的猹的眼睛还要凶猛。
你应该知道：太阳将像一块炭那样熄灭，
星星将从天空中消失，
天上凶恶的塔尔泽特尔将失去光彩——
但是你，女人，坐在永生的篝火旁，
把手伸向火焰，
你在倾听着等待新生的声音，
在你身子里幽暗处的声音。”①

阿爱里塔违逆父亲的旨意，没有将她的天子罗希毒死，而是不顾一切地爱上了他，教他火星的语言，跟他讲火星的故事，用轻轻的、低沉的、悲哀的声音为他唱起古老的乌拉歌。根据古老的法则，如果女人对男人唱起这首歌，她就成为他的妻子；同样根据古老的法则，犯了献身戒条的处女，就要被扔进已故玛佳尔皇后的迷宫。美丽的火星公主唱起古老的乌拉歌，就已经准备接受命运的惩罚。自始至终，阿爱里塔优雅迷人的神态与她哀婉动听的歌声还有后来那焦灼而深情的爱的呼叫，都化作一种撼人心魄的魅力，从火星向遥远的地球弥漫开来。

与叙事内容相匹配，《加林工程师的双曲线体》舍弃了诗意的手法，而植入了侦探的形式。小说特意安排了共产党员塞里卡——苏联列宁格勒侦缉局侦缉人员的职业身份，他一开始就被一件荒诞的案子缠住了。克列斯塔夫河边的白桦林

① А. Н. Толстой，《Аэлита. 》，См. А. Н. Толстой，《Собрание сочинений в десяти томах》，М.：Гослитиздат，1983. т. 3. с. 344. 中文出处见阿·托尔斯泰：《阿爱里塔》，刘德中译，中国青年出版社，1957 年版，第 60 页，俄文出处第 409 页，中文出处第 150 页。

别墅里发生了一起凶杀案,被害者基本确定是工程师加林,可是在邮局发出奇怪电报的四指公民和加林同貌人的出现,以及国外一些消息的反馈,种种迹象表明,这是一起国际规模的刑事案件。很快,苏联当局了解到真正的工程师加林并没有死,他携带着具有摧毁一切威力的双曲线体逃离彼得格勒。为了追回加林和双曲线体,为了捍卫苏联的国家安全,塞里卡临危受命跟踪加林。可在巴黎,又有一个加林的同貌人被害,严重受伤的塞里卡反而被真正的加林控制起来,押往黄金岛国。加林利用曼采夫的方法开采出源源不断的黄金,扰乱了整个世界的金融秩序,被尊为大独裁者,但塞里卡的一双眼睛从来没有离开过他。自始至终,塞里卡都作为一个侦探的身份卷入加林一案,见证了各方对双曲线体你死我活的争夺,但只有他塞里卡成功发动黄金岛上的工人夺取了最大的双曲线体装置,保卫了苏联,也拯救了世界。

总而言之,《阿爱里塔》与《加林工程师的双曲线体》是阿·托尔斯泰在长篇小说的体裁领域所作的有益探索,这两部科幻长篇小说的创作合乎时宜,将政治性、科幻性与惊险性融为一体,分别植入了诗意的手法与侦探的形式,具有较高的艺术价值与科学价值。

三、惊险小说《乌金》

惊险小说实在是体裁大家庭中的不太出众的一员,没有庄园小说的风韵,没有科幻小说的神奇,没有史诗小说的恢宏,也没有历史小说的深邃,但它能为故事情节的虚构提供无限充分的自由,还是得到了一些艺术家的偏爱。阿·托尔斯泰在他的长篇小说创作中也尝试了惊险小说的形式:一战期间在高加索前线采访途中他就设计了《孤独的上流社会》的情节,小说将集幻想和惊险于一身,主人公不仅幻想发明一种研究人心理的仪器,还要搞一次理由不充分的凶杀,但这个构思没有变成具体的作品;此后的两部科幻小说《阿爱里塔》与《加林工程师的双曲线体》本身连带了惊险的性质;他真正意义上可称之为惊险小说的作品当推《乌金》,但无论从这部小说与革命史诗的关系着眼,还是从阿·托尔斯泰一生的长篇小说创作而论,《乌金》是他最失败的长篇小说,尽管作家本人极力掩饰这一点。

阿·托尔斯泰从南方考察回来不久,就在给《新世界》编辑部的回信中表示立即动笔写《一九一九年》,要像《一九一八》年那样,在描绘整幅图画之前,先写一些片段,包括从 1918 年 11 月到 1919 年 12 月这么一段时期,有关巴黎和志愿军后方的斗争场景将作为《一九一九年》的开端。为了描写流亡分子栖居的巴黎和志愿军后方,作家不但运用自己的回忆,还特别注意搜集大量的文献资料和同时代人的证明材料。其中苏维埃驻瑞典全权代表沃罗夫斯基的一本小册子尤其引起了阿·托尔斯泰的兴趣,这本小册子名为《在满目荒凉的尘世上——俄国白色流亡分子在斯德哥尔摩的暗杀同盟》,叙述了白卫军"复兴帝国军事组织"在冒险家中校哈泽·拉舍的领导下从事反苏的暗杀活动,而大量证据证明这一暗杀组织得到了白俄流亡分子上层和协约国统治集团的双重支持。随着资料的深入和情节的铺开,有关巴黎和志愿军后方的故事逐渐由片段扩展为一部单独的作品,这就是小说《乌金》。

阿·托尔斯泰认为,他写的关于革命和国内革命的史诗应该包括五部书:《两姐妹》、《一九一八年》、《保卫察里津》、《乌金》和三部曲最后的这本书《阴暗的早晨》。《苦难的历程》广泛地描写了从第一次世界大战到国内战争时期的俄罗斯生活,而《乌金》则反映了十月革命后亡命国外的白俄侨民的情况,只有将这几部作品合在一起,才能全面地展示那个时代阶级斗争和民族斗争的画卷,从正反两个方面证明十月社会主义革命的伟大意义。

在《乌金》前两章中作家以他所擅长的广泛概括主题的手法,描绘了 1919 年春天西欧的形势,与《一九一八年》开篇的政论形式、《苦难的历程》第二、三部中宏大叙事中的抒情插笔颇为相似。但是随着情节的展开,用作长篇小说情节基础的素材,就迫使作家改变三部曲的史诗形式而转用抨击性文章的笔法和冒险侦探小说的体裁。这是势在必行的。在严肃的苏联作家眼中,俄罗斯帝国已经被新生的苏维埃政权取代,亡命国外的反革命分子垂死挣扎和彻底失败的过程不仅没有什么英雄气概可言,就连悲剧气氛也不存在的。

作为革命史诗的延伸的努力是失败了,《乌金》却并未丧失成为优秀惊险小说的可能,可是,阿·托尔斯泰让这部小说承担了过多的使命,导致了它的不堪重负和最终坍塌。第一,作为三部曲的补充,这点已经讲过,失败了。第二,影射当时国内外的阶级斗争,正所谓"影射小说"之由来,一大批历史人物,临时政府前任总理李沃夫公爵和他的友人——叶列茨自由派地主斯塔霍维奇、英国化的男爵纳鲍科夫、石油大王曼塔舍夫和切尔莫夫、《共同事业报》的编辑布尔采夫和银行家杰尼索夫等等,简直就是贴着标签出现在小说中,连出席巴黎和会的劳合·乔治、杰捷尔金、丘吉尔、克里蒙梭等人也一一露面,他们共同的名字就是协约国反苏运动的鼓动者,除此之外,就是些无赖和妓女的角色,这与作家一贯的塑造人物原则明显是相悖的,倘若不是为了"影射",已是知名作家的阿·托尔斯泰岂会看不出《乌金》与他应有的艺术水准有多么不相称?第三,彻底刮去自己的侨居烙印,创作《乌金》的时候,他已经回国多年了,心里却从未真正的踏实过,阿·托尔斯泰写过不少反思和批判侨民生活的作品,但这次最甚,在他所有的创作中,《乌金》的艺术性流失得最为惨重。

当年还在杂志上发表的时候,《乌金》就遭到了猛烈的批评,正统的评论家说,那些批判文章的作者们不可能,并且在某些情况下也不愿意看到冒险侦探小说所具有的尖锐的、锋芒针对国际反革命势力的政治讽刺色彩,现在看来,那些持批评态度的人们并不见得都是不愿意看到讽刺的色彩,也许,应该有对这部作品深深的惋惜和失望。

1931 年 12 月 12 日《乌金》连载完,阿·托尔斯泰写了这样一段文字:

> 从写《乌金》的头几章起,就有人指责我不严肃,是冒险主义,是潦草成章,还有许多诸如此类的批评。有时会觉得,所有这些作法简直就是为了破坏长篇小说的写作。然而,不管读者满意与否,我毕竟还是把长篇小说写完了。我只需补充一句,长篇小说的史实都是准确而真实的……①

这样的辩驳或者说解释太乏力了,根本无法为《乌金》的艺术性正名。当初为了写《乌金》,阿·托尔斯泰将《彼得大帝》搁置了一年,这部小说的创作本身就花去了一年多的时间,后来又两次修改,1932 年出版单行本时修改了杂志上发表的稿本,1939 年作了一次重大的修改,小说题名易为《亡命者》,还加上了按语:

> 这部小说所写的事件,直至斯德哥尔摩凶杀案参与者的名字,在历史上都是真实的。斯德哥尔摩大学的一位教授曾将这桩被遗忘的案件的详情告诉了我。其他人物和情景则尽可能依据一些资料、口述的故事和个人的观察。小说第一版名为《乌金》——阿·托尔斯泰②

描写侨民聚集的巴黎和白卫军后方的这部作品题目叫《乌金》,"乌金"就

---

① 克列斯廷斯基:《阿·托尔斯泰》,周忠和译,郑州:黄河文艺出版社,1986 年,第 284 页。

② А. Н. Толстой,《Эмигранты.》, См. А. Н. Толстой,《Собрание сочинений в десяти томах》, М.: Гослитиздат, 1983. т. 4. с. 455. 中文出处见阿·托尔斯泰:《亡命者》,李忠清译,福州:海峡文艺出版社,1985 年版,第 1 页。

是石油,比起“亡命者”来字面上的意思似乎中立一些,没有那么明显的倾向性,尽管作品的内容和形式都指向了对小说主人公的讽刺和批判。阿·托尔斯泰将这部被口诛笔伐的《乌金》改名为《亡命者》,难道还是基于彻底的自我否定的需要?难道二十年前的侨居经历还在折磨他那颗不安稳的心?这些都无须考证,只是联想起五年之后作家留下那部举世瞩目的未竟之作,有点怆然,要是没有因创作和修改《乌金》造成的搁置,也许,《彼得大帝》会以完整的形态流传下来。《乌金》与《彼得大帝》,无论是作家阿·托尔斯泰,还是今天的读者,心中都有杆秤的。

四、史诗型家庭小说《苦难的历程》

《苦难的历程》是阿·托尔斯泰的代表作之一,包括《两姐妹》、《一九一八年》、《苦难的历程》三部曲,作家一度希望将《粮食》、《乌金》插入第二、三部之间,形成完整的关于内战和革命的史诗。本章论述惊险小说的时候指出了《乌金》的问题;《粮食》则近乎是一套历史材料的汇编,硬是将巨大的历史人物搬进小说里,就艺术而论,算不上什么出色的作品(特定时代产生的巨大的精神作用另当别论)。也许作家自己也考虑过这些问题,他最终没有将后面两部作品纳入史诗体系,否则就变成不搭调的五部曲了。

《苦难的历程》的创作前后跨度二十多年,三部曲新的内容要求大容量的广阔的叙述形式,这就迫使艺术家转向史诗体裁,然而广阔描写生活本身并不总指向史诗性和宏伟。对阿·托尔斯泰来说,首先最特别的是要把当代理解为历史,是要努力并善于从不久前发生的诸多事件中抓住前进运动的特点,在沸腾的现实中寻找历史的宏伟源头。

在20世纪20—30年代,俄罗斯文学中发生了显著的体裁变革。如果说白银时代倡导的是散文向诗歌的复归,那么经过一段时间的放任后,钢铁时代则要求文学大规模地由诗歌向散文逆转,尤其是史诗型的散文被提到了重中之重的位置。这一时期并不只有阿·托尔斯泰具有趋向大型史诗形式的特点,社会主义革命的宏伟事件,被提到首位的人民主题,崭新的世界观,这些都为苏联文学最具代表性的特点——需要作家选择史诗型长篇小说的形式——准备了条件。这一时期高尔基的《克里姆·萨姆金的一生》、肖洛霍夫的《静静的顿河》、法捷耶夫的《最后的乌德盖人》等作品都进入了史诗之列。

将某部作品认定为大型史诗仅仅只是概括和赞赏的意味,无法涵盖像《苦难的历程》这样复杂而深刻的小说的艺术特征。历史性与历史投射到个人身上的时代感是作家自己和评论界都极为重视的问题,在这层意义上,将它视为历史小说或者心理小说也有合理的成分,而将这两种称谓跟整部作品对应时,又未免失之偏颇。也许史诗型家庭小说比较接近于这部作品的体裁结构原则。

笔者在论述俄罗斯长篇小说体裁的发展流变之时,对史诗型家庭小说作了比较细致的梳理,本节将关注俄罗斯文学发源于普希金的以家常方式描写历史的传统在阿·托尔斯泰的《苦难的历程》中如何表现出来。

第一,从内容上看,史诗型家庭小说必然与重大的历史事件关联。《苦难的历程》是一部关于苏联人民的史诗,它的叙事时间从1914年世界大战前夜写到1920年年底,广泛描绘了革命前夕、革命时期和国内战争时期的俄罗斯社会生活的巨幅画卷。从彼得堡到边远外省,从荒僻的乡村到战火交锋的前线,从乌克兰到莫斯科,整个俄罗斯大地都燃烧革命与内战的战火,这部近百万字的长篇小说将一战、二月革命、十月革命、内战,包括科尔尼诺夫、邓尼金等组织的白卫志愿军在南俄的反扑、顿河哥萨克的反革命叛乱、捷克军团的哗变、萨马拉立宪政府的组成、马赫诺匪帮的威胁、黑海舰队的凿沉、反动阵营针对列宁的暗杀、苏维埃的红色恐怖、保卫察里津等等,几乎囊括了一个伟大时代的全部重要历史事件。这一连串的历史事件对俄罗斯民族的命运不可避免地产生重大影响,不再是构成小说叙事的背景,而成为史诗最核心的内容,正是因为小说叙述这些决定国家、民族的重大历史事件,它才具备了史诗的结构与价值。

第二,从结构上看,史诗型家庭小说在家庭的框架中表现重大的历史事件,巨大的历史投射到个人身上,突出个人的时代感。《苦难的历程》主要通过四位知识分子主人公达莎与捷列金、卡嘉与罗欣相识、相爱、组建家庭的经历和感受来折射俄罗斯那一段波澜壮阔的历史。《两姐妹》中的家庭因素特别突出,卡嘉与尼古拉浮华的不幸的家庭生活、卡嘉在丈夫死后与罗欣的恋爱生活以及达莎与捷列金的恋爱生活,几位主人公都竭力避免卷进时代的漩涡,只是作为旁观者观察事态的发展,心无旁骛沉浸在恋爱的幸福中。一些研究者把《两姐妹》仅仅看作是日常家庭生活题材的小说,这样的论断与作品的内容和精神都是不相符的。《两姐妹》从头到尾都充满了革命时代的社会哲学问题,描写主要人物个人生活的同时《两姐妹》强烈而真诚地提出了历史转折关头俄罗斯的命运问题,展现了革命前各个阶层广阔的生活画面、社会政治和道德氛围、统治阶级的分化和人民群众愤怒情绪的滋长，阐明了把国家引向革命的历史过程的方方面面。伟大十月社会主义革命荡涤一切的风暴面前的俄罗斯，这正是长篇小说《两姐妹》的主题所在，在这样的风暴面前，四位主人公必然会作出各自的抉择，而这些，在后面两部续篇中完全实现了。在《一九一八年》中，家庭的因素适当减退，那个暴风雨的年头巨大的历史事件横亘在小说的叙事空间，亲密的恋人分道扬镳，捷列金最早参加了红军，达莎留在乱糟糟的彼得堡甚至被卷入暗杀列宁的反革命阴谋；罗欣为了心中的俄罗斯加入了志愿军的一边，柔弱的卡嘉则像一只小猫一样被丢弃被控制。而到《阴暗的早晨》里，因革命和信仰等原因颠沛流离的恋人们又重新相聚，家庭、恋爱生活与重大的历史事件错综复杂，越来越紧密地交织到了一起。

《苦难的历程》没有直接叙述那些宏伟的事件和人物，多是通过几位主人公的观感表现出来的。小说一开始就是用达莎的眼睛看世界，而她也具备这样的观察能力，《两姐妹》中是这样写的：

> 达莎喜欢观察人，而且跟任何女子一样，是个精明的观察者，那天傍晚她对船上的每一个旅客，差不多都已经弄清了底细；这一点在捷列金看来，几乎是一个奇迹。①

正是纯洁的达莎的这双眼睛，看到了彼得堡上层社会浮华堕落的生活，看到了战争的恐怖和血腥，见证了包括“保卫祖国和自由同盟”针对列宁的间谍活动、萨马拉立宪政权的组成、察里津保卫战、苏维埃国家的电气化建设等一系列重大的历史风云。

阿·托尔斯泰创作长篇小说《两姐妹》，是想创作一部关于当代的、自己的和自己一代人的作品。而到《一九一八年》时，他又有了新的目标，当时十月革命是胜利了，但过去还在冒烟，未来还不明晰，他开始转而表现全民族在决定整个国家世纪之初历史发展的转折关头的生活。再到《阴暗的早晨》里，主要任务之一就是塑造布尔什维克的性格，不是当时的文学中已经描写得非常详尽的自发的游击队员的性格，而是塑造有组织性的、有纪律性的、有思想的、英勇的、一九一九年的恐

---

① А. Н. Толстой，《Сестры》，См. А. Н. Толстой，《Собрание сочинений в десяти томах》，М.：Гослитиздат，1983. т. 5. с. 77. 中文出处见阿·托尔斯泰：《苦难的历程》第一部《两姐妹》，朱雯译，北京：人民文学出版社，1979 年版，第 94 页。

怖战争中的胜利者的性格。三部曲连缀一起，就是一段“苦难的历程”，就是个人“对于整整一个时代的感受”。

第三，从叙事上看，史诗型家庭小说体现了宏伟的现实主义要求的宏大叙事与作家个性使然的诗意叙事的完美融合。“革命的暴风骤雨已经在祖国的上空疾驰而过，人们创造了惊天动地的奇迹。全世界都堆满了煤块，出现过英雄的事业，出现过一幕幕的悲剧，然而，它们的剧作家在哪里？那些能把千百万人民的意志、热情和业绩一并收入伟大的英雄史诗里的小说家又在哪里呢？”①阿·托尔斯泰不仅在自己关于“宏伟的现实主义”的文学论文中表达过这样的忧虑，还通过小说人物萨普士考夫充满激情的演说提出摆在艺术家面前的这样一个巨大课题：革命和时代要求宏伟的叙事。《苦难的历程》中重大的历史事件更迭，广阔的地理空间转变，纷繁的人物谱系交织、深邃的历史哲学思考，无不赋予小说以全景的规模和雄浑的气魄。作品主人公达莎、卡嘉、和捷列金、罗欣，正是以这宏伟的历史背景为舞台，按照各自的人生轨迹，在错综复杂的历史漩涡中苦苦寻觅和奔突，直至殊途同归回到祖国和人民的怀抱，以此实现关于革命和内战宏伟叙事的目标。

阿·托尔斯泰是优秀的小说家，但他同时也是优秀的诗人，在有关革命与内战宏大叙事中注入浓浓的诗意，正是《苦难的历程》的艺术特色所在。三部曲的书名取自俄国古代伪经《圣母的苦难的历程》，而卷首语和文本中对俄罗斯国家和历史的思考尤其增添了小说诗性的魅力，

啊，俄罗斯的国土！②

在清水里泡三次，在血水里浴三次，在碱水里煮三次。我们就会纯净得不能再纯净了。③

---

① А. Н. Толстой,《Задачи литературы——литературные заметки》, См. А. Н. Толстой,《Собрание сочинений в десяти томах》, М.：Гослитиздат, 1986. т. 10, с. 102. 中文出处见阿·托尔斯泰：《论文学》，程代熙译，北京：人民文学出版社，1980年版，第15页。

② А. Н. Толстой,《Сестры》, См. А. Н. Толстой,《Собрание сочинений в десяти томах》, М.：Гослитиздат, 1983. т. 5. с. 1. 中文出处见阿·托尔斯泰：《苦难的历程》第一部《两姐妹》，朱雯译，北京：人民文学出版社，1979年版，第1页。

③ А. Н. Толстой,《Восемнадцатый год.》, См. А. Н. Толстой,《Собрание сочинений в десяти томах》, М.：Гослитиздат, 1983. т. 5. с. 283. 中文出处见阿·托尔斯泰：《苦难的历程》第二部《一九一八年》，朱雯译，北京：人民文学出版社，1979年版，第1页。

……以战胜者的身份活着，或者光荣地死去……①

第一句引自著名的史诗《伊戈尔远征记》，这么一句诗意的卷首语立刻让人想起英雄鏖战的年代，不仅隐喻了俄罗斯祖国即将面临的命运，也让小说一开始就弥漫着史诗的气息。第二句引自民间谚语，它的特定含义是指知识分子经过革命和战争的严酷考验，经过反复的痛苦斗争，能够洗刷掉灵魂的污垢真正走向人民，这也是对苦难的历程所作出的题辞性的概括。第三句引自基辅公国大公斯维雅托斯拉夫的诗歌，这句诗的作者以无比英勇而著称，在小说中苏维埃革命处于生死攸关的时刻，在苏联国家面临法西斯巨大的现实威胁之时，这句卷首语的出现是意味深长的。

随着小说叙事的展开，史诗的民族气息逐渐与个人情怀融合，两姐妹优雅迷人的言谈举止、曲折细腻的心路历程，哪怕只是卡嘉和达莎这两个美丽的名字，都让小说充满了诗意。此外，诗意与俄罗斯独特的自然景观相连，也流动在某种意象、情怀之中，更通过充满历史厚重感的人物语言表达出来：

你瞧！……这一遭我们也一定会胜利。伟大的俄罗斯固然是毁了！然而，就是那些曾经拿了木桩挺身出来拯救莫斯科的褴褛的农民的子孙，把查理十二世和拿破仑给打败了……那个硬被装在雪橇上给拉倒莫斯科去的孩子，他的孙儿创建了圣彼得堡……伟大的俄罗斯固然是毁了，一点不错！……然而只要我们还留得有一座县城，俄罗斯就会从那块土地上重新生发起来……②

这是《两姐妹》的尾章，像《伊戈尔远征记》历数罗斯的光荣一样，小说借捷列金之口，回溯祖国的辉煌。当此之时，俄罗斯帝国在一战中轰然坍塌，十月革命烽烟突起，主人公在厚厚的书中寻找答案，个人的起落浮沉与国家、民族的荣辱兴衰紧紧相连，他对达莎说起俄罗斯的历史，表达知识分子心中俄罗斯国家永不消亡的坚定信念。

---

① А. Н. Толстой,《Хмурое утро》, См. А. Н. Толстой,《Собрание сочинений в десяти томах》, М. :Гослитиздат, 1983. т. 6. с. 1. 中文出处见阿·托尔斯泰：《苦难的历程》第三部《阴暗的早晨》，朱雯译，北京：人民文学出版社，1979年版，第1页。

② А. Н. Толстой,《Сестры》, См. А. Н. Толстой,《Собрание сочинений в десяти томах》, М. :Гослитиздат, 1983. т. 5. с. 275－276. 中文出处见阿·托尔斯泰：《苦难的历程》第一部《两姐妹》，朱雯译，北京：人民文学出版社，1979年版，第355页。

宏大叙事之中的抒情插笔也为小说增添了诗意的魅力,在《苦难的历程》中,作者似乎不满足于通过爱情心理、自然景观、人物语言等来点染抒情的因素,还要直接站出来喷发感情,这些抒情插笔往往起到画龙点睛升华主题的作用,比如:

> 俄罗斯人民的热情的来源是一个谜语。普遍的幸福和正义的社会秩序的理想,大家以为已经永远给埋在世界大战那堆得山一样高的尸体底下了,如今却像是伊甸园里树上的种子,落在贫困的、受到糜烂的俄罗斯,目不识丁的农民还在那儿互相传述着傻子伊凡、妖婆和飞毯的神话,瞎了眼的老头儿和老太婆也在那儿歌唱勇士们的战斗,筵宴和婚礼的那种冗长的史诗。
>
> 在俄罗斯人民当中,这种理想具有钢刀一样的力量与弹性,传述神话的农民,和那些长久不冒烟、一半已经毁损的工厂里的工人,跟饥荒、伤寒和严重的经济崩溃搏斗着,正在扫荡和追逐邓尼金和他的第一流的军队,在彼得格勒大门口挡住了尤登尼奇的突击部队,把他们赶回了爱沙尼亚,击溃了高尔察克的大军,把他们赶散在西伯利亚的雪地上,把全俄罗斯的统治者俘虏而且枪毙了,在远东正在攻打日本兵,把他们赶回去;为列宁的理想所鼓舞——只有理想,因为在俄罗斯既没有吃的,也没有穿的——他们相信自己比世界上任何人都强大,相信在他们那贫困的国家的废墟上可以在最短期间建成一个正义的共产主义社会。①

这是《阴暗的早晨》的接近尾声的部分,内战还在继续,反革命分子还未肃清,但是苏维埃的胜利已成定局,从战争的泥潭中拔出来的俄罗斯人民开始筹划建设的蓝图了。抒情主人公从小说幕后跳出来,对俄罗斯人民的热情之谜和俄罗斯国家的未来作了酣畅淋漓的歌颂。

第四,从人物关系上看,史诗型家庭小说让历史人物与虚构人物同台献艺,但虚构人物才是小说真正的主人公。在《苦难的历程》的中,以虚构的卡嘉与罗欣、达莎与捷列金为核心,既有虚构的贝索诺夫、萨普斯考夫、柴杜夫、卢布廖夫、高拉、楚盖、亚格丽披娜,也有历史上真实的人物科尔尼诺夫、邓尼金、马赫诺、布琼尼,更有苏维埃的领袖列宁、斯大林,一起构成了三部曲的人物谱系,高明的小说

---

① А. Н. Толстой,《Хмурое утро》, См. А. Н. Толстой,《Собрание сочинений в десяти томах》, М. :Гослитиздат,983. т. 6. с. 364 – 365. 中文出处见阿·托尔斯泰:《苦难的历程》第三部《阴暗的早晨》,朱雯译,北京:人民文学出版社,1979 年版,第 474 – 475 页。

家总是善于把自己关于历史和现实的、思想的和艺术的构思游刃有余地置于其中,没有写成人物传记,也没有写成编年体式的故事,而是在家庭的框架内让四位虚构的主人公或观察或卷入俄罗斯这段错综复杂的历史,从而巧妙实现他的艺术理想。

这里尤其值得一提的是关于领袖人物列宁和斯大林的塑造。将活着的领袖写入小说,实在是一件吃力不讨好的事情,稍有不慎,就会犯或这或那的错误,一般的作家没有这种勇气,更没有这种才气,阿·托尔斯泰却出色地解决了这一难题。先看列宁的出场。在《一九一八年》第一章末尾,一个小小的拱顶房间里正举行人民委员会会议,作者没有指名道姓交代与会的人员,但熟悉俄罗斯那段历史的人们都知道那就是列宁,而且,末尾的这几节文字完全由个性的人物语言和传神的手势动作组成,一位力挽狂澜的刚毅的领袖形象就跃然纸上了。到第八章,作者则详细描写列宁在工人群众大会上关于饥荒的演讲,台下的人们欢呼万岁,连卷入间谍阴谋伪装成女工受命前来侦查列宁活动规律的达莎都深受震撼,忘记了自己的使命,"听到和看到了一种新的东西"。而到三部曲的末尾,战争的硝烟还未消散,莫斯科大剧院五层楼的大厅里,四位主人公重新聚首倾听振奋人心的电气化报告,罗欣抓住卡嘉瘦伶伶的手,告诉她那位穿黑大衣的匆匆写东西的人是列宁,而那位坐在边上的个子瘦瘦蓄着黑唇髭的就是斯大林,就是那摧毁邓尼金的人。

应该说,小说对列宁与斯大林这样领袖人物的处理非常恰当,他们的出场不仅没有显得突兀,反而增添了史诗的宏伟。这是因为作者遵循了史诗型家庭小说的人物塑造原则,历史人物与虚构人物同台献艺,虚构人物才是小说真正的主人公。《苦难的历程》是正面的例子,《粮食》和《乌金》艺术上的失败则从反面佐证了恪守人物塑造这一原则的重要性,因为这些原本想跻身于史诗系列的作品,历史人物总是喧宾夺主,横亘于小说的人物谱系和叙事空间之中,小说的虚构天性让位于文献汇编的准确和枯燥,艺术的敏感让位于政治的自觉,带着读者的早已不是宏伟的观感和诗意的享受,而是味同嚼蜡了。这样看来,《粮食》未能跻身《苦难的历程》四部曲,实在是阿·托尔斯泰的幸运。

五、历史小说《彼得大帝》

本章第一节对体裁、小说、长篇小说体裁特征等做了理论溯源,第二节对俄罗斯长篇小说体裁发展流变进行了具体阐述,指出了俄罗斯长篇小说的史诗化倾向。在20世纪20—30年代,俄罗斯文学发生了显著的体裁变革,长篇小说尤其是史诗型长篇小说取代白银时代的诗歌,主导了文学的进程。这很大程度上因为苏维埃文学不断强化了对新人、大写的人的认识和对社会历史发展规律的理解,史诗型历史长篇小说小说生逢其时,得到迅猛发展。

历史小说作为一种相对年轻的体裁,随着文学中历史主义原则的确立获得独立性。18世纪至19世纪的法国大革命和各国民族解放战争,这些巨大的历史事件及其卷入其中的个体的命运必然投射到文学艺术上来,通过艺术复活历史,英国作家瓦尔特·司各特正是这一体裁的鼻祖。别林斯基认为司各特创造了前所未有的历史小说,普希金则这样确定了这个文学新体裁的意义:"瓦尔特·司各特小说的曼妙之处,在于让我们用现代的眼光去了解过去的时代及其家庭生活面貌。"①

历史小说同司各特的作品一起进入了俄罗斯文学,影响着俄罗斯历史小说的发展。如果说俄罗斯历史小说肇始于扎戈斯金的《尤里·米罗拉夫斯基,或者1612年的俄罗斯人》(1829)、拉热奇尼科夫的《最后一个新贵》(1833)和《冰屋》(1835),普希金的《上尉的女儿》(1836),在列夫·托尔斯泰的《战争与和平》中达到顶峰,那么,阿·托尔斯泰的《彼得大帝》当之无愧为最优秀的历史作品,高尔基称之为"我们文学中第一部真正的历史小说"。在阿·托尔斯泰的笔下,彼得不是"大海中之一滴",彼得和彼得的时代气势磅礴巍然而立。

彼得及其时代一直是俄罗斯文学史不敢轻易触碰却无法绕开的一个重大主题。普希金对彼得大帝怀着深切的敬意,在《波尔塔瓦》、《青铜骑士》、《彼得大帝的黑奴》中塑造了彼得,他认为彼得的改革让俄罗斯进入了欧洲,像一艘战舰在斧头的敲击和大炮的轰鸣声中下水一样,当然诗人并未宽恕彼得对人民的暴行。别林斯基则这样评价:"不学习,就灭亡。这就是用鲜血写在他跟野蛮作斗争的旗帜上的话。"②车尔尼雪夫斯基认为,彼得的改革让大胡子剃掉了,德国服装穿上了,但是留大胡子穿旧式服装时期的那些思想都留下来了。彼得的改革只是巩固了

---

① 阿格诺索夫:《20世纪俄罗斯文学》,凌建候等译,北京:中国人民大学出版社,2001年版,第284页。

② 岚沁编译:《一个伯爵的历程——阿·托尔斯泰的生平和创作》,北京:北京大学出版社,1987年版,第195页。

俄罗斯的军事威力,穿上了文明的外衣,骨子里的沙皇专制和农奴制丝毫未变。白银时代的梅列日可夫斯基在其长篇小说《彼得与阿列克谢》中极力渲染悲观恐怖的气氛,阿·托尔斯泰早期的短篇小说《彼得的一天》、戏剧《在拷问架上》都塑造了反基督的沙皇形象。就俄罗斯文学的彼得主题来说,只有到了阿·托尔斯泰30年代的历史长篇小说中,彼得才真正成为历史的巨人,他那双巨大的手掌在推着整个暮气沉沉的俄罗斯前进。这与作家倡导的"宏伟的现实主义"写宏伟时代的典型人物相契合,更与彼时苏联社会政治环境及创作气候作家所处的个人境遇密切关联。

1926年11月12日,阿·托尔斯泰与循环出版社签订了出版长篇小说《彼得大帝》的合同。1927年5月他在俄罗斯南方的罗斯托夫博物馆偶然发现了彼得海军上将克留伊斯的地图,这引起他极大兴趣,他还专程赶到小山村,造访彼得时代的城堡遗址。此后,他开始全力搜集彼得时代的历史资料。阿·托尔斯泰致力于彼得大帝题材的创作长达二十五年,他曾追溯:

> 在二月革命之初,我就注意到彼得大帝这一题材。我与其说是有意识的,毋宁说是以艺术家的本能在这题材里寻找着俄罗斯人民和俄罗斯国家制度的秘密。①

1928年国内政治生活的变化让《苦难的历程》续篇的创作显得不合时宜,阿·托尔斯泰于是听从高尔基的建议和自己内心的需要,重新开始彼得题材的创作,长篇小说《彼得大帝》第一部正是在这一时期问世的。在纪念联共(布)中央1932年4月23日《关于改组文学艺术团体》的决议发表一周年之际,阿·托尔斯泰在《红色日报》晚刊撰文《谈应该如何表达思想》,回答读者"为什么要写彼得"这一问题。

> 我们这些人都不是突然之间从天上落到苏联平原上来的。为了在艺术上来创作我们的时代——诸如那些鼓舞劳动群众起来从事斗争和建设的使命,以及时代的阶级斗争的特点,人的性格等——必须通过整个历史的前景来对这个时代进行观察。要对今天做出最后的定论,也只有当今天成为复杂

---

① 岚沁编译:《一个伯爵的历程——阿·托尔斯泰的生平和创作》,北京:北京大学出版社,1987年版,第191页。

的历史过程中的一环时,才能够理解它。①

人们显然不能就此接受阿·托尔斯泰阐述的理由,一位苏联作家,面对蓬勃的社会主义建设,怎么能回到历史的故纸堆呢?1934年苏联作家第一次代表大会召开前夕,《十月》杂志以"社会主义现实主义与历史小说"为题展开辩论,对历史小说这一体裁本身提出质疑,历史小说被解释为逃避现实的方法,是作家脱离社会现实的证据。尽管高尔基极力维护,但主张"社会主义现代性"的人们特别反感"贵族题材",以"彼得大帝"为内容和书名的历史小说自然难逃噩运。普希金曾说,评判一个作家要用他自己为自己定的法律,那么我们来看看,阿·托尔斯泰自己怎么说的。

"我很早以前就想写彼得一世——那还是在二月革命的时候,我在他的上衣上看到很多脏点,但无论如何,彼得始终是历史迷雾中的一个谜。"彼得大帝的形象塑造伴随着阿·托尔斯泰的整个创作道路。但在以马克思主义的观点看待彼得时代之前,作家多次研究这个题目,将它置之于一个强大的传统轨道上剖析,这个传统来源于卡拉姆津的《俄罗斯国家史》,在这个思维模式中,彼得是俄罗斯凶恶的天才,反基督教的沙皇,为了在无底的沼泽之地上建起一座梦想中的、必遭毁灭的城,他将整个国家都吊到了拷问架上。阿·托尔斯泰在短篇小说《彼得的一天》(1916)中就是这样描写的。

再次在作品中回到彼得主题是1928年的话剧《在拷问架上》,过去的十年作家经历了逃亡、侨居、回归,在这动荡不安的岁月中,他仍然提到了彼得。侨居时期的《苦难的历程》之《两姐妹》,就有两次提到彼得大帝,一次是在描写第一次世界大战之前的彼得堡时,另一次是主人公之一捷列金在读俄罗斯历史时。作家在致恰伊科夫斯基的公开信中更是明确说,"良心召唤我不要爬到地下室去,而是要回到俄罗斯,即使我只是一枚小小的钉子,我也要像彼得一样,把自己钉在被暴风雨打得千疮百孔的俄罗斯战舰之上。"②这封信意味着作家与侨民群体的决裂。然而,在他回归之后第一次涉及彼得的作品——话剧《在拷问架上》,他仍然坚持自己先前的观点:反基督的沙皇形象引起了人们的仇恨,战友们都背叛他。这部

① 阿·托尔斯泰:《论文学》,程代熙译,北京:人民文学出版社,1980年版,第230页。

② А. Н. Толстой,《Открытое письмо Н. В. Чайковскому》, см. А. Н. Толстой,《《Собрание сочинений в десяти томах, М.: Гослитиздат》, 1986. т. 10. с. 49. 中文出处见陆人豪:《阿·托尔斯泰的生平和创作》,北京:北京出版社,1987年版,第93页。

话剧当然遭到批评,阿·托尔斯泰在1934年彻底改写剧本,一改悲观主义的基调,在对彼得个性及其改革的评价上有了本质变化,改版中的彼得,是一个被历史推倒前台的伟大人物。

《在拷问架上》虽然有不少缺点,却是作家向正确理解和表现彼得时代前进了一步。阿·托尔斯泰充分认识到这个题材的价值,接触彼得时代的历史档案又引起了他浓厚的兴趣,他决定要写一部全面反映彼得生活和事业的长篇小说。关于《彼得大帝》的创作动机,他在后来的自传中做了详细说明:

> 到底是什么东西促使我创作《彼得大帝》这部史诗呢?如果以为我选择这个时代是为了影射现代生活,那是不对的。是那种对"未经文饰过的"和富于创造性力量的生活的充实的感觉,把我吸引住了。在那个时代,俄罗斯人的性格显得特别的鲜明。
>
> 基于同样的理由,有四个时代吸引着我去创作,那就是伊凡雷帝时代、彼得时代、一九一八至一九二零年的国内战争时代和具有空前规模及意义的我们今天的时代……为了了解俄罗斯人民的秘密,他的伟大,就必须很好地、深刻地知道他的过去,即必须知道我国的历史、它的基本环节,以及孕育出俄罗斯人性格的那几个带有悲剧性和富于创造性的时代。①

长篇小说《彼得大帝》第一部发表于1930年,第二部完成于1934年,第三部没有写完。小说生动再现了17世纪末到18世纪初前后20多年彼得时代的重要事件,塑造了一位与历代沙皇迥然不同的性格刚毅的改革派君主形象。在阿·托尔斯泰笔下,彼得是时代的产儿,又是推动时代前行的强有力的巨人。富裕的西欧与贫穷的俄罗斯的鲜明对照,深深刺痛了彼得的民族自尊心,激发他进行改革的强烈愿望,历史也正好找到了彼得这样一位身强力壮、意志坚强的青年沙皇来完成重任。在小说中,17、18世纪的俄国复活了,时代气氛和生活场景都真实得可感可及,一个锐意改革的政治家就在这样的典型环境中诞生和成长了。

历史小说的一个重大任务,在阿·托尔斯泰看来,就是要塑造典型——塑造时代的典型,并通过这些典型来反映一个历史时代。在《彼得大帝》这部历史小说

---

① А. Н. Толстой,《Краткая автобиография》, См. А. Н. Толстой,《О литературе и искусстве》,М.: Сов. писатель,1984. с. 262 – 263. 中文出处见阿·托尔斯泰:《论文学》,程代熙译,北京:人民文学出版社,1980年版,第300页。

里，中心就是彼得大帝这个人物，通过他和他身边的人和事，来展现俄国17世纪末18是基础宏伟壮阔的社会面貌和历史图景。小说从彼得的童年和青年时期写起，依次写到费多尔沙皇的晏驾，彼得的继位，索菲亚的摄政，对克里米亚鞑靼人的进攻，射击军叛乱，索菲亚的垮台，远征亚速的胜利，彼得随大使团出国，改革活动的开始，圣彼得堡的兴建，一直到对付瑞典的战争和收复纳瓦尔。从古老阴森的皇宫到荒僻简陋的农舍，从庄严肃穆的修道院到清新整洁的外侨区，从硝烟弥漫的战场到布满战舰的海域，从风光旖旎的荷兰港口到制表造船的英国工厂，都是情节展开的场所。从朝臣到商贾，从东正教主教到分裂派信徒，从逃亡的农奴到落草的匪帮，从外国王侯到异邦工匠，都是故事涉及的人物。在这幅五彩缤纷的画卷中，彼得就是众星环绕的北辰，是一位具有雄才大略的伟大君主，一个改变国家落户面貌、使俄罗斯跻身于先进国家之列的伟大改革家。

在创作《彼得大帝》的过程中，阿·托尔斯泰提出了自己的历史小说理论。他在随笔、文章和演讲中为自己的诗学定下了基本原则。他认为，在每部作品中，包括长篇和这篇历史小说，我们评价的首先是作者的想象力，是他根据流传至今的片段文献恢复活生生的历史画卷，是他在思考这一时代。这部小说以复杂的形象体系见长，写了历史人物和代表所有社会阶层的虚构人物，充分展示了作家再现活生生时代画卷的高超技艺。作家认为，与一般反映历史时代的历史著作不同，小说家要根据零星的资料，通过自己的想象、自己的直觉，大胆和坚定地描绘时代，但历史小说的虚构必须尽可能接近真实。在《彼得大帝》这部小说中，历史人物与虚构人物，历史事件与虚构事件，相互交织，通过作家丰富的想象，都栩栩如生，令人信服。虚构的布罗夫金家族神话般的发迹，与历史人物缅希科夫的真实事业相比，并不显得荒谬；而虚构的布伊诺夫公爵保守顽固的性格，也正是当时很多领主与贵族共同的特征。在长篇小说中，这些虚构的人物和事件，对整个作品主题的突出和彼得形象的塑造都有着烘云托月的作用。

阿·托尔斯泰文学生命长久不衰并取得无可争议的艺术成功的一个重要原因，在于他的叙述形式，他讲故事的能力在这部历史长篇小说中得到了淋漓尽致的展示。关于射击军叛乱和远征亚速海、进攻纳瓦尔的战斗，气势恢宏又细致精微，其他细节如彼得大婚、征服亚速之后的胜利游行、战舰的下水典礼等，其规模之宏大，形象之逼真，搜给读者留下深刻印象。他的书里感觉不到有20世纪爱教训人的作者，他书中所有描写都是通过同时代人的眼睛传达出来的。阿·托尔斯泰有时选择一个普通人作为叙述者,这起源于普希金以"家常方式"来描绘历史的传统,《上尉的女儿》正是通过贵族少年格里涅夫亲眼所见来讲述的,或者运用列夫·托尔斯泰的方法,通过许多人的命运来看历史,而这些人,并不是谁都可以做出什么历史性的决定。小说叙述上还有一个特点,即叙述者的语言与人物语言最大限度的接近,作者的话语经常转化为准直接引语。这样就获得一种真实可信的艺术效果:这是时代通过各种各样的人的声音讲述自己。正是这样,高尔基给出了这样的评价:

> 《彼得大帝》是俄国文学中第一部真正的历史小说,这部书将流传下去……①

结　语　只有出生日期的艺术家

阿·托尔斯泰在红场追悼高尔基大会上发表过这样的讲演词说:"在伟大人物的生活史上,不存在两个日期——出生的日期与死亡的日期,而只有一个日期:他们出生的日期。"这是对高尔基艺术贡献的最高褒奖。文学史上能够承受这种褒奖的作家不多,普希金是当之无愧的,高尔基应该也能位列其中。笔者将这番话转而评价自己的研究对象也许过誉,百年前的阿·托尔斯泰一定不会接受这番转赠。但就从《苦难的历程》与《彼得大帝》这两部史诗性著作出发来纪念这位"只有出生日期的艺术家",也许他会有一点点同意,作家及其作品的声誉在不同时代会承受剧烈的漂移,但正是在这种剧烈的漂移中反复验证了他们的价值和魅力所在。

本课题在俄罗斯文学史的大背景下以文本细读为切入点,从文学学、美学、社会历史批评的角度对阿·托尔斯泰长篇小说艺术理论与实践进行较为深入、系统的探讨。绪论对选题国内外研究动态进行综述。上篇是阿·托尔斯泰长篇小说创作分期,并对作家沙俄、侨居、苏联各个时期作品内容进行了述评。中篇从背景、内涵、发展、价值四个方面概述和评价阿·托尔斯泰的艺术理论:"宏伟的现实主义"。下篇结合俄罗斯文学史上典型的变化和作家的创作实际梳理了七部长篇小说的代表性人物:旧时代贵族、知识分子、优雅女性、革命者、改革家。从人物配

---

① 岚沁编译:《一个伯爵的历程——阿·托尔斯泰的生平和创作》,北京:北京大学出版社,1987年版,第225页。

置原则、肖像描写技巧、心理刻画艺术和语言设计风格等方面研究作家在长篇小说人物塑造中所使用的艺术手法,结合俄罗斯长篇小说体裁的发展流变考察作家在体裁领域所做的积极探索,指出阿·托尔斯泰的创作发展是俄罗斯古典文学与苏联文学继承关系的生动体现,他最大的贡献在于完美地建构了史诗型家庭小说《苦难的历程》和历史全景小说《彼得大帝》的艺术形式。总的来说,阿·托尔斯泰长篇小说的艺术特色:诙谐、宏伟、诗意。早期主要是诙谐的,已成定论的讽刺在他的庄园小说中并不多见,之后逐步从诙谐走向宏大,而诗意贯穿了他的长篇小说创作始终。他最优秀的作品中总是矗立着浮雕式的典型人物,并融合了现实主义的真实、史诗般宽广的生活的理解以及重大的历史思考。

走进阿·托尔斯泰及其艺术世界,我们发现,"宏伟的现实主义",他最重要的生存智慧和最核心的美学思想,像一根红线,贯穿了他重归苏联后的全部生活和创作;这一理论承上启下,构成了从批判现实主义到社会主义现实主义过渡的重要一环,并成为从喧嚣走向统一的苏联文学发展过程中一个鲜明的极具研究价值的个案。《苦难的历程》是"宏伟的现实主义"理论最具代表性的成果,诠释了作家及其艺术理论与艺术实践的对应和偏离。《彼得大帝》是"宏伟的现实主义"在20世纪30年代的又一突出成果,是俄罗斯古典文学与苏联文学继承关系的生动体现,完美地展现了历史全景小说的艺术形式。"红色伯爵"的艺术技巧和生存智慧在30年代达到了顶峰,他以政治姿态上的有限让步换取了艺术价值的最大坚守,奉献出了彪斌史册的文学经典,是一位值得尊敬和怀念的作家,无论在俄罗斯侨民文学史上,还是浩瀚的俄苏文学史上,他都占据着光荣的一席。

而目前,阿·托尔斯泰研究在我国基本处于停滞的状态,有关作家艺术理论与艺术实践还可以挖掘出很多新的有价值的成果;俄罗斯国内近20年的研究成果有待译介,作家的诗歌、戏剧、儿童文学等领域的创作遗产急需清理;尤其值得一提的是,被作家有意规避被学界长期忽略的巴黎柏林时期的作品、论文、日记和书信等应该进入研究者视野。阿·托尔斯泰及其艺术世界实在是一座值得开采的文学富矿,等待着人们去欣赏和挖掘。

附　录

阿·托尔斯泰生平与创作年表

1882 年 12 月 29 日，阿·托尔斯泰在萨马拉省尼古拉耶夫斯克市一个名叫阿列克谢·阿波隆诺维奇·鲍斯特洛姆的小贵族家里出生，生父是尼古拉·亚历山大罗维奇·托尔斯泰伯爵（1849—1900），生母是亚历山德拉·列昂季耶夫娜·托斯塔娅伯爵夫人（1854—1906），养父是阿列克谢·阿波隆诺维奇·鲍斯特洛姆（1852—1921）。

1883 年 1 月 12 日，阿列克谢·托尔斯泰在尼古拉耶夫斯克老约翰先知大教堂接受洗礼。出身证上写着孩子的父亲是“近卫军中尉尼古拉·亚历山大罗维奇·托尔斯泰伯爵”。

1 月 19 日，萨马拉法庭审理 1882 年夏天托尔斯泰伯爵谋杀鲍斯特洛姆一案，并作出无罪判决。

9 月，萨马拉教会高层裁决解除尼·亚·托尔斯泰与亚·列·托斯塔娅的婚姻。

1883 年—1896 年阿·阿·鲍斯特洛姆、亚·列·托斯塔娅与阿·托尔斯泰住在鲍氏田庄索斯诺夫卡。

1891 年—1892 年阿·托尔斯泰在萨拉托夫私立小学学习。

1894 年—1897 年阿·托尔斯泰先后在家庭教师阿·伊·斯洛沃霍托夫和尼·巴·扎别尔斯基的帮助下学习功课，准备报考萨马拉实科中学。

1896 年 3 月 16 日，亚·列·托斯塔娅提交关于将自己的儿子阿列克谢·托尔斯泰归属萨马拉贵族家谱的申请，申请遭到拒绝。

1897 年 1 月 14 日，亚·列·托斯塔娅第二次向萨马拉自治会议提交呈文。

5 月，阿·托尔斯泰未通过萨马拉实科中学入学考试。

7月1日,尼古拉·亚历山大罗维奇·托尔斯泰伯爵拒绝承认自己的儿子阿列克谢。

1897年—1898年阿·托尔斯泰在塞兹兰实科中学学习。

1897年1月11日,萨马拉议会再次就亚·列·托斯塔娅关于将儿子归属托尔斯泰家族的申请进行投票表决,申请再次遭到拒绝。

夏天,全家迁往索斯诺夫卡,八月搬到萨马拉。

1899年夏天,阿·阿·鲍斯特洛姆因债务缠身拍卖了田庄索斯诺夫卡,并在萨马拉的萨拉托夫大街购置了一处房产。

1898年—1901年阿·托尔斯泰在萨马拉实科中学学习;参加了业余戏剧小组,并与未来的妻子尤丽娅·瓦西里耶夫娜·罗冉斯卡娅认识;开始了文学试笔(如短篇小说《米什卡》(Мишка)和自传体中篇小说《生活》(Жизнь)。

1900年2月9日,阿·托尔斯泰生父尼古拉·亚历山大罗维奇·托尔斯泰伯爵在法国尼斯逝世。

2月27日,萨马拉城举行了伯爵的葬礼,阿·托尔斯泰和母亲亚·列·托斯塔娅参加了葬礼。

1901年阿·托尔斯泰获得了承认他归属于托尔斯泰家族的官方证明。

7月,在彼得堡市郊契里奥基的一所由沃依岑斯基开办的预备学校学习。

8月,参加彼得堡工学院的入学考试。

1902年6月3日,阿·托尔斯泰与尤丽娅·瓦西里耶夫娜·罗冉斯卡娅结婚。

夏天,在叶拉布加郊区希什科夫家的苏金斯基玻璃工厂实习。

1903年2月,阿·托尔斯泰夫妇的儿子尤里出生。

1904年春天,阿·托尔斯泰在波罗的海战舰铸造工厂实习,学习镟工技艺和金属加工方法。

1905年春天,阿·托尔斯泰在乌拉尔涅维扬斯克钢铁厂实习。

夏天,与岳父瓦西里·米哈依洛维奇医生及妻弟盖尔曼一道漫游乌拉尔,并在沿叶兰契克湖附近勘察金矿。

11月,由于彼得堡的学校被当局关闭,阿·托尔斯泰偕妻子前往喀山并写了很多诗歌,其中包括一些革命性质的诗歌。

1906年1月,喀山《伏尔加小报》发表了阿·托尔斯泰的三首诗。

2月，阿·托尔斯泰来到德累斯顿，进入萨克逊高等技术学校机械系学习；与革命者Л. И. 迪姆希茨及其妹妹索菲娅·伊萨科夫娜，并迷恋于她；索菲娅在哥哥的坚持下回到彼得堡。

夏天，回到萨马拉近郊的继父家度假。

6月26日，母亲亚历山德拉·列昂季耶夫娜去世。

秋天，与妻子一起回到彼得堡，顺利在工学院复学并准备毕业考试；与自由主义知识分子、远房亲戚康斯坦丁·彼得罗维奇·冯－弗里特结识，由此接近象征主义，写了很多充满颓废情调的诗歌；继续与索菲娅·伊萨科夫娜·迪姆希茨来往；除了诗歌，阿·托尔斯泰对绘画产生了兴趣。

1907年4月，阿·托尔斯泰第一本著作《抒情诗》（Лирика）出版，印数500册。

夏天，偕妻子出国旅游，途经柏林、德累斯顿到达意大利，并游览了罗马、威尼斯、热那亚等地；旅游期间，阿·托尔斯泰觉得无法与妻子再继续生活，很快返回彼得堡，尤丽娅留在了德累斯顿；与索菲娅·伊萨科夫娜·迪姆希茨在彼得堡市郊芬兰湾岸边一个叫鲁塔哈的村子里度夏；与文学批评家К. И. 楚科夫斯基和作家Л. Н. 安德烈耶夫结识。

秋天，与索菲娅·伊萨科夫娜·迪姆希茨在Е. И. 兹万采娃美术学校学习（任教的有象征派画家К. 索莫夫和Л. 巴克斯特）。

1908年1月，阿·托尔斯泰与索菲娅·伊萨科夫娜·迪姆希茨客居巴黎，与В. Я. 布留索夫、М. А. 沃洛申、Н. С. 古米廖夫、А. 雷米佐夫、А. 别雷、В. П. 别尔金、К. 彼得罗夫—沃特金以及Е. С 克鲁格林科娃等艺术家结识，诗歌朗诵会获得成功。

5月11日，儿子尤里死亡。

10月，回到俄罗斯，在自由诗歌协会发表演讲，受邀参与杂志《天平》。

1909年春天，阿·托尔斯泰从巴黎返回彼得堡，赴维亚切斯拉夫·伊万诺夫的“塔楼”参加聚会，加入诗歌学院；与И. Ф. 安年斯基、Ф. К. 索洛古勃认识；刊载了托尔斯泰诗歌的杂志《岛屿》出版；准备童话集《喜鹊的故事》（Сорочьи сказки），是年末由“共同利益”出版社出版。

夏天，到达科克捷别尔，准备诗集《蓝河之畔》（За синими реками）（1911年由兀鹰出版社出版）。

秋天，参与杂志《阿波罗》；写作中篇小说《图列涅沃的一周》（Неделя в Туреневе）和短篇故事《纳雷莫夫之死》（Смерть Налымовых）；与 И. А. 蒲宁结识。

11 月，作为证人参与沃洛申与古米廖夫的决斗；前往基辅；И. Ф. 安年斯基逝世。

1910 年夏天，阿·托尔斯泰在雷瓦尔别墅区写作长篇《两种生活》（Две жизни）（又名《怪人》（Чудаки），1911 年在《野蔷薇》丛刊（第 14、15 集）发表）。

秋天，在“野蔷薇”出版社出版了《中短篇小说集》（Повести и рассказы）第一卷，其中包括《伏尔加河左岸》（Заволжье）（又名《米什卡·纳雷莫夫》）（Мишка Налымов）、《图列涅沃的一周》（Неделя в Туреневе）、《阿格伊·科罗文》（Аггей Коровин）（又名《幻想家》）（Мечтатель）、《两个朋友》（Два друга）、《说媒》（Сватовство）。М. 高尔基和 П. Б. 斯特鲁维予以积极评价；与 Г. И. 楚尔科夫结识。

1911 年 1 月，阿·托尔斯泰因假面舞会事件与索洛古勃发生冲突；与 М. И. 茨维塔耶娃结识；由维亚切斯拉夫·伊万诺夫主持的仲裁法庭开庭审理托尔斯泰一案。

3 月 30 日，与 В. Г. 柯罗连科结识。

4 月，赶赴巴黎。

8 月，女儿玛丽安娜出生。

10 月，回到彼得堡。

年底，作为组织者之一开办演员咖啡馆“流浪狗”。加入“诗人车间”。

12 月，告诉 А. В. 戈利施坦着手关于爱情的长篇小说《跛老爷》（Хромой барин）。

1912 年年初，阿·托尔斯泰退出“诗人车间”，抛下“流浪狗”，离开彼得堡。

春天，写作中篇小说《长官》（Начальник）（第二版改为《泥泞》（Слякоть））。

夏天，在科克捷别尔休养；写作第一部长剧《里雅波洛夫斯基的一天》（День Ряполовского）；与 В. И. 涅米洛维奇－丹琴柯结识。

秋天，与索菲娅·伊萨科夫娜·迪姆希茨迁往莫斯科；与 Р. М. 欣—果里多夫斯卡娅结识；对未来主义产生兴趣；经常出入沃洛申家的“小笨蛋”。

1913 年春天，阿·托尔斯泰赶赴巴黎；与 И. Г. 爱伦堡结识。

夏天,在伏尔加河沿岸旅行。

9 月,在《俄罗斯新闻》上发表中篇小说《寻找古风》(За стилем)(后改为《拉斯乔金奇遇记》(Приключения Растегина)。

冬天,与 Н. В. 克兰基耶夫斯卡(1888—1963)结识。

1914 年 1 月,布尔斯维克报纸《真理之路》对阿·托尔斯泰给予肯定评价。

夏天,阿·托尔斯泰与索菲娅·伊萨科夫娜·迪姆希茨感情破裂。在科克捷别尔迷恋芭蕾舞演员 М. В. 康达乌诺娃。

8 月和 10 月,作为《俄罗斯新闻》战地记者赶赴西南前线采访。

12 月,与 М. В. 康达乌诺娃开始共同生活。

1915 年 2 月,阿·托尔斯泰赴高加索前线采访。

夏天,阿·托尔斯泰夫妇在莫斯科近郊的伊万科沃村和科克捷别尔休养;写作长篇小说《叶戈尔·阿博佐夫》(Егор Абазов)(未写完);完成了抒情短篇《为什么下雪》(Для чего идёт снег)、《黑麦》(Рожь)(又名《浇去我的愁云》)(Утоли моя печали)、《被拯救的人》(Спасенный)(后改名《在水下》)(Под водой)。

12 月,与演员 Н. М. 拉京结识。

1916 年 1 月,阿·托尔斯泰的剧本《不纯洁的力量》(Нечистая сила)(又译《魔鬼》)在莫斯科戏剧院首映。

2 月 – 3 月,作为俄罗斯作家和记者随团访问英国、法国,实地考察西方战线。

夏天,阿·托尔斯泰夫妇在奥卡河边的安东诺夫卡村休养;写作剧本《花炮》(Ракета)、《燕子》(Касатка)和短篇小说《布里兹利太太》(Миссис Бризли)。

12 月,以全俄地方自治机关特派员身份被派往明斯克西线委员会视察。

1917 年 1 月,阿·托尔斯泰在前线与亚力山大·勃洛克结识。

1 月 16 日,剧本《花炮》(Ракета)在小剧院上演。

2 月,儿子尼基塔出生。

3 月 29 日,被选为报刊登记委员(В. Я. 布留索夫任主席);参加有 И. 蒲宁、В. 布留索夫、К. 巴尔蒙特、А. 别雷、Б. 扎伊采夫、М. 沃洛申、А. 索勃里、В. 霍达谢维奇等组成的莫斯科作家俱乐部。

5 月,与 Н. В. 克拉基耶夫斯卡娅结婚。

8 月,出席在莫斯科大剧院召开的国务会议,欢迎 А. Ф. 克伦斯基;剧本《黑暗的势力》初次上演;写作剧本《苦命花》(Горький цвет)和短篇小说《一个过路人的故事》(Рассказ проезжего человека)。

10月-11月,莫斯科发生交火,托尔斯泰在《真理之光》上发表短篇小说《夜班》,并在日记中记下矛盾、凄楚、恐惧的感受。

1918年1月,阿·托尔斯泰的剧本《射击》首演。

春天—夏天,托尔斯泰创作历史悲剧《丹东之死》(Смерть Дантона)和短篇故事《善心!》(Милосердия!);在C.Г.卡拉—穆尔兹家里举行文学会晤。

8月,与妻子H.B.克拉基耶夫斯卡娅和儿子尼基塔从莫斯科前往哈里科夫,之后去了敖德萨;在乌克兰作文学环游。

冬天,阿·托尔斯泰转向历史题材;创作短篇小说《魔力》(Наваждение)、《最初的恐怖分子》(Первые террористы)、和《彼得的一天》(День Петра);接触H.诺沃姆别尔茨基的著作《词语与事业》。

1919年年初,阿·托尔斯泰创作剧本《爱情是金科玉律》(Любовь—книга золотая)和中篇小说《潮湿的月夜》(Лунная сырость)(后改为《卡里奥斯特罗伯爵》)(Граф Калиостро)。

4月,阿·托尔斯泰开始流亡生活,携全家搭乘轮船"高加索"号离开敖德萨,在检疫所停留三天后转尼古拉号前往黑海上的哈尔基岛,经君士坦丁堡赶赴巴黎。

6月,全家抵达法国,住在C.A.斯基尔蒙特位于巴黎与马赛之间的谢弗尔别墅;动笔写作长篇小说《苦难的历程》(Хождение по мукам)第一部《两姐妹》(Сестры)。

年底,搬到巴黎勒诺亚尔街48号。

1920年《未来俄罗斯》杂志发行,并发表了阿·托尔斯泰《苦难的历程》的开头几章。

2月,给A.C.雅申科写信,重新评价俄罗斯的局势。

夏天,全家在海滨村庄布里塔尼休养。

秋天,完成中篇小说《尼基塔的童年》(Детство Никиты.)。

1921年8月,阿·托尔斯泰到了波尔多附近一个叫卡姆布的村子;对巴黎的文学生活非常失望;完成《苦难的历程》第一部;布拉格出版《路标转换》文集;参加讨论Ю.B.克留奇科夫剧本《唯一的灌木》。

10月,阿·托尔斯泰离开巴黎到了柏林;写作中篇小说《升天的尼封特略传——

图列涅夫王子手稿摘抄》(Краткое жизнеописание блаженного Нифонта——Из рукописной книги князя Тургенева),后改名为《混乱时代的故事》(Повесть смутного времени.);养父阿列克谢·阿波隆诺维奇·鲍斯特洛姆在萨马拉去世。

1922年2月,阿·托尔斯泰与Б. 皮里尼亚克在И. В. 格谢家里参加共同创作的晚会。

3月,亲苏报纸《前夜》在柏林发行,阿·托尔斯泰与А. М. 高尔基接近,并参与该报文学副刊。

4月,白俄侨民界向阿·托尔斯泰发出事实上的最后通牒,当时的作家援助委员会主席尼·瓦·恰伊科夫斯基来信质问,要求他就与《前夜》杂志合作一事作出解释。阿·托尔斯泰创作科幻长篇小说《阿爱里塔》(Аэлита)(从1922年年底—1923年年初开始在苏联杂志《红色处女地》上连载)。

6月,阿·托尔斯泰在"路标转换派"的《前夜》上发表《致尼·瓦·恰伊科夫斯基的公开信》(Открытое письмо Н. В. Чайковскому)作为回击,并被巴黎俄罗斯文学家和记者协会除名。《消息报》之后转载了这封信,并强调"俄罗斯文学界不会忘记这封信,就像不会忘记恰达耶夫的信和别林斯基给果戈理的信一样。"阿·托尔斯泰答复玛丽娜·茨维塔耶娃。

5月–8月,与М. 高尔基的私人结识与交往。

夏天,与И. 爱伦堡发生冲突。

11月7日,苏联驻柏林全权代表处举行庆祝十月革命五周年晚会,阿·托尔斯泰出席并朗诵了自己的作品(出席晚会的还有В. В. 马雅科夫斯基)。

1923年1月,儿子Д. А. 托尔斯泰出生。

春天,阿·托尔斯泰完成短篇小说《在床底下找到的手稿》(Рукопись, найденная под кроватью)。

5月–6月,革命后第一次来到苏联;与恰达耶夫、布尔加科夫、明德林等苏联作家见面。

8月1日,阿·托尔斯泰携家眷最终回到祖国。

9月,赶赴哈里科夫和莫斯科。

10月,赶赴沃尔霍夫斯特拉。

1924年1月,杂志《列夫》(左翼文艺阵线)和《在岗位上》攻击阿·托尔斯泰。

2月,阿·托尔斯泰开始在《俄罗斯同时代人》杂志上发表关于侨民生活题材的中篇小说《伊比库斯》(Ибикус)(后改为《涅夫佐罗夫奇遇记或伊比库斯》(Похождения Невзорова, или Ибикус)和《不幸的星期五》(Черная пятница)等。

春天,赴白俄罗斯、乌克兰、南俄旅行。

4 月 14 日,剧本《机器人暴动》(Бунт машин)在列宁格勒大剧院首演。

夏天,法庭审理指控阿·托尔斯泰剽窃一案;外省旅行;与 П. Е. 谢戈廖夫共同构思剧本《皇后的阴谋》(Заговор императрицы)。

1925 年剧本《皇后的阴谋》上演;开始创作短篇小说《蔚蓝之城》(Голубые города)、长篇小说《加林工程师的双曲线体》(Гиперболоид инженера Гарина)和剧本《阿泽夫》(Азеф)。

1926 年 4 月 3 日,阿·托尔斯泰的剧本《阿泽夫》在列宁格勒大剧院首演。

11 月 8 日,与《新世界》杂志编辑部进一步敲定出版《苦难的历程》第二部的合同。

1927 年春天,阿·托尔斯泰与《新世界》总编 В. П. 波隆斯基关于准备出版《一九一八年》(Восемнадцатый год)通信。

夏天,赴南俄为《苦难的历程》收集资料(罗斯托夫、新切尔卡斯克、马哈奇卡拉、阿斯特拉罕、雷宾斯克等地)。

7 月,《新世界》杂志开始发表《一九一八年》的开头几章,直到 1928 年七月号连载完。

8 月 -9 月,写作剧本《青春工厂》(Фабрика молодости)。

年底,完成短篇小说《古航道》。

1928 年 2 月,阿·托尔斯泰发表剧本《青春工厂》、短篇小说《阳台上的谈话》(Разговор на балкону)(又名《阿法纳西·伊万诺维奇的遗嘱》)(Завещание Афанасия Ивановича)。

5 月,托尔斯泰搬到皇村。

6 月,创作中篇小说《蝮蛇》(Гадюка)。

年底,搁置《苦难的历程》第三部,开始写作剧本《在拷问架上》(На дыбе)(12 月 12 日剧本完成);莫斯科高尔基模范艺术剧院的主演 В. 卡恰洛夫、И. 莫斯克温、Л. 列昂尼多夫等对此剧本持否定态度,阿·托尔斯泰转而交给莫斯科艺术剧院二院演出。

1928 年—1930 年腹地出版社出版了阿·托尔斯泰 15 卷本作品集。

1929年2月，剧本《在拷问架上》首演；阿·托尔斯泰着手创作历史长篇小说《彼得大帝》（Петр Первый），《新世界》7月号连载它的第一部。

8月，与Л·谢弗林和В.普拉夫杜欣沿乌拉尔河旅行。

1930年1月17日，斯大林在给高尔基的信中表示希望阿·托尔斯泰参加编写国内战争史。

2月23日，剧本《彼得大帝》（Петр Первый）在莫斯科艺术剧院二院首演，得到否定评价。

5月12日，完成小说《彼得大帝》第一部。

夏天，与希什科夫沿伏尔加河旅行；来到科克捷别尔。

秋天，开始写作长篇小说《乌金》（Черное золото）（1931年12月12日完成）。

1931年《新世界》全年刊载《乌金》（又名《亡命者》）（Эмигранты）；阿·托尔斯泰加入苏维埃宫建设委员会征稿评议组。

1932年3月，阿·托尔斯泰应М.高尔基之邀去他意大利的索伦托家中作客。

4月23日，联共（布）中央颁布《关于改组文艺团体》的决议，决定取缔拉普；阿·托尔斯泰对此表示满意和拥护，并参加苏联作家第一次全国代表大会组织委员会。

夏天，与М.高尔基参观布尔什维克劳动委员会ОГПУ；与斯塔尔恰科夫合写剧本《特许证119》（Патент119）。

秋天，作为仲裁法官审理对О.Э.曼德尔施塔姆起诉一案；继续写作长篇小说《彼得大帝》。

1933年1月，文艺界庆祝阿·托尔斯泰五十寿辰和从事文学创作二十五周年。阿·托尔斯泰答《文学报》记者问，谈话内容以《十月革命给了我一切》（Октябрьская революция дала мне все）为题发表。

4月，被选举为第七届苏维埃儿童村代表和列宁格勒苏维埃代表。

夏天，到白海—波罗的海海峡旅行。

1934年4月，阿·托尔斯泰完成历史长篇小说《彼得大帝》第二部；

8月，出席苏联作家第一次代表大会，作关于戏剧创作的报告；当选为作家协会理事和主席团成员。

12月，当选为列宁格勒委员会代表。

1935年1月，阿·托尔斯泰改写童话《金钥匙》（Золотой ключик）（又名《布拉蒂诺奇遇记》)(Приключения Буратино)。

3 月,参与苏联作家战俘管理委员会工作。

4 月,与沃洛什洛夫结识。

夏天,出席在马德里召开的国际保卫文化协会代表大会,被选入协会执行委员会;访问了德国、法国、荷兰;与女儿 E. 库兹敏娜—卡拉瓦耶娃·加扬娜一起回到苏联。

8 月,与 Н. В. 克拉基耶夫斯卡娅感情破裂。

8 月 25 日,Н. М. 拉京去世。创作剧本《女皇的防御》(Оборона Царицына)。

9 月,开始创作中篇小说《粮食》(Хлеб)(又称《保卫察里津》)(Оборона Царицына)。

10 月,到捷克斯洛伐克旅行;与 Л. И. 巴尔舍娃结婚。

12 月,与彼得罗夫合作完成电影脚本《彼得大帝》第一集。

1936 年 6 月,М. 高尔基逝世,阿·托尔斯泰在莫斯科红场追悼大会代表苏联作家致悼词。

8 月,女儿 E. 库兹敏娜—卡拉瓦耶娃·加扬娜去世。

9 月 3 日,在巴黎与蒲宁和库普林会晤。

9 月 19 日,被列宁格勒选区选为苏联最高苏维埃代表候选人;与肖洛霍夫一起参加布鲁塞尔保卫和平国际大会。

1937 年春天,阿·托尔斯泰作为苏联代表团成员赴伦敦参加英苏和平与友谊大会。

7 月,赴马德里和巴黎参加第二届作家保卫文化联盟国际大会。

8 月,《青年近卫军》发表与彼得罗夫合作的电影脚本《彼得大帝》第二集。

10 月,完成中篇小说《粮食》(Хлеб)。

12 月,当选为苏联最高苏维埃代表。

1938 年 3 月,《青年近卫军》发表剧本《在拷问架上》第三稿,剧本改名为《彼得大帝》;阿·托尔斯泰创作剧本《十四国讨伐》(Поход четырнадцати держав)(又名《胜利之路》)(Путь к победе)。

4 月,迁居莫斯科,在高尔基大街上找到一处住所,并在莫斯科市郊巴尔维哈村安置了一所过冬的别墅。

8 月,因创作电影脚本《彼得大帝》获列宁勋章。

1939 年 1 月，阿·托尔斯泰被当选为苏联科学院院士（与 M. A. 肖洛霍夫一道），同时获得最高苏维埃主席团颁发的荣誉奖章。

3 月，剧本《魔鬼的桥》（Чертов мост）首演。

4 月，因电影脚本《谢尔戈》（Серго）（写共产党优秀活动家奥尔忠尼启泽的生平）一事与电影事务委员会发生冲突。

5 月，剧本《胜利之路》首演。

夏天，开始写作《苦难的历程》第三部《阴暗的早晨》（Хмурое утро）。

1940 年 3 月，阿·托尔斯泰在《青年近卫军》开始发表《阴暗的早晨》（1941 年 6 月写完）。

9 月，当选为斯大林奖金委员会主席。

12 月，被苏联科学院任命为《苏联各民族民间文学汇编》主编委员会主席；改写的《俄罗斯童话故事》（Русская – народная сказка в обработке А. Н. Толстого）问世。

年底，与艺术事业委员会签订创作剧本《伊万雷帝》（Иван Грозный）的合同。

1941 年 3 月，长篇小说《彼得大帝》获斯大林奖金一等奖。

6 月 27 日，阿·托尔斯泰在《真理报》上发表政论《我们保卫什么》（Что мы защищаем），之后还写了《我们是不可战胜的》（Нас не одолеешь）、《敌人威胁着莫斯科》（Москве угрожает враг）等政论、时评抨击法西斯侵略者。

8 月 10 日，莫斯科举行斯拉夫各国代表群众大会，阿·托尔斯泰被推选为主席。

10 月 17 日，开始创作戏剧三部曲《伊万雷帝》。

11 月 7 日，发表政论《祖国》（Родина），疏散到塔什干。

12 月，开始接替法捷耶夫出任苏联作家协会总书记一职。

1942 年 2 月 16 日，真理报发布阿·托尔斯泰完成戏剧《伊万雷帝》第一部《雄鹰和雌鹰》（Орёл и орлица）（有三个主要版本）的消息。

4 月 28 日，历史学家 M. 谢尔巴托夫致信斯大林表示对阿·托尔斯泰剧本的否定评价。

夏天，阿·托尔斯泰返回莫斯科。

7 月，来到沿卡卢加前线，创作系列短篇小说《伊万·苏达列夫的故事》（Рассказ Ивана Сударева）。

秋天,返回塔什干,与Л. И. 托尔斯塔娅、Г. 艾弗隆等支持前方战士;修订《苦难的历程》一、二、三部。

11月2日,苏联人民委员会发布决议,成立以Н. М. 什维尔尼克为首的"德国法西斯侵略者及其帮凶罪行以及他们给苏联公民、集体农庄、社会团体和国家企业、机关所造成的损失的特别调查委员会"。阿·托尔斯泰被任命为特别调查委员会成员。

11月底,确定迁往莫斯科。

1943年1月,莫斯科作家集会庆祝阿·托尔斯泰六十诞辰,苏联最高苏维埃主席团授予他劳动红旗勋章。

3月,长篇小说《苦难的历程》荣获斯大林奖金一等奖,阿·托尔斯泰全部捐出十万卢布奖金,用于制造一辆坦克,并请求命名为"威严"。

4月10日,戏剧《伊万雷帝》第二部《艰难年代》(Трудные годы)(有四个主要版本)脱稿,放弃第三部的写作计划。

6月,飞往北高加索,调查法西斯罪行,并根据此行写了《褐衫党徒的欺骗》(Коричневый дурман)一文,引起巨大的国际反响。

9月,发表短篇小说《母与女》;赴库尔斯克和哈尔科夫调查法西斯罪行。

12月,以《真理报》记者身份与爱伦堡、西蒙诺夫等再次赴哈尔科夫参加对法西斯罪犯的诉讼案,写成通讯《报复的开始》。开始染病,并创作历史小说《彼得大帝》第三部。

1944年1月,卡廷斯克森林发现了一处埋有被俘波兰军官和士兵的大墓坑——希特勒消灭斯拉夫族政策的又一见证,阿·托尔斯泰与政府特别调查委员会成员一起赴斯摩棱斯克调查核实。(苏联解体后俄罗斯总统叶利钦向波兰移交了卡廷惨案的全部档案,这一事件尘封半个多世纪后才真相大白,原来是苏联当局1940年枪杀了25000余名波兰被俘军官,卡廷惨案成了横亘在俄波两国关系之间无法弥合的裂缝。有关卡廷惨案的中文资料可参见我国原驻波兰大使刘彦顺在2004年2月北京《纵横》月刊上的专题文章以及陈继礼在2009年10月《炎黄春秋》杂志上的专题文章。与卡廷事件有关的最近消息是,2010年4月10日,波兰总统卡钦斯基及随行军政要员96人飞抵俄罗斯参加卡廷惨案70周年纪念会,总统专机于斯摩棱斯克坠毁,机组全体人员无一生还。)

4月,短篇小说《俄罗斯性格》(Русский характер)发表。

夏天,阿·托尔斯泰身染重病,医生确诊为肺癌;继续创作长篇小说《彼得大帝》第三部。

10月,在莫斯科小剧院观看《伊万雷帝》第一部《雄鹰和雌鹰》首演。

1945年1月,阿·托尔斯泰完成长篇小说《彼得大帝》第三部第六章。

2月23日,阿·托尔斯泰逝世。

2月28日,苏联人民委员会决定在莫斯科建立阿·托尔斯泰纪念碑。

参考文献

一、俄文参考文献

1. Алпатов А. В. Алексей Толстой—Мастер исторического романа. М. :Советский писатель, 1958.

2. Баранов В. И. Революция и судьба художника:А. Толстой и его путь к соц. РеализмуМ. : Советский писатель,1983.

3. Баранов В. И. Трилогия А. Н. Толстого "Хождение по мукам" М. :Высш. шк. ,1984.

4. Богданов Ю. В. , Ниюльский С. В. , Хорев В. А. , Шерлаимова С. А. Сравнительно – историческое изучение и теоретические вопросы развития современных литератур. Москва: Наука,1985.

5. Богмолов Н. А. , Келдыш В. А. , Корецкая И. В и др. Русская литература рубежа веков(1890 – е—1920 – х годов). Москва:ИМЛИ РАН Наследие,2001.

6. Боровиков С. Г. Ясный талант Саратов:Приволж. кн. изд – во,1986.

7. Боровиков С. Г. Алексей Толстой:Страницы жизни творчества М. :Современник,1984.

8. Вадим Б. Революция и судьба художника. М. :"Советский писатель" ,1967.

9. Варламов А. Н. Алексей Толстой,Москва:Молодая гвардия,2006.

10. Воздвиженский В. Г. Путь Алексея Толстого М. :"Знание" РСФСР,1982.

11. Воробьева Н. Н. Толстой А. Н. Новые материали и исследования. М. :Наука,2002

12. Кудрявцева В. Ю. Произведения А. Н. Толстого в переводах на иностранные языки. М. :ВГБИЛ,1982.

13. Вань Дунмэй,М. В. Михайлова;Героини А. Н. Толстого:типологии образов и эволюция характеров гос. ун – т им. М. В. Ломоносова,Филол. фак. Москва:МАКС Пресс,2006.

14. Горький М. Собр. соч. :В 30 – ти т. М. :Гослитиздат,т. 29,1955.

15. Горький М. Собр. соч. :В 30 – ти т. М. :Гослитиздат,т. 30,1956.

16. Гуренков М. Н. Без России жить нельзя: Путь А. Н. Толстого к революции Л. : Лениздат, 1981.

17. Горин Г. И. Формула любви: фантазии по мотивам повести А. Н. Толстого "Граф Калиостро" М. : Прайм – ЕВРОЗНАК; Олма – Пресс, 2004.

18. Голубков С. А. Гармония смеха: Комическое в прозе А. Н. Толстог Самара: Кн. изд – во, 1993.

19. Зверева Л. И. А. Н. Толстой – мастер исторической драматургии: [Посвящается 100 – летию со дня рождения] Львов: Вища школа: Изд – во при Львов. ун – те, 1982.

20. Иванов Н. Н. Мифотворчество русских писателей (М. Горький, А. Н. Толстой) Ярославль: Ярослав. гос. пед. ун – т, 1997.

21. Кожина М. А. Стилистика русского языка. Москва: Просвещение, 1993г.

22. Крестинский Ю. А. Толстой А. Н. М: Академии наук СССР, 1960.

23. Крюкова А. М. А. Н. Толстой: Материалм и исследования М. : Наука, 1985.

24. Крюкова А. М. А. Н. Толстой и русская литература: Творч. индивидуальность в лит. Процессе, М. : Наука, 1990.

25. Крюкова А. М. Алексей Николаевич Толстой М:. Моск. рабочий, 1989.

26. Лынова Е. П. Алексей Толстой: эстетика державности: Образ художественно – исторического прошлого в ретроспекции и перспективе

автореферат дис... кандидата филологических наук: 10. 01. 01 / Кубан. гос. ун – т Краснодар, 2005.

27. Маслов Ю. С. Введение в языкознание, Москва: Высшая Школа, 1998г.

28. Мущенко Е. Г. Поэтика прозы А. Н. Толстого: Пути формирования эпич. СловаВоронеж: Изд – во Воронеж. ун – та, 1983.

29. Никитина А. Толстая. Л. И. Воспоминания об А. П. Толстом. Сборник. М. : " Советский писатель", 1973.

30. Оклянский Ю. М "Бурбонская лилия" графа Алексея Толстого. Четвертая жена Москва: Золотой свиток, 2007г.

31. Петелин В. В. Жизнь Алексея Толстого: "Красный Граф". М. : ЦЕНТРОПОЛИГРАФ, 2001.

32. Поляк. Л. М. Толстой – художник. Проза. М. : "Наука", 1964.

33. Паустовский К. Г. Алексей Толстой Библиотека Максима Мошкова.

34. Петелин В. В. Судьба жудожника: Жизнь, личность, творчество А. Н. Толстого М. : Худож. лит. , 1982.

35. Рыбинцев И. В. Творчество Алексея Толстого: (К 100 – летию со дня рожде ния).

Киев:о – во "Знание" УССР,1982.

36. Рамазанова Л. Г. Метафора в публицистическом тексте:На материале произведений А. Н. Толстого Дис. . . . канд. филол. наук:10. 02. 01,Махачкала,2004.

37. Степанов В. А. В поисках героя: Образы и характеры трилогии А. Н. Толстого "Хождение по мукам". М. :Просвещение,1989.

38. Скобелев В. П. В поисках гармонии: Худож. развитие А. Н. Толстого, Куйбышев: Кн. изд – во,1981.

39. Тимофеев Л. И. , Тураев С. И. Словарь литературоведческих терменов. Москва: Просвешение,1974г. С. 82.

40. Толстая Е. Д. " Деготь или мёд" : Алексей Н. Толстой как неизвестный писатель (1917—1923)М. :Российский гос. гуманитарный ун – т,2006.

41. Федорова А. В. Персонажно – топологические характеристики образа России в ранней прозе А. Н. Толстого,Дис. . . . канд. филол. наук:10. 01. 01 Вологда,2004

42. Чарный М. Б. Путь Алексея Толстого:Очерк творчества М. :Худож. лит. ,1981.

43. Чуковский К. И. Алексей Толстой (Портреты совр. Писателей) . //Современные русские – 1924г – №1.

44. Щербина В. Р. А. Н. Толстой. Творческий путь. М. :"Советский писатель" ,1956.

45. Щербина В. Р. Алексей Толстой——Мастер исторического романа М: Советский писатель,1958.

46. Щербина В. Р. А. Н. Толстой. История русской советской литературы (II) 1929—1941г,М. :Академии наук СССР,1960.

二、中文参考文献

1. 阿格洛索夫主编:《20 世纪俄罗斯文学》,凌建侯等译．北京:中国人民大学出版社,2001 年版。

2. 阿基莫夫:《阿·托尔斯泰》,江树峰译．上海:新文艺出版社,1957 年版。

3. 奥夫夏尼科 – 库利科夫斯基:《文学创作心理学》,杜海燕译,北京:中国青年出版社,2004 年版。

4. 奥夫相尼科夫:《俄国美学思想史》,张万琪、陆齐华译,北京:中国人民大学出版社,1990 年版。

5. 巴赫金:《巴赫金全集》,石家庄:河北教育出版社,1998 年版。

6. 白春仁,汪嘉斐等,《俄语语体研究》,北京:外语教学与研究出版社,1999 年版。

7. 别尔嘉耶夫:《俄罗斯的思想:19 世纪至 20 世纪初俄罗斯思想的主要问题》,雷永生、邱守娟译,上海:三联书店,1995 年版。

8. 别林斯基:《别林斯基选集．第四卷》满涛等译,上海:上海译文出版社,1991 年版。

9. 别林斯基:《文学论文选》,满涛、辛未艾译,上海:上海译文出版社,1999 年版。

10. 波斯彼洛夫主编:《文艺学引论》,邱榆若、陈宝维、王先进译,长沙:湖南文艺出版社,1987 年版。

11. 布罗茨基主编:《俄国文学史》(三册),蒋路、孙玮译,北京:作家出版社,1955 年版。

12. 曹靖华主编:《俄国文学史》,北京:人民文学出版社,1989;北京:北京大学出版社,2007 年版。

13. 陈建华:《二十世纪中俄文学关系》,上海:学林出版社,1998 年版。

14. 陈建华:《中国俄苏文学研究史论》,重庆:重庆出版社,2007 年版。

15. 俄罗斯科学院高尔基世界文学研究所编:《俄罗斯白银时代文学史》(四卷本),谷羽、王亚民等译,兰州:敦煌文艺出版社,2006 年版。

16.《俄苏作家漫话文学创作过程》,周忠和编译,开封:河南大学出版社,1988 年版。

17. 高尔基等编:《俄国文学史》,缪灵珠译,上海:新文艺出版社,1956;上海:译文出版社,1979 年版。

18. 格非:《小说叙事研究》,北京:清华大学出版社,2002 年版。

19. 格罗斯曼:《陀思妥耶夫斯基传》,王健夫译,北京:外国文学出版社,1987 年版。

20. 郭沫若:《郭沫若文集》,北京:人民文学出版社,1961 年版。

21. 哈利泽夫:《文学学导论》,周启超、王加兴、黄玫、夏忠宪译,北京:北京大学出版社,2006 年版。

22. 赫拉普钦科:《作家的创作个性和文学的发展》,满涛、岳麟、杨骅译,上海:上海译文出版社,1982 年版。

23. 赫拉普钦科:《尼古拉·果戈理》,刘逢祺、张捷译,上海:上海译文出版社,2001 年版。

24. 华邵:《语言经纬》,北京,商务印书馆,2003 年版。

25. 季莫菲耶夫:《苏联文学史》(两册),水夫译,上海:海燕出版社,1950 年版;北京:作家出版社,1958 年版。

26. 蒋光慈、瞿秋白编:《俄国文学》,上海:创造社出版部,1927 年版。

27. 蒋路:《俄国文史采薇》,上海:东方出版社,2003 年版。

28. 姜望琪:《当代语用学》,北京:北京大学出版社,2003 年版。

29. 卡冈:《艺术形态学》,凌继尧等译,北京:生活·读书·新知三联书店,1986 年版。

30. 克鲁泡特金:《俄国文学史》,韩侍桁译,上海:北新书局,1930;郭安仁译,重庆:重庆书店,1931 年版。

31. 克列廷斯基:《阿·托尔斯泰》,周忠和译,郑州:黄河文艺出版社,1986 年版。

32. 科瓦列夫:《苏联文学史》,张耳译,天津:天津人民出版社,1982 年版。

33. 岚沁编译:《一个伯爵的历程——阿·托尔斯泰的生平和创作》,北京:北京大学出版社,1987 年版。

34.《列宁选集·论"左派"幼稚性和小资产阶级性》第三卷,人民出版社,1975 年版。

35. 雷成德主编:《苏联文学史》,沈阳:辽宁人民出版社,1988 年版。

36. 黎皓智:《20 世纪俄罗斯文学思潮》,北京:北京大学出版社,2006 年版。

37. 黎皓智:《俄国小说文体论》,南昌:百花洲文艺出版社,2000 年版。

38. 李建军:《小说修辞研究》,北京:中国人民大学出版社,2003 年版。

39. 李万春、赵淑琴主编:《俄苏文学研究资料索引》,吉林:吉林省图书馆学会内部编印,1988 年版。

40. 李毓榛主编:《20 世纪俄罗斯文学史》,北京:北京大学出版社,2000 年版。

41. 列夫·托尔斯泰:《战争与和平》,朱宪生、陆博译,武汉:长江文艺出版社,2009 年版。

42. 刘宁主编:《俄国文学批评史》,上海:上海译文出版社,1999 年版。

43. 陆人豪:《阿·托尔斯泰的生平和创作》,北京:北京出版社,1987 年版。

44. 纳博科夫:《说吧,记忆》,陈东飙译,长春:时代文艺出版社,1998 年版。

45. 马克·斯洛宁:《苏维埃俄罗斯文学》,浦立民、刘峰译,上海:上海译文出版社 1983 年版。

46. 马克·斯洛宁:《现代俄国文学史》,汤新楣译,北京:人民文学出版社,2001 年版。

47. 森华编:《20 世纪世界文化语境下的俄罗斯文学》,北京:外语教学与研究出版社,2007 年版。

48. 鸥茵西:《俄国文学史》,台北:中国文化学院出版部,1980 年版。

49. 鸥茵西:《新编俄国文学史》,台北:书林出版有限公司,1993 年版。

50. 平万编:《俄国的文学》,上海:亚东图书馆,1933 年版。

51. 普希金:《普希金选集》第五卷《叶甫盖尼·奥涅金》,智量译,北京:人民文学出版社,1985 年版。

52. 蒲宁:《蒲宁回忆录》,李辉凡译,北京:东方出版社,2002 年版。

53. 瞿秋白:《俄国文学史及其他》,上海:复旦大学出版社,2004 年版。

54. 瞿秋白:《瞿秋白文集》第 2 卷,北京:人民文学出版社,1954 年版。

55. 索洛维约夫:《俄罗斯与欧洲》,徐凤林译,石家庄:河北教育出版社,2002 版。

56. 社科院外文所苏联文学研究室编:《苏联文学史论文集》,北京:外语教学与研究出版社,1982 年版。

57. 申丹:《叙述学与小说文体学研究》,北京:北京大学出版社,1998 年版。

58. 申丹:《英美小说叙事理论研究》,北京:北京大学出版社,2005 年版。

59. 什克洛夫斯基:《散文理论》,刘宗次译,南昌:百花洲文艺出版社,1997 年版。

60. 什克洛夫斯基等:《俄国形式主义文论选》,方珊等译,北京:生活·读书·新知三联书店,1989 年版。

61.《苏联百科词典》,北京:中国大百科全书出版社,1986 年版。

62.《苏联文学艺术问题》,曹葆华等译,北京:人民文学出版社,1959 年版。

63. 梯利:《西方哲学史》,葛利译,北京:商务印书馆,2004 年版。

64. 童庆炳主编:《文学理论教程》,北京:高等教育出版社,1998 年版。

65. 托尔斯泰:《论文学》,程代熙译,人民文学出版社,1980 年版。

66. 韦勒克、沃伦:《文学理论》,刘象愚、刑培明等译,南京:江苏教育出版社,2005 年版。

67. 王加兴:《俄罗斯文学修辞特色研究》,北京:北京大学出版社,2004 年版。

68. 乌斯宾斯基:《结构诗学》,彭甄译,北京:中国青年出版社,2004 年版。

69. 肖洛霍夫:《静静的顿河》,力冈译,桂林:漓江出版社,1986 年版。

70. 谢尔宾纳:《阿·托尔斯泰》,金坚译,上海:上海文艺出版社,1961 年版。

71. 徐岱:《小说叙事学》,北京:中国社会科学出版社,1992 年版。

72. 叶尔绍夫:《苏联文学史》,北师大苏联文学研究所译,北京:北京师范大学出版社,1987 年版。

73. 叶水夫主编:《苏联文学史》,北京:中国社会科学出版社年版。

74. 易漱泉等编:《俄国文学史》,长沙:湖南文艺出版社,1986 年版。

75. 郑克鲁主编:《20 世纪外国文学史》,上海:复旦大学出版社,2007 年版。

76. 郑振铎:《俄国文学史略》,上海:商务印书馆,1933 年版;上海师大图书馆 1993 年影印版。

77. 张会森,《修辞学通论》上海外语教育出版社,2002 年版。

78. 中国大百科全书出版社编:《不列颠简明百科全书》,北京:中国大百科全书出版社,2005 年版。

79. 朱宪生:《走近紫罗兰——俄罗斯文学文体研究》,上海:上海译文出版社,2006 年版。

三、期刊论文

1. 巴乌斯托夫斯基:《阿·托尔斯泰》,载《课外语文》(初中),2002(1)。

2. 程代熙:《阿·托尔斯泰谈文学语言》,载《俄罗斯文艺》1980(1)。

3. 程代熙:《阿·托尔斯泰的创作经验》,载《社会科学辑刊》1979(3)。

4. 陈淑贤:《浅谈阿·托尔斯泰的早期小说创作》,载《外国文学研究》1984(1)。

5. 楚科夫斯基:《俄罗斯性格——回忆阿·托尔斯泰》,曹世文译,载《世界文化》1983(6)。

6. 邓蜀平:《阿·托尔斯泰谈文学创作》,载《外国文学》1983(6)。

7. 姜秉新:《阿·托尔斯泰谈文学创作》,载《世界文化》1983(6)。

8. 姜丽萍:《阿·托尔斯泰童话研究——以〈金钥匙〉为个案》,北京师范大学硕士学位论文,2005。

9. 胡良桂:《史诗与史诗性的长篇小说》,载《理论与探索》1990(1)。

10. 胡日佳:《一幅色彩斑斓的马赛克镶嵌画——试评〈静静的顿河〉的叙事结构》,载《外国文学研究》1990(3)。

11. 克冰:《阿·托尔斯泰前期创作中的怪人形象》,载《语文学刊》1990(1)。

12. 李忠清:《评阿·托尔斯泰的〈蝮蛇〉》,当代外国文学,1988(3)。

13. 刘鹏:《阿·托尔斯泰创作简论》,载《唐山师范学院学报》1994(2)。

14. 利哈乔夫:《谈谈俄罗斯知识分子》,陆人豪译,载《俄罗斯文艺》,2002(3)。

15. 利特温:《"……我看见了真正的生活……"》,杨楠译,载《云梦学刊》1984(Z1)。

16. 连铁:《阿·托尔斯泰和〈俄罗斯性格〉》,载《俄罗斯文艺》1981(4)。

17. 陆人豪:《从象征主义到现实主义——试论阿·托尔斯泰的早期创作》,载《苏州大学学报(哲学社会科学版)》1983(4)。

18. 明天:《托尔斯泰的预言在实现》,载《读书》1958(12)。

19.《苏联各界纪念阿·托尔斯泰诞辰一百周年》,载《俄罗斯文艺》,1983(3)。

20. 任光宣:《果戈理的精神遗嘱——读〈与友人书信简选〉》,载《国外文学》,2001(4)。

21. 王维燊:《丹东形象的历史嬗变——从毕希纳、罗兰、阿·托尔斯泰到巴金》,载《福建师范大学学报(哲学社会科学版)》1995(1、2)。

22. 翁义钦:《评阿·托尔斯泰的小说〈蝮蛇〉,载《俄罗斯文艺》,1983(1)。

23. 谢周:《从"多余"到"虚空"——俄罗斯文学中知识分子形象流变略述》,载《俄罗斯文艺》,2008(3)。

24. 杨清荣:《阿·托尔斯泰论莱蒙托夫》,载《九江师专学报》1983(1)。

25. 张建华:《俄罗斯文化中的知识分子概念辨》,载《北方论丛》,2009(1)。

26. 张文郁:《倔强的性格,美丽的心灵——读阿·托尔斯泰的短篇小说〈俄罗斯性格〉》",载《名作欣赏》,2001(2)。

27. 钟乐、安宁:《苏联第一代知识分子的革命嬗变——读阿·托尔斯泰的《苦难的历程》,载《河南大学学报》(社会科学版),1986(2)。

28. 朱雯:《阿·托尔斯泰的《苦难的历程》,载《上海师范大学学报(哲学社会科学版)》,1979(1)。

29. 朱雯:《阿·托尔斯泰和他的〈彼得大帝〉,在《上海师范大学学报(哲学社会科学版)》,1986(1)。

30. 朱雯:《第一部真正的历史小说——读阿·托尔斯泰和他的〈彼得大帝〉》,载《外国文学研究》,1986(1)。

31. 朱宪生:《欧洲文学中的俄国文学》,载《学习与探索》,2006(4)。

32. 朱宪生:《俄国小说文体的演变与发展——论 19 世纪 30—40 年代俄国长篇小说》,载《上海师范大学学报》(哲学社会科学版),2004(4)。

33. 朱宪生:《史诗型家庭小说的巅峰——论〈战争与和平〉的文体特征》,载《俄罗斯文艺》,2010(2)。

四、阿·托尔斯泰著作

中文版(此处基本上按作品最早进入我国的年代顺序排列;标黑体为本书所选用版本)

1.《丹东之死》,巴金译,开明书局,1930 年版,1933、1939、1947、1949、1951 再版。

《但顿之死》,楼适夷译,商务印书馆,1933 年版。

《我的一生》,陈鸿勋译,大东书局,1932 版。

2.《粮食》,蒋学模译,上海:大时代书局,1941 年版。

《保卫察里津》(又名粮食),曹靖华译,北门出版社,1945 年版;三联书店,1950 年版;北京:人民文学出版社,1954 年版、1981 年版。

《面包》,俞荻、叶菡译,上海:言行社,1940 年版,1946、1947 年、1949 年、1950 年再版;上海:神州国光社,1950 年版。

《粮食》,朱光辉译,中国图书馆,1951 年版。

《保卫察里津》,海天译,上海:元昌印书馆,1951 年版。

《保卫察里津》,瞿耀珍译,上海:时代出版社,1956 年版。

3.《彼得一世》,楼适夷译,远方书店,1941 年版;北京:三联书店,1950 年再版。

《彼得一世》,适夷、屠文译,上海:通俗文化出版社,1953 年版。

《彼得一世》,邵祖丞译,上海:上海出版公司,1955 年版。

《彼得大帝》,朱雯译,北京:人民文学出版社,1985 年、1986 年、1992 年、1998 年、2006 年再版。

《彼得大帝》,陈馥译,北京:人民文学出版社,2001 年版。

4.《伊万·苏达廖夫的故事》,林陵译,苏商时代报社出版社,1946 年版。

5.《苏联文学之路》,金人、水夫译,苏商时代报社出版社,1946 年版,1948 年再版,上海师大图书馆 1993 年影印版。

6.《致青年作家及其他》,曹靖华译,上海:上海杂志公司,1945年版,1946年、1949

《给青年作家》,金坚译,新文艺出版社,1954年版。

《苏联作家谈创作问题》(包含了《给青年作家》),中国青年出版社,1956年版。

7.《卫国战争—短篇小说选》,白寒译,时代书报出版社,1948年版。

8.《苦难的历程》,朱雯译,《往十字架之路——一九一八年》由文风出版社1949年出版;三部曲《两姊妹》、《一九一八年》、《阴暗的早晨》由平明出版社分别于1952年月、1953年3月、1953年8月出版;此后全译本人民文学出版社分别于1957年、1958年、1979年、1996年、2006年、2008年再版,上海新文艺出版社1957年出版,译林出版社于1997年、1999年、2002年、2005年再版

《苦难的历程两姊妹》,郑伯华译,上海:骆论书店,1948年版;三联书店,1950年版。

《苦难的历程》,那正英译,平明出版社,1953年版。

《苦难的历程》,王士燮译,北京:人民文学出版社,1997年版。

《苦难的历程》,任子峰等译,中国和平出版社,1999年版。

《苦难的历程》,王成云、杨宝国译,内蒙古人民出版社,2000年版;中国致公出版社,2003年版。

《苦难的历程》,徐立贞译,北京:北京燕山出版社,2002年、2006年版。

9.《奇怪的故事》,金人译,万叶书店,1950年版。

10.《妄自尊大的人》,朱雯译,平明书店,1950年版。

11.《恶魔的诱惑》,适夷译,童联出版社,1950年版。

12.《金钥匙》,易金译,开明书店,1947年、1950年版;上海书局,1980年版

《金钥匙》,任溶溶译,上海:少年儿童出版社,2007年版。

13.《里吉达的童年》,韦丛芜译,文化工作室,1950年初版,1951年再版。

《尼基塔的童年》,徐式赞译,商务印书馆,1979年版。

《尼基塔的童年》,曾思忆译,长江文艺出版社,2007年版。

14.《阿·托尔斯泰小说选集(第一二册)》,焦菊隐译,北京:人民文学出版社,1951年、1953年版。

15.《梭鱼的命令》,刘涟漪译,上海:大东书局,1951年版。

16.《大独裁者》(原名《加林工程师的双曲线体》),费明君译,泥土社,1951、1953;王忠亮、王育伦译,江苏人民出版社,1982年版

17.《俄罗斯民间故事》(与库兹涅佐夫合著),任溶溶译,上海:时代出版社,1952年版

18.《俄罗斯性格》,杨苡,平明出版社,1953年版。

19.《阿爱里塔》,刘德中译,中国青年出版社,1957年版。

20.《论文学》,程代熙译,人民文学出版社,1980年版。

21.《跛老爷》,贝珊译,昆明:云南人民出版社,1981 年版。

22.《流亡者》,李邦媛、姜明河译,安徽文艺出版社,1985 年版。

《亡命者》,李忠清译,福州:海峡文艺出版社,1985 年版。

23.《美妇人》,贝珊译,北京:人民文学出版社,1986 年版。

《美丽的妇人》,焦菊隐译,北京:文化艺术出版社,2002 年版。

24.《女演员》,李鹤龄、刘尚勋等译,漓江出版社,1992 年版。

25.《阿·托尔斯泰童话》,吴兴勇译,北京:光明日报出版社,2007 年版。

26.《地下宝藏》,戴可可译,哈尔滨:黑龙江大学出版社,2014 年版。

俄文版

已经出版的作家全集

1. Книгоиздательство—Толстой А. Н. Сочинений в десяти томах.《Книгоиздательство писателей в Москве》. 1912—1918.

2. ГИЗ—Толстой А. Н. Собрание сочинений в пятнадцати томах. М. – Л. : Гослитиздат, 1927—1931.

3. Недра—Толстой А. Н. Собрание сочинений в пятнадцати томах. М. :《Недра》, 1929—1930.

4. Гослитиздат, 1934—1936—ТолстойА. Н. Собрание сочинений в восьми томах. М. : Гослитиздат, 1934—1936.

5. ПСС—Толстой А. Н. Полное собрание сочинений в пятнадцати томах. М. :Гослитиздат, 1946—1953.

6. Гослитиздат, 1958—1961—Толстой А. Н. Собрание сочинений в десяти томах. М. : Гослитиздат, 1958—1961.

7. Гослитиздат, 1982—1986—Толстой А. Н. Собрание сочинений в десяти томах. М. : Гослитиздат, 1982—1986.

8. Терра—Толстой А. Н. Собрание сочинений в десяти томах. М. :Терра, 2001—2002.

本书主要选用的作家全集

1. Толстой А. Н. Собрание сочинений в десяти томах. т. 1, М. :Гослитиздат, 1982.

2. Толстой А. Н. Собрание сочинений в десяти томах. т. 2, М. :Гослитиздат, 1982.

3. Толстой А. Н. Собрание сочинений в десяти томах. т. 3, М. :Гослитиздат, 1982.

4. Толстой А. Н. Собрание сочинений в десяти томах. т. 4, М. :Гослитиздат, 1983.

5. Толстой А. Н. Собрание сочинений в десяти томах. т. 5, М. :Гослитиздат, 1983.

6. Толстой А. Н. Собрание сочинений в десяти томах. т. 6, М. :Гослитиздат, 1984.

7. Толстой А. Н. Собрание сочинений в десяти томах. т. 7,М. :Гослитиздат,1984.

8. Толстой А. Н. Собрание сочинений в десяти томах. т. 8,М. :Гослитиздат,1985.

9. Толстой А. Н. Собрание сочинений в десяти томах. т. 9,М. :Гослитиздат,1985.

10. Толстой А. Н. Собрание сочинений в десяти томах. т. 10,М. :Гослитиздат,1986.

本书所选用的作家单部著作

Толстой А. Н. О литературе и искусстве М. :Сов. писатель,1984.